Heinrich Zschokke

Der Freihof von Aarau

Heinrich Zschokke

Der Freihof von Aarau

ISBN: 978-3-86403-517-3

Erscheinungsjahr: 2011

Erscheinungsort: Bremen, Deutschland

1.
Des faulen Friedens Ende.

Man weiß sehr gut, dass Leser und Leserinnen, besonders wenn sie Erheiterung suchen, die Vorreden nicht lieben. Diesmal aber kann ihnen selbst Rom keine Dispensation vom Lesen der meinigen geben, wenn sie anders als Ehrenleute in den Freihof treten wollen, das heißt: durch die zu öffnende Pforte des Burggrabens. Die Vorrede ist der Schlüssel. Wer auf die Ringmauer steigt, wird freilich auch von dem etwas sehen, was im Friedhof vorgeht: aber nur das Dach, nicht das Haus; nur die Kappe, nicht das menschliche Antlitz.

Es ist bekannt, dass die Schweizer ehemals, ehe sie ihr bürgerlich freies und glückliches Heimwesen bequem einrichten konnten, mit Adel und Geistlichkeit viel abzutun hatten. Besonders in der nordöstlichen Hälfte der Schweiz war der Adel und das Haus Österreich noch im Anfang des fünfzehnten Jahrhunderts mächtig und begütert. Da lagen die Besitzungen und Hoheitsberechtigungen des Erzhauses zwischen denjenigen der freien Reichsstädte und Reichsländer der Eidgenossenschaft in größter Verwirrung, die durch menschliche Klugheit schwer zu lösen gewesen wäre, durcheinander.

Was körperliche und geistige Gewalt der Sterblichen nicht vermögen, vollführt oft mit einem einzigen Schlage das Schicksal. Die durch Huß' Scheiterhaufen berühmt gewordene Kirchenversammlung zu Konstanz hatte dem Gegenpapst Johann die dreifache Krone abgesprochen. Herzog Friedrich von Österreich nahm den verunglückten Statthalter Christi trotzdem in Schutz, was den heiligen Vätern in Konstanz ein großes Ärgernis sein musste. Sie schleuderten deshalb ihren feurigsten Bannstrahl gegen ihn. Vermutlich hätte aber dieser auch schon zu jener Zeit mehr geblitzt, als gezündet, wenn ihnen nicht der Arm Siegmunds von Böheim, des römischen Königs, zu Hilfe gekommen wäre. Dieser Fürst, der den Mangel an innerer Kraft und äußerer Macht durch Prunk zu ersetzen oder zu verhüllen glaubte, hatte in denselben Tagen die Freude genossen, vielen Reichsstädten mit allem Gepränge damaliger Zeit ihre Lehen zu erteilen. Nur der mächtigste Herr in diesen Gegenden Deutschlands, Herzog Friedrich, hatte es abgewiesen, nach Konstanz zu kommen. Die schmerzlich gekränkte Eitelkeit des Königs trat daher mit dem Zorn der heiligen Versammlung willig in Bund. Er erklärte zwar den Herzog seiner Länder verlustig; leider fehlte es aber dem Könige an Geld und Soldaten, der Achterklärung Nachdruck zu geben. Er wandte sich deshalb an die Eidgenossenschaft, ermunterte, sie, sich der Besitzungen

Österreichs in ihren Nachbarstaaten zu bemächtigen, und gab ihnen alle Hoffnung, dass sie Eigentümer ihrer Eroberungen bleiben sollten.

Zum Glück hatten die Schweizer erst drei Jahre vorher dem Herzoge einen fünfzigjährigen Frieden geschworen. Wiewohl sie nun bis dahin mit dem Erzhause in beständigen Kriegshändeln gewesen waren, hielten sie es doch für unehrlich, wo der Herzog im Unglück sei, wider ihn das Kriegsbanner zu erheben und den geschworenen Eid zu brechen. Der Adel im Thurgau und Schwabenland hingegen war darin weniger gewissenhaft. Er hoffte sich Land und Leute, Lehen und Reichsfreiheit zu erobern, fiel vom Herzoge ab und begann die Fehde. Als dies die Eidgenossen sahen und die heiligen Väter von Konstanz, kraft des Schlüssels Petri zu binden und zu lösen, ihnen wegen der Sünde des Eides- und Friedensbruches beruhigende Zusicherungen gaben, wurden sie doch nach guter Beute lüstern; Bern zuerst. Es rückte mit all seiner Mannschaft und dem groben Geschütz in den offenen, wehrlosen Aargau ein, längs den Ufern der Aar hinabziehend. Schnell folgten Solothurn und Freiburg unter des heiligen Reiches Bannern. Nun wollten auch Zürich und Luzern und die übrigen Schweizer nicht zurückbleiben und sich ihres Anteils versichern. In wenigen Tagen war alles österreichische Erbland in Helvetien von ihnen besetzt.

In den durch Überraschung fast blutlos eroberten Landen saß damals, auf Burgen und Schlössern, ein zahlreicher Adel. Ihm war es nicht gelegen, mit gemeinen Bürgern und Bauern zu halten; er zählte sich lieber zum Planetensystem einer königlichen Sonne, von deren Strahlen er seinen Glanz borgen konnte. Doch aus der Not machte er sich eine Tugend. Er gehorchte den Schweizern, aber mit dem heimlichen Vorsatz, früh oder spät dem Hause Österreich wieder zu Ehren und Recht zu verhelfen.

Unter allen Edlen im helvetischen Hochlande war zu jener Zeit der Graf von Toggenburg der Reichste an Grundbesitz. Seine Güter erstreckten sich von den Grenzen Tirols, aus dem rätischen Gebirge, abwärts bis zum Zürichersee. Mit den Eidgenossen hielt er aus Klugheit gute Freundschaft. In der Stadt Zürich hatte er Burgrecht, im Lande Schwyz Landrecht. Er mochte noch große Entwürfe hegen, als er ohne nahe Verwandte und eine letztwillige Verfügung zu hinterlassen starb.

Indessen zu einer stattlichen Erbschaft finden sich bekanntlich leicht die Erben. Unter denen, die hier auftraten, erschienen auch, und in erster Linie, Zürich und Schwyz. Die Züricher wollten ihn als ihren Mitbürger, die Schwyzer als ihren Mitlandsmann beerben. Als Zürich unbeugsam blieb, erhoben alle Eidgenossen ihre Waffen gegen die stolze Stadt und zwangen sie zu einem Frieden, ebenso schmerzlich für die Ehre, als nachteilig für das Vermögen der Stadt. Das ertrugen die Züricher nicht. Sie wandten sich heimlich an den neuen römischen König, Friedrich von Österreich; warben um seinen Beistand gegen die Eidgenossen; spiegelten ihm vor, wie sie mit anderen benachbarten Herren und Städten eine neue Eidgenossenschaft unter der Hoheit Österreichs bilden, ja ihm wieder zum Besitz der dem Erzhause früher entrissenen Erblande verhelfen könnten.

Die Züricher meldeten zwar den übrigen Ständen der Eidgenossen, dass sie, in ihrem Bunde mit Österreich, sich die Rechte der eidgenössischen Verbindung vorbehalten, und durchaus friedfertige Gesinnungen hätten. Allein wer hätte ihnen glauben mögen? Innerhalb ihrer Mauern saß nun Markgraf Wilhelm von Hochberg und Röteln, der Herrschaft Österreich Statthalter in den vorderen Landen, welchem der König alle Geschäfte in seinem Namen zu führen übergeben hatte; ferner Thüring von Hallwyl, aus dem aargauischen Adel, in des Königs Diensten, war Kriegsoberster zu Zürich, und die Stadt wimmelte von fremden Söldnern und Kriegsknechten, die auch Rapperswyl am Zürichsee besetzt hielten und dort grausamen Mutwillen mit den Leuten trieben, die etwa aus Schwyz, Glarus oder Zug dahin zu Markte kamen. Alles Unterhandeln und Vermitteln blieb erfolglos. Der Grimm des Volkes forderte den Krieg gegen die abgefallene Stadt. Von allen Seiten kamen Boten nach Zürich mit Absagebriefen der Eidgenossen an den Herzog von Österreich und an die Stadt. Die Banner beider Teile brachen gegen einander auf, und der Bürgerkrieg erneuerte sich mit allen seinen Gräueln.

Die Eidgenossen, in den meisten Gefechten und Treffen Sieger, verwüsteten die schönen Ufer des Zürichersees. Nachdem die erste Wut ausgetobt, nachdem unter der Gewalt der Eidgenossen Bremgarten, Regensburg und Grüningen gefallen, die Vorstädte von Zürich selbst schon eingenommen, Bürgermeister Stüssy und viele andere im Kampfe für die Stadt erschlagen, Laufenburg und Rapperswyl belagert und in großer Not waren, ließ man sichs endlich wieder gefallen, vom Waffenstillstande zu reden.

Es ritt von Zürich hinaus, ins Lager der Eidgenossen, der Bischof von Konstanz und mahnte zur alten Liebe. Das hohe Alter und die salbungsvolle Beredsamkeit des vielvermögenden kranken Herrn rührte die Häupter und Gemeinen der Eidgenossenschaft. Es wurde darauf im Felde von Rapperswyl, am St. Laurenzisabend 1443, ein Waffenstillstand geschlossen, welcher bis zum St. Georgentag des Jahres 1444 dauern sollte. Die Haufen der Krieger zogen indessen in ihre Heimat zurück; das Volk jedoch murrte unzufrieden und nannte diese Ruhe, welche nur eine Erholungsfrist für Zürich und Österreich sein würde, den elenden oder faulen Frieden.

Und das Volk hatte Recht. Der kurze Zeitraum wurde weniger zur Herstellung einer dauerhaften Versöhnung, als zu größeren Rüstungen benutzt. Früher schon hatte der Markgraf von Hochberg den gewandten Unterhändler, Herrn Peter von Mörsberg, mit glänzender Begleitung von Freiherren, Rittern und Edelknaben an den französischen Hof gesandt. Herr Peter, schlau, von gefälligen Sitten und der französischen Sprache mächtig, war in seiner Unterhandlung umso glücklicher gewesen, da Frankreich von Scharen unbeschäftigten Kriegsvolkes wimmelte, die bisher gegen Burgund und England und in den bürgerlichen Kriegen gedient hatten. Diese zahlreichen und zuchtlosen Horden, die man Armagnaken nannte, weil sie Graf Bernhard von Armagnac, Connetable von Frankreich, zuerst geworben und nach ihm auch sein Sohn Johann von Armagnac, befehligt hatte, waren die Plage und der Schrecken des Landes geworden. Sie wurden von den Franzosen selbst nur Schinder geheißen. Nichts greuelvolleres konnte es geben, als diese Rotten im Kriege zu sehen, die, mitten im Frieden, Raub und Mord nicht scheuten.

Der König von Frankreich versprach dem Kaiser, ihm diese Horden zu überlassen. Auch der Papst ermunterte, so dringend, wie der Kaiser, die Armagnaken bald in die Schweiz zu senden, denn er schmeichelte sich, das Erscheinen derselben vor Basel werde die ihm lästige Kirchenversammlung, welche damals in der alten Stadt ihre Sitzungen hielt, auseinander sprengen. Dem Könige von Frankreich aber selbst kamen die Bitten des Kaisers und des Papstes wohlgelegen, weil er dabei auch für seine eigene Krone Eroberungen zu machen hoffte. Er ließ die furchtbaren Armagnaken zusammenziehen und bot dazu noch frisches Kriegsvolk auf, also, dass er ein für jene Zeiten gewaltiges Heer von fünfzigtausend Mann zusammenbrachte. Davon sollten zweiunddreißigtausend Mann mit dem Dauphin gegen Basel ziehen.

Während dieser Rüstungen war die Frist des faulen Friedens indessen fast verstrichen. Noch hatten sich die sieben Orte der Eidgenossenschaft mit Zürich nicht ausgeglichen. Durch den Bischof von Konstanz war schon zweimal vergebens ein Tag zu Baden im Aargau angesetzt worden, um den Frieden zu vermitteln. Nun aber Peter von Mörsberg aus Frankreich nach Zürich zurückkam und zwar ein tröstliches Bild von den ungeheuren Rüstungen des allerchristlichsten Königs entwarf, jedoch zugleich daran erinnerte, dass sich der Heranzug von dessen Heeresmacht noch verzögern könne, fand man es nachgerade wohlgetan, um Zeit zu gewinnen, Unterhandlungen zu Baden zu eröffnen. Es wurde zu Baden zehn Tage hin und her geredet. Als aber der Markgraf von Hochberg zuletzt verlangte, man solle den Waffenstillstand verlängern, und als hingegen die eidgenössischen Gesandten das Gerücht vom Anzuge des französischen Heeres gegen die Schweizergrenzen vernahmen, wurde alle Verhandlung abgebrochen. »Nichts mehr mit diesem faulen Frieden!« riefen die Eidgenossen. »Fort! Gott und unser Arm helfe uns zu unserm Recht! Hier riecht es nach Betrug und Verrat!«

Jetzt lag dem kaiserlichen Statthalter vor allem daran, die Städte des Aargau's und noch mehr den aargauischen Adel zu tätiger Mitwirkung für das Haus Österreich zu bewegen und von Bern abwendig zu machen. Dazu erschien ihm Ritter Marquard von Baldegg willkommen, der desselbigen Tages in Baden eingetroffen war. Dieser, dessen Väter in den Schlachtfeldern von Morgarten und Sempach für Österreich gefallen waren, dessen Stammburg am Baldegger-See die Eidgenossen schon vor mehr denn hundert Jahren zerstört hatten, war jetzt im Besitz des Schlosses Schenkenberg, einer der größten Herrschaften im Aargau. Er war der bitterste Feind der Eidgenossen.

Als Marquard durch den Markgrafen die zuverlässige Anzeige vom Anzuge des Dauphins und der Armagnaken vernahm, schöpfte seine Rachsucht neuen Mut. Er erbot sich zu allem. Die im Juragebirge mächtigen Freiherren von Falkenstein waren ihm durch seinen Bruder Hans verwandt; aller Adel im Aargau und Breisgau war ihm befreundet. Er versprach, zuerst über Surzach in den Schwarzwald und den Breisgau zu reiten, um die Ritterschaft zu erwecken; dann die Falkensteine aufzusuchen, um den Aargau zu bewegen. Der faule Frieden war erst nach dreiundzwanzig Tagen am vollen Ende. Man schied. Der Markgraf reiste nach Zürich. Auch Marquard schwang sich aufs Pferd und jagte, von seinem Knecht begleitet, durch die engen und krummen Straßen der Stadt Baden, zum Thore hinaus. Der Regen rauschte in Strömen vom Himmel.

2.
Die Gesellschaft.

Die schlechten Wege waren vom anhaltenden Regen noch ungangbarer geworden, so dass er bald langsam reiten musste. Der Himmel hing wie ein graues Gewölbe über ihm, das sich auf die Felsenmauern und finstern Wälder des Siggisberges zu stützen schien. Links, jenseits des

Limmatstromes, schwamm die Landschaft mit ungewissen Umrissen im falben Schein des Regens. Noch standen die Bäume laublos da; nur die geschwollenen Knospen des Kirschbaumes und einzelne Frühblümchen, die sich in den Wiesengründen oder hinter Felsblöcken gegen die raue Jahreszeit schützend verbargen, kündeten die Nähe des Lenzes an.

Herr Marquard schlug den Mantel fester um sich, denn der Wind blies kalt und scharf. Fast gereuete es ihn, die warme Herberge in Baden verlassen zu haben. Als er nach einigen Stunden aus dem Siggental herausgekommen, sich von der Limmat ab und rechts, um das schroffe Gebirge, in die Ebene gegen den Wald wandte, däuchte es ihm fast klüger, das näher gelegene Städtchen Brugg jenseits der Aar aufzusuchen, als die Straße nach Zurzach und dem Rheine zu verfolgen.

Mit diesem Gedanken beschäftigt und fast am Scheidewege, der seitwärts zur nahen Aar und zur Stilli führte, erblickte er von ferne einen Reitersmann, welcher ihm aus dem Walde rasch entgegen trabte, als flöge er zwischen den hohen Tannen und Eichen hindurch. Er hatte einen grünen Mantel, mit goldenen Spangen befestigt, um sich geworfen und die graue Filzkappe, der Nässe wegen, über die Ohren niedergekrämpt. Auch die rote und weiße Feder der Kopfbedeckung, vom Wasser herabgedrückt, war mit breitem goldenen Heft daran befestigt.

»Willkommen, Herr Marquard!« rief der Reiter, das Ross plötzlich anhaltend, indem er sich den Filz aus den Augen rückte und das schöne Gesicht eines jugendlichen Mannes sehen ließ.

»Straf' mich Gott, Ihr kommt mir zur rechten Stunde!« schrie der Herr von Baldegg fröhlich. »Wohin so eilig, Herr Gangolf Trüllerey?«.

»Nach Baden, zum Markgrafen.«

»Ihr könnt Euch den Weg sparen, wenn Euch nichts Dringendes treibt; alles ist auseinander seit gestern. In drei Wochen hebt der Tanz von neuem an, und so uns die Armagnaken nicht im Stich lassen, machen wir diesen Sommer, wills Gott! dein Bauerngesindel den Kehraus.«

»Wisst Ihr nicht, Herr Marquard, ob der Markgraf nach mir begehrt?« fragte Gangolf Trüllerey.

»Er gab mir Aufträge für Euch, bevor er nach Zürich zurückritt. Ihr solltet Hand anlegen und uns andern helfen, den Aargau aufzurütteln. denn diesmal gilts, oder, so lange die Welt steht, nimmer wieder. Euch ist Aarau auf die Seele gebunden. Die Stadt muss den Bernern absagen, und sich zu ihrem rechtmäßigen Herrn, dem römischen König wenden, wie Zürich, Winterthur, Rapperswyl, oder es bleibt von ihr kein Stein auf dem andern. Das sagt Euern Schultheißen, Klein- und Großräten und der ganzen ehrsamen Bürgerschaft. Doch fangt's gescheit an, dass die Berner nichts wittern! Verdammt fein müsst Ihr's antasten; der Schultheiß Erlach zu Bern hat eine spitze Nase.«

»Sonst habt Ihr nichts anderes zu sagen?«

»Straf' mich Gott! Zwei Tage und zwei Nächte hätt' ich zu berichten von allem, was in Baden verhandelt worden ist und was nun geschehen soll. Aber sind wir nicht Narren, hier unter freiem Himmel in Kot und Regen zu halten? Das kalte Wasser tritt mir, durch Mantel und Hut, an's Herz. Wär' ich Narr in Baden geblieben, da gab's vollauf. Mich reut der Auerhahn noch, den ich heut' zu Mittag unangerührt stehen ließ.«

»Und wohin wollt Ihr, Herr Marquard?«

»He, nach Zurzach, wäre das Mordwetter nicht! Jetzt lenk' ich, Euch zu gefallen, nach Brugg ein; denn dahin geht Ihr doch, Herr Gangolf! Ihr seid von schönen Augen erwartet, die Ihr lange nicht gesehen; Eure verlobte Braut ist seit zehn Tagen in Brugg.«

»Wisst Ihr's gewiss?« sagte der junge Mann, und sein ernster Blick wurde lebhafter; ein flüchtiges Rot färbte seine Wangen.

»Ob ich's weiß? Kehrte nicht Hans von Falkenstein auf der Heimreise mit seiner Tochter bei mir ein? Und vorgestern sah ich Jungfrau Ursula beim Schultheißen Effinger. Fort! Tröstet das Fräulein wegen Eurer langen Abwesenheit; unterwegs plaudern wir noch vieles.«

Damit wendeten beide ihre Pferde nach dem Seitenwege und trabten, durch den hohen Wald, der Aar zu. Bald erblickten sie in der Tiefe, unter sich, den breiten Strom, der, von Regengüssen des Gebirges angeschwollen, seine gelbgefärbten Wellen stürmisch fortwälzte. Als die beiden Herren langsam den steinigen, steilen Pfad von der Höhe zur Aar hinab ritten und weder Fährmann noch Fähre gewahr wurden, brüllte Herr Marquard in Ungeduld einmal über das andere sein Hop! Hop! über den Fluss hin, um die Schiffer aufmerksam zu machen. Es ist noch heutzutage unleidlich, bei Sturm und Regen am steinigen Ufer eine halbe Stunde zu harren, und ein gebrechliches Fahrzeug zu erwarten, das den Reisenden, zwei Zoll vom Tode entfernt, an's andere Ufer liefern soll. Herr Marquard fluchte mörderisch. Er war keine von den Naturen, die in der christlichen Geduld den Heiligenschein verdienen wollen; auch sah man's den rundlichen Formen seiner Gestalt, den vollen Wangen und den lachenden Augen des Krauskopfs wohl an, dass er unnützerweise nicht gern Not litt und sich's lieber an einer Tafel mit ausgewählten Speisen bequem machte. Wir müssen den Leser bitten, Herrn Marquard nicht nach seinen Worten zu beurteilen. Er pflegte in aller Fröhlichkeit zu fluchen. Seine gute Laune blieb sich sogar in den gefährlichsten Augenblicken des Gefechtes gleich, mochte er Wunden schlagen oder davontragen. Darum hatte ihn jedermann gern; er war ein lustiger Gesell, weil er kein trauriger sein konnte.

»Wo habt Ihr den französischen König verlassen?« fragte er Herrn Gangolf Trüllerey, indem er, gleich diesem, am Aarufer vom Pferde stieg, um sich durch Auf- und Abgehen zu erwärmen.

»Zu Langres, in der Champagne, beurlaubten wir uns von ihm. Burkhard Mönch von Landskron begleitete den Dauphin gen Mümpelgard; ich aber folgte Herrn Petermann von Mörsberg und Hansen von Rechberg.«

»Wann können wir des Dauphins Banner vor Zürich sehen?«

»Vor sechs Wochen kaum.«

»Nun, so müssen wir den Hungergürtel enger schnallen, weil der Braten noch weit abliegt.«

»Und Ihr wollt den Bernern im ganzen Ernst absagen, Herr Marquard?«

»Ich, Ihr und der ganze ehrliebende Adel vom Aargau! Sie haben mir übel mitgespielt, die von Bern, und ich war ganz unschuldig, wie Ihr wohl wisst. Aber – straf' mich Gott! – aus den Steinen ihres Rathauses will ich die Burg meiner Väter, am alten Turm der Hünegg, wieder aufrichten, und die von Luzern sollen mir die Steine dazu tragen. Und einen Keller – das schwör' ich Euch! – sollen sie mir in den Felsen drunter graben, dass das ganze Berner Münster darin Platz findet. Einen Weinkeller soll's geben, desgleichen kein Kloster im heiligen Reich, und der Papst samt seinen Kardinälen keinen größeren hat. Heda! Ho! Hop! Seht doch, nun erst schleichen die faulen Schlingel zur Fähre drüben und binden sie los. Heda, ho, hop! Straf' mich Gott! ich breche jedem Kerl zum Andenken eine Rippe. Das schüttet wieder vom Himmel, wie aus Eimern. Wollt Ihr nicht im Regen ersaufen, Herr Gangolf, so kommt mit mir! Ich denke, unter dem alten Mauerwerk dort seitwärts gibst vielleicht ein Obdach.«

Herr Gangolf ließ sich den Vorschlag gefallen. Sie führten ihre Pferde längs dem Ufer des Flusses gegen die Trümmer einer Burg, die, kaum mehr denn hundert gute Schritte von ihnen entfernt, am Wasser lag. Nicht ohne Mühe überkletterten sie die Steinhaufen, um zum Bruchstück eines finstern Gewölbes oder Schwibbogens zu gelangen, das ihnen einigen Schutz gegen den Regen verhieß, welcher jetzt abermals in dichten Strömen rauschend niederfiel.

3.
Der Lollhard.

Als sie sich dem Gewölbe nahten, sahen sie im Innern desselben sich Gestalten bewegen, während vorn ein Esel am dürren Grase des Gesteines nagte. Im dunkeln Hintergrunde saßen zwei Personen auf einer schmalen, vermutlich von Hirten der Gegend gezimmerten Holzbank. Es war eine männliche und eine weibliche Gestalt, die sich beim Eintritt der Fremden langsam erhoben, grüßend verneigten und wieder auf ihre Sitze niederließen.

Gangolf, der seine langen, hellbraunen, vom Regen benetzten Locken aus dem Gesicht, über die Achseln zurückstrich, beachtete die Anwesenden kaum. Desto mehr beschäftigte sich Herrn Marquard's Aufmerksamkeit mit ihnen. Er musterte beide neugierig. Die Frau trug ein langes Gewand, gleich einer Klosterfrau, von grobem, halbwollenem, aschfarbenem Zeuge. Ein breites Tuch von demselben Stoffe hing über Kopf und Stirn herab und über die Achseln bis zu den Hüften nieder; gleich einem Mantel, vorn zusammengeschlagen, so dass man von dem verhüllten Gesichte nichts erblickte. Unterhalb des Mantels waren die Enden eines Seiles sichtbar, welches, um den Leib geschlungen, wahrscheinlich die Stelle des Gürtels versah.

Der Begleiter dieser Vermummten war ein starkknochiger, aber magerer Mensch von ungewöhnlicher Länge, im Alter zwischen den Fünfzigern und Sechzigern. Aus seinem Gesicht, in welchem ein düsterer, melancholischer Zug auffiel, ragte zwischen den hohen Backenknochen eine Nase hervor, die man für sich selbst wohlgeformt genannt haben würde, wenn sie nicht für das schmale Hungergesicht eine ganz unverhältnismäßige Größe gehabt hätte. Wenn man dies seltsame Gesicht, dazu die langen eisgrauen Haupthaare, die überhängenden Augenbrauen, sowie den grauen, in zwei Spitzen auf die Brust auseinander fallenden Bart sah, und daneben dann wieder den lebhaften, seelenvollen, durchdringenden Blick der hellen, großen Augen: dann hätte man schwören sollen, es schaue ein feuriger Jüngling aus der vorgehaltenen Larve eines Greises. Der Alte trug auf dem Kopfe ein rundes, kleines Hütchen, welches schon manches Jahr treue Dienste verrichtet haben mochte, und vorn in einen langen Schnabel auslief, wie ein Regendach über der Nase. Hals und Brust waren trotz der rauen Witterung entblößt. Ein langer, bis an die Waden reichender grober Leibrock, um den Hals mit schlechtem Pelz gefüttert, wurde über den Hüften durch einen breiten Ledergurt zusammengehalten.

»Nun, Gevatter Graubart!« redete ihn Marquard an. »Wohin geht Deine Reise?«

Mit einer seltsam harten, fast knarrenden Stimme erwiderte der Alte: »Zum gleichen Ziel wie die Eure!«

»Also frische Gesellschaft! Und weißt Du denn so genau, wohin mein Weg geht?«

»Allerdings, Herr! Zum Grab und zur Ewigkeit.«

Sowohl diese Antwort, als die harte Stimme, in der sie ertönte, hatte für Herrn Marquard etwas Unbehagliches. Er trat, wie von heimlichem Grausen befallen, einen Schritt zurück und betrachtete den wunderlichen Fremden mit einem stieren Blick, wie einer, der mit sich selbst im Zweifel ist, ob er einen vernünftigen Menschen oder einen Wahnsinnigen, einen Lebenden oder ein Gespenst vor sich habe.

»Hört doch, Herr Gangolf!« sagte er und drehte sich zu dem jungen Manne um, der am Ausgang des Gewölbes stand und sich mit seinem Pferde beschäftigte. »Hört doch, habt Ihr je im Leben etwas Ähnlicheres gehört, als das Kirren einer alten Hageiche, wenn sie der Sturm biegen will, und diese raspelnde Stimme des alten Schnabeltiers?«

Wirklich hatte Gangolf, als er die ungewöhnliche Stimme vernommen, das Gesicht einen Augenblick nach dem fremden Paare zurückgewandt, bald aber wieder seine vorige Arbeit begonnen, den Regen von der Mähne und dem Halse seines Pferdes zu streichen.

»Es ist hier, auf den Trümmern der Freudenau, der rechte Ort, eine Bußpredigt zu hören,« sagte Gangolf lächelnd. »Ihr könnet ihrer wohl bedürfen, Herr Marquard!«

»Nun, so stimme denn an, Du Stimme des Predigers in der Wüste!« sagte Marquard zum Alten. »Ich bin ohnedies lange in keine Kirche gekommen.«

»Verschonet mich, Herr!« erwiderte der Alte. »Wollet Ihr meiner spotten? Eure Ohren sind noch nicht gemacht zum Hören, Eure Augen noch nicht zum Sehen; darum wisst Ihr nicht, wer Ihr seid und wo Ihr seid!«

»Zum Teufel! Wer sagt Dir, dass ich taub und blind bin? Frage mich, was ich sehe, und ich will Dir treffende Antwort geben, die Dich freuen soll.«

»Nun denn, wisst Ihr, wo Ihr seid?«

»Entweder vor einem Bruder Lollhard, der nächstens gestäupt wird, oder es gibt keinen Lollhard*)Die Lollharden, oder Begharden, Begutten, Beguinen, Klausner, waren im vier zehnten und fünfzehnten Jahrhundert durch die Gebirge und Ortschaften der Schweiz sehr verbreitet. Schon damals litt diese mystische Sekte schwere Verfolgungen, besonders von den Mönchsorden.. Hab' ich's getroffen?«

»Wenn ich zu den Lollharden gehöre, was ficht es Euch an? Aber Ihr sehet nur den Kittel, nicht den Leib; nur den Leib, nicht den Geist. Ihr kennt mich nicht und Euch nicht, und Eure Wege sind überall die Wege des Wahnes. Darum kommt Ihr nimmer zum Ziel und gelangt bloß dahin, wohin Ihr nicht begehret.«

»Straf' mich Gott! Darin hast Du Recht, sonst wäre ich nicht in dies stinkende Gewölbe, auf dem Schutt der Freudenau, in Deine angenehme Gesellschaft geraten.«

»Die ganze Welt ist durch die Ruchlosigkeit der Sünder eine zertrümmerte Freudenau, ein verwüstetes Paradies geworden. An Euren Augen hängt die Wollust; an Euren Lippen Fluch; an Euren Händen Blut der Ermordeten. – Herr! Auch ich war, was Ihr seid; ich wünsche, dass Ihr einst, von der heiligen Gewalt des Geistes ergriffen, das werdet, was ich bin.«

»Sehr verbunden; doch kann ich Dir nicht verbergen, dass ich einstweilen die Gewalt des Geistes nicht bemühen möchte, aus meiner Wenigkeit einen fahrenden Bettler zu machen.«

»Der Herr ist allmächtig im Himmel und auf Erden; wer widersteht seiner Hand? Er wird Euren Stolz beugen und zur Erde schmettern, wie der Blitz den Wipfel der Tannen. Eure Burgen werden von den Höhen niedersteigen und die Grundmauern demütiger Strohhütten tragen. In Euren Helmen werden die Eulen nisten, und die Kinder auf den Straßen mit gebrochenen Wappenschildern spielen. Siehe, der Tag ist vor der Tür, da die Menschen unter dem Schrecken Gottes genesen sollen zur Wahrheit; da die verstoßenen Stiefkinder in ihr ewiges Recht und göttliches Erbe zurücktreten sollen, welches Euer geiziger Hochmut ihnen geraubt hat. Es werden die hochbelaubten Stammbäume am Licht des Himmels verdorren, wie Schwämme der Nacht, und die Söhne der Leibeigenen den Töchtern der Freiherren Brautringe geben. Denn wir sind allzumal Kinder Gottes, der da nicht kennt den Unterschied des edlen und unedlen Blutes, aber der da richten wird die Gerechten und Ungerechten.«

Die großen Augen des Alten leuchteten, indem er dieses sprach. Unwillkürlich erhob er sich während der Rede vom Sitze; doch mit sanfter Gewalt zog ihn seine Begleiterin wieder an ihre Seite nieder.

»Lollhard, Lollhard!« rief der Herr von Baldegg und drohte mit dem Finger. »Fast will mich bedünken, Du kommest aus den Bergen von Appenzell oder Schwyz, unser Bauernvolk gegen die gnädige Herrschaft von Österreich aufzuwiegeln. Hüte Dich, Prophet! Hier zu Lande ist der Hanf wohlfeil genug, um Dir dafür unentgeltlich einen Schmuck für den dürren Hals zu drehen. Kehre heim, wenn Dir zu raten ist, kehre heim zu Deinen aufrührerischen Kühmelkern und sag' ihnen, ihr jüngster Tag komme, ehe die Kirschen reifen! Ihre höllische Brut, die alle göttliche und menschliche Ordnung zerreißen will, soll von der Erde vertilgt werden; und die Nester, in denen sie der Teufel ausheckte, sollen verbrannt werden, dass die Flammen hinausfackeln bis zum letzten Stall in den Alpen.«

»Herr,« erwiderte der Lollhard gelassen, »ich stehe in keines Menschen Dienst und bin keines Gesandter. Darum lasset mich in Frieden ziehen! Fragt mich nicht weiter: der Gang des Ewigen ist unerforschlich und ich habe seinen furchtbaren Arm gesehen.«

»Mitnichten!« rief Marquard, »So wohlfeil kommst Du mir nicht wieder los, Du prophetischer Rabe! Bekenne nur, die Eidgenossen haben Dich in dies Land gesandt, um ihren verruchten Hass gegen Österreich zu predigen und Aufruhr gegen Adel und rechtmäßige Obrigkeit zu erregen. Was hast Du vorhin verlauten lassen? Sprich!«

»Ich sprach: Gott ist der Herr, und keiner ist Herr, als Er, der Lebendige,« schrie der Alte entflammt; »Ihr aber seid die Gefäße seines Zorns, die er zermalmen wird zu Scherben, weil Ihr seine Stimme nicht hören, seine Zeichen nicht sehen wollet. Er ist der Herr; darum sollen wir nicht Herren sein, nicht Knechte, sondern Brüder in ewiger Kindschaft zu Gott. Er zerbricht die Zepter und Kronen, wirft sie zu den Gebeinen der Toten und spricht: Nur die Lebendigen sollen leben, aber niemand kann leben, als in mir! So spricht der Herr. Wie lange will Eure Vermessenheit mit ihm rechten? Ihr habet Euer Gesetz gestellt über Gottes Gesetz; Eure Ordnung über die Ordnung der Natur; Euren Thron über den Stuhl des Weltenrichters. Eure Brüder habt Ihr zu Leibeigenen gemacht und in Knechtschaft verkauft, wie das Vieh. Ihr handelt Gold zu Euren Wollüsten ein um Menschenblut, und bauet Eure Paläste mit Hohnlachen aus den Scherflein der Waisen und Witwen. Aber der Grimm des Herrn ist über Euch erwacht, darum, dass Ihr Götter sein wollet auf Erden und

Euch anbeten lasset von Euren Unterjochten. Es wird Entsetzen gehen durch die Gauen von Zürich und Wehklage sein unter den Mauern von Basel. Die Furchen der Äcker sollen Gräber werden und die Seen blutige Wellen werfen, auf dass die Kinder Gottes frei einhergehen und die Altäre der Abgötter in Staub zerfallen«

»Straf' mich Gott, der Kerl ist wahnwitzig!« rief Marquard und prallte zurück, als der Alte, welcher in der Begeisterung eines Sehers sprach, sich in seiner langen Gestalt emporrichtete und einen Schritt vorwärts tat gegen den Ritter.

Die Gefährtin des Lollhard erhob sich nur ein wenig, um diesen wieder an ihre Seite zurückzuziehen. Sogleich gehorchte ihr der Alte, setzte sich und verstummte wieder. Bei der Anstrengung seiner Nachbarin, ihn zu ergreifen, war aus dem weiten Ärmel ihres Gewandes eine so weiße zarte Hand hervorgekommen, dass der Herr von Baldegg plötzlich den gespenstischen Greis vergaß und mit seinen Augen dem feinen Vermittlerhändchen folgte, welches sich ebenso schnell wieder im groben Tuche der Kleider verbarg.

»Bruder Lollhard,« sagte Marquard, »unter uns gesagt, ich kenne Dich und Deinesgleichen. Wir Andern sind in Euren Augen allzumal Sünder; aber wenn Ihr mit einem artigen Mägdlein Tag und Nacht umherschwärmt, so lebt Ihr, nach Eurer sauberen Lehre, nur im paradiesischen Stande der Unschuld. Wer ist denn die hübsche Begutte*)Name der weiblichen Begharde, oder Lollharde. dort neben Dir? Eine Schwester im Herrn? Alter, ich verspüre Unrat! Gestehe, aus welchem Kloster hast Du dies Nönnlein weggelockt, um mit Dir zu gehen?«

»Sie hat noch keinem Kloster angehört,« antwortete trocken und kurz der Lollhard.

»Ich verstehe, Alter! Also Dein Seelenweib, denn Dein wirkliches kann sie nicht sein. Du bist alt genug, um bei ihr heilig zu bleiben.«

»Herr, sie ist meine Tochter!«

»Eine geistliche Tochter, denke ich,« versetzte Marquard lachend, »und wie mich bedünken will, mit nicht ganz heilem Gewissen, denn umsonst verdeckt sie nicht das ganze Gesicht, als wär's gestohlene Ware. Nun, fromme Begutte, lass mich Dein Antlitz schauen, wenn Dein Gewissen gesund ist!«

»Herr,« rief der Alte ernst, »Euer Stand gebietet Euch Ehrfurcht gegen Frauen.«

»Hm, Lollhard! Nicht gegen alle, sonst müsste ich auch des Teufels Großmutter die Hand küssen. Drum mit Erlaubnis, lasset sehen!« rief Marquard und trat zu der weiblichen Gestalt.

Der Alte streckte den Arm zum Schutz vor und rief: »Wer gibt Euch ein Recht, unverschämt zu werden?«

Der Herr von Baldegg warf den Arm des Greises auf die Seite, riss im gleichen Augenblicke gewaltsam den groben Tuchmantel vom Gesicht der Verhüllten und staunte sie verblüfft an, weil er nicht wusste, wie ihm geschah. Es war freilich ein ihm unbekanntes Gesicht, aber eins, mit welchem man zeitlebens bekannt sein möchte; im rauen Gewande das feinste Engelsköpfchen voll göttlichen Ernstes; zwischen Felsengrau eine sanft glühende Alpenrose. Der Herr von Baldegg war wohl über die Jahre hinweg, wo der goldbraune Glanz solcher Locken und der schöne Blick solcher blauen Augen gefährlich wirken kann, aber doch fühlte er sich von der eben hier nicht erwarteten Anmut betroffen. Die Frau hatte sich schon längst wieder und dichter denn vorher in den Mantel gewickelt, ehe Marquard von seinem Erstaunen sich erholt hatte. Er hörte und verstand keine Silbe von den Vorwürfen, welche ihm der erzürnte Alte von der Seite zu schnarchte.

»Höre, Lollhard!« redete er diesen endlich an. »Sei aufrichtig, bekenne, wo hast Du dies arme Kind geraubt? Das ist keine Ware für Dich und keine Ware von Dir. Ich lasse Dich ungestraft ziehen, wenn Du mir lauteren Wein einschenkst. Sperre Dich nicht; keine Winkelzüge; es ist schon alles verraten. Das Mägdelein ist gestohlen, entführt. Jungfer! Ihr seid in meinem Schutze; fürchtet nichts von mir, und noch minder von der Rache dieses Alten. Vertrauet Euch mir!«

Die Verhüllte bewegte den Kopf verneinend und streckte die Hand vor, als wolle sie in einer Bewegung des Abscheus den Ritter von sich stoßen.

»Versteh' ich Euch recht?« fuhr dieser fort. »Ihr wollt bei dem Lollhard verbleiben?«

Sie neigte bejahend das Haupt.

»Straf' mich Gott! So hat er Euch behext. Meinethalben, schöne Begutte! bleibt wo Ihr wollt; ich mag's wohl leiden, wenn Ihr mit dem lebendigen Tod, mit diesem Geripp und Gespenst, vorlieb nehmen wollt; aber vergönnt mir wenigstens, noch einmal Euer holdes Antlitz zu bewundern.«

»Hebet Euch von mir!« sagte die Begutte unterm Mantel, aber mit solchem Wohllaut der Stimme, dass Marquard nur den süßen Klang, nicht den Zorn darin hörte.

»Redet doch nicht zu mir, wie der Herr zum Satan! Ihr habt mir alle Herrlichkeit der Welt gezeigt; nicht ich zeigte sie Euch. Ich verlange von Euch keinen Fußfall, aber Eure Schönheit könnte wohl meinerseits darauf Anspruch machen.«

Als er dies gesagt hatte, stand sie rasch von der Bank auf, zog den Alten mit sich empor und rief: »Fort, fort von hier, mein Vater, dass wir zu andern Menschen kommen!«

»Warum flieht Ihr, fromme Begutte?« sagte Marquard lachend. »ich denke Euch kein Übles anzutun, obschon Ihr in meiner Gewalt seid.«

»Sind wir,« rief der Lollhard, »unglücklicherweise in Eure Raubhöhle geraten, so solltet Ihr doch die Rechte der Gastfreundschaft gelten lassen. Übrigens stehen meine Tochter und ich nicht in Eurer, sondern in Gottes Gewalt. Lasst uns gehen!«

»Dich lasse ich wohl fahren, Graubart,« versetzte Marquard, »aber nicht also halten es Ritter mit artigen Mägdlein. Nun denn, spröde Büßende, versagt mir das Lösegeld nicht!«

Er legte bei diesen Worten die Hand an ihren Mantel. Der Lollhard aber warf sich ihm mit Macht entgegen, stellte sich zwischen ihn und die Jungfrau und fasste mit seiner dürren Hand einen keulenförmigen, langen Knotenstock, der, ihm zunächst, an das schwarze Gemäuer gelehnt war. Doch Herr Marquard ließ sich dadurch nicht irren, schleuderte den unkräftigen Greis beiseite und schloss die zitternde Verhüllte, die ein klägliches Geschrei erhob, lachend in seinen Arm.

In diesem Augenblick kam Herr Gangolf Trüllerey, welcher inzwischen, weil der Regen nachgelassen hatte, zur Aar gegangen war, um das Landen der Fähre zu sehen, zurück. Er hörte das Hilferufen der weiblichen Stimme im Gewölbe, sprang hinein, sah Marquards Ringen mit der Vermummten und befreite diese, indem er den Ritter mit einem Wurf zum Gewölbe hinausfliegen ließ. Es war aber nicht gut fliegen über den Schutt der Freudenau. Herr Marquard drehte sich durch die Gewalt des Stoßes erst zweimal um sich selbst und fiel dann sehr unsanft auf das Steingetrümmer nieder.

»Verzeiht, Herr Marquard,« sagte Gangolf, »aber es ist nicht fein von Euch getan, ein schwaches Weib zu überwältigen.«

Erst aus dieser Anrede konnte sich Marquard, der verwundert und erzürnt nach allen Seiten umher sah, den unwillkürlichen Flug und wie er zum Sitzen gekommen sei erklären.

»Ihr seid ein grober Gesell, Herr Trüllerey!« sagte Herr von Baldegg ärgerlich, indem er aufstand und sich den Schenkel rieb. »Wer hat Euch, Teufel! zum Ritter gemacht, da Ihr zum Drescher so gut taugt? Setzt künftig den Flegel, statt der Lilie, in Euer Wappenschild!«

»Den Flegel habe ich zur Hand,« erwiderte der Jüngling ruhig und legte den Zeigefinger auf den blanken Eisenknopf seines Schwertgriffes. »Wollt Ihr mir zum roten Felde meines Wappens die Farbe liefern, so soll der Flegel hinein.«

»Nehmt's nicht übel!« rief höhnisch lachend der Herr von Baldegg. »Euer Witz ist ein erbärmlicher Schmarotzer, der sich an fremden hängen und vollsaugen muss, um Leben zu haben. Ich frage nur, was mischt Ihr Euch in meinen Handel mit diesem Landstreicher und dieser Begutte? Verdächtiges Gesindel ist's, was durchs Land zieht, das Volk gegen den Adel hetzt, Wege und Stege ausspäht, um den hungrigen Räubern des Gebirges unsere Küchen, Keller und Speicher zu zeigen. Aufknüpfen sollte man diese Spürhunde längs den Landstraßen, allen Eidgenossen zur Warnung. Was hindert Ihr den Ausbruch meines gerechten Zornes?«

»Der Ausbruch Eures gerechten Zornes,« versetzte Trüllerey, »hatte mehr Zärtlichkeit, als die Sittsamkeit eines Weibes und die Würde eines ehrlichen Edelmanns ertragen mag.«

»Junger Mensch,« rief Marquard mit donnernder Stimme, und sein unvertilgbares Lächeln schien sich zu verlieren, »ich weiß nicht, ob Ihr Händel mit mir wollt; aber sucht Ihr, so sollt Ihr finden! Fast gereut es mich, dass ich Euch nicht die tölpelhafte Faust, als sie sich an mir vergriff, vom Rumpfe wegschlug. Jetzt schweigt und reizt mich nicht! Ich habe Eurer bis jetzt, mit Überwindung meines eigenen Ärgers, geschont. Ihr wisst, Ihr wart mir lieb; aber reizt mich nicht, oder die letzten Rücksichten fallen und ich zahle Euch den verdienten Lohn!«

»Ich werde Euch nicht reizen und werde Euch nicht fürchten,« entgegnete Gangolf; »lasset diese Leute unangefochten von hinnen ziehen. Sie bleiben unter meinem Schutze, und wehe dem, welcher ihnen ein Haar krümmt!«

»So lauft denn mit dem lüderlichen Volk bis an der Welt Ende, wenn Ihr es meiner Gesellschaft vorziehen wollt,« antwortete Marquard, ging zu seinem Pferde und schwang sich hinauf; »aber Junggesell, Junggesell, wahre Dich, es könnte Dich meine Vetterschaft kosten!«

Damit sprengte er längs dem Ufer hin, der Knecht ihm nach. Der Herr von Baldegg ritt wieder den stillen Weg am Rain hinauf, welchen er, in Gangolfs Gesellschaft, vor einer halben Stunde erst gekommen war; während dessen gingen die Übrigen mit Ross und Esel auf die Fähre und die Schiffsleute stießen ab.

4.
Die Begutte.

Es hatte aufgehört zu regnen. Hin und wieder zerteilte sich das einförmige Grau des Himmels und ließ das reinste Blau sichtbar werden. Einzelne Buchfinken, diese fröhlichen Herolde des Frühlings, sangen in den Zweigen des Gebüsches ihre heiteren Triller, die erwidernd aus der Ferne zurückgesungen wurden,

Während die Reisenden zwischen den hohen Ufern der geschwollenen Aar hinüberschwammen, beobachteten sie, mit sich selbst beschäftigt, gegenseitiges Schweigen. Der Lollhard hielt den Esel, auf dessen Sattel die daneben stehende Begutte ihre gefalteten Hände und Arme ruhen ließ und ihr verhülltes Antlitz niedersenkte. Herr Gangolf warf den vom Regen schweren Mantel ab, befestigte ihn auf dem Rücken seines Pferdes und stand dann, einen Fuß über den andern geschlagen, in Gedanken vertieft, an sein treues Tier gelehnt.

Er dachte noch an die letzten Worte des Herrn von Baldegg, die ihn sehr beunruhigten, weil ihr Sinn ihm kein Rätsel bleiben konnte. Marquard nämlich war dem reichen und mächtigen Geschlecht der Freiherren von Falkenstein verwandt und galt bei ihnen viel, wegen des Altertums seines Hauses; wegen geleisteter Freundschaftsdienste; wegen der Gleichheit seiner Gesinnungen mit den ihrigen und wegen seines aufgeweckten Wesens. Aber auch Ritter Gangolf Trüllerey war nahe daran, in die Verwandtschaft der Falkensteine zu treten, denn die reizende Ursula, Tochter des Herrn Hans von Falkenstein, war seine anverlobte Braut und die Vermählungsfeierlichkeit auf die Zeit festgesetzt, wo der Friede zwischen Zürich und Österreich einerseits und den Eidgenossen andererseits besiegelt sein würde. Gangolf hätte vielleicht auf die Hand der reichsten Erbin im Aargau keinen Anspruch wagen dürfen, da ihn, obschon altadeligen Herkommens, weder der Glanz seines Geschlechts, noch der Reichtum seines Hauses besonders begünstigten, aber die besondere Huld des Markgrafen Wilhelm von Hochberg, welcher für seinen Liebling selber Brautwerber beim Freiherrn von Falkenstein gewesen war, als auch die Neigung des Fräuleins, hatten alle Hindernisse besiegt. Der junge Mann liebte die schöne Braut mit aller Zärtlichkeit, welche ihre Anmut verdiente und die seinem warmen Blute natürlich war. Wiewohl diese Verbindung ursprünglich weniger das Werk der Liebe, als das des Markgrafen von Hochberg gewesen sein mochte, hatten die Herzen doch nachher gern gebilligt, was Klugheit und persönliche Vorliebe des kaiserlichen Statthalters der vorderen Lande mit dem Vater der Braut, Hansen von Falkenstein, festgestellt.

Diese Verhältnisse dürfen dem Leser nicht unbekannt sein, um sich Gangolfs stilles und finsteres Benehmen, seit seinem Zusammentreffen mit dem Herrn von Baldegg, zu erklären. Schon die erste Botschaft, welche er von demselben vernahm, dass sich zu Baden alle Friedensunterhandlungen zwischen Zürich und den Eidgenossen zerschlagen hätten, vernichtete einen großen Teil seiner Hoffnungen. Mit der Gewissheit vom nahen Wiederausbruche des Krieges hatte er auch die Gewissheit von dem längeren Aufschube seiner Vermählung. Eine Aussicht, wie diese, ist nichts weniger als angenehm für einen Bräutigam, der in seinen Träumen die Geliebte schon hundertmal, als Neuvermählte, in die väterliche Burg eingeführt hat. Nun lagen noch blutige Schlachtfelder, kühne Stürme auf die Mauern fester Schlösser, Schlingen und Netze eifersüchtiger Nebenbuhler und zahllose Möglichkeiten von Trennung durch Gewalt oder Untreue zwischen ihm und dem Traualtar.

Die Fähre landete unterdessen am andern Ufer der Aar, unter den Hütten der Stilli. Gangolf warf den Schiffsleuten den Fährlohn hin für sich und die Begharden. Der alte Lollhard bemerkte diese Freigebigkeit, verbeugte sich und sagte: »Edler Herr! Ihr habt mir und meiner Tochter schon mehr als Fährgeld erspart; Gott lohne Eure Großmut!« Am Ufer hob derselbe dann die verhüllte Tochter auf den Sattel des Esels, auf welchem sie bequem und sicher saß. Der Alte ging mit langem Stabe neben dem Tiere her. Gangolf ritt langsam mit ihnen, den vom Ufer emporsteigenden Weg zum Dorfe hinauf, die Straße gen Brugg. Der Himmel erheiterte sich vollends und bald kamen sie unter den Felsen unweit der Kirche von Rain vorüber. Als der Lollhard bemerkte, dass Herr Gangolf den Lauf seines mutigen Pferdes nur zurückhielt, um sie zu begleiten, sprach er: »Wenn ich glauben darf, dass Ihr unsertwegen zögert, so bitte ich, lasset dem Ross die Zügel fahren; Veronika und ich reisen in Gottes sicherem Geleit!«

»Wenn Ihr mich nicht vorher verlasset, so verlasse ich Euch nicht bis zur Stadt,« antwortete Gangolf kurz, und verfolgte seinen bisherigen langsamen Schritt.

Indessen die träge Fortsetzung der Reise wurde selbst dem jungen Ritter ein wenig langweilig; es wurde ihm auch das fruchtlose Brüten über seine Grillen zuwider. Sich zu zerstreuen, warf er den Blick links, auf die weite Gegend hin, jenseits der Aar, auf die spiegelnden Wellen der Limmat und der Reuß, die beide aus fernen, weitgetrennten Quellen der Alpen sich hier zusammenfinden, um ihr Leben in dem des mächtigen Aarstroms aufzulösen. Dann, um seine Begleiter, die er bisher keines Blickes gewürdigt hatte, kennen zu lernen, wandte er den Kopf auf die andere Seite.

Mehr als der Alte, welcher mit gesenktem Haupte rasch vorwärts schritt und die Lippen bewegte, als wenn er still für sich betete, zog die Begutte seine Aufmerksamkeit auf sich, eben darum vielleicht, weil ihre Verhüllung seine Neugier mehr erregte. Sie saß, gegen ihn gerichtet, quer auf dem Sattel, den einen Fuß im eisernen Steigbügel, den andern frei hängen lassend. So viel unter dem Saum des faltenreichen Gewandes von den Füßen sichtbar wurde, ließ sich die niedliche Form derselben und ein noch sehr jugendliches Alter der frommen Reiterin ahnen. Damit schien auch die blendende Weiße und die Feinheit des Kinnes übereinzustimmen, in welchem ein zartes Grübchen unverkennbar blieb. Gangolf, welcher keinen andern Zeitvertreib hatte, verwandte kein Auge von dem Grübchen in diesem Schneehügel und bedauerte beinahe heimlich, dass seine Braut des kleinen Reizes entbehre. Da das Kleid dicht unterm Kinn zusammengeheftet war, so blieb der Weide seiner Augen nur ein kleiner Spielraum. Nichtsdestoweniger richtete er von Zeit zu Zeit den Blick dahin, in der Hoffnung, durch eine vielleicht vom Luftzuge veranlasste günstige Bewegung des herabhängenden Tuches fernere Entdeckungen zu machen und die Lippen seiner verschleierten Begleiterin zu erblicken. Aber die Luft blieb still, und unbeweglich der Vorhang.

Schon einige Male hatte er sich vorgenommen, die stumme Reiterin anzusprechen; aber immer wieder, er selbst wusste nicht warum, hielt er seine Worte zurück. Plötzlich wandte sich die Begutte mit dem Kopf nach der entgegengesetzten Seite, wo der Lollhard auf der unebenen, durchweichten Landstraße trockene Stellen für seine Schritte suchte.

»Du bist müde, Vater; lass mich absteigen und ruhe Du!«

Sie hielt wirklich den Esel an, um abzusteigen; aber Gangolf war im gleichen Augenblick schon vom Pferde und führte sein Ross dem Alten zu.

»Nehmt meinen Platz ein,« sagte er zu dem Lollhard, »denn wer, wie ich, den ganzen Tag auf dem Gaul sitzt, findet Erholung, wenn er sich seiner Beine einmal wieder bedienen kann.«

Der Lollhard, welcher seine Müdigkeit nicht verleugnete, zeigte bei Gangolfs Antrage keineswegs jene Verlegenheit, die der Niedrige gewöhnlich bei der Herablassung und Güte empfindet, mit welcher ihn der Große überrascht, sondern nur ein freundliches Erstaunen über diesen Beweis von Leutseligkeit, die damals eben nicht zu den Tugenden der stolzen Ritterschaft gehörte. Er dankte, schwang sich ohne Mühe aufs Pferd, und seine Haltung und sein Anstand verrieten, dass er hier nicht an ungewohnter Stelle sei.

Gangolf ging nun zwischen beiden. So oft es ihm der Weg gestattete, warf er den Blick seitwärts, um aus seinem veränderten und günstigen Standpunkte unter der Kopfbedeckung der Jungfrau die Form des Mundes zu entdecken, der vorhin mit so vielem Wohllaut geredet hatte.

Der Lollhard seinerseits, nun er der Beschwerlichkeit des Fußwanderns überhoben war, überließ sich wohlgemut der Betrachtung der umherliegenden Gegend. Er warf noch einmal den Blick auf den Punkt zurück, wo die Gewässer der Aar, Limmat und Reuß zusammenfallen und sprach: »So löset sich mir das Rätsel, weswillen die Burg der Freudenau in so unbequemer Lage, so hart an die Aar, hingebaut worden sein mag: es galt dem Erbauer, Meister der Überfahrt zu sein, die nirgends als da stattfinden konnte, wo der Strom fast unbeweglich zwischen unveränderlichen Ufern breit und ruhig dahingleitet, nachdem er Reuß und Limmat in sich aufgenommen. Welch großes, herrliches Schauspiel gewähret diese Landschaft. Blicke auf, Veronika, und siehe die ewige Herrlichkeit Gottes!«

Veronika hatte das Tuch von ihrem Antlitz zurückgeschlagen und ließ die hellen, trunkenen Augen durch die Umgegend schweifen. Sie öffnete endlich die rosigen Lippen und sagte: »Welch eine unendliche Schönheit! Sieh' doch diesen Glanz in den Nebeln, dies Goldgrün unter den finstern Wäldern! Es ist das Lächeln eines Weinenden.« Und indem sie dies sagte, merkte sie selber nicht, dass die Rührung des Entzückens ihre blauen Augen mit einer Träne schmückte. Gangolf verstand nichts von allem, was sie sonst noch zu ihrem Vater sagte. Ihre ersten Worte allein klangen ihm in der Seele fort: Welch eine unendliche Schönheit inmitten der winterlichen Natur!

Bei der Langsamkeit, mit welcher man die Reise fortsetzte, trat die Nacht ein, ehe die Stadt erreicht war. Während das geschlossene Thor der Ringmauer geöffnet wurde, stieg der Lollhard auf der Brücke vom Pferde und leitete es in die Stadt, die steile Straße hinauf, bis an das Thor der Herberge. Hier hob Gangolf die Begutte, deren Antlitz wieder vom Tuche bedeckt war, mit ritterlicher Höflichkeit vom Sattel des Esels. »Der Himmel lohne Euch, edler Herr, was Ihr uns armen Leuten heut getan!« sagte sie mit halblauter Stimme. Auch der Lollhard kam herbei, seine Erkenntlichkeitsbezeugungen zu wiederholen. Gangolf aber wünschte beiden gute Ruhe und folgte schnell den Knechten, die ihm, mit brennenden Kerzen leuchtend, ins Haus voranschritten.

5.
Der Schultheiß von Brugg.

Der junge Rittersmann erwachte am andern Morgen später als er selbst gewollt, und kleidete sich mit größerer Sorgfalt, um vor den Augen der Braut nicht missfällig zu erscheinen. Sein Barett umwehten weiß und rot gekräuselte Federn; das Wams, mit Goldstickerei an den Nähten, war um Hals, Brust und am Saum der faltenreichen Schöße mit kostbarem Pelzwerk verbrämt. Selbst die Ränder der weiten Stulpen an den Stiefeln, die nur bis zur halben Wade reichten, sah man mit Goldschnur besetzt. Das große Schwert hing an der Hüfte, nicht nur vom Leibgürtel, sondern auch vom breiten Gehänge über die Achsel gehalten, sowohl des besseren Aussehens wegen, als auch, dass die lange Klinge bequemer zu tragen sei.

Von den Wirtsleuten, die ihn, als er sich zum Schultheißen begeben wollte, ehrerbietig zur Haustür begleiteten, vernahm er, dass die Begharden bei Anbruch des Tages wieder abgereist wären. Da gedachte er, nicht ohne stille Bewunderung, der schönen Reisegefährtin, doch bald war diese vergessen, als er nach wenigen Schritten das Haus des Schultheißen Ludwig Effinger erreichte, wo er Ursula von Falkenstein, seine Braut, zu finden erwartete.

Der Schultheiß, ein achtbarer Greis, saß im halbdunkeln Zimmer und las emsig und so gedankenvoll in einem vor ihm aufgeschlagenen dicken Buche, dass er sich nach dem Eintretenden nicht umsah. Den Tisch vor ihm, welchen viele Schriften und Pergamentbriefe mit großen daran hängenden Siegeln bedeckten, so wie ihn selbst, beleuchtete der durch die runden Scheiben des kleinen Fensters fallende Sonnenstrahl. Er war ein ehrwürdiger, frisch aussehender alter Herr, den das Gewicht der Jahre nicht beugen zu können schien. Über sein volles, rötliches Gesicht scheitelte sich das schneeweiße Haupthaar zu beiden Seiten, bis auf die

Achseln, wo das einfache, schwarze Kleid von einem breiten, gefalteten Kragen aus den feinsten Linnen bedeckt war. Sobald der Schultheiß den Gast erkannte, erhob er sich freundlich, hieß ihn mit treuherzigem Händedruck willkommen, fragte um Wohlbefinden, um woher? und wohin? und befahl, zur Thür hinausrufend, dass man Erfrischungen bringe.

»Ihr trefft zur glücklichen Stunde ein, lieber Herr und Freund,« sagte er, »denn Jungfrau Ursula ist in unserer Stadt. Zwar hat sie mir das Leid angetan, nicht vor meinem Hause abzusteigen, doch wird sie heute mit uns zu Mittag speisen, und Ihr, versteht sich, seid von Herzen eingeladen.«

Nun erfuhr Gangolf, dass seine liebenswürdige Verlobte nur noch zwei Tage in der Stadt verweilen, dann zu ihrem Vater, Hans von Falkenstein, nach Seckingen reisen werde, dass sie, einige weibliche Bediente ungerechnet, einen Ritter Bentelin von Hemmenhofen und einen lustigen Gesellen von Waldshut, namens Isenhofer, zur Begleitung habe, der kurzweilige Verse mache, aber ein Erzfeind der Eidgenossen sei.

»Dieser Isenhofer gefällt mir nicht!« sagte der Schultheiß. »Er ist ein Witzjäger, ohne Verstand. ein unbesonnener Schwindelkopf, der zu nichts rechtem taugt und da gern Feuer anbläst, wo er löschen sollte. Ich wollte, die Herren von Falkenstein duldeten ihn nicht um sich. Er regt gegen die Schweizer auf, wohin er kommt; das wäre jetzt am wenigsten nötig, wo die Zusammenkunft in Baden einen so üblen Ausgang genommen hat.«

Während eine Magd auf silbernem Teller in vergoldeten Bechern Malvasier, auch geröstete Brotschnitte und Backwerk aller Art zum Frühstück auftrug, wurde die letztberührte Begebenheit, das Anrücken der Armagnaken, die Stärke und Absicht des französischen Heeres, der Anspruch Friedrichs auf sein Recht im Aargau und andere Ereignisse dieser Tage besprochen. Lieber wäre der Bräutigam seiner Sehnsucht gefolgt und zur Verlobten hingeeilt, hätte ihn nicht der Schultheiß in ein Gespräch verflochten, welches seine ganze Aufmerksamkeit fesselte.

»Ich war erst unlängst im Freihof zu Aarau,« sagte der Schultheiß, »um mit Euerm Herrn Vater und seinen Freunden im dortigen Stadtrate vorläufige Abrede über das Verhalten unserer Städte beim Wiederausbruch des Krieges zu nehmen. Aber ich darfs Euch nicht verhehlen, ich erkannte Herrn Rüdiger, Euern Vater, meinen alten Freund, kaum wieder. Von Landessachen war nicht mit ihm zu plaudern. Ihr werdet ihn sehr verändert finden, lieber Herr und Freund, da Ihr ihn seit Eurer Reise zum König von Frankreich nicht gesehen habt.«

»Mein Vater?« sagte Gangolf bestürzt.

»Er ist hingeschwunden zu einem Schatten,« fuhr der Schultheiß fort: »Es scheint, ein unheilbarer Trübsinn verfinstert sein Gemüt und zehrt den Rest seiner Kräfte auf. Er teilt sich andern wenig mit, spricht viel für sich selber, ist oft ganze Tage im oberen Gemach des Turmes Rore verschlossen, ja oft ganze Nächte, und man liest die Gleichgültigkeit, mit der er alle Vorgänge ansieht, in seinen Augen.«

»Ihr machet mich bange!« rief Gangolf. »Was ist ihm begegnet?«

»Eine schleichende Krankheit,« erwiderte der Schultheiß, »die ihren Sitz in der Leber hat, sagt der Arzt. Was weiß ich's? Gar nahe Gefahr ist wohl nicht da, doch solltet Ihr Euch auf alles bereithalten. Darum ist mirs lieb, Euch zu sprechen; denn ich meine, Ihr solltet bei Eurem Vater verbleiben und nicht weiter mit dem österreichischen Adel und im Dienste des Markgrafen umherziehen.«

»Herr Schultheiß,« versetzte der junge Ritter, »Euch ist wohl bekannt, dass unser Haus durch mancherlei Schicksal von seinem alten Wohlstande gekommen ist. Ich bin ein junger Gesell, zum Kriegshandwerk geboren und erzogen, und muss meinem Glück unter fürstlichen Fahnen und an großen Höfen nachjagen. Sitze ich daheim, im alten Turme von Rore, fragt niemand nach mir. Kaiserliche und königliche Gnadenbriefe wirft man keinem zum Fenster herein und die Göttin Fortuna ist aller Welt zu lieb, als dass sie im Freihof zu Aarau Schutz suchen müsste.«

»Ihr wollet Euch jedoch erinnern, Herr und Freund,« sprach Herr Effinger, »dass der Turm Rore mit Zinsen, Zehenden und Gefällen ein Lehen der Stadt Bern ist, welches sie, kraft obrigkeitlicher und lehensherrlicher Macht, Euch entziehen könnte, so Ihr es mit den Österreichern und feindlich gegen sie hieltet. Es scheint mir, man solle die Taube nicht aus der Hand fliegen lassen, bevor die Wildgans geschossen ist. Wenn Ihr nun den Freihof verlöret?«

»Mir will der Markgraf von Hochberg wohl,« antwortete Gangolf; »er steht beim Kaiser in hohem Ansehen. Auch wird mich Hans von Falkenstein nicht fallen lassen, dessen Tochtermann ich werde.«

»Lieber Herr und Freund,« entgegnete kopfschüttelnd der Schultheiß, »vertrauet heutigen Tages nicht auf Fürstenschwur und Edelmannswort, denn beide sind mit Luft auf Luft geschrieben. Freiherr Hans braucht für sein Wohlleben mehr, als er vielleicht am Ende selbst besitzt. Schon hat er Farnsburg verpfändet; fragt in Seckingen, wo er mit der Hagenbach lustige Tage gelebt, ob von dem Gelde noch etwas übrig sei? – Auch Österreich, welches den Aargau feierlich abgetreten hat, spricht wieder von

Rechten darauf. Ihr spielet ein verwegenes Spiel, lieber Herr, dafür Euch die einen schlecht lohnen und die andern übel danken werden.«

»Wird Bern unparteiisch zwischen Zürich und den Eidgenossen bleiben?« fragte Gangolf.

»Dort liegt des Schultheißen von Erlach Brief; er zweifelt.«

»So müssen Adel und Städte mit uns zusammenhalten und den Ausgang ruhig erwarten!« rief Gangolf.

»Ihr träumet,« entgegnete der Schultheiß, »Pech und Wasser halten besser zusammen, als Adel und Bürger. Dem Adel jucken die Fäuste; er möchte lieber heute als morgen den Tanz beginnen.«

»Um sich von der Hoheit der Stadt Bern zu lösen. Ich verdenk's ihm nicht,« sagte Herr Trüllerey. »Es scheint ihm anständiger, Vasall eines großen Königs, als eines hochmütigen Reichsstädtchens zu sein. Der Adel kann unter dem Machtgebote von Handwerkszünften nicht gedeihen; er muss an den Höfen der Fürsten in Verdienst und Glanz blühen, oder verderben. Aber laufen denn unsere Aargauer Städte unter Bern nicht ebenfalls Gefahr?«

»Und was folgert Ihr daraus, Herr Gangolf?« fragte der Schultheiß ernst.

»Das,« erwiderte jener lebhaft, »wofür ich mein alles in die Schanze schlagen möchte. Warum kann der Aargau kein unabhängiger, freier Stand sein, mit den übrigen Eidgenossen in gleicher Würde, des Hauses Österreich oder Berns Rechte vorbehalten? Heute stehen wir wieder, wie vor dreißig Jahren, als Bern unser schönes Land überrumpelte, besetzte und zur Beute machte, zwischen Österreich und dem Schweizerland. Was damals ungeschehen blieb, ist heute nachzuholen.«

»Genau, lieber Herr, stehen wir noch wie damals,« sagte Effinger, »als Städte und Edelleute gen Sursee ritten und nicht eins werden konnten. Der Adel will herrschen und großtun, glaubt sich dazu geboren und mag mit den Stadtbürgern nicht gemeinsames Werk haben. Unsere Städte aber befeinden sich ebenfalls törichter Weise selbst unter einander. Es fehlt am besten Kitt unter uns, der heißt zu deutsch: Gemeinsinn, Patriotismus. Darum erlagen wir vor dreißig Jahren. Heute wäre dasselbe Beginnen eitel und noch dazu sträflicher; wir wären Aufrührer, weil wir uns selber, und nicht durch fremde Gewalt, von der rechtmäßigen Obrigkeit lösten. Und wir haben unseren gnädigen Herren von Bern Huldigung geleistet!«

»Huldigung?« rief Gangolf mit Aufwallung. »Ja, als wir, die wir vor dreißig Jahren wehrlos waren, überfallen und übermannt wurden. So auch muss der Sklave huldigen, wenn ein neuer Herr ihn kauft. Aarau wollte schon damals widerstehen oder untergehen: es war noch Mut und Geist in dieser Gemeinde. Die Bürgerschaft unterwarf sich freilich, als sie, von Bern und Solothurn schwer bedrängt, innerhalb ihrer zerfallenden Mauern ohne Trost und Hilfe gelassen wurde. Gewalt aber ist kein Recht, sondern Gewalt, Herr Schultheiß, und gezwungener Eid kein frei geschlossener Vertrag.«

Das Gespräch dieser beiden Männer, welches sich schon mit bitteren Empfindungen zu mischen begann, wurde noch zu guter Zeit unterbrochen. Des Schultheißen Sohn, Herr Balthasar, und dessen junge Frau traten herein, den Gast und Freund zu begrüßen. Ihre redselige Höflichkeit nötigte ihn, so vielen Erkundigungen und Fragen Genüge zu leisten, dass es unmöglich wurde, den zerrissenen Faden der vorigen Unterhaltung wieder anzuknüpfen. In des Schultheißen Brust indessen blieb infolge derselben ein Anfang argwöhnischer Unzufriedenheit gegen den Herrn von Trüllerey zurück, und in diesem ein geheimer Ärger über des Schultheißen Unempfindlichkeit für des Aargaus unabhängige Stellung. Nach einiger Zeit und sobald sich ein schicklicher Augenblick dazu darbot, benutzte ihn der junge Mann, sich zu entfernen, um seine Braut aufzusuchen und zum Gastmahl im Effinger'schen Hause abzuholen.

6.
Die Braut.

Sein Herz schlug bange und freudig, als er die enge Treppe einer bäuerlichen Wohnung zu den Zimmern der Geliebten hinaufstieg. Er hoffte sie zu überraschen. Schon hörte er im Geist ihren Ausruf, sah ihre Bestürzung, fühlte ihre Umarmung und war eingedenk eines jeden schönen Wortes, was er zu sagen haben würde. Indessen geschieht es oft, dass die Wirklichkeit etwas ganz anderes bringt, als worauf wir uns vorbereiteten.

Eine der Kammerfrauen trat ihm auf einem schmalen Gange entgegen, das Zimmer der Gebieterin zu öffnen. Aus demselben trat im gleichen Augenblick ein reichgekleideter, junger Rittersmann, der sich mit ehrerbietiger Freundlichkeit vom Fräulein beurlaubte, welches, über dessen Achseln wegsehend, errötend den ankommenden Bräutigam erblickte. Ohne sich durch die Gefühle, die sie nicht verbergen konnte, in den äußeren Gebräuchen des Anstandes stören zu lassen, entließ sie mit gleicher Huld und Würde den Abgehenden, wie sie den Ankommenden in ihr Gemach zu treten bat. Hier küsste dieser stumm und bewegt erst ihre zarte Hand, dann schloss er mit Ungestüm die schlanke Gestalt der Verlobten an sein pochendes Herz. Sie aber wandte lächelnd das Gesicht seitwärts, dass seine Lippen nur ihre Wangen berührten, und sagte:

»Warum so spät, mein edler Junker?«

»Und warum so kalt, mein edles Fräulein?« erwiderte er, ihren Ton nachahmend, indem er sie fester an sich zog und dabei doch verwundert ansah, dass sie ihm den Kuss beim Wiedersehen versagte.

»Wie doch die Männer in allem immer nur sich selbst wiederfinden,« entgegnete sie. »Aber setzen wir uns!«

»Nicht eher, angebetete Ursi, bis mir Dein Mund den Kuss des Willkommens gegeben hat.«

Sie bot die Lippen mit halbem Sträuben dar, dann führte er sie zum Lehnsessel und wählte seinen Platz ihr gegenüber. Nun musste er von seiner Ankunft in Brugg, von seinem Besuche im Hause des alten Schultheißen, wo er sie zu finden gehofft, dann von seinem Aufenthalt in Frankreich und am Hoflager des Königs, von den schönen Frauen in Paris, von ihrer jetzigen Kleidertracht und Lebensweise erzählen. Seinen Beteuerungen, dass von allen jenen verführerischen Schönen keine auf sein Herz Eindruck habe machen können, begegnete der Unglaube ihres eifersüchtigen Zweifelns mit tausend Einwendungen. Doch am schwersten war ihm der Vorwurf zu beseitigen, dass er während eines langen Vierteljahres keine Stunde und keine Gelegenheit gefunden, der Braut einen Brief zu senden. Gangolf kannte die Neigung seiner Verlobten zum verliebten Argwohn, die launenhafte Heftigkeit ihrer Leidenschaft; doch hielt er die Rede für scherzende Neckerei, bis eine Träne ihrer dunklen Augen den Ernst derselben verkündete.

»Nein, Gangolf, nein!« rief sie und erglühte vor Stolz und Unwillen. »Ihr seid den Männern gewöhnlichen Schlages gleich; verantwortet Euch nicht. Ein Weib zu täuschen im liebenden Glauben scheint Euch ein leichtes, verzeihliches Werk. Diesmal seid Ihr der Betrogene! Nicht was Ihr saget, nein, was Ihr verschwieget, klagt Euch an. Es ist genug! – Ich begehre kein Herz, das ich mit Bettlerinnen zu teilen verdammt wäre. Oder begleitete Euch nicht die Treulosigkeit bis zu den Schwellen meiner Wohnung? Nun wisst Ihr, dass ich Euch kenne! Sehr schön, sagt man übrigens, sehr schön soll die Begutte sein, mit der Ihr noch die letzte Nacht in der Herberge fröhlich zusammen wart. Wohl! Haltet diese züchtige Vermummte aus Frankreich fest. Ich beneide Euch und die Buhlerin nicht. Ihr hattet Unrecht, sie in so großer Frühe, sobald Ihr meine Anwesenheit in dieser Stadt erfahren hattet, fortzuschicken. Ihr tatet übel, Euch Zwang aufzulegen.«

In der Ruhe des Bewusstseins seiner Unschuld konnte der junge Ritter sich anfangs des Erstaunens, nachher des Lächelns nicht erwehren. Mit wenigen Worten hoffte er ihren Argwohn zu beseitigen; aber so oft er zu reden begann, unterbrach sie seine Rechtfertigung, ehe dieselbe vollendet war, mit Widerlegungen, und ihre Widerlegungen mit neuen Vorwürfen. Zuletzt erkor er jenes glückliche Mittel, welches manchem Ehemann bei der keifenden Hausehre zu statten kommt, nämlich schweigend den Sturm über sich hinbrausen zu lassen. Während des regsamen Spieles ihres Züngleins betrachtete er mit Wohlgefallen die Jungfrau, die selbst der Zorn nur weiblicher und reizender machte. Ihr feuriger Blick wurde glänzender, das feine Rot ihrer Wangen noch höher. Die schwarzen Augenbrauen, welche sich, wie vom Schmerz des verwundeten Gemüts, über der länglichen, sanft gebogenen Nase zusammenzogen, bildeten dort eine leichte Falte und eine Schwellung der weißen Stirnhaut, die zugleich trotzigen Eigensinn und innigen Kummer bezeichneten. Ihr dunkles Haar, über der Stirn von einem mit Perlen reich besetzten, Diadem artigen Goldkamme gehalten, wallte um Schläfe und Ohren in einzelnen geringeltem Locken. Das halbdurchsichtige, vielgefaltete Gewebe, welches, wie ein Nebel, ihren Busen umwölkte, und hinter dem langen, griechischen Nacken im köstlichen Spitzenkragen halbmondförmig bis zur Mitte des Hinterkopfes emporstieg, verriet, auf- und niederwallend, die Bewegung im Innersten ihrer Brust. Gangolf glaubte in Ursula's ganzem Wesen niemals etwas Zauberhafteres gesehen zu haben, als in diesem Augenblick. Wirklich verlor er in der Lust des Schauens so vollkommen alle Aufmerksamkeit des Hörens, dass er in Verlegenheit geriet, als Ursula wiederholt in ihn drang, ihre letzte Frage, die er nicht gehört hatte, zu beantworten. Erst schien seine stumme Ruhe alle ihre eifersüchtigen Vermutungen zu bestätigen; dann, da er um Wiederholung der Frage bat, seine Unachtsamkeit ihren weiblichen Stolz noch mehr zu empören. Sie erhob sich schnell von ihrem Sitz und rief mit einem Blick der Verachtung:

»So ist denn selbst meine Gegenwart nicht vermögend, Eure Gedanken für einen Augenblick von jener feilen Dirne abzuziehen, die Ihr Euch zulegtet. Eilet doch lieber zu der Begutte, die nicht weit sein kann; ich halte Euch nicht. Die Bettlerin mag allerdings besser zum Ritter ohne Land und zum verfallenen Turm Rore passen, als eine Erbtochter des Hauses Falkenstein, die Urenkelin alter Grafen.«

Die stolze, schneidende Stimme, dieser unerwartete Vorhalt seiner Armut weckten aber plötzlich den edlen Trotz, welchen jeder Mann empfindet, wenn das Weib spüren lässt, dass Liebe bei ungleichem Reichtum und niederer Abstammung nur Gnadensache sei. Er sprang finstern Blickes auf. Wohl kannte er in dem reizenden, jugendlichen Geschöpf jene wandelbaren Launen, jenen kindischen Eigensinn eines im Elternhause verzogenen Lieblings, aber dass die Braut, im leidenschaftlichen Rausche des Unwillens, sich ihrer höheren Herkunft und ihres Reichtums bewusst blieb, dass sie ungroßmütig dessen erwähnen konnte. um ihn zu demütigen, als Braut schon, dem Bräutigam gegenüber, das erschütterte ihn.

»Fräulein,« sagte er mit halbunterdrückter, doch schreckerregender Stimme, indem er ihr mit Hoheit entgegentrat, »Ihr habt mich nie geliebt. Solches hättet Ihr nie gesprochen, wenn jemals eine Faser Eures Herzens freundlich für mich geschlagen hätte. Der böse Geist ist unerwartet, aber zur rechten Stunde, aus dem Engel des Lichts hervorgetreten. Wir sind geschieden.«

Sie entsetzte sich bei diesen Worten, indem sie sein starres, bleiches, schönes Gesicht erblickte. Sie bereute, obgleich selbst noch halb im Zorn, die unvorsichtig ausgestoßene Rede.

»Geschieden?« sagte sie leise und finster. »Wir sind's, wenn's Euch beliebt.«

Aber ihr Herz zitterte, wenn sie sein edles, leichenhaftes Antlitz erblickte.

»Ich habe Euch geliebt,« fuhr er fort, »Euch allein, uneingedenk Eures Namens und Eures Gutes. Wäre ich ein Königsohn, ich würde Kronen zu Euren Füßen gelegt haben, und wenn ich Euch in Lumpen, unter dem Dache einer Zigeunerhütte, gefunden hätte. Gold wie Lumpen sind Staub; nicht das zog mein Herz zu Euch. Ich habe Euch geliebt: jetzt nicht mehr!«

Sie erblasste und ihrem Auge entfiel eine Träne. Sie selber wusste nicht, wie ihr geschah, was in ihrem Innern vorging, doch fasste sie sich und sprach halb weinend, halb versöhnt lächelnd: »Nachdem mein gestrenger Herr selber nicht leugnen konnte, dass eine elende Dirne mir mein teuerstes Herz geraubt, muss ich noch darum Vorwürfe bekommen, als wäre ich die Sünderin. Redet doch, und mein leichtgläubiges Herz glaubt Euren Worten schon, ehe Ihr sie ausgesprochen habt. Also die Begutte war nicht ein Schönheitswunder? Dachte ich's doch! Eine Bettlerin und Schönheit erster Art? Saget doch, sie sei hässlich gewesen! Nicht so?

Der Lollhard war auf der Landstraße erkrankt, dass Ihr ihn aus Barmherzigkeit auf Euer Pferd geladen? Es ist Lüge, dass Ihr das feile Mädchen auf Eure eigene Herberge führtet; dass Ihr es in die Arme schlosset und vor der Tür des Wirtshauses selber vom Sattel hobet. Redet doch, meine Überzeugungen von Eurer Unschuld fliegen Eurer Erklärung auf halbem Wege entgegen!«

»Ihr wollt meiner spotten, Fräulein! Man hat Euch, merke ich, von der Art meiner gestrigen Ankunft und meiner seltsamen Begleitung treu und ungetreu berichtet,« sagte Herr Trüllerey mit dem vorigen Tone. Und nun erzählte er die Geschichte seines Abenteuers, das rohe Betragen des Baldegger, – alles bis zum letzten Augenblick, mit der unbefangensten Offenheit. Er pries selbst die rührende Anmut der frommen Veronika, aber beteuerte, dass sein Herz auch gegenüber einer größeren Schönheit unverwundbar geblieben sein würde; sein Gedanke, seine Sehnsucht wäre nur die Verlobte gewesen. Er sprach mit dem Stolz beleidigter Unschuld, mit dem Schmerz seiner mutwillig verhöhnten Liebe, mit dem Gefühl seines besseren Wertes. Der Ausdruck der Redlichkeit in seinen schönen Gesichtszügen, jedoch auch der festen Entschlossenheit in seinen Blicken, bezauberten zugleich und erschreckten die Braut. Alles, was ihn jemals in ihren Augen liebenswürdig gemacht hatte, ließ ihn jetzt noch liebenswürdiger erscheinen. Die Erinnerung seliger Stunden erwachte. Statt des Zornes brannte ein zärtliches Feuer in den träumerischen Blicken, mit denen sie an ihm hing. Ihr Wesen und Lieben schien wieder in Glut aufzuleben, während sie aus der einem Toten ähnlichen Ruhe seines Äußern ahnte, ihr sterbe ein Herz ab, das ihr eigener Hochmut gebrochen habe.

»Oh!« rief sie endlich mit weicher, zitternder Stimme, »ich kenne mich selbst nicht mehr und muss mich hassen, weil ich zu sehr liebe!« Sie schlang ihre beiden Arme um seinen Nacken, schluchzte laut an seiner Brust und rief: »O Du göttlicher Bösewicht! Was hast Du aus mir gemacht?« Und ihre heißen Lippen hingen an den seinigen, als wollte sie die von ihr weichende Seele des Bräutigams in sich hinein trinken.

Es schien eine Zeitlang, als dulde er nur ihre Liebkosungen. Der warme Hauch ihres Atems, das Brennen ihrer Lippen, die stille Glut der Blicke jedoch, welche, voll süßen Rausches, in seinen Blicken untergingen, äußerten bald ihre unbesiegbare, Seele und Sinne überwältigende Macht. Er zog sie an sein Herz und sprach mit einem Seufzer. »O warum bist Du nicht so arm wie schön!«

»Was willst Du, Gangolf?« erwiderte sie schmeichelnd. »Bin ich nicht eigentlich die Gabe, die sich Dir gibt, und alles andere nur zufällige Mitgabe, die Du in den Kauf erhältst?«

»Verflucht sei jeder Heller, den ich von Deiner Mitgift berühre,« rief er wieder heftiger, »und Unsegen bringe auf die väterliche Burg Rore, was aus Deinem Gut sie schmücken will«

Sie strafte mit sanften Fingerschlägen seinen Mund, wand sich lächelnd aus seinem Arm und sagte: »Die Mitgift Deiner Braut, nun Du sie zum Übel machst, wird im Freihof von Aarau wenigstens eine Zufluchtsstätte finden, wie jeder arme Sünder, der dort seine Hand an das heilige Gestein legt. Aber . . . .,« hier trat sie vor den Spiegel, hauchte in ihr Taschentuch und drückte es auf die Augen, um die Spur der Tränen zu vernichten – »aber es ist genug gezankt, junger Herr! Nun führt mich zum Schultheißen. Seid freundlich und artig und vergesset!«

»Fräulein,« sagte er, mit sich verdüsternden Mienen auf die blitzenden Diamantringe an ihren Fingern blickend, »warum musstet Ihr mir etwas antun, was ich zu vergessen haben würde!«

7.
Das Gastmahl des Schultheißen.

Es war beinahe elf Uhr vormittags, als sie in das Zimmer des Schultheißen traten, wo man ihrer schon geraume Zeit gewartet hatte. Der greise Effinger führte alsbald die junge Freiherrin von Falkenstein nach feierlicher Verbeugung gegen sie, und kaum ihre Fingerspitzen berührend, in das Speisezimmer; Gangolf Trüllerey geleitete des Schultheißen artige Sohnesfrau; die übrigen folgten unter tausend gegenseitigen Höflichkeiten, Bitten und Entschuldigungen, weil sich, nach den Gesetzen feiner Lebensart, niemand den Vortritt anmaßen wollte.

Vom langen Tische, den ein blendendweißes, goldgeblümtes Tuch bedeckte, dampften Gemüse, Geflügel mancherlei Art, Salme aus dem Rhein und Forellen, sowie des Wildbrets anlockender Duft den Eintretenden entgegen. Fünf hohe Weinkannen von Silber, in getriebener Arbeit, ragten schimmernd über die hochgefüllten Schüsseln hinweg, wie die Kuppeln der Kirchen über die Gebäude einer Stadt. Vor jedem der Gäste glänzte der Silberbecher, abwechselnd mit einem vergoldeten Pokal.

Das Tischgespräch, bei den ersten Gerichten stockend, halblaut und karg, wurde, sobald auch die Weine versucht waren, nach und nach voller, wärmer und fröhlicher. Ein lebhafter, hübscher Mann, und zwar derselbe, welchen Gangolf aus Ursulas Zimmer hatte kommen sehen, weckte zuerst mit heiteren Scherzen die gute Laune der Gesellschaft. Es war Herr Bentelin von Hemmenhofen, den, außer Gangolf, alle übrigen wohl kannten. Ursula behandelte ihn sogar mit einer Art Vertraulichkeit, welche der gewandte Mann mit jener schmeichelhaften, fast zärtlichen Ehrfurcht erwiderte, die jedes Frauenzimmer am liebsten für gegebene Freundlichkeit zurückempfängt. Ihn unterstützte in der Unterhaltung ein hagerer, kleiner Mann von etwa vierzig Jahren, der ihm gegenübersaß und sehr einfach gekleidet war. Man nannte ihn Isenhofer. Gangolf hatte von demselben schon gehört. Einige hielten ihn für einen großen Gelehrten, andere für einen halben Narren, noch andere für einen durchtriebenen Schlaukopf, welche sogar für einen Schwärmer. Sein blasses, schmales Gesicht, mit der kurzen Spitznase, dem spitzen Kinn und den tiefen Augenhöhlen, in denen ein Paar kleine, lachende Augen blitzten, verriet weder das eine noch das andere.

Niemand fühlte sich bei diesem Gastmahl fremder als Gangolf. Was er seit vierundzwanzig Stunden erlebt und erfahren hatte: die notwendig gewordene Verzögerung seiner Vermählung, die schlechte Aussicht für Aargaus Unabhängigkeit, der Gold- und Ahnenstolz seiner Braut, die Kränklichkeit seines Vaters, das alles schied ihn von bisher gewohnten Hoffnungen und Aussichten. Seine Stille und Einsilbigkeit wurde von jedem bemerkt, am meisten und nicht ohne kleine Gewissensunruhe vom Fräulein von Falkenstein. Sie wendete ihm oft den traulichen Blick zu, richtete oft das neckende Wort an ihn, bis seine unwandelbar eiskalte Höflichkeit ihren Stolz von neuem reizte. Da kehrte sie sich von ihm hinweg, und widmete dem Herrn von Hemmenhofen eine Aufmerksamkeit, für welche dieser dankbar zu sein wusste. Vielleicht hoffte sie auch, den sterbenden Liebesfunken im Gemüt ihres Bräutigams durch Eifersucht wieder anzufachen. Er aber, in todähnlicher Gleichgültigkeit, achtete kaum darauf.

Drei Stunden dauerte dieses Spiel, bei dem sich Herr Bentelin am besten befand. Gegen Ende der Mahlzeit wurde am andern Ende des Tisches, wo von den Männern der Verlauf und die Gefahren des unvermeidlich gewordenen und nahen Krieges besprochen wurden, eine laute Unterredung gepflogen. Darin waren sie alle einig, es würde zwischen Österreich und den Eidgenossen ein Kampf auf Leben und Tod entstehen und entweder der gesamte Adel im Schweizerland verderben, oder dieses wieder unterjocht werden. Wenn schon einige der Gäste, meistens Glieder vom Rat der Stadt Brugg, heimlich zweifeln mochten, dass die Pfauenfeder – damals das Sinnbild der österreichischen Partei – den wilden Geist der unerschrockenen Gebirgsbewohner zähmen werde, so wagten sie doch nicht, ihre Besorgnisse in Gegenwart der fremden Ritter kund zu tun, sondern nickten höchstens schweigenden Beifall, wenn man die ungeheure Macht des Kaisers und des Reiches, die vereinte Stärke des Adels und die im Anzug begriffenen Heerhaufen Frankreichs mit großer Übertreibung schilderte.

Herr Isenhofer erhob den vollen Becher und sprach im Tone des Begeisterten folgende Verse aus dem Spottliede, welches er in diesen Tagen auf die Eidgenossen gemacht hatte:

> Die Wolken sind vom Berg gedrückt,
> Das schafft der Sonne Glanz;
> Den Bauern wird die Macht erdrückt,
> Das tut der Pfauenschwanz!

»Brav, Isenhofer!« rief der Ritter Bentelin. »Doch vergiss den Übermut der Städte nicht. Luzern hält's offen mit den Melkerbuben, Basel trägt den Schalk im Nacken und Bern lässt seine Tücke nicht.«

»Ihr habt recht,« erwiderte der Dichter.

> Ob Städter oder Bauern?
> Klein ist der Unterscheid,
> Den machen ein paar Mauern,
> Und das ist ihnen leid.

> Sie wären selbst gern Herren,
> Sie sind sich nur so grob.
> O König, Du sollst wehren,
> So mehret sich Dein Lob!«

»Diese Verse, Isenhofer,« sagte Bentelin lachend, »haben ein frisches Herz, trotz ihres schlechten Baues.«

»Darum eben sind sie gut österreichisch!« erwiderte der Dichter. »Der König hat den rechten Mut, aber er sucht ebenfalls bessere Einrichtung zu schaffen. Das Reich ist störrisch, die Ritterschaft faul, nur hinter den Weinkannen nicht; und Frankreich will helfen, aber nicht dem römischen Könige und nicht dem Adel, sondern sich selber. Sind das nicht schlechte Zustände für Österreich?«

»Gottes Blut!« schrie Bentelin. »Und bist Du nicht das faulste von allen? Mich nimmt's Wunder, dass Du nicht ein weißes Kreuz unterm Wams trägst!«*)Das weiße Kreuz auf den Kleidern trugen die Eidgenossen, um sich in Schlachten zu erkennen; die Österreicher das rote.

»Besser als das rote, wenn's Euch die Schweizer mit Hellebarden auf den Rücken malen, dass ihr darunter pfeift, wie piepsige Hühner!« erwiderte Isenhofer.

Da nahm der greise Schultheiß Effinger das Wort und sagte. »Meiden wir solche Gespräche; sie führen zu keinem guten Ende! Solange die Städte im Aargau Österreichs Schirm genossen, haben sie in dessen Kriegen treulich geholfen und mit Gold und Blut die Gnadengeschenke der Könige bezahlt. Als uns Habsburg fahren ließ, haben wir zu Bern geschworen. Wie könnte uns der König vertrauen, wenn wir Verräter würden an unseren lieben Herren zu Bern und den Eidgenossen? Das sei ferne von uns! Eher werden unsere Brückentürme den Bötzberg hinauftanzen, als dass wir von Treu und Glauben lassen.«

»Das nenne ich mir einen Trumpf,« rief Isenhofer; »doch wollen wir sehen, wer im Spiel den letzten Stich macht. Im Grunde, Ihr Herren Aargauer, scheint mir's, Euch sollte es gleich gelten, wem Ihr die Schleppe nachtraget, Habsburg oder Bern. Ihr seid in jedem Fall doch nur gehorsame Diener, und ein Herr ist zuletzt wie der andere.«

»Gottes Wetter schlag drein!« schrie Bentelin. »Macht Dich der Wein so früh verkehrt, Isenhofer? Ein Herr wie der andere? Willst Du kaiserliche Majestät in Reihe und Glied stellen mit dem Kühmelker von Schwyz, oder dem Metzgermeister von Bern?«

»Hei!« rief der Dichter von Waldshut lachend, »Thron oder Melkstuhl ist beides zuletzt Wurmfraß; der Mann drauf gilt, der Herr ist! Die Eidgenossen wissen, wofür sie fechten. Frei wollen sie sein, Könige in ihren Hütten. Kein übler Einfall! Die Menschen haben dem Zufall und Scharwenzel in die Karten gesehen; sie halten den Thron für einen vergoldeten Melkstuhl und wollen nicht des Herrn Kühe sein. Ihr Aargauer aber, was wollet Ihr? – Für die Ehre Eurer Kuhschaft die Hörner abstoßen?«

»Verdammter Frevler!« sagte der Herr von Hemmenhofen, indem er aus vollem Halse lachte; »säße ich neben Dir, ich würde Dir die Ohren zausen.«

»Und ich,« fiel Gangolf ein, indem er Isenhofer über den Tisch die Hand reichte, »ich drücke Dir dafür die Hand, Biedermann! Du hast ein wahres Wort gesprochen.«

»Wie, Herr Gangolf?« schrie Bentelin. »Ist's also gemeint? Bleibet auch Ihr auf dem halben Wege stehen? Treibet keinen Scherz. Wer das Glück hat, die Schönste aller Schönen zum Altar zu führen, wird ihr nach der Hochzeit lieber eine Grafenkrone, als eine Bürgerhaube schenken. Ach, mein himmlisches Fräulein,« setzte er hinzu, indem er sich an Gangolf's Verlobte wandte, »ich würde sterben vor Schmerz oder vor Lachen, wenn Ihr zuletzt eine ehrbare Base und Gevatterin der Metzger, Bäcker und Schuhmacher werden müsstet, und auf die gnädigen Blicke einer dicken Frau Schultheißin warten solltet.«

Ursula warf ein freundliches Auge auf den Herrn von Hemmenhofen, nahm dann, ohne jedoch ihre Schalkheit ganz zu verbergen, die Miene der stillen Dulderin an und sagte: »Herr Gangolf ist sehr genügsam, glaubt mir's! Der Turm Rore im Freihof zu Aarau ist ihm so wertvoll wie ein Palast, und er würde nicht zürnen, wenn ich zum Brautkleide den Kittel einer Begutte wählte.«

Herr Trüllerey wurde bei diesen kränkenden Worten feuerrot. Er richtete auf die Verlobte einen Seitenblick, in welchem nicht Liebe, aber Verachtung zu lesen war. »Nicht Purpur, nicht Zwillichkittel, das Herz macht die Braut,« sagte er.

»Da hört Ihr es selber, lieber Bentelin!« rief Ursula lächelnd. »Helft mir wenigstens, dass ich auf der Hochzeit nicht in den Holzschuhen der Schwyzer tanzen muss!«

»Ich würde ihm lieber gestatten,« erwiderte der Ritter, »mir zuvor auf dem Nacken zu tanzen.«

»Dazu könnte mich fast die Lust anwandeln,« sagte Gangolf trocken, »wenn der unzeitige Schirmherr meiner Braut mich nicht so gut schweigen als prahlen gelehrt hätte.«

»Was ficht Euch an?« schrie Bentelin mit funkelnden Augen. »Dankets dieser achtbaren Gesellschaft und der Gegenwart des Fräuleins von Falkenstein, dass Ihr nicht schon zum Fenster hinausgeflogen und den Gassenbuben ein Gelächter geworden seid!«

»Still, liebe Herren und Freunde!« rief der alte Schultheiß, indem er sich vom Tische erhob und die ganze Gesellschaft seinem Beispiel folgte. »Keine Händel! Es soll nicht gesagt werden, dass zwei tapfere Edelleute feindselig von meinem Tische aufgestanden seien, an dem wahrlich nichts schlechtes, als der Wein war. Begleitet mich ins Nebenzimmer, da wird uns mit besserem aufgewartet werden. Herr Gangolf ist etwas übler Laune, und nicht ohne Grund, weil er vernommen, wie sein Vater krank und hinfällig worden ist.«

»Herr Schultheiß, Ihr mahnet mich zur rechten Zeit daran,« sagte Gangolf. »Erlaubet, dass ich nach Aarau aufbreche und mich bei Euch beurlaube!«

Ursula erschrak vor diesen Worten, ging mit zwei raschen Schritten zu ihrem Bräutigam, ergriff seine Hand und sagte halbleise: »Gangolf, Gangolf, ist's Dein Ernst? Kaum zu mir gekommen, mich wieder verlassen wollen? – O Gangolf, ist das Deine Liebe?«

»Ich muss meinen alten Vater sehen. Ihr höret, dass er krank ist, vielleicht dem Tode näher, als wir wissen,« antwortete er.

»Reise morgen, Gangolf, ich bitte, reise morgen, Gangolf!« setzte sie mit leiser Stimme und mit gesenkten Augen hinzu. »Ich habe Dich in Unbesonnenheit beleidigt, ich muss Dich diesen Abend allein sehen und versöhnen. Morgen reise! Ich befehle es, Du Trotzkopf!«

»Könnet Ihr auch dem Tode befehlen, dass er das Leben meines alten Vaters um eine Nacht verschone?«

»Aber niemand hat gesagt, dass die Gefahr groß sei!« versetzte sie.

»Lasst mich ein guter Sohn sein,« erwiderte er, »wie Ihr eine gute Tochter seid, die auch im Taumel des Entzückens ihre Ahnen nicht vergisst!«

Empfindlich trat das Fräulein zurück und sagte: »Ich gelte Euch nichts; ich fühle es. Ihr werdet mich nicht zu meinem Vater nach Seckingen führen?«

»Wann gedenket Ihr abzureisen, Fräulein?«

»Übermorgen.«

»Gestattet es die Gesundheit meines Vaters, bin ich schnell zurück, und befehlt Ihr, diese Nacht noch.«

»Und ich,« rief Isenhofer dazwischen, »bürge für ihn, gnädiges Fräulein! Wenn er's erlaubt, begleite ich ihn und bringe ihn selber zu Euch zurück.«

»Ihr seid mir willkommene Gesellschaft,« sagte Gangolf zum Dichter, »wenn Euch ein angestrengter Ritt so leicht wird, als ein Vers. Es sind vier Stunden, die wir in zweien machen müssen.«

Gangolf küsste zum Abschiede des Fräuleins Hand und stahl sich nebst Isenhofer aus der muntern, geräuschvollen Gesellschaft, nachdem er dem Schultheißen noch ein dankbares Lebewohl zugeflüstert hatte.

8.
Der Ritt nach Aarau.

»Gott Lob!« rief Herr Trüllerey fröhlich, als er mit seinem Gefährten aus dem oberen Thor über die Brücke des Stadtgrabens in die grünen Wiesen hinausritt; »ich kann wieder atmen, nun ich meinen Aarstrom, meine Wälder, und dort hinten die Berge meiner Heimat wieder sehe. Mir war gar nicht wohl darinnen, im engen Städtchen.«

»Ei, ei,« versetzte Isenhofer, »ich möchte das für keine Tonne Goldes der schönen Tochter des Falkensteiners berichten.«

»Kann ich dafür? Ich liebe sie, muss sie lieben: aber es waltet über dieser Liebe, glaube ich, ein böser Stern. Es zieht mich aus weitester Ferne, mit unüberwindlicher Gewalt zu ihr; aber in ihrer Nähe werde ich alsbald elend; unter ihren Liebkosungen wird mein Herz zerrissen. Die arme Mücke muss und muss zum feurigen Licht, um in der Flamme zuletzt jämmerlich zu verderben.«

»Ich merke es, Herr Gangolf, Euch tut Zerstreuung not; die beste Arznei gegen verliebten Verdruss. Und wollt Ihr einen guten Rat nebenbei? Glaubet mir, ich kenne den Sitz Eures Übels. Ihr macht aus Euch selbst allzu wohlfeile Ware, wie es junge, warmblütige, leichtgläubige Leute machen. Ihr verschenket Euch jeden Augenblick mit Leib und Seele; gehört Euch nie selber an; und als fremdes Eigentum könnet Ihr den Schmerz nicht ertragen, wenn der andere Euch nimmt und hält, wie es ihm eben behagt. Versteht Ihr mich? Wenn Ihr dürstet, bleibt am Ufer und trinket; aber stürzet Euch nicht in den Strom; er verschlingt Euch. Gebet allem, was Euch freundlich anspricht im Leben, den Finger, oder die Hand, aber Keinem Euch ganz. Die Welt steht fest, aber nichts in der Welt, darum haltet an dem, was bleibt; aber an nichts in der Welt.«

Gangolf nickte mit dem Kopfe und dachte der wunderlichen Rede nach, Er fühlte darin etwas Wahres und sein Inneres davon getroffen.

Nach einer Stunde Wegs streckte links und rechts das Gebirge seine Endpunkte näher gegen einander. Diesseits und jenseits des Stromes erhoben sich zwei gewaltige Felsenschlösser, Schildwachen vor dem Eingang in eine neue Talwelt; links auf schroffer, buschiger Felswand, mit vielen kleinen Türmen und Angebäuden, die Veste Wildegg, wo Petermann von Greifensee hauste; rechts, im Schatten finsterer Tannen, über dem Aarufer, das romantische Wildenstein. Dann schloss sich vor den Blicken der Reiter eine große Ferne auf, wie mit einem unendlichen Walde bekleidet. Die unübersehbare Bergkette des Jura zur Rechten zeigte ihre steilen Höhen, ihre Zacken und Gipfel, je weiter hin, um so viel erhabener, zahlreicher und blauer. Links strahlten über den Wipfeln des Forstes, von einer Felshöhe, im Abendlicht, die Zinnen der Lenzburg, und von einem andern Hügel daneben die weißen Mauern des Kirchleins der alten Grafen von Lenzburg. Doch nach kurzer Zeit schwand alles; der Weg wurde immer rauer und schlechter und führte die Reisenden in die finstere Einöde eines Waldes, aus dem sie endlich bei einem kleinen Dorfe herauskamen. Da erblickten sie, als sie den Weg steil aufwärts geritten waren, vor sich in wohlangebauter, lachender, freier Ebene das Städtchen Aarau, und hinter ihm den schwarzen Teppich der Tannenwälder am Gebirge. Im Hintergrunde ragten von den Zwillingsgipfeln eines fernen Berges hoch empor die Trümmer der Wartburgen, einst der Hallwyle Bergvesten, von den Bernern und Solothurnern nach langem Kampfe gebrochen. Links, über den bescheidenen Hütten des Hofes Suhr, dessen eine Hälfte noch den reichen Geßlern angehörte, sah man, auf der Waldhöhe, die weißen Schlossgemäuer von Liebegg. Es war dieses alte Haus, durch die Hand seiner Erbtochter, erst vor kurzem an die Edlen von Luternau gekommen.

Vor dem St. Lorenztore von Aarau dehnte zu dieser Zeit noch keine Vorstadt ihre langen Häuserreihen mit geschmackvoll aufgeführten Gebäuden aus, sondern zwischen Wiesen und kleinen umhegten Gärten, worin die bürgerlichen Hausfrauen samt ihren Mägden eben mit Frühlingsarbeit auf Gemüse- und Blumenbeeten beschäftigt waren, setzten Gangolf und Isenhofer, auf ihren müden Rossen, langsam den Weg fort. Wo heutigen Tages von einem Thore zum andern Platanen und Akazien geräumige, freundliche Schattengänge bilden, zog sich damals ein breiter, tiefer Graben um die hohe, mit Schießscharten wohlversehene Ringmauer. Rechts von der Stadt, auf niederen Felsen an der Aar, hob die Burg, ein uralt-heidnisches Gebäude, ihre viereckigen Türme in die Luft, Zyklopentürmen gleich, aus gewaltigen Steinmassen emporgehäuft.

Gangolf grüßte freundlich zum Turm hinauf, wo aus dem schmalen Fensterchen der alte Herr von Luternau die Vorübergehenden betrachtete. Sein Geschlecht hatte die Burg schon seit alten Zeiten von den Königen zum Lehen getragen. Mit den Kindern Luternaus hatte Gangolf früher in den Mußestunden seine Jugendspiele getrieben.

Über die Brücke des städtischen Ringgrabens, durch das hochgetürmte, mit dicken Pfortenflügeln und Fallgattern wohlversehene Thor ritten unsere Reisenden wohlgemut auf der noch ungepflasterten Straße zum Städtchen Aarau hinein. Links und rechts in den Häusern ertönte das Geräusch von mancherlei Gewerbe und Handwerk; und es fehlten nicht die neugierigen Köpfe an den Fenstern, um die Eintretenden zu betrachten. Ehrbare Bürger, in eifriger Unterhaltung über öffentliche und private Angelegenheiten, lustwandelten auf der Brücke über den schmalen, aber rauschenden Bach, welcher die Stadt durchfloß. Als sie den Junker Trüllerey erblickten, der ihnen so lieb war, wie von jeher sein ganzes Geschlecht, zogen alle, freundlich grüßend, Barett und Kappe vom Haupte. Denn sein Geschlecht hatte sich der Stadt Aarau gegenüber jederzeit löblich verhalten und derselben viele Wohltaten und treue Dienste erwiesen.

Rechts, am Ende einer Seitengasse, stieg abermals ein mächtiger, viereckiger Turm, von niedrigen Seitengebäuden umgeben, und durch den Burggraben und die starke Ringmauer von der übrigen Stadt getrennt, empor. Eine schmale Zugbrücke, an Ketten befestigt, lag über dem Graben. Das war die alte Veste Rore, der Freihof von Aarau. Zu jener Zeit hatte man in mehreren Städten Freihöfe, wo jeder verfolgte Unglückliche Zuflucht und Sicherheit fand, mochte er noch so schuldig sein. Die Wildheit der Sitten in jenem Zeitalter, wo Selbstrache nicht selten der unbehilflichen und langsamen Gerechtigkeitspflege vorgriff, entschuldigte das Dasein solcher Stiftungen, die nach festerer Bildung der Staaten verschwunden sind.

Der alte Turm Rore stand hier schon seit manchem Jahrhundert. Einst war er der Grafen von Rore Sitz gewesen, deren Gebiet sich, in heute unbekannten Grenzen, von hier und der Aar bis an die Reuß hinauf, über das Kloster von Muri hinweg, ausgedehnt hatte. Hier war vordem des ganzen Landes Malstätte, wo das Volk zusammen kam, um vor dem Stuhl der Grafen Recht zu nehmen. Deshalb vermutlich hatten nachmals die Fürsten von Österreich, als sie Gebieter dieser Landschaften geworden waren, die Freiheit oder Zufluchtsstätte der Verfolgten und Missetäter dahin gelegt.

9.
Der alte Rüdiger.

»Wo ist mein Vater?« rief Gangolf den beiden Knechten zu, welche, sobald sie ihren jungen Herrn mit dem Fremden über die Zugbrücke in den engen Zwinger hineinkommen und vom Rosse steigen sahen, aus dem Seitengebäude eilig herbeisprangen.

»Im obersten Gemach des Turms, gestrenger Herr!« entgegnete der Jüngere, der Gangolf's Pferd am Zügel nahm. »Er lässt keine Seele vor sich.«

»Halt's Maul, Irni Fäsen!« rief der ältere Diener, Hemman Enderli, welcher Isenhofer's Ross hielt. »Musst Du den Schnabel immer voraus haben?«

»Du Narr!« erwiderte Irni. »Keinem wächst der Schnabel hinten, und was ich gesagt habe, ist wahr. Der alte Herr lässt niemanden vor; ich muss jedermann abweisen; er hat's mir bei Leib und Leben geboten.«

»Aber der Sohn vom Hause gehört doch nicht unter die jedermanns, Gelbschnabel! Achtet doch nicht auf des Tölpels Gewäsch, Junker! Seid willkommen!« sagte Hemman. »Wir haben Euch lange nicht mehr bei uns gesehen. Das Umherfahren in Deutsch- und Welschland ist Euch nicht übel bekommen; der alte Herr wird sich freuen, Euch wieder zu haben.«

»Nun bei St. Lorenz!« schrie Irni dazwischen, »das wäre seit langer Zeit die erste Freude. Ich will's dem gestrengen Herrn wohl gönnen; aber ich sag's Euch, liebster Junker, der alte gnädige Herr lässt niemanden vor sich, ist trübselig, wie der König Saul in der Bibel, und tut den Mund so wenig zu Frage und Antwort auf, als der Stumme am Teich Bathseba.«

»Bethesda, Du Esel, Bethesda!« rief der alte Hemman ärgerlich. »Du aber tust Dein ungewaschenes Maul viel zu weit auf. Muss man denn gleich alles anbringen und mit der Tür ins Haus hineinfallen? Schickt sich das, Du struppiger Strudelkopf? – Es ist wahr, liebster Junker, der alte Herr ist seit einiger Zeit etwas still und unpässlich.«

»Was? Seit einiger Zeit!« unterbrach ihn Irni. »Dein Gedächtnis, Hemman Enderli, hat kurze Ware feil. Nein, liebster Junker, es ist schon seit dem Tage vor Lichtmess, als die Zigeunerin bei ihm war, die sich vor den Stadtknechten in den Freihof rettete.«

»Schwatz Du und der Kuckuck!« schrie Hemman. »Ich glaube, Irni Fäsen, Deine Mutter hat sich an Bileam's Esel versehen. – Nun ja, lieber Junker! Weil der Kerl denn nichts bei sich behalten kann, so gestehe ich, seit Lichtmess mag es sein; doch was die Zigeunerin betrifft, so kann niemand eigentlich sagen . . .«

»Ich aber, bei St. Lorenz, bin ein Jemand!« fiel Irni ihm in die Rede. »Und ich sage, die schwarzgelbe Hexe vom Herzog Michel aus Ägypterland hat's ihm angetan. Hemman Enderli hat's nicht gesehen, aber ich kniete hinter dem Stalltürlein und melkte die Geiß. Lieber, gestrenger Junker! Der alte, gnädige Herr stand dort an der Turmecke und die Vettel mit pechschwarzen Augen vor ihm und sah ihm in die Hand. Der Stadtknecht Heini Zoberist hat auch Beide aus der Ferne betrachtet, denn er passte vor dem Burggraben auf, weil die Zigeunerin eine Henne auf der Gasse gestohlen hatte. Die Henne gehörte des Hansen Heiniker Mutter. Es ist gewisslich wahr. Und wenn die ausgefuchste Diebin nicht mehr Teufel im Leibe gehabt hat, als kohlrabenschwarze Haare auf dem

Kopfe, so will ich weder leben, noch sterben; denn sie ist in der Nacht aus dem Freihof entkommen. Niemand weiß, wie? und wohin? Und der alte gnädige Herr hat den ganzen Abend stumm und still, starr und steif am Wappenfensterchen gestanden, als wäre er zur Salzsäule geworden, wie Loth's Frau in Sodom und Gomorrha.«

»Ist's nun heraus?« rief Hemman Enderli. »Kann ich nun zum Wort kommen? Was muss unser Herr Junker nun von Dir denken, Du plumper, ungeschliffener Block?«

»Ich meine, er wird wohl denken, ein ungeschliffener Diamantenblock sei mehr wert, als ein abgeschliffener Kieselstein, wie Du, dergleichen man tausend an der Aar findet,« entgegnete Irni.

»Haltet Euch Beide ruhig!« sagte der Junker gelassen. »Besorget unsre Pferde gut. Warum zeigt sich Meister Langenhardt nicht, der Hofmeister?«

»Er wird stracks erscheinen, sobald er Eure Ankunft vernimmt,« antwortete Hemman. »Er begab sich auf ein Abendtrünklein zum wohlweisen Herrn Schultheißen Zehnder.«

»Und Henri Entfelder, der Jäger?«

»Ist mit allen Hunden unten an der Aar,« erwiderte, sich jedes Mal ehrerbietig verneigend, der alte Knabe des Hauses. »Es ist eine Schmach, meiner Treu, dass bei der Ankunft des gnädigen Junkers alles ausgeflogen sein muss und das liebe Nest leer steht. Sogar Frau Elsbeth, die Beschließerin, und Mareili sind zum Herrn Leutpriester in die Messe.«

»Führe die Pferde umher, Hemman. dass sie sich abkühlen,« sagte Gangolf. »Du, Irni Fäsen, suche die Leute zusammen, wir gehen indessen ins Haus.«

Mit diesen Worten trat der Junker voran, dem Gaste den Weg zu zeigen. Er ging eine schmale Wendeltreppe innerhalb der dicken Turmmauer hinauf. Die ausgetretenen steinernen Stufen beurkundeten ihr hohes Alter, gleichwie die häusliche Sparsamkeit des Burgherrn. Nur durch eine enge, fußbreite Öffnung in der Mauer fiel so viel Licht auf den Wendelsteig, dass eine kaum halbe Dämmerung darin herrschte. Vermittelst derselben erkannten die Hinaufsteigenden im Winkel der Mauerblende seitwärts etwas, das durch Bewegungen sich als ein Lebendiges andeutete. Gangolf, ungewiss dessen, was er erblickte, blieb augenblicklich stehen.

»Bist Du es, Gangolf?« sprach eine dumpfe, halblaute Stimme aus der Blende. »Ich sah Dich gegen die Stadt reiten.«

Ein mattes Licht fiel auf die Gestalt, als sich hinter derselben die Thür eines Zimmers öffnete. Gangolf erkannte seinen Vater, dem er, sobald sie in das Gemach eingetreten waren, ehrfurchtsvoll die Hand küsste. Zugleich stellte er ihm den Gast vor, zu dessen Empfehlung er einige Worte beifügte. Der alte Ritter machte mit der Hand eine langsame Bewegung, welche den Fremden willkommen hieß, während sich dieser tief verbeugte.

Es lag etwas Schauerliches in dem Benehmen des Greises, der fast gar nicht sprach, und selbst durch keinen Blick, durch keine Änderung der starren Gesichtszüge das Dasein einer Empfindung verriet, welche wohl sonst beim Wiedersehen eines seit lange abwesenden Kindes das Vaterherz bewegt. Keine Spur von Überraschung, von Freude, oder auch nur von Neugier war zu bemerken; ebenso wenig ein Zeichen des Verdrusses oder der verhehlten Unzufriedenheit, sondern nur die eiskalte Gleichgültigkeit eines Leichnams gegen das, was ihn umgibt. Das Äußere des Mannes vermehrte noch den schauerlichen Eindruck, welchen er auf Isenhofer gemacht hatte. Eine hohe, breite, würdevolle Gestalt war, vom Hals bis zu den Füßen, ganz und gar in einen schwarzen, weiten Pelzrock gehüllt, von dessen Gürtel, an eine Silberkette befestigt, ein Dolch mit silbernem Gefäß und ein Rosenkranz herabhingen. Über den Kopf war, in Form einer Kappe, ein schwarzes Wolltuch geschlagen und um den Hals befestigt, aus welchem das bleiche, stille Antlitz mit den großen, an nichts haftenden Augen, mit der langen gebogenen Nase und den harten, scharfen Gesichtszügen noch düsterer hervortrat.

»Mein Herr Vater! Euch scheint nicht wohl zu sein?« stammelte Gangolf etwas beklommen, nachdem er, obschon er viel erzählt, doch weder dessen Aufmerksamkeit, noch eine Antwort gewonnen hatte.

»Wohl!« erwiderte der alte Rüdiger, mit langsamem, aber festem Schritt durch das geräumige, gewölbte Zimmer hin und wieder zurückgehend.

Gangolf beobachtete mit Absicht ein langes Stillschweigen, in der Hoffnung, seinen Vater zu einer Frage zu veranlassen, doch irrte er sich. Jener ging in der Stube auf und nieder, als wäre er ganz allein darin. Er bemerkte weder den Fremden, noch den Sohn. Nach und nach wurden seine Schritte rascher, so dass es schien, als triebe ihn eine innere Unruhe.

»Gewiss, mein Herr Vater, Ihr leidet an einer Krankheit.« wiederholte Gangolf nach einer Weile, während er an ihn herantrat.

Herr Rüdiger schien ihn weder zu hören, noch an seiner Seite zu bemerken, sondern setzte seine Schritte stumm und ohne aufzusehen fort. Ein langes Schweigen folgte abermals. Plötzlich blieb der Alte stehen, erhob die Augen zu seinem Sohne und sagte:»Gut, dass Du hier bist, Gangolf! Morgen lasse ich Dich zu mir rufen. Bewirte den Gast wie sichs gebührt!«

Darauf wandte er sich zu einer schmalen Seitentür und ging mit schnellem Schritt hinaus, wohin Gangolf ihm nacheilte.

Herr Isenhofer war indessen mit den peinlichsten Empfindungen Zeuge des seltsamen Empfanges gewesen und war dem alten Herrn mit unverwandten Blicken gefolgt. Zuerst war ihm dieser wie ein bei Tag umgehendes Gespenst, dann wie ein von stillem Wahnsinn befallener Mensch erschienen. Tief und froh atmete er auf, als er den alten Rüdiger verschwunden und sich allein sah. Er betrachtete nun, um sich zu zerstreuen, das geräumige, längs den Wänden mit Nussbaumholz getäfelte Zimmer, worin jedes Gerät von Wohlstand und bescheidener Pracht des Burgherrn zeugte. Auf dem Gesimse, über welchem ein goldener Helm glänzte, sah man eine Reihe hoher und niederer Silberbecher nach ihrer Größe geordnet; an der Wand gegenüber hingen in prächtigen Wehrgehenken kreuzweis zwei Schwerter, darüber ein blanker Stahlhelm mit roter und weißer Feder. Ein zierlich gewirkter, bunter Teppich mit langen Fransen bedeckte den breiten Tisch, ohne jedoch dessen, in dicke Löwenklauen ausgehende, kunstvoll geschnitzte Füße ganz zu verbergen. Gleiches Schnitzwerk verzierte die damit fast überladenen eichenen Zimmertüren und die etwas schwerfälligen Stühle von graubraunem Nussholz. Blaue Polsterkissen, gestickt mit großem, vielfarbigem Blumenwerk, lagen sowohl auf den Sesseln, als auf den schmalen Wandsitzen am Fenster. Solche Behaglichkeit hätte Isenhofer beim ersten Anblick des finstern Turmes weder von dessen Innerem, noch so viel Geschmack dafür von dessen düsterem Gebieter erwartet. Es war wohltuend für ihn, zu glauben, dass beide, der Turm und der Herr, sich nicht weniger in der Vortrefflichkeit ihres Innern glichen, wie sie von außen abschreckend waren.

Die heitere Aussicht, die ihm das Fenster bot, durch dessen obere bunte Glasscheiben die niedergehende Sonne in mancherlei Lichtern sich spiegelte, zog ihn am meisten an. Der Fuß der Veste ruhte drunten auf Felsen, von welchen eine, mit grünen Rasen bekleidete Halde schräg abfallend, wie die Böschung vom Walle, zur niederen Ringmauer lief, an deren Stelle heutigen Tages eine, derselben Richtung folgende Reihe Häuser erbaut ist. Damals aber schlugen die Wellen der Aar fast bis an die

Ringmauer. Jenseits des Stromes, der vor der Stadt eine mit Weiden bewachsene Insel gebildet hatte, stieg das Gebirge des Jura mit hinter einander aufstrebenden Hügeln stufenweise bis zu den Wolken. Drüben, zur Linken, schmiegten sich malerisch an den sanften Abhang des Berges die Hütten des Dörfchens Erlisbach; rechts, am Fuß der Gisuläflue, deren sanft gebogenes Felsenhorn im Widerschein des Abendgewölks über das Tal leuchtete, schimmerten die Zinnen des Schlosses Biberstein, wo zu jener Zeit die Johanniter-Ritter hausten.

Isenhofer hatte Zeit genug, die heitere Umgegend zu betrachten, und seinen Einbildungen und Gefühlen ungebundenes Spiel zu gönnen, denn Gangolf kehrte erst nach langer Säumnis zurück, als draußen schon die Sterne sichtbar, im Zimmer des Turmes die hellen Lampen brannten und der Tisch von der Dienerschaft mit Wein und Speisen besetzt worden war.

»Du hast Langeweile gehabt, Freund Isenhofer.« sagte der Junker, als er ins Zimmer trat. »Verzeihe, denn seit Neujahr sah ich das väterliche Haus und die Stadt nicht. In Brugg hättest Du fröhlichere Unterhaltung gefunden, wärest Du dort geblieben!«

»Ihr irrt Euch; ich bin nie in schlechterer Gesellschaft, als in großer; nie in besserer, als in keiner. Habt Ihr Eurem Vater einige Worte abgewonnen? Wie verließet Ihr ihn?«

»Wie Du ihn sahst,« erwiderte der Junker mit dem Ausdruck geheimer Besorgnis. »Ich folgte ihm bis zur Thür des obersten Saales; ich redete ihn an, bat ihn um Gehör; doch er schüttelte den Kopf, wies mit der Hand zurück und sagte: Morgen! Dies war sein einziges Wort und damit schloss er sich ein. Es ist etwas Fremdes in ihm, oder an ihm. Ich erkenne von außen noch die väterliche Gestalt, aber es ist in die ehrwürdige Hülle seines Geistes ein unbekannter Gebieter eingezogen.«

»Puh!« rief Isenhofer und stellte sich, als schüttle ihn Fieberfrost, »Das wäre, so wahr ich lebe, eine Seelenwanderung vor dem Tode. Jagt mir keine Furcht ein, es ist Nacht und in Eurer tausendjährigen Burg vielleicht sonst nicht ganz geheuer. Scherz beiseite! Hättet Ihr lieber den Arzt, oder das Hausgesinde, oder andere Leute, die in der Nähe des alten Herrn leben, darüber befragt, was ihm in Eurer Abwesenheit begegnet sei, denn er scheint mehr am Gemüt, als am Leibe erkrankt.«

»Hörtest Du nicht, Isenhofer, was Irni Fäsen, der Knecht, von der Zigeunerin sagte? Darin stimmt alles im Freihof überein, die Hexe habe es ihm angetan mit ihrer Teufelskunst.«

»Das möchte ich glauben, wenn sie jünger und schöner gewesen wäre. Verlasst Euch auf mein Wort, der Teufel mag die alten Weiber so wenig, als ich!«

»Es kommt darauf an; über dergleichen Dinge scherze ich nicht. In der Stadt hat man noch einen andern Argwohn. Es geht die Rede, dass die alte Hexe nicht von ungefähr nach Aarau gekommen, sondern dahin abgeschickt sei.«

»Doch nicht von Beelzebub? Was hat der wider die gute Stadt Aarau? Ist sie zu fromm?«

»Vierzehn Tage vor dem Erscheinen des Weibes war Thomann von Falkenstein hier und hatte mit meinem Vater einen heftigen Wortwechsel. Thomann verließ ihn – alle haben es gehört – unter den fürchterlichsten Drohungen.«

»Junker, wenn der Falkensteiner eine Sache abzutun hat, so ist er Mannes genug, sich mit Hilfe des Schwertes Recht zu schaffen. Fürwahr, der hat nicht die Miene, sich an eine Zigeunerin zu hängen. Ihr kennt den Oheim Eurer Braut schlecht; indessen lasst hören, was hatte Thomann mit Eurem Vater?«

»Es betrifft einen alten Handel. Vor etwa siebenundzwanzig Jahren bot Ulrich von Hertenstein, als Vogt der unmündigen Söhne des Hans Werner von Königstein, die Veste und Herrschaft demselben feil. Die Burg, in den Bergen jenseits der Aar und nur eine halbe Wegstunde von hier, war den Aarauern wohl gelegen. Da riet mein Vater zum Ankauf dieser Herrschaft mit all ihrem Zubehör, mit den hohen und niederen Gerichten, Wohn' und Weid', Holz und Feld, weil der Bann unserer Stadt gering und so klein war, wie ihn Kaiser Rudolf von Habsburg vor anderthalbhundert Jahren festgestellt hatte. Nach großer Mühe gelang das Werk. Die Stadt kaufte das Schloss Königstein nebst Herrschaft an sich, und damit erregte sie die Feindschaft des rings um Aarau ansässigen Adels; weil die lockeren Freiherren besorgten, es werde zwischen ihren Nestern ein zweites Zürich oder Bern emporsteigen. Der Gebrannte scheut das Feuer. Wohl sahen es selbst Eure gnädigen Herren und Obern zu Bern recht ungern, dass sich das Reichsstädtchen Aarau so erheben wollte.«

»Richtig, Isenhofer, das war's! Hätte unsere Stadt jederzeit tüchtige Männer im Rat gehabt, sie wäre längst die Herrin weit umher, gleich Zürich und Bern; denn die Aarauer sind ein mannhaftes, freiheitsliebendes Völkchen, welches für die Ehre seines Gemeinwesens den letzten Heller und Blutstropfen nicht zu teuer achtet. Nun gab's überall Anstoß, Streitigkeit und Ungemach. Die Falkensteine, die Rechberge, die Johanniter zu Biberstein lebten den Aarauern um die Wette zum Verdruss; wollten die Zollstätte in Küttigen, welche Aarau errichtete, nicht gelten lassen; taten dem Vogt, der Namens der Stadt auf Königstein saß, jedes Leid an, und waren besonders meinem Vater gram, der den Ankauf am lebhaftesten betrieben hatte, und der sich jetzt am heftigsten widersetzt, wenn die Rede davon ist, die schöne Erwerbung wieder zu veräußern. Nun, Isenhofer, Du kennst den Thomann von Falkenstein! Der schwarze Heide schlägt Vater und Mutter tot, wenn's seinen Vorteil gilt.«

»Nun ja, Junker! Ein wilderes Tier in einer Menschenhaut habe ich noch nicht gesehen . . . aber welche Verbindung findet Ihr zwischen ihm und der Zigeunerin?«

»Seine ganze Höllennatur lässt mich's ahnen. Er ist verschmitzt, wie ein Fuchs, tapfer dazu, wie ein Leu, grausam wie der hungrige Wolf; Tugend und Verbrechen wiegen in seiner Waagschale gleich schwer, wie sie dem Teufel gleich sind, wenn er auf Beute ausgeht. Ich schwöre Dir, fesselte mich nicht die Hoffnung eines großen Gewinnes, nicht die Huld des Markgrafen, nicht die Liebe der schönen Ursula, ich hätte mich längst den Eidgenossen hingegeben, unter ihrem Freiheitsbanner gefochten, den verdorbenen Adel ausrotten zu helfen, und den Schändlichsten von allen zuerst, den Thomann von Falkenstein. Die Eidgenossen, bei Gott! sie sind ehrlich und wahr und gerecht; die Edelleute weit um uns her in der Runde sind selbstsüchtige Vielfraße.«

»Oho, Ritter Trüllerey! Nichts für ungut, nehmt's nicht mit dem Thomann auf. Wie wollt Ihr doch mit dem Fuchs, Leu, Wolf und Teufel zugleich anbinden, und seid doch so zart, dass Euch ein Regenbogen, eine Seifenblase totschlagen, ein Spinnenfaden erdrosseln kann.«

»Wie meinst Du das, Isenhofer?«

»Lähmt oder tötet nicht Euern bessern Geist die bloße Hoffnung großen Gewinns, dieser Regenbogen in der Ferne, der in der Nähe zum Nichts wird? Der Spinnenfaden einer Mädchenliebe? Die Seifenblase eines Fürstenwortes? . . . Ritter Trüllerey! Ihr seid mir lieb, und werdet mir jede Stunde lieber; ich will Euch ein Geheimnis sagen oder vielmehr singen.

Wer viel begehrt,
Was ihm nicht gehört,
Ist leibeigner Mann,
Gehört andern an.

Wer den Ruhm verschmäht,
Der wird erhöht;
Wer nichts will, als Recht,
Ist niemands Knecht;
Der ist Gottes Held,
Dem gehört die Welt.«

So sang Isenhofer. Gangolf wurde plötzlich still und schien nachzusinnen; dann zuckte er die Achseln, indem er lächelnd zu Isenhofer hinblickte, der sich unterdessen an einem Becher Weines gütlich tat.

»Ich verstehe Dich, Isenhofer,« sagte er, »aber . . .«

»O die ungeheure Seifenblase! O der furchtbar starke Spinnenfaden!« rief der Waldshuter Dichter. »Sagtet Ihr nicht vorhin, Eurem Aarau habe es nur an Männern im Rat gefehlt? – Die Bürger sind doch Narren, dass sie Weiber hineinwählten. Ich bitte Euch, Ihr müsset nicht Schultheiß von Aarau werden, Herr Ritter, der guten Stadt zu lieb.«

Gangolf lachte, setzte sich zum Tisch, indem er Isenhofer's Beispiel folgte und den Teller vor sich mit Speisen, den Becher mit Rebensaft füllte.

»Weißt Du, Isenhofer, was Schultheiß Effinger von Dir urteilt? Du taugest zu nichts rechtem, als Feuer anzublasen, wo Du eigentlich löschen solltest. Bei meinem armen Leben! Ich glaube, er hat Recht.«

»Vollkommen recht, Junker! Wiewohl der alte Mann seine eigene Weisheit nicht ganz verstand,« erwiderte der Dichter. »Das ist mein wahres Handwerk! Die Menschen haben in der Welt nichts eifriger zu tun, als das göttliche Feuer mit vollen Backen anzublasen, welches ihre Kinderspiele und Kartenhäuser zu verbrennen droht. Sie wollen die heilige Himmelsflamme der Wahrheit überall löschen; ich blase sie immer an. Freilich, das versengt manchen grauen Bart, Hermelin und Stammbaum, und die Leute sind mir darum abgeneigt. Ich danke es wahrlich meinem Vater schlecht, dass ich zu voreilig, das heißt um ein paar hundert Jahre zu früh in die liebe Welt hinein gekommen bin. Was habe ich jetzt in diesem Narrenkasten zu schauen, wo die Leute noch auf allen Vieren kriechen, zur Narrheit in die Schule gehen, und den ehrlichen, gesunden Menschenverstand für den leibhaftigen Satan halten? Lasst Euch eins singen, Ritter.

Sind die Herren nicht Götzen mehr,
Stehen Klöster und Burgen leer,

Sind die Dörfer den Städten gleich,
Kommt auf Erden das Himmelreich.«

»So wahr ich lebe!« sagte Gangolf, ihn unterbrechend. »Ich glaube, Du bist ein Lollhard, nur mit bunten Federn. Gestern traf ich solchen an Deiner Stelle; er predigte mir Zeugs, wie Du. Hätte er nicht einen Engel vom Himmel bei sich gehabt, ich hätte wohl mehr von ihm gelernt.«

»Aha, den Engel, Herr Trüllerey, dem Ihr zu Brugg vom Esel herab halfet und ein Weilchen über Gebühr an Eure Brust drücktet?«

»Wer sagte Dir das?« entgegnete Gangolf, der ein Erröten von seinen Wangen nicht abwehren konnte.

»Jedes meiner Augen!« erwiderte Isenhofer. »Das Fräulein von Falkenstein, mit welchem der Herr von Hemmenhofen und ich eben vorübergingen, erkannte Euch auf der Stelle. Ihr wart blind, weil Ihr nicht saht, dass wir still standen. Der gern gefällige, geschmeidige Ritter Bentelin übernahm es, den Engel in der Herberge noch denselben Abend näher zu beschauen.«

»Wie? War er dort?«

»Im Auftrag Eurer Braut, die vielleicht Ursache haben mochte, neugieriger zu sein, als es sonst die Weiber sind.«

»Sage mir, ehrlicher Freund, wie steht Bentelin mit dem Fräulein von Falkenstein?«

»Seid Ihr eifersüchtig? Wohlan, ich will mein Handwerk treiben; anblasen, statt zu löschen. Bentelin ist reich, großen Geschlechtern verwandt, künftiger Erbe ansehnlicher Güter, ein feines Männlein, welsches Wesen und ein artiges Gesicht . . .«

»Blase, Isenhofer, blase!«

»Ferner: Fräulein Ursula ist erstens: ein Mädchen; zweitens: ein Mädchen; drittens. ein Mädchen . . . das heißt sie weiß, dass sie schöner ist als viele andere; gefällt gern, ist reizbar, stolz, warmblütig, ein ewiger Aprilhimmel. Sie macht nichts aus Augenblicken und Jahren; der Augenblick aber alles aus ihr.«

»Blase, blase!«

»Brennt's noch nicht?«

»Es glimmt noch eine letzte Kohle. Blase!«

»Der Mensch hat viel Atem in der Lunge; das Schicksal noch mehr; lasst diesem auch etwas übrig!«

So plauderten die beiden Reisegefährten bis in die Nacht hinein; aber zu viel für das Maß eines Kapitels und für des armen Gangolf Herz.

10.
Die nächtliche Erscheinung.

Der junge Ritter stieg sehr verstimmt und düster in sein hochgetürmtes Bett. Er befand sich an einem Scheidewege des Lebens. Seine Eitelkeit, sein Ehrgeiz, seine Liebe zur reizenden Ursula lockten ihn links, zeigten ihm den Besitz eines schönen Weibes, die Verbindung mit mächtigen Häusern, die Erbschaft reicher Güter, die Huld des Markgrafen von Hochberg, die Wiederauffrischung des alten Glanzes vom ritterlichen Stamme der Trüllerey. Aber männlicher Stolz, Liebe zum Vaterlande und Gerechtigkeit mahnten ihn, den entgegengesetzten Weg einzuschlagen, als ein freier, frommer, selbständiger Mann, der für die bessere Überzeugung das Teuerste opfern müsse. Dort winkten Einbildungskraft und Leidenschaft zum Genuss der Liebe, des Ruhms und des Reichtums; hier warnte der Verstand, nicht den Frieden des Gemüts und das Glück des Lebens um fremdes Geld, um ungewisse Fürstengunst und um die Hand eines herrschsüchtigen und wankelmütigen Weibes hinzugeben. Vielleicht würde der Streit eher entschieden gewesen sein, wäre Ursula minder schön, oder Gangolfs Neigung zu der verführerischen Braut weniger tief gewesen.

Er mochte kaum einige Stunden unruhigen Schlummers genossen haben, als ihn ein Geräusch an der Thür des Gemaches weckte. Die Thür ging langsam auf; ein dunkelrotes Licht strömte heller und heller durch die sich erweiternde Öffnung. Gangolf richtete sich mit halbem Leibe, nicht ohne Bestürzung, auf, als er seinen Vater eintreten sah, der in der Hand eine brennende Lampe trug. Die Lampe, der lange schwarze Pelzrock, das blasse Antlitz, welches aus dem, um das Haupt geschlagenen und unter dem Kinn zusammengehefteten Tuche hervorschaute, gaben der hohen Gestalt des Greises etwas Gespensterhaftes.

»Seid Ihr es, mein Vater?« fragte Gangolf mit ungewisser Stimme.

»Stehe auf, Gangolf, und folge mir!« antwortete jener.

Gangolf gehorchte, sprang aus dem Bette und warf die Kleider um. Sobald er seinen Anzug vollendet hatte, ging Herr Rüdiger voran und winkte dem Sohne. Dieser folgte ihm die engen Wendeltreppen hinab, dann unten in einen schmalen Seitenweg, wo in der dicken Mauer des Turmes eine Thür angebracht war, welche Gangolf wohl kannte, und für die Thür eines Mauerschrankes gehalten hatte.

»Rede kein Wort, Gangolf,« sagte der Alte, »sondern höre und gehorche schweigend.«

Er zog einen großen Schlüssel hervor, öffnete die Tür, kroch gebückt durch das Pförtchen voran, ging wieder einige Stufen abwärts, öffnete eine zweite niedrige Thür und trat in ein enges Gemach, kaum sechs Fuß hoch und ebenso lang und breit. Dem jungen Ritter wurde es in dieser, ihm bisher fremd gebliebenen Gegend des Turmes etwas unheimlich; noch mehr, als er zu seinen Füßen im Stroh einer menschlichen Gestalt ansichtig wurde, die er beim Eintritt nicht bemerkt hatte. Ein altes Weib, in Lumpen gewickelt, schwarzgelben Gesichts, mit hervorstehenden Backenknochen, spitzem Kinn, spitzer Nase und dünnen Lippen, richtete sich auf. Es strich die schwarzen Haupthaare, welche, wie aus dem Wasser gezogen, in einzelnen, geraden, nass glänzenden Zotteln um den Kopf hingen, vom Gesicht, und zeigte gähnend den zahnlosen, finstern Rachen. Der junge Ritter trat mit Grausen so weit zurück, als ihm der enge Raum gestattete. Er zweifelte keinen Augenblick, dass dies eben jene Zigeunerin sein müsse, die Irni Fäsen beschrieben hatte; die nicht entwischt, sondern bisher in der Veste verborgen gehalten worden war.

»Stehe auf, Du bist frei!« sagte der greise Rüdiger zu dem Weibe: »Mein Sohn führt Dich hinaus.« Dann wandte er sich mit halber Beugung zum Sohne um und sagte: »Führe das Weib durch das Hinterpförtchen zur Stadtmauer; hier ist der Schlüssel. Du wirst eine Leiter vom Stall nehmen und das Weib über die Mauer gehen lassen. Aber, Gangolf, alles in der Stille, dass Dich niemand bemerke. Du wechselst mit dieser Vettel kein Wort, beantwortest keine Frage und fragst nicht.« Darauf sprach er wieder zur Alten, die nun aufgestanden war, ihre Röcke schüttelte und ein schmutziges Bündel unter den Arm nahm: »Bist Du über die Stadtmauer, so halte Dich links, immer der Mauer entlang, um die Stadt herum, in die Schachen; von da auswärts zur Landstraße, die nach Schönenwert führt. Über die Bäche und Gräben findest Du Stege; noch ist's vom Schein der Sterne hell genug, doch der Tag graut schon. Fort!«

Er selber leuchtete mit der Lampe voran, öffnete Gangolf und der Zigeunerin die Turmpforte zum Schlosszwinger und ließ beide gehen.

»Lebe wohl, alter Schatz!« sagte die Zigeunerin mit vertraulichem, wiederholtem Kopfnicken gegen Rüdiger. »Du hast mich bewirtet mit Lems, Johanns und Wendrich; Du hast mich beschirmt vor den Schuders, als sie mich brucken wollten in der Gabel. Fahre wohl, alter Schatz! Halte meinen Fingerreif wohl und in Ehren!«

»Schweige, Vettel, verdammte,« rief der greise Rüdiger mit zorniger, aber sehr gedämpfter Stimme, »oder ich breche Dir das Genick, ehe es der Henker bricht.« Damit schloss er die Turmpforte.

Gangolf, welcher von dem Rotwelsch der Zigeunerin wenig verstanden hatte, glaubte doch so viel daraus folgern zu können, dass sie zu seinem Vater in einem besonderen und geheimnisvollen Verhältnisse gestanden habe und im Turm Rore keineswegs hart behandelt worden sein müsse. Es tat ihm fast leid, dass ihm Schweigen auferlegt war, doch beobachtete er's gewissenhaft, indem er seine verzeihliche Neugier mit kindlicher Ehrfurcht überwand. Er fand die Leiter; er öffnete das hintere Pförtchen; er führte die Alte zwischen Felsstücken und Gesträuchen an der schroffen Halde unter dem Turm herab zur Stadtmauer, lehnte die Leiter an, stieg zuerst hinauf und ließ die Zigeunerin nachklettern. Als sie oben war, zog er die Leiter hinauf und setzte sie von außen an.

»Gibst Du mir einen Zehrpfennig, sag' ich Dir schönes!« redete ihn die Alte an, indem sie den Fuß schon jenseits der Mauer auf der obersten Leitersprosse hielt.

Gangolf suchte einige Geldstücke und gab sie der Zigeunerin, nicht sowohl aus Mitleiden, als aus Furcht vor geheimen Künsten oder gefährlichen Verwünschungen der Ägypterin, wenn er sie im Zorn von der väterlichen Burg scheiden ließe.

»Goldsöhnchen,« sagte sie, indem sie mit den Fingern derselben Hand, mit der sie das Geld empfing, die Stücke behänd hin und her schob und zählte, »lass Dich's nicht reuen; Du wirst hoch alt, ein steinreicher Mann; und das schönste Kind ist Deine Frau, wenn Du pfiffig bist. Es hat Dich lieb; es wartet auf Dich; mache bald Hochzeit! Greife zu, sonst schnappt's Dir ein anderer weg. Warte nicht, bis Dein Väterchen heimkehrt; Väterchen kommt noch lang nicht heim.«

»Du meinst meinen Vater?« fragte Gangolf.

»Ich sage Dir's ja, schmuckes Kind! Denke an mich! Ihn jagen die Hornissen; tut nichts! Fängt jeder seine Mücken; aber Mücken stechen. Tut nichts! Gehab' Dich wohl, Goldkind!«

Die Alte machte eine Bewegung, hinabzusteigen.

»Noch einen Augenblick!« rief Gangolf. »Wer schickte Dich nach Aarau?«

»Wer kann mich schicken? Bin ein armes Ding; suche gute Leutchen, barmherzige Leutchen; sind selten. Meinst Du, mich schickt wer? Rate, wer? Ich sag' Dir's, wenn Du's triffst.«

»Zum Beispiel ein Freiherr? Antworte!«

»Nenne ihn, Schätzchen!«

»Thomann von Falkenstein.«

»Nichts! Nichts! Mich schickt keiner. Gehab' Dich wohl! Der Morgen kommt.«

»Noch eins! Ich gebe Dir eine Hand voll Gold, wenn Du meinen Vater wieder gesund machst, wie er war, ehe Du zu ihm kamst. Warum hast Du ihm übles getan?«

»Goldsöhnchen, was konnte ich ihm Leides tun? Meinest, unsereins hat kein Herz? Wir haben's wie Ihr. Väterchen soll an mich denken; habe ihn lieb! Hat mich gepflegt, hat mich gehütet. Hältst Du Wort, wenn ich ihn heile?«

»Gewiss!«

»Sprich: auf Deine ritterliche Ehre!«

»Bei meiner Ehre!«

»Ich suche ihm Balsam. Halte Wort, dann siehst Du mich wieder.«

»Rede Wahrheit!«

»Was soll ich lügen? Zahlst mir für's Lügen nichts.«

»Woher willst Du den Balsam holen?«

»Goldsöhnchen! Vom End!«

»Was fehlt meinem Vater?«

»Vom End. Gehab' Dich wohl! Siehst Du die rote Wolke?«

»Wohin gehst Du?«

»Zum End!«

Und mit diesen Worten war die Alte behände an der Leiter hinab; sie verschwand längs der Mauer.

Gangolf zog die Leiter zurück, stieg herab, stellte sie an den alten Ort und kehrte in die Veste zurück. Die Pforte des Turmes war nur angelehnt; er sah seinen Vater mit der Lampe noch auf der Wendeltreppe stehen.

»Du lässt mich lange warten!« sagte Herr Rüdiger. »Ich hoffe, Du wirst nicht mit der Zigeunerin gesprochen haben. Oder hast Du?«

»Sie bettelte; ich gab ihr ein Almosen. Ich verstand kein Wort von allem, was sie mir sagte; es war Unsinn!« erwiderte Gangolf.

»Schließe leise die Pforte und folge mir!« sagte der alte Herr.

Gangolf gehorchte und folgte seinem Vater, der ihn in denselben Saal führte, in welchem Gangolf und Isenhofer den vorigen Tag geplaudert hatten. Es schien mit dem alten Herrn während dieser Nacht eine große Veränderung vor sich gegangen zu sein. Seine starre, totenartige Ruhe oder Unempfindlichkeit war gewichen; seine Augen, seine Gesichtszüge hatten Leben und Beweglichkeit erhalten; doch lag darin ein finsteres Wesen, welches dem Sohne nicht minder beängstigend entgegentrat, als die frühere leichenhafte Kälte.

»Welche Nachrichten bringst Du aus Frankreich?« sagte Herr Rüdiger nach einer Weile. »Man spricht davon, die Verhandlungen zu Baden seien ohne Erfolg geblieben, der Krieg der Eidgenossen wider Zürich und Österreich hebe vom neuen an.«

Gangolf erzählte vom Heranzuge der französischen Kriegsmacht gegen Basel und den Rhein; von den Rüstungen der Züricher und des römischen Königs; von den neuen Ansprüchen desselben auf den Aargau; von den unzweideutigen Gesinnungen des Adels für Österreich und von der Erwartung des Markgrafen von Hochberg, dass sich alle Städte im Aargau für das Erzhaus vereinigen würden. Herr Rüdiger schüttelte den Kopf und sprach mit starker Stimme:

»Keinen Meineid, Gangolf, keinen Meineid! Behüte Dich Gott vor Meineid! Wir haben zu Bern geschworen; wir sind Lehensträger der Stadt. Gangolf, wenn Dir Deine Seele lieb ist, keinen Meineid! – Was gedenkst Du zu tun?«

»Mein teurer Herr Vater, nichts wider Euren Willen!« versetzte Gangolf. »Und wenn Ihr's befehlet, verlasse ich selbst die Dienste des Markgrafen und des Königs.«

»Das will ich nicht,« entgegnen der alte Herr, »doch folge Deinem Gewissen. Du bist frei; der König kann Dich zu Ehren erheben; Bern kann und wird Dir nichts verleihen. Du bist daran, Dich durch die Hand Deiner Braut mit den Falkensteinen zu verbinden. Ich wollte, es wäre schon geschehen; mein Herz würde um vieles erleichtert sein. Gangolf, ich sage Dir noch mehr: Du bist arm; nichts wirst Du von mir erben, als den Freihof. Alles Übrige, was ich habe, gehört nicht Dir, nicht mir, sondern einem Dritten. Frage nicht weiter! Schlage Dich durch die Welt, wie Du es vermagst . . . . aber, Gangolf, keinen Meineid, um Gottes und Deiner Seele willen, keinen Meineid! Tue alles, nur hüte Deine Seele, dass sie nicht Beute des Teufels wird. Du bist arm; gehe, diene dem Könige mit Deinem Leibe; er kann Dir's lohnen und Bern Dir's nicht verargen. Es dient mancher Ehrenmann um Geringeres, als Du. Aber keinen Meineid! Diene ehrlich; lieber Bettlerbrot, lieber Hungertod, als Falschdienerei! Bist Du mit Urlaub nach Baden gekommen?«

»Ich wollte gen Baden oder Zürich zum Markgrafen,« entgegnete Gangolf, »dann aber zog mich die Nachricht vom Aufenthalt meiner Braut nach Brugg hin, und was mir der Schultheiß Effinger von Eurem Unwohlsein meldete, trieb mich bis hierher zu Euch.«

»Unwohlsein? Er hält mich ohne Zweifel für krank, doch ich bin gesund. Du aber bist zu guter Stunde angekommen. Ich verlange, dass Du einige Tage im Freihof bleibest; wir haben vieles abzutun, denn, Gangolf . . . .«

Hier brach Herr Rüdiger plötzlich ab, und ging mit langsamen Schritten durch das Zimmer, wandte sich aber schnell wieder um und sagte:

»Also in Schaffhausen warst Du? Sahst Du die Trüllereys, unsere Vettern?«

»Ich traf sie im besten Wohlsein. Zufällig war auch Hans Trüllerey von Rothweil, der Kommentur, bei ihnen. Doch mein Aufenthalt war kurz; wir hatten . . .«

»Da fällt mir ein, Gangolf!« unterbrach ihn sein Vater mit einem gleichgültigen Tone und einer Miene, als dächte er an ganz andere Sachen. »Du hast viel gesehen und gehört; vernahmst Du vielleicht zufällig vom Junker Jörg von Ende, dem Freiherrn? Er soll, glaube ich, im Rheintal auf dem Schloss Grimmenstein sitzen oder gesessen haben?«

Gangolf erinnerte sich des Namens nicht, sondern fuhr fort, von den Vettern zu Schaffhausen zu erzählen.

»Erwartet Dich der Markgraf von Hochberg in Zürich zu bestimmter Zeit bei sich?« unterbrach ihn der alte Herr vom neuen.

»Ich glaube nicht,« antwortete Gangolf, »denn er ließ mir durch Marquard von Baldegg unterwegs den Auftrag zukommen, ich sollte Aarau dem Hause Österreich günstig zu stimmen suchen.«

»Bluten, bluten kannst Du, sterben kannst Du für den König!« rief Herr Rüdiger heftig; »aber belaste Deine Seele mit keinem Meineide, Gangolf! Gangolf, ich würde Dich enterben, verstoßen, verfluchen! Ja, das würde ich!«

Gangolf erschrak fast vor der Heftigkeit seines Vaters und versicherte, dass er lieber des Königs Dienst verlassen würde.

»Auch das nicht, es darf das nicht sein!« erwiderte Herr Rüdiger. »Dann verlierst Du die Hand Deiner Braut; dann wärest Du ein Bettler. Feiere zuvor die Hochzeit; nachher bindet Dich niemand. Feiere sie bald, auch wenn ich nicht zur Hochzeit erscheine. Ich habe eine große Reise vor und weiß nicht, wann ich zurückkomme.«

»Wie? Ihr wollet eine Reise machen?« fragte Gangolf erstaunt und sich an die Reden der alten Zigeunerin erinnernd. »Wohin? Darf ich Euch begleiten?«

»Frage nicht! Ich habe dem Himmel ein Gelübde getan, es soll gelöst werden!« antwortete ihm der Vater düsterer als vorher, »Frage nicht! Hemman Enderli soll mich begleiten; er ist ein treuer Mensch; ich bin an ihn gewöhnt; er kennt meine Bedürfnisse, wie keiner. Darum beruhige Dich!«

»Doch werdet Ihr so bald nicht von hinnen ziehen wollen, Herr Vater?«

»Morgen, übermorgen; in drei vier Tagen, sobald ich Dir alles übergeben habe. Du bist gekommen in der Glücksstunde, vom Himmel gesandt. Eine Woche später und Du hättest mich nicht mehr gefunden. Alle Titel und Briefe werde ich Dir übergeben und Dich darüber unterrichten. Wir wollen heute und morgen die Marken unsers Eigentums und Lehens umreiten. Auf unsern Grundstücken haften keine Schulden. Ich überantworte Dir Großes und Kleines zu eigen, nur eines bleibt verschlossen: das ist die Eisenkiste im obersten Gemach des Turmes. Die wirst Du nicht öffnen, bis Du gewisse Botschaft von meinem Hinscheiden hast, oder wenn, von heute an, zehn Jahre vergangen sind, ohne Nachricht von mir. Dann in Gottes Namen, ja dann! In der Kiste wirst Du meinen letzten Willen finden, und ich binde Dir die Erfüllung desselben auf die Seele.«

Der Jüngling ergriff tieferschüttert die Hand seines Vaters und beschwor ihn mit Tränen im Auge und mit zitternder Stimme, dass er, wenn es möglich sei, den Freihof in dieser Zeit nicht verlassen solle; müsste er aber, dass er dann den Sohn zum Begleiter mit sich nehmen möchte, zum Schutz und zur Pflege. Doch der alte Herr blieb unbeweglich.

»Ich habe ein heiliges Werk zu verrichten,« sagte Rüdiger; »ich soll das Gelübde erfüllen und mich entsündigen, ehe ich zu den Vätern gehe. Störe mich nicht! Du bleibst im Lande und leistest der Stadt Deine Bürgerpflicht. Seit mehr denn zweihundert Jahren haben unsere Altvordern diesen Turm bewohnt und der Stadt in bösen und guten Tagen treulich beigestanden. Vergiss das nicht! Müsstest Du der Letzte der Trüllereys werden, sollst Du der Erste unter den Besten von ihnen sein. Habe Acht auf die Falkensteine, auf Thomann insbesondere; er ist der Stadt und mein geschworner Feind. König Rudolf hat Aarau befreit; vor ihm war die Stadt lange Zeit ein dienstbares Hündlein, das von den Grafen von Rore und den Habsburgern am Halsband gezogen wurde; nun ist es ein aufsteigender Adler geworden. Gangolf, wache, dass der Adler nicht abermals zum Hunde wird! . . . Ich werde Dir noch vieles sagen: jetzt aber sollst Du für Deinen Gast sorgen, denn die Sonne will schon aufgehen.«

Mit diesen Worten entfernte sich Herr Rüdiger.

11.
Der Zug nach Seckingen.

Die Bewohner des Freihofes waren nicht wenig überrascht, als sie die unerwartete Verwandlung bemerkten, welche sich in einer einzigen Nacht mit ihrem Herrn und Gebieter zugetragen hatte. Sie hielten dieselbe für eine natürliche Wirkung der Freude über das Wiedersehen seinem Sohnes, den alle lieb hatten. Die Teilnahme an dieser Genesung des alten Herrn, der jetzt wieder, wie ehemals, im Barett, hirschledernen Wams und klirrenden Ritterstiefeln rüstig umherwandelte, Keller, Stallungen und Fruchtböden besuchte, Befehle erteilte, und Rechenschaft forderte, würde wohl noch größer gewesen sein, wenn ihm nicht die Blässe des Antlitzes, der düstere Blick und der zurückschreckende Ernst seines ganzen Wesens geblieben wären. Dazu kam etwas Beängstigendes, was jede geheimnisvolle Sache für die Neugier der Zuschauer mit sich bringt. Man bemerkte die Vorrichtungen, welche zur nahen Abreise des Herrn Rüdiger getroffen wurden; doch niemand kannte Ziel und Zweck der Reise, selbst Hemman Enderli nicht, der sie mitmachen sollte. Hemman ließ nur erraten, dass sie von langer Dauer sein werde; vielleicht eine Wallfahrt zu den Kirchen der heiligen Apostel in Rom, oder gar nach Jerusalem, zum heiligen Grabe. Auch Herr Isenhofer, der einen langen, guten Schlaf gehalten hatte, war erstaunt, als er bei der Morgensuppe seinen Reisegefährten Gangolf nachdenkend, mit verstörten Mienen, dessen Vater hingegen lebhaft und gesprächig erscheinen sah.

Während der Unterhaltung erschien ein Bote des Fräuleins von Falkenstein aus Brugg. Er brachte die Nachricht an den Bräutigam, dass dessen Verlobte schon diesen Morgen über den Bötzberg nach Seckingen reisen werde; dass sie ihn, nebst Isenhofer, unterwegs in Frick zu finden hoffe, wohin er auf kürzerem Wege über das Gebirge gelangen könne.

Herr Rüdiger heftete einen verdrossenen, still fragenden Blick auf seinen Sohn. Dieser aber, welcher den Gedanken des Vaters erriet, sagte sogleich: »Ich werde Euch nicht verlassen, mein Herr Vater, sondern so lange hier verweilen, als Euch gefällt, oder bis Ihr abgereist sein werdet.« Zugleich bat er Isenhofer, ihn bei dem Fräulein zu entschuldigen, indem er ihm über die bevorstehende Reise seines Vaters und über die Notwendigkeit von mancherlei Abreden mit demselben Auskunft erteilte, da dessen Entfernung von Aarau lange dauern könne.

»Ihr traget mir böse Gesandtschaft auf, Junker!« sagte Isenhofer, sich hinter den Ohren krauend. »Ich billige Euren Entschluss zwar, aber Ihr gebt mir zu, dass es für mich kein Spiel sein werde, den ersten Sturm des jungfräulichen Zorns auszuhalten. Nun denn, es sei, weil es nicht zu ändern steht; Wetterwolken sind nur in der Ferne schwarz. Lasset mich in einer Stunde aufbrechen, damit ich den Zug der Reisenden bei Frick nicht verfehle.«

Nach einer Stunde standen die Pferde gesattelt vor der Veste. Gangolf hatte inzwischen Zeit gefunden, seinen neuen Freund von allem zu unterrichten, was ihn verhinderte, dem Ruf der Braut zu folgen. Doch von der Zigeunerin schwieg er, weil ihm sein Vater aufs strengste verboten hatte, die Anwesenheit derselben im Turm und die Art ihrer Entfernung irgendjemandem zu verraten.

Isenhofer nahm von dem Jüngling, der ihm in so kurzer Zeit durch seinen schlichten und reinen Sinn teuer geworden war, freundlichen Abschied; desgleichen von dem alten Rüdiger, welcher sich mit jugendlicher Gewandtheit aufs Pferd schwang, um in Begleitung des Sohnes die Hausgüter zu besichtigen. Noch einmal rief Isenhofer sein Lebewohl zurück und ritt, während jene quer durch die Stadt trabten, links einen steilen Rain abwärts zum nahen Thor, wo er, beim ersten Schritt aus demselben, sogleich eine lange hölzerne Brücke betrat, die ihn zum andere Ufer des Aarflusses hinüberbrachte.

Eine Zeitlang ritt er längs den grünen Vorhügeln des Jura hin, bis der Weg seitwärts durch ein geräumiges Tal und durch das Dorf Küttigen in das Innere des Gebirges einbog. Da sah er links die gewaltige Wasserflue, an deren graue Spitzen sich einzelne Tannen wie zartes Efeu schmiegten, aus der Tiefe emporsteigen. Zu den Füßen des Berges, auf schroffen Felsen, hoben die Mauern des Schlosses Königstein aus dichtem Buschwerk ihre Zinnen empor. Er aber verfolgte den steinigen Bergpfad seitwärts, einem weiten, sumpfigen Grunde ausweichend, zu den Höhen der Staffelegg, deren kahler Rücken vor ihm lag. Dann leitete er das Ross langsam die steile, von Regengüssen zerklüftete Straße aufwärts, wo er von oben, wenn er zurückschaute, durch einen Einschnitt der nahen, dunkeln Vorberge das helle Grün der Aarufer, die fern im Sonnenglanz schwimmende Stadt, und im Hintergrunde, wo Erde und Himmel eins zu sein schienen, die weiße, ewige Wand erblickte, welche, von Schnee und Eis gebaut, große Länder und Völker, von ungleichen Denkarten und Sprachen, sondert.

Er blieb oftmals stehen, das Wunderbild betrachtend, und hob stumm und unwillkürlich, in Anbetung versunken, Blick und Hände gen Himmel. Dann, als er die Höhe erstiegen hatte, sah er unter seinen Füßen vor sich liegend ein stilles, ödes Tal und in der Ferne den weichen Umriss des Schwarzwaldgebirges. Er ritt hinab zur Tiefe, wo sich die Berge enger an ihn drängten und kesselartig ein armseliges Dörfchen umfingen. Doch bald erweiterte sich das Tal zu einem schmalen, freundlichen Grunde voller Hütten und Höfe mit hellgrünen Wiesen und blühenden Kirschbäumen, welches, immer offener werdend, sich zuletzt am Rheine in den hintern Frickgau, zwischen Jura und Schwarzwald, aufschloss.

Da wurde er zur Rechten, von wo die große Landstraße über den Bötzberg aus dem Seitenthale hervortritt, eines langen und glänzenden Zuges von Reisigen gewahr, Herren und Frauen in freundlichem Geplauder neben einander reitend. Bald erkannte er an der Spitze des Zuges das Fräulein Ursula von Falkenstein auf einem weißen Zelter, an jeder Seite einen Ritter. Einer derselben war Bentelin von Hemmenhofen, der andere ein unbekannter, aber schöner, junger Mann, schlank und stolz, in scharlachrotem, goldgesticktem Wams, mit himmelblauer, goldgestickter Schärpe, unter dessen, mit blauen und weißen Federn anmutig geschmücktem kleinen Hut eine Fülle schwarzer Locken hervorringelte.

»Ah, so allein, Isenhofer?« rief das Fräulein mit vornehmem Lächeln ihm entgegen. »Herr Gangolf, scheint's, will Krankenwärter bleiben?«

»Mitnichten!« antwortete Isenhofer, ehrerbietig die Kommenden begrüßend. »Er könnte wohl selbst aus Liebe und Sehnsucht ein Kranker werden, da die Rüstungen seines Vaters zu einer Reise nach Rom oder dem gelobten Lande ihn abhalten . . .«

»Nichts davon!« fiel ihm Ursula lachend ins Wort. »Wir kennen den frommen Schneemann besser. Er wartet vermutlich, bis wir ihn selbst aus seinem Turm Rore abholen.«

»In wenigen Tagen, denke ich, wird er in Seckingen zu den Füßen seiner Angebeteten liegen,« sagte Isenhofer; »inzwischen sendet er der Braut die zärtlichsten Gruße und Seufzer . . .«

»O!« unterbrach ihn Ursula spöttelnd, »ich habe sie empfunden, ehe Ihr kamt; sie hatten die Luft so eiskalt durchdrungen, dass wir alle fast erstarrten. Indessen bitte ich Euch, erzählet weiter!«

Die Ritter lachten mit lauter Stimme. Isenhofer, welcher sich dem Gefolge, zunächst hinter dem Zelter des Fräuleins, anreihte, stattete ferneren Bericht ab, bemerkte aber bald, wie wenig Anteil an seiner Erzählung genommen wurde, und stimmte daher sogleich in die mutwilligen Scherze der Gesellschaft ein. Sowohl Bentelin, als das Fräulein, schienen mit dem fremden jungen Rittersmann, der mancherlei lustige Schwänke und Abenteuer von den Höfen König Friedrichs und des Herzogs von Österreich erzählte, sehr vertraut zu sein. Doch dem Waldshuter Dichter entging es inmitten aller Scherze nicht, dass weder der fremde Jüngling, noch die Jungfrau einander ganz unbefangen sahen. Nie fiel der Blick des Ritters auf das Freifräulein, ohne dass er lange und brennend an deren Reizen hangen blieb; und Ursula, als könne sie den Flammenblick dieser schwarzen Augen, die sie doch suchte, nicht ertragen, musste jedes Mal errötend und lächelnd die Augen niedersenken. Dieses stille Gespräch der Mienen, zwischen der lauten Unterhaltung und dem Gelächter der andern, bemerkte selbst Bentelin nicht, welcher auf der entgegengesetzten Seite ritt.

Isenhofer, den die Neugier reizte, blieb im Zuge, wie zufällig, zurück, bis er in die Nähe einer von Ursulas Kammerfrauen geriet, mit der er wohl bekannt war. Von ihr vernahm er, dass der junge Ritter mit den Flammenaugen ein Freiherr Hinz von Sax, ehemaliger Jugendgespiele des Fräuleins, nun Verlobter einer schönen Gräfin von Zollern und Bentelins von Hemmenhofen treuester Freund und Waffengefährte sei. Er war am vorigen Tage von Zürich gen Brugg gekommen, um zu den Falkensteinen nach Seckingen zu reisen; hatte unvermutet daselbst den Freund und die reizende Gespielin seiner Kindheit gefunden und mit beiden, bis tief in die Nacht, einen fröhlichen Abend genossen.

Schon war Mittag vorüber, als man endlich den blaugrünen Rheinstrom und drüben am Fuße des Waldgebirges in anmutiger Ebene das Städtchen Seckingen erblickte, über welchem die grauen Türmchen von St. Fridolins ehrwürdigem Stift und der Kirche längst sichtbar geworden waren. Es wurden Trompetenstöße gehört, und von der Brücke her kam dem Zuge der Reisenden eine Schar zu Pferde entgegen; alle auf prächtigen Rossen, alle festlich gekleidet. Voran ritt Ursulas Vater, der Freiherr von Falkenstein, und dessen Bruder, Thomann, Landgraf von Buchsgau und Sissgau. Ihnen folgten Max von Ems, Graf Görg von Sulz, Hug von Hegnau, Fritz vom Haus, Görg von Knöringen, Balthasar von

Blumeneck und viele andere Edelherren, welche während der Friedenstage mit den Falkensteinen zu Seckingen die Zeit in Lust und Freuden verbrachten.

12.
Ritterliches Wohlleben.

Ich will hier weder den bunten Wechsel, noch die Pracht der Lustbarkeiten und Feste schildern, welche die fröhliche Ritterschaft bald in dieser Stadt, bald auf den Burgen des benachbarten Adels beging. Jeder Tag brachte der lebenslustigen Menge neuen Genuss, durch den Witz und die Anmut und die Liebesgeschichten der schönen Edeltöchter und Frauen aus der Umgegend gewürzt. Die Königin der Feste aber war Gangolfs Braut, welche durch die verschwenderische Freigebigkeit ihres reichen Vaters jede ihres Geschlechts an Pracht übertraf. Sie selbst eine volle Blüte der Lust, sog gleichsam ihr Leben aus dieser Fülle mannigfaltiger Freuden; und, wo sie erschien, verbreitete sich wie durch einen Zauber rauschendes Vergnügen. Was sie unter den Weibern, war Hinz von Sax unter den Männern. Man würde das schöne Paar für mehr als ehemalige Gespielen gehalten haben, hätte nicht jeder gewusst, dass er der Bräutigam einer Fremden, wie sie die Verlobte Gangolfs war. Auch wusste Ursula mit mädchenhafter Feinheit alle übrigen auf gleiche Weise zu behandeln, so dass weder der junge Freiherr, noch ein anderer sich eines Vorzugs bei ihr rühmen konnte, wenn nicht der Zufall dem einen zuweilen holder war als dem andern. Nur Isenhofer, der in diesem Getümmel den überall willkommenen Freudenmeister und Possenmacher spielte und doch der einzig Nüchterne blieb, blickte heller in das Treiben. Wenn er zuweilen die trunkenen, blitzenden Augen beider sich verstohlen begegnen sah, ahnte ihm, welche verbotene und verhehlte Glut hier glimmen möge.

»Armer Gangolf!« seufzte er eines Abends, da er, im kerzenhellen Saale still ans Fenster gelehnt, die Reihen der Tänzer übersah, aus welchen Ursula glühend hervorkam, um auf einem Sessel in seiner Nähe zu ruhen.

»Ists nicht wahr, Isenhofer?« fragte sie vertraulich leise. »Der böse Mensch! Ists zu verzeihen, dass er mich so lange vergessen kann?«

»Der arme Gangolf!« seufzte Isenhofer abermals, doch mitleidig spaßend. »Er soll sich nicht hierher sehnen; ihm ists besser im Turm von Rore.«

»Wie meint Ihr das?« sagte sie, das Köpfchen spöttisch und vornehm zurückwerfend.

»Fröhlich würde er nicht sein,« antwortete jener, »uns aber manche unschuldige Freude stören.«

»Nun ja, Isenhofer ... wie er es immer zu tun pflegt. Ich könnte ihn darum fast hassen. Denkt nur, wie er's in Brugg trieb.«

»Fräulein, was ist zu tun?« sagte Isenhofer und setzte rasch mit ernster Miene hinzu: »Sieh' da, er kommt!«

»Wo?« fuhr erschrocken Ursula auf und verließ schnell den Sitz.

Lachend antwortete Isenhofer: »Bleibt ruhig, mein Fräulein! Ich irrte mich, als ich drüben Herrn Veit von Ast hereinschreiten sah.«

»Narr und Tölpel, mir solchen Schreck zu machen!« sagte das Fräulein zwar lächelnd, doch verdrießlich.

»Soll ichs wieder gut machen?« fragte jener mit schalkhafter Furchtsamkeit.

»Auf der Stelle! Doch womit?« fiel Ursula neugierig ein.

»Mit der Botschaft, dass er bald hier ist. Ihr werdet schon wieder ernst, mein Fräulein! Mich freut's, beide, den Herrn von Sax und Herrn Trüllerey, zusammen zu sehen und durch den Vergleich zu erfahren, wer eigentlich der schönere Mann von beiden sei?«

»Aber ich,« erwiderte Ursula, »ich zittere; sie werden, wie ich befürchte, keine Freunde werden. Mein edler Bräutigam ist von wunderlichen Launen heimgesucht. Ich muss gestehen ...«

Sie sagte nichts weiter, sondern drehte den Kopf, in Verlegenheit, was sie wünschen solle, gegen das Fenster hin, um nach den Sternen zu sehen; Isenhofer jedoch schien sie zu erraten.

»Ihr habt recht!« sagte er. »Gangolf ist ein vortrefflicher Mensch, aber fast zu vortrefflich. Er fügt sich nicht in die Gewohnheiten unseres Jahrhunderts; er gehört in die alten Zeiten seines Turmes. Es würde mich wenig kosten, ihn zu bereden, im Freihofe von Aarau zu bleiben. so lange es Euch gefiele.«

»Ach!« stammelte Ursula verlegen und zerstreut, indem ihre Augen unter den Tänzern dem jungen Freiherrn von Sax magnetisch folgten; »nur noch wenige Zeit, nur wenige, bis ... Ihr begreift es ja selber. Ich bitte Euch, denkt an den Handel mit Bentelin während des Mahles beim Schultheiß Effinger. Sollte er uns dergleichen hier wiederholen? Ich bitte Euch, wenn Ihr etwas über ihn vermögt: Ihr tut uns allen einen Liebesdienst!«

»Ihn noch eine Weile entfernt zu galten?« fragte Isenhofer.

»Ich bitt' Euch! Nun ja doch,« flüsterte sie schmeichelnd und legte traulich ihre Finger auf seinen Arm, »nur kurze Zeit.«

»Bis etwa . . .« sagte Isenhofer leiser, indem er ihr schelmisch lächelnd ins Auge sah, als hätte er ihre Seele ausgeforscht, »bis . . . nun es ist natürlich; es muss geschehen! . . . Bis der junge Freiherr von Sax . . .«

Ursula fühlte sich von dem Laurer ertappt und errötete.

»Spitzbube!« sagte sie verschämt und doch mit schmeichelndem Lächeln, wie eine Gefangene, die um Gnade flehen will, und gab ihm mit der Hand einen leisen Streich auf den Backen. »Möchtest Du gern stehlen?«

Mit diesen Worten entfernte sie sich, wandte sich aber, ein paar Schritte von ihm, nochmals um, drohte mit den Finger und mischte sich in das glänzende Gewühl. Ihr Herz pochte; sie fühlte, es sei etwas verraten, was sie sich selber nicht gestanden haben wollte. Aber in diesem Augenblicke fühlte sie ihr Herz von einer ganz andern Unruhe zusammengezogen; ein Schauer von Eifersucht überflog sie. Sie wollte aus dem Saale hinweg, doch sie konnte den Fuß nicht vom Boden heben. Ihr Jugendgespiele tanzte, voll unaussprechlicher Anmut, mit dem Fräulein Hagenbach.

In der Tat, von allen ihren Nebenbuhlerinnen bei den Huldigungen der Männer war die niedliche Hagenbach weitaus die gefährlichste. Ursula hatte anfangs diese Geliebte ihres Vaters, des Freiherrn Hans von Falkenstein, für die er ungeheure Summen verschwendet hatte, von Herzen gehasst oder verachtet; aber damit geendet, sie nicht nur liebenswürdig zu finden, sondern sogar ihre vertrauteste Freundin zu werden. Dies Mädchen stand durch ihr Treiben und Thun im vollsten Widerspruch mit ihrem Rufe. Sie lebte eingezogen, fromm und anspruchslos; kleidete sich geschmackvoll, aber höchst bescheiden und züchtig, und war von der Anwendung der üblichen Künste, um zu gefallen, so sehr entfernt. dass selbst Frauen an dieser Verleugnung der Mädchennatur irrewurden. Hans von Falkenstein, der erklärte Liebhaber dieser seltsamen Schönen, bis zur Narrheit in sie vergafft, behandelte sie mit ehrfurchtsvoller Schüchternheit, so wenig er übrigens sonst die Grenzen des Anstandes innehalten mochte. Mit allen andern Frauen waren die Männer freier, als mit ihr, und doch konnte keiner von diesen die niedliche Verführerin mit Gleichgültigkeit ansehen. In der Bildung ihres Gesichtes hatte die Natur zwar nicht die gewöhnlichen Regeln des Schönen beobachtet, aber in jeden Zug desselben Seele und Feinheit gelegt. Ihr Wuchs war nicht hoch, aber er hatte das zarteste Ebenmaß, und jeder Teil ihres Körpers war zierlich geformt. Sie vereinigte in ihrem Wesen kindliche Blödigkeit und Furcht mit der Harmlosigkeit und dem Mutwillen der unerfahrenen Unschuld. Jene ernste, unentweihbare Schüchternheit hielt alle Männer zurück, und dieser kindliche Frohsinn und Übermut unter ihren Freundinnen zog jedermann unwiderstehlich an. Dem Gerüchte nach wäre dessen ungeachtet mehr als ein Mann der Beglückte gewesen; aber die Beglückten selbst schienen ihre Eroberung nur wie den Erfolg der Gewalt und Überraschung zu betrachten und sich selber darum umso mehr mit Vorwürfen zu strafen, weil sie, von da an, nur Abscheu gegen sich in jeder Gebärde der Angebeteten fanden. Und doch behauptete der weibliche Neid oder Scharfblick, gerade das sei das klugberechnete Spiel des schlauen und lebenslustigen Mädchens.

Sie tanzte jetzt mit dem jungen Freiherrn von Hinz. doch so kalt, so ängstlich, dass jede ihrer Bewegungen einen Widerwillen, einen inneren Zwang verriet, und doch tanzte sie gleich einer Grazie. Mitten im Tanz bemerkte sie Ursulas Unruhe und die eifersüchtigen nachschleichenden Blicke derselben; sie verstand sie noch besser, als sie darauf zu ihr trat und Ursulas Eintönigkeit und Wortarmut vernahm. Unter einem unbedeutenden Vorwande lockte sie dieselbe in ein abseits gelegenes kleines Nebenzimmer, schloss sie an ihre Brust und sagte.

»Meiner Treu, Ursi, Du leidest. Warum quälst Du Dich, liebe Seele, im Kampf mit Deinem Herzen? Du bist die Verlobte eines andern, aber Dein Herz hatte sich schon in der Kindheit dem Einzigen hingegeben, den Du mir selbst kaum zu nennen wagst. Und der arme Unglückliche! Ihn verzehrt die stille Glut um Dich. Ich beschwöre Dich, süßer Engel ... folge dem heiligen Zuge des Gemütes; bringe Dich nicht fremden Berechnungen zum Opfer. Du machst Dich elend, wenn Du nicht wieder frei wirst.«

Ursula umklammerte mit Schmerz die Freundin und weinte heftig an ihrem Halse.

»In Ewigkeit nicht; nie werde ich froh; ich möchte mich selber verabscheuen. Ja, ja, magst Du es wissen, aber nur Du! Ich bin eine Wahnsinnige; ich vergehe für den, den ich fliehen sollte. Wäre er nie erschienen! Wir hingen schon als Kinder fest aneinander. O Gott ... und jetzt, wie herrlich hat er sich verwandelt und ist doch noch immer derselbe!«

Mit aller Leidenschaftlichkeit, die dem Fräulein von Falkenstein eigen war, erzählte sie nun von den seligen Tagen ihrer Kindheit; vom Wiedersehen des früher Geliebten in Brugg und von tausend kleinen Dingen, die einem so tief ergriffenen Gemüte in solchem Augenblicke wichtig sein können. Ihre Freundin hatte Mühe, sie zu beruhigen, und bat sie, noch einige Augenblicke allein zu bleiben, um sich zu fassen und wieder in die Gesellschaft eintreten zu können, ohne durch ihr verweintes Auge aufzufallen. Die Hagenbach trat allein in den Saal zurück, wo es der Zufall wollte, dass sie mit dem Freiherrn von Sax zusammentraf, der sie abermals zum Tanz aufforderte. Sie stieß fast mit Zürnen seine Hand zurück und sagte:

»Leichtsinniger! Wenn die liebenswürdige Ursula weint, mögt Ihr noch tanzen?«

Er entfärbte sich und fragte nach Ursula's Aufenthalt. Seine Wangen brannten, wie sein Auge glühte. Er fragte dringend, stets und wiederholt, wo das Fräulein sich befinde. Er erfuhr's endlich und verschwand. Als das Paar, welches man in dem bunten Getümmel kaum vermisst hatte, nach langer Zeit zurückkehrte, leuchtete aus des jungen Freiherrn Gesicht das Entzücken; Ursula schien heiter, doch verlegen.

»Wie siehst Du so wunderbar aus?« flüsterte ihr das Fräulein Hagenbach zu.

Ursula lächelte und sagte: »Was sieht man mir an? – Du hättest mich doch nicht verraten sollen, nur in dem Augenblick nicht, wo ich mir zu wenig gehörte.«

»Bist Du beruhigt, süße Ursi?«

»Ja!« sagte Ursula ganz leise, »Wenn er nicht ein Bösewicht ist.«

Tänzer erschienen und unterbrachen das Gespräch der Jungfrauen.

13.
Erklärung.

Dem Falkenblick des Dichters von Waldshut entging es nicht, dass seit diesem Abend Ursulas Verhältnis zum Freiherrn von Sax eine andere Natur angenommen hatte. An die Stelle ihrer Zweifel war Sicherheit, an den Platz der Sehnsucht Genugtuung getreten. Es gab kein Fliehen, kein Suchen der Blicke mehr, sondern das zufriedene Lächeln gegenseitigen Verständnisses. Gangolf war von seiner Braut nicht vergessen, weil er jetzt von ihr gefürchtet war. Wie sehr wünschte sie, von ihm vergessen zu sein! Fast hoffte sie es zuletzt. weil eine Woche nach der andern verstrich, ohne dass er sich im freudereichen Seckingen zeigte. Isenhofer mochte am besten wissen, warum der Verlobte den Turm seiner Väter nicht verlassen wollte; aber ihn fragte sie nicht. Er belustigte sich indessen damit, Spottverse auf die Treue der Weiber und den Flattersinn der

Männer zu machen. Beide Teile lernten, in Ermangelung eines Witzes, seine Reime auswendig, um ihre Unterhaltung damit zu würzen.

Der damalige Leichtsinn des weiblichen Geschlechtes der höheren Stände und die Sittenlosigkeit des Adels war eine so bekannte und allgemein angenommene Sache, dass sich die Vornehmen dessen nicht schämten, die Untertanen es für ein Vorrecht oder das eigentümliche Wesen der adeligen Natur hielten und die Priester es nicht zu tadeln wagten, weil sie selbst häufig nicht anders sich verhielten. Ging doch sogar die Rede, dass der schöne Hinz, während sich das Fräulein von Falkenstein seiner Eroberung freute, in St. Fridolin's Stift nicht minder zärtliche Verbindungen mit einer der jüngsten Domfrauen, die seine Verwandte war, gepflogen habe.

Der junge Freiherr hatte jedoch über die Schönen von Seckingen keineswegs die Männer daselbst vergessen, zu denen er vom Hoflager Herzogs Albrecht von Österreich mit Aufträgen hierhergekommen war. Er sollte die Ritterschaft dieser Gegenden nicht etwa für das Haus Österreich gewinnen – denn ihm gehörte sie schon mit Leib und Seele – sondern für ein großes Unternehmen gegen die Städte und Landschaften des Aargau's. Diese Österreich wieder zu unterwerfen. das war die Aufgabe. Ritter Marquard von Baldegg, welcher vom Adel des Schwarzwaldes die glänzendsten Zusagen nach Seckingen gebracht hatte, war jenes Freiherrn eifrigster Beistand geworden. Viele andere Herren, Grafen und Ritter ließen sich zu allem willig finden, und sie würden insgesamt eingestimmt haben, wenn nicht Thomas von Falkenstein durch seine Unentschlossenheit eine große Anzahl schüchtern gemacht hätte.

Mit allerlei Entwürfen, mit Unterhandlungen, Empfängen und Versenden von Botschaften war die Zeit verstrichen und beinahe der St. Georgstag herangenaht, an dem der Waffenstillstand sein Ende erreichte. Schon wusste man, dass die Schweizer in den Bergen sich erhoben, dass sich in allen Tälern kampflustiges Volk um ihre Banner schare; dass ihre Absicht gegen die Stadt Zürich und die Veste Rapperswyl gerichtet sei; dass Bern zu ihnen halte und dass auch das Land Appenzell den Zürichern und dem Herzog Albrecht von Österreich den Krieg erklären wolle, weil er der abgefallenen Schweizerstadt Beistand leiste. Da beschlossen die zu Seckingen Anwesenden, man solle die gesamte Ritterschaft der Umgegend auf einen Tag versammeln, denn man müsse zum Entschluss kommen, umso mehr, als der Markgraf von Hochberg befohlen habe, der Freiherr von Sax solle mit der Erklärung des Adels nach Zürich zurück kommen und dann zum Herzog Albrecht gehen. Der Mittwoch vor St. Georg war zur Zusammenkunft in Seckingen bestimmt, Schon am Vorabend traf die eingeladene Ritterschaft von allen Seiten so zahlreich ein, dass kaum die Herbergen Raum genug boten. Selbst derjenige kam, an dessen Erscheinen alle gezweifelt hatten – Gangolf Trüllerey.

Ursula von Falkenstein saß mit dem Fräulein von Hagenbach, dem Freiherrn Sax, Ritter Marquard von Baldegg und Bentelin von Hemmenhofen in fröhlichem Geplauder beisammen, als die Thür des Zimmers geöffnet wurde und Freiherr Hans von Falkenstein hereinschritt, seinen künftigen Eidam an der Seite.

»Denkt doch,« rief lachend Freiherr Hans, »dieser gottvergessene Mensch wollte vor einer Herberge absteigen, statt bei der Braut einzukehren, aber Isenhofer verriet ihn und ich nahm den blöden Schäfer gefangen.«

Herr Gangolf zählte seine Entschuldigungsgründe auf. Die Anwesenden wandten mit sehr verschiedenartigen Empfindungen ihre Augen auf den Jüngling. Ursula war leichenblass geworden, Sie behielt kaum Macht genug, sich vom Sessel aufzurichten und ihm einen Schritt entgegen zu gehen. Gangolf verbeugte sich tief, die zitternde, kalte Hand seiner Verlobten mit Ehrfurcht zu küssen; dann verneigte er sich grüßend gegen die Übrigen. Fräulein Hagenbach bemerkte die tödliche Unruhe ihrer Freundin und beugte sich flüsternd zu ihr, ohne sich jedoch enthalten zu können, von der Seite einen furchtsamen Blick auf den fremden Jüngling fallen zu lassen.

»Willkommen, Herr Gangolf!« rief Marquard von Baldegg, ihm mit schalkhaftem Lachen die Hand bietend. »Wir wollen wieder Freunde sein. Straf' mich Gott! Jetzt ist Not am Mann und es würde mich jetzt doch ärgern, hätte ich Euch eine Spanne kürzer gemacht und zwar um solchen Lumpenpacks und Strolchengesindels willen. Lasst's gut sein!«

Gangolf schüttelte ihm treuherzig die Hand und erwiderte: »Einem Biedermanne zürnt man nicht lange.«

Herr Bentelin von Hemmenhofen drehte sich in Verlegenheit hin und her, reichte aber endlich ebenfalls Herrn Trüllerey die Hand dar und sagte: »Haltet Ihr auch mich für einen Biedermann? Ich glaube, der Schultheiß von Brugg gab uns bösen Wein; wir müssen bekannter werden mit einander beim guten aus Falkensteins Kellern.«

»Was Teufel!« schrie Freiherr Hans, während sich Bentelin und Gangolf freundliche Höflichkeiten sagten. »Hat denn der Spring-in-die-Welt mit allen Raufbolden Händel gehabt? So recht, schließt Frieden zusammen; wir werden in wenigen Tagen Krieges vollauf haben. Freiherr Hinz von Sax, begrüßt auch Ihr meinen künftigen Eidam freundlich; ich will nicht hoffen, dass Ihr einander schon ins Gehege gelaufen seid.«

»Der Ritter wird mich des nicht anklagen können,« sagte Hinz, »und ich habe von ihm des Lieben viel zu viel gehört, dass ich nicht um seine Freundschaft werben sollte.« Darauf neigte er sich mit den artigsten Worten zu Gangolf.

Weder Ursula, noch die Hagenbach konnten sich's in diesem sonderbaren Augenblick erwehren, ihre Augen zu den beiden Männern aufzuschlagen, welche, im Gespräch miteinander, beisammen zu stehen schienen, um vor diesen Richterinnen, einer gegen den andern, ihren Wert geltend zu machen. Anmutiger in seinen Bewegungen, lieblicher im Spiel der Mienen, einnehmender im ganzen Wesen war offenbar der Freiherr von Sax. Ein reicher, mit Sorgfalt gewählter Anzug erhöhte den Zauber der Schönheit, welche ihm die Natur gegeben. Und doch schienen diese Vorzüge neben Gangolf's ruhiger Würde, neben dem stillen Adel eines Antlitzes zu verschwinden, aus welchem die ganze Klarheit und Macht eines lauteren Gemütes strahlte. Er stand, einem Weltgebieter gleich, vor dem schmeichelnden Vasallen, und seine schlichte Reisetracht schien ihn mehr auszuzeichnen, als aller Sammet und Silberschmuck des Freiherrn.

»Weiß Gott!« flüsterte die Hagenbach in Ursulas Ohr. »Der Gangolf wird jeden Augenblick schöner.«

Ursula hatte indessen ihre natürliche Farbe und Fassung wieder erhalten, doch die Worte der Hagenbach trieben ihr eine dunkle, flüchtige Röte über das Gesicht.

»Was denn? Bist Du närrisch, liebe Seele?« flüsterte die Hagenbach, als sie die Glut in Ursulas Gesicht bemerkte. »Soll ich an Dir irrewerden?«

Das Gespräch unter den Männern wurde lauter und bald wurden auch die Frauen hineingezogen. Ursula fand ihre gewöhnliche Laune und erging sich, selbst gegen Gangolf, in den unbefangensten Scherzen, als wäre am alten Verhältnis zwischen ihnen nichts verändert. Nur er schien den alten Ton nicht wieder finden zu können, sondern blieb, wie er gekommen, fremd und ernst, doch voll gefälliger Höflichkeit. Der ungezwungene Ton, welchen Ursula gegen den Herrn von Sax, wie gegen ihn, führte, erregte seine Verwunderung über so viel Gewandtheit und Selbstbeherrschung, hinterließ aber doch nur wachsenden Widerwillen. Sogar die einsilbige, schüchterne sittsame Verlegenheit des Fräuleins Hagenbach zog ihn mehr an, als der lustige Witz seiner Verlobten und ihrer heiteren Umgebung. Die Gesellschaft von Rittern und Freunden des Freiherrn von Falkenstein, die von ihm zum Abendessen eingeladen worden war, hatte sich so sehr vermehrt, dass man sich in der Menge von einander verlor. Doch, als der Freiherr zum Eintritt in den Speisesaal mahnte, gesellte sich, wie es schon der Anstand gebot, der erklärte Bräutigam zum Fräulein von Falkenstein. Sie lehnte sich, doch nur leise, auf den von ihm dargebotenen Arm und sagte im Hinausgehen halblaut, mit der Miene stolzer Empfindlichkeit:

»Wie kommt Ihr dazu, dass Ihr meinen Arm verlangt, da Euch an meiner Hand so wenig gelegen ist? Werft doch den Zwang ab, der Euch so lästig fallen muss, als er mir peinlich ist!«

»Fräulein,« erwiderte Gangolf, »würdet Ihr mir zwei Worte unter vier Augen erlauben, ich dürfte hoffen, meine scheinbare Unart gegen Euch entschuldigen zu können.«

»Ihr macht mich fast neugierig,« sagte sie und trat mit ihm abseit, um die plaudernden und fröhlichen Herren, die dem Esszimmer zugingen, vorüber zu lassen. »Nach solchem Betragen, wie Ihr gegen mich zu beobachten für gut fandet, scheint's mir, komme jede Entschuldigung zu spät; ich kann höchstens Erklärung erwarten.«

»So flehe ich um die Gnade, mich erklären zu dürfen,« antwortete er mit einer Bescheidenheit, die fast an Traurigkeit grenzte.

»Ich gestatte es; doch kurz, mit zwei Worten!« sagte das Fräulein ernst und mit dem eigenen Ton, welchen man gegen denjenigen anzunehmen pflegt, dem man zu verzeihen nicht geneigt ist.

Dabei öffnete sie das Zimmer, welches sie erst vor einem Augenblick verlassen hatten, und sie traten hinein.

»Noch einmal bitte ich,« sagte sie, als sie allein beisammen standen, mit Hoheit und Strenge, »seid kurz! Man erwartet uns und Ihr verdienet nicht, dass ich Euch wieder unter vier Augen höre. Ich bin Euretwegen vollkommen enttäuscht.«

»Und ich, Fräulein, enttäuscht über Euch,« antwortete Gangolf.

»Desto besser, Herr Trüllerey! Was habt Ihr mir also zu sagen?«

»Das Lebewohl!« antwortete Gangolf trocken und reichte ihr einen reich mit Diamanten besetzten Ring.

Ursula wurde blass; sie erkannte den Verlobungsring. Obgleich in ihr selber nur der Wunsch gewaltet haben mochte, dass die Erklärung zuletzt eine Trennung herbeiführen sollte, damit sie dem Freiherrn von Sax näher treten könne, hatte sie doch das Herannahen dieses Augenblickes gefürchtet. Dieser Augenblick war aber gekommen und brachte ihrem

Stolze die schmerzlichste, unerwartetste Demütigung, denn sie hätte den Bräutigam verabschieden, nicht von ihm verworfen werden mögen.

»Was wollt Ihr?« rief sie, und es war ebenso viel Erschrockenheit als Zorn in ihrer stammelnden Sprache, wie in dem irrenden und doch funkelnden Blicke ihres Auges.

»Habt Ihr dieses Ringes und unserer heiligsten Stunde vergessen?« erwiderte der junge Mann. »Sehet hin! – Er ist das allerletzte, was Ihr von mir nehmen könnet, und das letzte, was Ihr einem andern geben könnet, dem Ihr schon mehr gegeben habt, als die Jungfrau durfte.«

»Elender!« schrie das Fräulein, trat hochrot glühend einen Schritt zurück und sagte, indem sie ihn mit Verachtung und Grimm über die Achseln seitwärts betrachtete. »Seid Ihr gekommen, zu allen Kränkungen, die ich von Euch ertrug, noch die blutigste zu fügen? Ich werde einen andern senden, der für mich Rechenschaft fordert. Die Tochter der Falkensteine entweihte sich nur einmal, und zwar, als sie Euch erheben wollte. Entfernet Euch aus meinen Augen!«

Gelassen versetzte der Jüngling, indem er sein halbgesenktes Haupt langsam erhob. »Nehmet das Letzte, was Ihr mir nehmen könnet, nehmet diesen Ring. Meine Ehre liegt außer Euerm Bereich, nicht die Eure außer dem meinigen. Denn wisset es: ich selbst war an jenem Abend Augenzeuge Eurer Untreue und meines Unglücks. Ich war in großer Heimlichkeit gekommen, die Geliebte zu überraschen, und fand . . . o lasst mich schweigen! . . . Hat Euch nicht Isenhofer meine Nähe verkündet? Und als Euer Verbrechen . . . o! als es vollendet war, warum erschraket Ihr, da Ihr mich Verhüllten in der Fensterblende des langen Ganges erblicktet, durch welchen Ihr mit Freiherrn von Sax zum Tanz heimschlichet? . . . Brechen wir ab; hier ist der Ring!«

Jedes dieser Worte, wie leise und traurig sie auch hingesprochen waren, trug etwas Zermalmendes an sich. Ursula war ohne Bewegung, ohne Sprache. Das brennende Rot ihrer Wangen wich der Farbe des Todes; ihr Auge starrte gläsern und düster. Er weiß alles! war ihr einziger, tödlicher Gedanke. Sie wollte den vorigen Ton erfassen, ihrer selbst mächtig werden, wollte antworten, und konnte nicht; sie vermochte nur mit den Lippen zu zucken.

»Warum zaudert Ihr, Fräulein?« fragte Gangolf milder.

»Geht!« antwortete sie kaum hörbar und mit sichtlicher Anstrengung. »Handelt's mit meinem Vater ab.«

»Das sei ferne!« entgegnete Gangolf. »Meine Dankbarkeit will Euch eine Schuld für die Zeit abtragen, da mich eine Liebe beglückte, die Ihr nicht kanntet. Euer und Eures Hauses Name soll nicht durch unsere Trennung zum Weltgespött werden. Entsagt mir öffentlich zuerst; dann wird's nicht befremden, dass ich zurücktreten muss. Es steht Euch besser an, dem Vater zu bekennen, dass Ihr kein Herz für mich habt; ich hingegen müsste ihm sagen, seine Tochter sei meine Braut und zugleich eines Dritten Eigentum gewesen.«

Er schwieg; sie blieb lautlos. Ihre Seele schien vernichtet. Ihr Herz schlug mit lauten Schlägen, um ihre Ohren brauste es, als ginge die Welt in Nichts auseinander, und doch klang Gangolfs Stimme Entsetzen erregend aus dem betäubenden Rauschen. Ihre Augen sahen nur Verworrenes und Gestaltloses. Alles schien sich aufzulösen. Die Luft fing ihr zu fehlen an, denn sie machte angstvolle Atemzüge.

Gangolf, welcher ihren Zustand nicht ahnte, sagte. »Kehren wir zur Gesellschaft zurück, dass man uns dort nicht vermisse, und verratet das Geheimnis nicht selber.« Dabei legte er ungeduldig den Ring in ihre herabhangende Hand; doch sie ließ ihn bewusstlos fallen. Er bot ihr mit Höflichkeit den Arm, sie hinwegzuführen; sie aber seufzte, heftig atmend: »Ich kann nicht!«

In diesem Augenblicke öffnete sich die Thür; Fräulein Hagenbach trat herein und erschrak beim Anblick ihrer entstellten Freundin. »Ihr ist nicht wohl!« rief sie. »Gehet, lasst uns allein, man erwartet Euch am Tische.« Gangolf gehorchte und entfernte sich, zufrieden, ein unangenehmes Geschäft abgetan zu haben.

14.
Der Nachtbesuch.

Von der wohlbesetzten, langen Tafel im hochgewölbten Speisesaale scholl lautes, fröhliches Getöse der schmausenden und zechenden Gäste. Gangolf empfing seinen Platz neben einem leer gebliebenen Sessel, welcher seiner Braut bestimmt war.

Die ganze Pracht und Üppigkeit der Falkensteine sah man hier im aufgestellten glänzenden Silbergeschirr, in welchem die Strahlen von hundert brennenden Kerzen sich zurückspiegelten. Zwanzig reichgekleidete Diener waren geschäftig, das Auf- und Abtragen der Speisen zu besorgen, oder die Wünsche der Gäste zu befriedigen. In langen Reihen dampften abwechselnd alle erdenklichen Sorten Fleisch und Wild, nicht weniger die schmackhaftesten Fische und zahmes und wildes Geflügel;

alles köstlich bereitet und zur Augenweide mit Blumen, Lorbeeren, Zitronen und Granaten zierlich ausgeschmückt. Dazwischen erhoben sich künstlich geordnete Türme von Backwerk und anderen Leckereien. Landwein, edler Rheinfall, Malvasier und griechischer Rebensaft, in schimmernde Silberkannen gefüllt, stand überall zu Händen der Gäste.

Gangolf befand sich in diesem Paradiese bald heimisch und wohlgemut. Er gedachte seiner verlorenen Braut mit einer Gleichgültigkeit, als hätte er sie nie geliebt; ja, es kam ihm unglaublich vor, dass er für sie habe Neigung empfinden können. Er schämte sich, ihr einst Gefühle bekannt zu haben, die weniger aus ihm selber hervorgegangen, als vielmehr von außen her, durch die Wünsche des Markgrafen, durch die Aussicht auf eine Verbindung mit einem mächtigen Hause, durch Vertraulichkeiten mit einem anziehenden weiblichen Geschöpf erregt und künstlich geschaffen worden waren. Er trank den fröhlichen Nachbarn fröhlich zu und leerte fleißig die Teller mit der Behaglichkeit eines Feinschmeckers.

Eine Stunde schon mochte vergangen sein, als das lauter werdende Geräusch der Tischgenossen, die jetzt mit gehobenen Kelchen sich jauchzend gegen den Eingang des Saales wendeten, seine Aufmerksamkeit auf sich zog. Es traten die Fräulein Falkenstein und Hagenbach herein, ohne Zweifel vom Geber des Festes, dem Freiherrn Hans, der sie begleitete, herbeigeholt. Nicht bloß Zufall mochte es sein, dass die beiden Frauen die ihnen bestimmten Plätze verwechselten, und dass, statt der Braut, die Freundin derselben den Sessel an Gangolfs Seite, Ursula aber den leeren auf der entgegengesetzten Tischseite einnahm, soviel auch Ursulas Vater, für jetzt zu spät, dagegen eifern mochte.

Das Erscheinen der Mädchen störte indessen Gangolfs Zufriedenheit nicht im Mindesten, umso weniger, da das Fräulein von Falkenstein durch keinen Zug der Mienen verriet, welchen schrecklichen Augenblick sie bei ihm verlebt hatte. Ein schärferer Beobachter als er hätte freilich aus dem Gezwungenen ihres Lächelns, aus der Einsilbigkeit ihrer Rede, und daraus, dass sie mehr Zuschauerin, als Mitgenießende an der Tafel blieb, anders geurteilt. Auch den übrigen würde es aufgefallen sein, wären sie nicht zum Teil von der Unpässlichkeit des Fräuleins schon benachrichtigt oder zu sehr mit sich selber beschäftigt gewesen.

Desto gesprächiger wurde, ganz wider ihre Gewohnheit, Gangolfs Nachbarin diesem gegenüber. Alte Bekanntschaft und ihr Verhältnis zum Fräulein von Falkenstein berechtigten sie jedoch wohl zu größerer Vertraulichkeit. Er hatte sie im Umgange jederzeit einnehmend gefunden, und so oft er in ihrer Nähe war, konnte er die törichte Leidenschaft ihres bejahrten Anbeters, des Freiherrn Hans, verzeihlich finden. Doch traulicher, gütiger als diesen Abend war sie nie gegen ihn gewesen. Man hätte argwöhnen können, es wäre ihr darum zu tun, in seinem Herzen das leer gewordene Plätzchen einzunehmen; aber einen Einfall von so frevelhafter Art, wie wir erfahren werden, würde nie Gangolfs argloser Sinn, auch nur aus der Ferne, geahnt haben.

Nach einer halben Stunde schon gab das Fräulein von Falkenstein ihrer Freundin das Zeichen zum Aufbrechen. Ehe sie den Sitz verließ, flüsterte diese Gangolf freundlich ins Ohr: »Es ist notwendig, dass ich Euch diesen Abend noch wegen Ursula spreche. Ich erwarte Euch nach aufgehobener Tafel in meinem Zimmer.«

Gangolf verhieß zu kommen, worauf beide Frauen verschwanden. Unterdessen nahm er an den Verhandlungen der Herren über die bevorstehende Eröffnung des Krieges lebhaften Anteil. Es entstand ein lärmendes Streiten zwischen ihnen, welche Partei ergriffen werden müsse? Der Wein, welcher die Gemüter entflammte und die Zunge beflügelte, äußerte seine Wirkung auf die Einbildungskraft der Streitenden, sodass die Unterhaltung in bunten Sprüngen geführt wurde, ohne ihr Ziel zu erfassen. Man trank auf den Untergang der Eidgenossen und verteilte ihre Städte und Länder in große Vogteien, die, wie billig, dem tapferen Adel im Namen Österreichs zu verwalten gebühre. Schon rückte die Mitternacht heran, als sich Gangolf seines Versprechens erinnerte und die zankenden Ritter verließ. Es schlug im benachbarten Turm der Stiftskirche elf Uhr, als er durch einen langen, halbdunkeln Gang vor das Zimmer der Hagenbach trat. Fast däuchte es ihm unziemlich, in solcher Stunde das Gemach einer Frau zu betreten. Er vernahm indessen darinnen Geräusch, und bei seinem leisen Anpochen schien es sich zu vermehren. Er hörte eine Thür darin verschließen, während die, vor welcher er stand, von innen aufgeriegelt wurde. Sie öffnete sich und schloss sich schnell hinter ihm, nachdem er eingetreten war.

»Heiliger Himmel!« rief halblaut das Fräulein, welches im Nachtgewand, halb entkleidet, schamhaft in sich selber zu versinken schien. »Seid Ihr's noch? Ich hätte Euch in Wahrheit nicht mehr erwartet. Und doch – Ihr wollt uns morgen schon verlassen und wir müssen zuvor mancherlei miteinander . . .«

»Verzeiht, Fräulein!« unterbrach sie Gangolf in Verlegenheit, indem er die Augen zur Erde senkte. »Ich werde Euch morgen, vor der Abreise, aufsuchen.«

Er machte eine Bewegung, sich zu entfernen.

»Wir müssen unbelauscht und ungestört reden; das erlaubt der Tag nicht, zumal bei der Menge der Fremden,« sagte sie, hüllte den Oberteil ihrer Gestalt in ein leichtes Tuch und schmiegte sich in einen Lehnsessel, während sie ihm einen Platz nahe vor ihr anwies. Gern wäre er weiter zurückgetreten, hätte es nicht die Wand hinter ihm verhindert. Sie blieb ihm so nahe, dass die Spitze ihres kleinen Fußes zuweilen den seinigen berührte.

Nun begann sie das Gespräch mit sanften Vorwürfen über seine Grausamkeit gegen Ursula. Sie gab eine Schilderung der drohenden Folgen, welche aus einer so plötzlichen und auffallenden Trennung entspringen würden. Sie behauptete, er sei nur von Ohrenbläsern getäuscht, und die Unschuld seiner Braut wäre verleumdet worden. Sie redete für ihre beklagenswerte Freundin mit so großem Eifer, dass sie darüber sich selbst und die luftige Art ihrer Bekleidung vergaß. Verführerischer konnte sie unmöglich sein, als wie sie in solchem Selbstvergessen mit bittender, schmeichelnder Stimme, und die Augen durch eine Träne verschönt, vor ihm stand. Er nahm endlich das Wort zur Rechtfertigung seines Schrittes, so ruhig und doch siegend mit allen Gründen, dass am Ende selbst die Verteidigerin nichts mehr erwidern zu können schien, sondern nur zum Versöhnen und Verzeihen mahnte.

»Und gesetzt,« sagte sie endlich mit fast mutwilligem Ton, »die gute Ursi hätte sich einen Augenblick vergessen können . . . Ihr, mein schöner junger Herr, wart Ihr denn noch niemals schwach? Wollet Ihr nicht einem armen Mädchen verzeihen, was Ihr, starker Held, Euch selber vielleicht nur allzu gern verziehen habt? Gesteht mir's nur!«

»Erlaubt, Fräulein,« antwortete er, und sah sie mit seinen hellen Augen ruhig dabei an, »ich hatte mir in dieser Art nie etwas zu verzeihen.«

Sie drohte schalkhaft mit dem Finger und rief: »O, wer doch alles wüsste! Auch in keinem Gedanken hättet Ihr gegen die Treue gesündigt? Geschwind beichtet mir, und ich will Euch Absolution erteilen.«

»Wofür haltet Ihr mich?« antwortete er mit einer Stimme und Miene, welche fühlen ließ, dass ihn der Zweifel kränkte.

»Nun denn, mein lieber Heiliger,« sagte sie, indem sie den blendend weißen Arm gegen ihn ausstreckte und seine Hand ergriff, »der Himmel hat Vergebung für alle Sünden, und Ihr versagt sie einer einzigen, kleinen, flüchtigen?«

»Der Himmel vergibt die Sünden,« antwortete Gangolf lächelnd, »aber er vergibt sich nicht selber an Sünder. Ich bin im nämlichen Fall, und möchte so wenig, als er, Sündendeckel werden.«

»O, Ihr seid ein böser, sehr böser, harter Mann,« seufzte das Fräulein, indem sie aufstand, »und wenn ich Euch nun gar schön, gar rührend bitten würde, mir die kleine Freude zu gönnen, eine Versöhnung zu stiften?«

»Sie ist Euch schon geworden,« antwortete er, indem er sich ebenfalls vom Sitze erhob. »Habe ich nicht gesagt, dass ich das Fräulein nie hassen, aber auch nie lieben könne?«

»Ach, das ist eine Versöhnung,« erwiderte sie, »schauerlicher, als der wildeste Groll. Ich wollte, Ihr hasstet meine Ursi: dann sähe ich doch mehr, als die tote Kohle dieser Versöhnung. Es wäre doch ein Fünkchen da, aus dem sich ein Flämmchen, in anderer Richtung, anblasen ließe. Ich bitte, ich beschwöre Euch, trauter Gangolf, lasset Euch erweichen! Ist denn dies Herz von Felsen? . . .«

Sie legte bei den letzten Worten ihre Hand auf seine Brust, die andere auf seine Schulter, und nahe an ihn gelehnt, sah sie so zärtlich schmeichelnd zu ihm empor, dass er den Blick kaum ertragen konnte. Verwirrt schwieg er.

»O, wie dies Herz schlägt!« sagte sie leise und lehnte ihr Haupt an seine Brust. »Schlägt es im Erbarmen? Lasst mich doch horchen, was es spricht?«

Allerdings schlug es dem Jüngling. Er warf verlegene Blicke im Zimmer umher, als käme er mit sich selber in Not. Es war ihm unmöglich, eine Antwort hervorzubringen. Sie schlang indessen schmeichelnd ihren Arm um ihn, und stand lange neben ihm in liebkosender, unschuldig-traulicher Selbstvergessenheit, die uns in Christens von Unterwalden schöner Zusammenstellung Amors mit der Psyche so rührend anspricht.

»Ursula ist gewiss nur das Opfer grundlosen Verdachtes,« flüsterte sie zu ihm auf. »Denket, wenn sie jetzt erschiene, wenn sie uns beide in diesem Gemach, in dieser Stunde, in dieser Traulichkeit überraschen würde . . . müsste der Schein uns nicht bei ihr anklagen? Und doch sind wir schuldlos, wie sie es war.«

»Ihr habt recht . . . auch den Schein sollen wir meiden,« rief er. »Gute Nacht Fräulein!« – Mit diesen Worten ging er plötzlich von ihr und riss, ehe sie es, ihm nachspringend, verhindern konnte, die Thür auf, traf jedoch in Verwirrung und Eile die unrechte, welche in ein Seitenzimmer führte. Unmittelbar an dieser Thür stand – man denke sich sein Erstaunen! – in der Stellung einer Horchenden, das Fräulein von Falkenstein. Sie trug noch den Putz, in dem er sie vor mehreren Stunden gesehen hatte. Stumm und staunend sah er die vom Schreck Erblasste an; er ging durch das Zimmerchen, welches keinen andern Ausgang zeigte, auf die Hagenbach zurück, welche ihr Gesicht in beiden Händen zu verbergen suchte.

»Was soll das?« rief der empörte Jüngling mit seiner vollen donnernden Stimme. »Welch loses Spiel gedachtet Ihr mit mir zu treiben?«

»Jesus, Maria und Joseph!« winkte ihm die Hagenbach leise und ängstlich zu. »Mäßiget doch Euer Geschrei. Wecket nicht wie ein Rasender, wegen eines Zufalles, das ganze Haus.«

»Ich verlange Licht!« donnerte er wie vorher. »Meinethalben, bei solchen Tücken will ich das Haus, ich will ganz Seckingen und den gesamten Adel zum Zeugen.«

»Um Gottes willen, Gangolf!« rief Ursula und sank von Scham und Furcht überwältigt auf das Knie, die Hände flehend zu ihm emporstreckend. »Wenn Ihr mich je geliebt habet, verursachet keinen Zusammenlauf und mäßiget Euch. Wollt Ihr uns alle verderben und zum Gespötte machen? Geht, geht! Aus Barmherzigkeit, geht!«

»Weshalb argwöhnet Ihr sogleich das Schlimmste?« setzte gefasster, doch mit verstörten Mienen, Fräulein Hagenbach hinzu. »Nun ja, ich verbarg meine Freundin, damit ich sie alsbald Eurem Herzen hätte zuführen können, wenn mein Versöhnungsversuch gelungen wäre. Welche andere Absicht hätte das zügelloseste Misstrauen ihr und mir wohl beimessen dürfen?«

»Verzeiht, Fräulein!« entgegnete Gangolf kälter. »Dazu, schont mir's, sei weder die nächtliche Stunde, noch eine Bekleidung vonnöten gewesen, die mit der Sittsamkeit im Widerspruch ist.«

Das Fräulein von Hagenbach errötete vor Scham; Ursula riegelte zitternd die andere Thür des Zimmers auf, öffnete sie dem Ritter und faltete die Hände unter einem stumm flehenden Blicke gegen ihn.

Er begab sich schweigend, ohne Abschied, hinweg und überließ die beiden ihrer Reue und ihren gegenseitigen Vorwürfen.

15.
Die Ritterversammlung.

Seine Vermutungen hatten ohne Zweifel das Ziel dieses angestellten Spieles nicht allzu weit verfehlt. Er kannte die herrschende Leichtfertigkeit der meisten Frauen höheren Standes; aber kaum ahnte er, wessen die gereizte Bosheit derselben sich vermessen konnte. Die verschmitzte Geliebte des Freiherrn Hans von Falkenstein hatte wahrscheinlich die Versucherin gespielt, damit ihn seine verstoßene Braut in deren Armen überraschen, sich an seiner Demütigung weiden und über den Bruch der Treue, wie des Gastfreundschaftsrechtes vor dem Vater klagen könnte. Der Jüngling schauderte bei diesem Gedanken. Solcher Ausschreitung blinder Rachsucht hätte er das weiche, spielende, zärtliche, schmeichelnde, tränenreiche Evensgeschlecht nicht oder wenigstens die schöne Ursula nicht fähig geglaubt. Unter Betrachtungen dieser Art entschlummerte er erst spät, mit Verachtung und Ekel wider die gesamte weibliche Bevölkerung des Erdkreises.

Zum Glück war der Traumgott, welcher in dieser Nacht über dem unruhigen Schläfer schwebte, milder als der junge Mann, welcher in Gefahr stand, ein vollendeter Weiberhasser zu werden. Es erschien ihm die verklärte Gestalt eines frommen Mädchens, dessen Schönheit und stille Milde ganz dazu geschaffen war, selbst die Hölle gottesfürchtig zu machen. Es war dieselbe Gestalt, die er einst unter den Trümmern der Freudenau gefunden und von der Stilli nach Brugg begleitet hatte. Selbst im Traume konnte er sich nicht enthalten, wie damals, das Schneegrübchen im Kinn zu bewundern und sie, auf ihrem Esel reitend, einer fliehenden Mutter Gottes zu vergleichen. Aber der Traumgott machte sie unendlich schwesterlicher, als sie ihm in der Wirklichkeit erschienen war, und Gangolf fühlte sich in beklemmender Sehnsucht zu der Heiligen hingezogen Und was er empfand, das schien auch sie zu fühlen; er las in ihrem Wesen, ob sie auch schwieg, und sah sich mit einem Strauße dunkelblauer Blumen beschenkt. Das aber war die letzte Huld des Traumes. Als Gangolf die Augen aufschlug, ergossen sich die Sonnenstrahlen schon warm und blendend durch die runden Scheiben des Gitterfensters.

Keine Erinnerung an das Erlebnis des gestrigen Abends schien ihm geblieben, alles vom Zauber des Traumes verwischt zu sein. Er sann sich gern in diesen zurück; gern spann er ihn fort; es war ihm, als müsse er die dunkelblauen Blumen wieder finden. Er konnte sich's selber kaum verzeihen, das Edelste und Schönste, was seinen Augen je begegnet war, vergessen gehabt zu haben. Jetzt wiederholte er im Geiste ihre Worte und den harmonischen Klang ihrer Stimme; die Zartheit ihrer Gesichtsbildung, das Heilige in ihrem Blick, ihr ganzes Äußere, bis auf den schönen Faltenwurf der groben Beguttentracht rief er sich ins Gedächtnis zurück. Als er sich ihres Namens Veronika entsann, empfand er im Innersten der Brust noch das Beklemmende der Sehnsucht aus dem Traum; ein Weh voll geheimer Wonne.

Von zwei Dienern, welche, nachdem sie schon dreimal vergeblich dagewesen waren, ihm Wein und Morgensuppe brachten, erfuhr er, die Ritterschaft sei längst zur letzten Beratung versammelt. Man musste ihn dahinführen.

In einem hohen, viereckigen Saale des St. Fridolin-Stiftsgebäudes saßen längs den Wänden umher auf Polsterbänken bei vierzig Grafen, Ritter und Edle. Über ihren Häuptern sah man rings an den übertünchten Mauern die Wappenbilder der Äbtissinnen des Klosters, seit den Tagen Herthas, der frommen Schwester Kaiser Karls des Dicken, wie auch betende Heilige und Engelsgestalten zwischen Wolken, bunt in Fresko gemalt. Um einen schwarzbehangenen Tisch in des Saales Mitte saßen mehrere Ritter; Freiherr Hans von Falkenstein, als Führer der Versammlung, obenan; ihm gegenüber Herr Isenhofer von Waldshut, emsig schreibend, als Kanzler der Ritterschaft. Das allgemeine Vertrauen sowohl, wie seine Gelahrtheit, machten ihn dieses Amtes würdig.

Bei tiefer Stille der übrigen redete soeben ein Benediktinermönch des Klosters St. Blasien im Schwarzwalde, welcher von seinem Abt Nikolaus zur Kirchenversammlung nach Basel abgeordnet war. Auf der Durchreise gerade in Seckingen anwesend, hatte man ihn gebeten, dem Zusammentritt des Adels durch seine Gegenwart größere Würde und durch sein Gebet heilige Weihe zu geben. Ein schöner, vollblütiger Mann, galt er für den vorzüglichsten Redner St. Blasiens. Gangolfs Augen ruhten mit Wohlgefallen auf der stattlichen Gestalt des Mönches, der zum Schlusse seine Zuhörer gegen die unzähmbaren Rotten der Schweizerbauern mit einer Inbrunst ermahnte, als wäre es zu einem Kreuzzug wider die ungläubigen Sarazenen.

»Straf' mich Gott, wenn der wohlehrwürdige Vater nicht recht hat!« rief aus der Ferne eine Stimme. Es war die des begeisterten Herrn Marquard von Baldegg. »Man muss die verdammten Kühmelker mit Stumpf und Stiel vertilgen, wie der wohlehrwürdige Vater sagte, gleich der Rotte Korah, Dathan und Abimelech. Nun, Vetter Thomas von Falkenstein! Wie steht's jetzt? Erkläre Dich vor uns allen. Alle fordern es; entscheide Dich!«

Thomas von Falkenstein erhob sich. Gangolf mochte ihn kaum ansehen, so widerwärtig war dieses Gesicht ihm von jeher gewesen. Ein schwarzbrauner Kopf mit dickem, schwarzem, zottigem Haupthaar und Knebelbart, großer Nase, vorstehenden, trotzigen Augen und scharfen Gesichtszügen, deren Härte durch das Sinnlich-Üppige um den Mund und um das feiste vorstehende Kinn kaum gemildert wurde. Es war übrigens eine breite, untersetzte Gestalt, die ihrer Leibesstärke sich bewusst, mit jeder Bewegung drohend losschlagen zu wollen schien.

»Meint Ihr,« rief Freiherr Thomas aus gewaltiger Kehle, mit seinen beiden Händen sich vor die Brust schlagend, »es jucke mir nicht die Faust, den Tanz mitzumachen, mehr denn Euch Allen? Lieber heute, als morgen, möchte ich die Nester der Eidgenossen mit eisernen Besen fegen. Aber ihrer sind viele, wo bleibt des Königs verheißene Hülfe? Wo das Heer der Franzosen und Armagnaken? Wenn ich die vom Anzuge des Dauphins aufgewühlten Staubwolken erblicke, dann sollt Ihr die Rauch- und Feuersäulen sehen, welche Thomas von Falkenstein vor ihm herschicken wird. Alles andere ist Tollheit! Meine Burgen liegen längs der Aar, zwischen Bern, Basel und Solothurn, wie in einem Sack. 's wird mir keiner eine Fensterscheibe zahlen, wenn meine Schlösser von den Eidgenossen berannt und zerstört sind und ich um Hab' und Gut gebracht worden bin.«

»Hundert- für einmal habe ich's Euch gesagt, und vor versammelter Ritterschaft hier wiederhole ich's Euch feierlich,« entgegnete Freiherr Hinz von Sax. »Herr Landgraf von Buchsgau und Sissgau, das ist der Wille meines gnädigen Herrn, des Herzogs Albrecht von Österreich: wie viele Burgen Euch im Kriege verloren gehen, so manches Schloss an der Etsch will Herzog Albrecht Euch wiedergeben!«

»Hättet Ihr mir sein fürstliches Wort in Brief und Siegel gebracht, Herr von Sax, so dürfte es sich hören lassen,« antwortete Thomas. »Die Lippen der Fürsten, weiß man, sind jederzeit freigebig, aber ihre geizigen Hände taugen besser zum Griff. Wer gewährleistet mir, am Ende der Dinge, Albrecht's Zusage?«

Da erhoben sich fast alle Ritter lärmend von ihren Bänken und riefen. »Wir sind Bürgen, wir, wir, Herr Landgraf! Wir gewähren, wir alle!«

Nachdem das Getümmel sich gelegt hatte, sagte der Landgraf: »Sei's darum! So gilt's! Euer aller Ritterwort gilt mir wie ein Fürstenwort. Doch rühre ich mich nicht, bevor wir der Städte Zofingen, Aarau, Brugg und der übrigen im Aargau versichert sind. Sie könnten uns ein Seil spannen, darüber wir im Lauf den Hals brächen. Für Aarau haben wir Sicherheit; Trüllerey ist unter uns. Er übergibt mir jeden Tag die Stadt, wenn sie nicht gutwillig geht. Wie halten wir's mit den andern?«

»Macht keine falsche Rechnung, Herr Landgraf!« unterbrach ihn Gangolf. »Aarau und der Turm Rore haben zu Bern geschworen und werden fest und ehrlich zu Bern halten. Ihr aber, wie möget Ihr vergessen, dass Bern so lange Eure Vormundschaft geführt und Euch, als Ihr unmündig wart, vertreten hat, dass Ihr nun Eurer Wohltäterin so untreu werden wollet?«

Es entstand eine Totenstille und jeder richtete den Blick auf den Jüngling. Langsam wandte auch Thomas von Falkenstein das eiserne, braune Gesicht nach ihm und sagte: »Wer will uns hier lehren, was ein Edelherr bürgerlichem Volk schuldig sei? Ihr doch nicht, Junker Gangolf? Lasst mich's noch einmal hören. Ihr also haltet mit Aarau zu Bern . . . . sagtet Ihr so? He?«

»So sagte ich!« versetzte Trüllerey.

»Warum kamt Ihr dann in die Versammlung des Adels, wenn Ihr wider uns seid?« fragte Thomas.

»Warum ließet Ihr mich berufen?« antwortete jener. »Übrigens werde ich nicht wider Euch sein, wenn ich nicht für Euch bin.«

»Aber straf' mich Gott! So habt Ihr ja den Markgrafen angelogen!« schrie Marquard von Baldegg. »Der Markgraf Hochberg baut Häuser auf Eure Ergebenheit, Herr Trüllerey!«

»Er ist von meinen Entschlüssen vollkommen unterrichtet,« erwiderte Gangolf. »So lange die Abwesenheit meines Vaters und der Krieg dauert, weiche ich nicht aus Aarau.«

»So wahr mir Gott und seine Heiligen beistehen, Gangolf,« schrie Ursulas Vater, Freiherr Hans von Falkenstein, dazwischen, »es sollte Euch bitter bekommen, wenn Ihr den Ausreißer machtet. Was zum Hause Falkenstein gehört, soll und muss mit den Falkensteinen gehen. Meine Tochter ist der Preis der Dienste, so Ihr noch der guten Sache zu leisten habet; wisset Ihr's noch?«

»Soll mein erster Dienst ein Meineid sein, Freiherr?« fragte Gangolf.

»Meine Tochter ist der Preis der Dienste, die Ihr uns zu leisten habet!« wiederholte warnend Freiherr Hans und erhob sich stolz vom Lehnstuhl.

»Ich bin ein freier Rittersmann, adeligen Stammes, aber keines Menschen Sklave!« entgegnete mit starker Stimme Gangolf. »Behaltet Euren Preis, ich behalte Freiheit und Ehre!«

»Ihr Herren alle, Ihr seid Zeugen!« schrie Hans von Falkenstein hastig, als käme ihm Gangolf Wort eben zu rechter Zeit. »Ihr habt es angehört: er sagt sich von der Hand meiner Tochter los! So will ich sie denn lieber einem meiner leibeigenen Knechte antragen, ehe ich gestatte, dass Ihr sie Braut heißet. Kein Markgraf, kein König und kein Kaiser soll's je ändern, so wahr Gott helfe!«

»Gangolf, Herzensschatz, Trotzkopf!« rief Marquard von Baldegg. »Plaget Euch der lebendige Satan? Kehret um, es ist hohe Zeit! Die Schönste aller Jungfrauen steht auf dem Spiele.«

»Die Ehre des Mannes ist schöner, als die Schönheit des schönsten Weibes!« versetzte Gangolf ruhig.

»Ha!« schrie jetzt Landgraf Thomas erbost. »Ungezüchtigt sollst Du, Milchbart, fürwahr nicht eine Tochter von Falkenstein dem Bürgergeschmeiß Deiner Städte opfern. Und will ich Aarau, siehe, morgen soll's mir gehören und hätte es Mauern von Eisen. Deinen Turm stürze ich, wie einen mürben Sandblock, in die Fluten des Stromes hinab. Sage Deinem Vater, dem Duckmäuser, ich will aus den Schlossfenstern von Königstein lachen, wenn er und seine Spießbürger mit Dir Bettelbriefe durchs Land tragen.«

»Thomas von Falkenstein, wahre Dein Lästermaul!« rief Gangolf. »Mische den Namen meines Vaters nicht in Deinen Geifer. Hier stehst Du unter den Rittern, nicht aber unter Deinen bezahlten Zigeunern.«

Brüllend schoss der Landgraf auf von seinem Sitze und in drei Sprüngen gegen Gangolf. »Frecher Knabe!« schrie er. »Zu wem sprachst Du? Wessen unterfängst Du Dich?«

Langsam richtete sich der Jüngling vor ihm auf und sagte: »Meinst Du, mein Wort könne einem Einzigen in dieser ehrbaren Versammlung gelten, wenn nicht Dir?«

Der Landgraf riss die nahe Saaltür auf und brüllte: »Hinaus! Hier hinaus, bernischer Spürhund! Hinaus, wenn ich Dich nicht durchs Fenster stürzen soll!«

»Thomas Falkenstein, Du bist ein so gemeiner Bösewicht,« sagte Gangolf kaltblütig, »dass der Kot Deiner Worte meine Ehre so wenig besudeln kann, als ein Fliegenfleck meinen Schild.«

Die Anwesenden im ganzen Saale traten bestürzt und langsam näher. Freiherr Thomas aber stand, wie vom Starrkrampf befallen, lange Zeit unbeweglich. Seine Gesichtsfarbe wurde im Zorn zum hässlichen Rotgelb, seine bebende Unterlippe veilchenblau. Könnte ein Mensch, wie ein Basilisk, durch Anschauen töten, sicherlich hätte der stier glotzende giftige Blick des Freiherrn, aus welchem maßlose Wut funkelte, den Mord vollendet. Sein Anblick war schauderhaft; man sah das krampfhafte Zucken seiner Finger und der Gesichtsmuskeln. Dann, mit dem Satz eines Tigers gegen seine Beute, sprang Thomas gegen den ihn furchtlos betrachtenden Jüngling und krallte seine starken Fäuste in dessen Achseln. Dieser aber wich nur einen Schritt, stemmte sich dann und beide fingen unter furchtbarem Geschrei an zu ringen. »Friede! Friede!« brüllten die Stimmen der Zuschauer durch einander: »Gangolf! Thomas! Lasst ab! Tut's auf ritterliche Weise!« Aber die beiden Erbitterten hörten nicht mehr. Nach einer Weile anhaltenden Ringens fühlte sich Freiherr Thomas, durch Gangolf's Armeskraft ergriffen, dem Fußboden entrückt und von dessen Fäusten wie ein Knabe in die Luft gehoben. Der Freiherr stieß einen entsetzlichen Schrei aus und fuhr, gleich einem wilden Tier, mit den Zähnen schnappend, nach rechts und links. Gangolf schleuderte ihn aber so mächtig zur Erde, dass das Haus erdröhnte. Jedermann glaubte, des Landgrafen sämtliche Rippen müssten von dem ungeheuren Wurf gebrochen sein. Der Freiherr lag wie ein Zerschmetterter da, die wütenden Augen noch starr auf den Gegner gerichtet. Einige der Umstehenden wollten sich nahen und ihm aufhelfen, als er von selbst plötzlich emporsprang. Er riss das Schwert aus der Scheide und rannte schnaubend gegen Gangolf. Dieser begegnete ihm behände mit der Klinge, doch zehn andere Degen streckten sich zwischen beide, und rücklings zog man die Kampfsüchtigen voneinander, unter dem tobenden Rufe: »Halt! Hier ist heiliger Boden. Kein Mord im Kirchentwing!«

Viele umringten den Freiherrn, andere aber Herrn Gangolf, den sie zu besänftigen trachteten. Sie führten ihn hinweg und baten ihn, Seckingen zu verlassen, denn der rasende Thomas sei zu jeder Tat fähig und werde von seinem aufgebrachten Bruder Hans in allem unterstützt. Nachdem Gangolf's Pferd gesattelt, begleiteten einige der Ritter, die den unerschrockenen Jüngling liebgewonnen hatten, ihn noch zur Rheinbrücke und hinüber an's jenseitige Ufer.

16.
Die nächsten Folgen der Versammlung.

Dieser Vorfall hatte nicht nur jener Versammlung ein unerwartetes Ende gemacht, sondern den ganzen Rittertag aufgelöst. Der größte Teil des nach Seckingen gekommenen Adels verließ eilfertig noch desselbigen Tages die Stadt und kehrte auf seine Schlösser zurück, als stände, beim nahen Ausbruch des Krieges, jedem die Gefahr schon vor den Toren. Vieles, was noch besprochen und abgeschlossen werden sollte. blieb gänzlich unberührt.

Es versteht sich, dass alle Schuld dieser störenden Begebenheit dem erklärten Abfall Trüllerey's angerechnet wurde. Jeder im Hause der Falkensteine sandte ihm seine Verwünschungen nach; die fürchterlichsten von allen der Landgraf Thomas.

In der Frühe des zweiten Tages reiste der schöne Freiherr von Sax zum Markgrafen von Hochberg nach Zürich, mit den besten Zusicherungen des Beistandes für das Haus Österreich vonseiten der Falkensteine, sowie des aargauischen und breisgauischen Adels. Ihm wurde auch, auf Verlangen der gesamten Ritterschaft, Herr Isenhofer von Waldhut als Ratgeber und Geheimschreiber beigegeben, der die Falkensteine ununterbrochen von allem unterrichten sollte, was in Zürich, beim Markgrafen und in den Kriegshändeln der Eidgenossen Bemerkenswertes geschehen möchte.

Ursula war nach der Abreise ihres geliebten Jugendgefährten untröstlich. Schon nach einigen Tagen indessen geriet sie in keine geringe Bestürzung, als sie durch den Zufall erfuhr, dass ihre schönen Augen nicht allein dem liebenswürdigen Hinz nachweinten. Man sprach von einer seltsamen Entdeckung, die im Domstift gemacht worden sei, wo eines der frommen jungen Fräulein oft nächtlicher Weise die Besuche des Freiherrn annahm. Diese Entdeckung veranlasste viele Unruhe und Untersuchungen im Stift. Das Gerücht davon, welches sich bald durch das Städtchen verbreitete, führte aber unvermutet zu einer zweiten, ihr ähnlichen Entdeckung. Die hübsche Tochter eines reichen Bürgers, in dessen Hause Freiherr Hinz Wohnung gehabt hatte, verfiel in Verzweiflung und Wahnsinn, als die Nachricht von dem, was innerhalb der heiligen Mauern geschehen war, zu ihren Ohren kam. Hinz hatte ihr ausschließliche und unvergängliche Liebe gelobt gehabt. Das Entsetzen, sich betrogen zu sehen, raubte ihr den Verstand und sie erzählte jedem, der es hören wollte, ihre Leidens- und Liebesgeschichte.

Da niemand, außer der Hagenbach, die geheimen Verhältnisse Ursulas kannte, berichtete man dieser umso unbefangener die Stadtmärchen, und mit immer neuen Ausschmückungen. Ursula musste alle Kunst und Macht weiblicher Verstellung aufbieten, um nicht zu verraten, wie bei diesen Nachrichten der Schmerz in ihrem Innern wütete. Ihr Wesen wurde zerrüttet und zerrissen. Selbst des einzigen Trostes entbehrte sie, ihren Kummer an der Brust einer treuen Freundin ausweinen zu können, denn seit wenigen Tagen hatte sie auch gegen die Hagenbach einen Argwohn gefasst, der vielleicht nicht ganz grundlos sein mochte. Dies schlaue Mädchen, obwohl in männlicher Gesellschaft immer blöde und schüchtern, doch darum nicht minder verführerisch, hatte eben in den letzten vier Tagen vor der Abreise des schönen Hinz den unverhehltesten Abscheu gegen ihn geäußert. Er hingegen hatte sie seitdem mit größerer Ehrerbietung behandelt, angelegentlicher ihre Nähe gesucht und in seinen Augen war, man hätte sagen sollen, eine Reue und die zärtliche Bitte um Vergebung zu lesen gewesen.

Es blieb zwar noch zu erraten, was zwischen beiden vorgefallen sein mochte, das einer Abbitte bedurft hätte. Ursula kannte aber die lockere, wunderliche Geliebte ihres Vaters, kannte deren Art und Weise gegen Anbeter, die sie beglückt hatte; und nach allem, was sie von der beispiellosen Untreue des Freiherrn von Sax vernommen, behielt sie keinen Zweifel, dass auch die Hagenbach gegen sie verräterisch gehandelt habe. Sie verbannte dieselbe aus ihrer Umgebung und verschloss sich tagelang in ihr Gemach. Da saß sie starr und tränenlos und nur dann und wann löste sich ein tiefer Seufzer aus ihrer Brust, bis der geheime Schmerz ihre Gesundheit aufrieb.

Sie verfiel in ein hitziges Fieber, das ihr Leben in Gefahr brachte. Die Kunst der Ärzte, und mehr noch ihre jugendliche Lebenskraft retteten zwar die Kranke vom Tode, doch auch nach ihrer Wiederherstellung blieb Ursula düster und sprachlos. Beim Erblicken der Hagenbach. welche sich ihrem Krankenbette nicht nahen durfte, geriet Ursula jedes Mal in die größte Aufregung und oft entschlüpfte ihr halbleise das Wort »Ungeheuer«. Aber niemand wusste sich das zu deuten. Zuweilen küsste sie, still weinend, den prächtigen Diamantring, welchen ihr Gangolf am letzten Abend zurückgegeben hatte. Man sah es; man riet nach den Ursachen; man fragte sie; aber Ursula weinte heftiger und schwieg. Sie ließ niemanden in ihr finsteres Inneres sehen.

Der Freiherr Hinz von Sax war unterdessen, unbekümmert um die Tränen, welche seinetwegen zu Seckingen von so vielen schönen Augen flossen, am letzten Tage des Waffenstillstandes oder des faulen Friedens mit Isenhofer glücklich in Zürich angekommen. Hier herrschte lautes kriegerisches Leben; es wurden außer den Ringmauern und Festungswerken neue Bollwerke aufgeworfen und Gräben gegraben. Die Straßen der Stadt wimmelten von bewaffneten Bürgern, Landleuten und Söldnern, während österreichisches Kriegsvolk an den unverschlossenen Toren wachte. Furcht vor den Eidgenossen verspürte man nirgends, obwohl jedermann wusste, dass sie wie Waldströme aus ihren Bergen hervorgebrochen und mit ihren Bannern in vollem Anzuge waren gen Kloten in der Grafschaft Kyburg. Die Herberge, in welcher die beiden Reisenden einkehrten, erscholl von fröhlichem Gelärm zechender und singender Gäste. Man besprach die Stärke der französischen Heeresmacht und der kaiserlichen Hilfe aus Deutschland; berechnete den Tag, an welchem die Fahnen der Armagnaken am Züricher Seeufer flattern könnten, und dazwischen tönten Spottlieder auf die Eidgenossen von andern Zimmern und Tischen her.

Der Freiherr begab sich folgenden Tages zum Markgrafen Wilhelm von Hochberg, den Erfolg seiner Sendung zu melden. Er brachte böse Botschaft heim, als er nach dem Mittagsmahle in die Herberge zu Isenhofer zurückkam.

»Schreibe den Falkensteinen!« rief er mit einem Gesicht, welches noch vom Weine der markgräflichen Tafel glühte. »Du wirst des Schreibens vollauf haben. Die Feindseligkeiten haben begonnen. Den ersten Gruß haben die Schweizer aus Höflichkeit dem Herrn Markgrafen selbst gemacht und ihm in vergangener Nacht seine zwei Schlösser im Thurgau, Spiegelberg und Grießßenberg, niedergebrannt.«

»Das ist eine schlimme Vorbedeutung!« antwortete Isenhofer. »Es hätte tröstlicher gelautet, wenn die Österreicher oder Züricher den ersten Streich geführt hätten.«

»Sprichst Du doch wie der alte Ratsherr am Markgrafentisch,« entgegnete der Freiherr. »Der wollte sogar von einer Prophezeiung melden, Kaiser und Könige müssten in der Schweiz zugrunde gehen; wir aber lachten den alten Narren gebührlich aus. Ist doch auch mir von einer Zigeunerin schon in der Kindheit geweissagt, ich werde in Purpur sterben, und ich sehe doch zur Stunde keine schöne Prinzessin, die mir Krone und Thron bietet.«

»Ihr seid auch noch jung, um vieles zu erleben,« versetzte Isenhofer. »Was aber hat der Markgraf vor? Denkt er an keine Unternehmung, die Eidgenossen einzuschüchtern? Es ist wahrlich kein lustiges Ding, sich seine Burgen vor der Nase wegbrennen zu lassen, auch wenn man deren ein Dutzend hätte.«

»Nichts!« erwiderte Hinz. »Ich stimme dem Markgrafen bei. Man muss es ihm lassen; er ist ein gemachter Feldherr, kalt, bedächtig, schlau. Er lachte, als der Eilbote zitternd die Botschaft von dem Brande der zwei Schlösser auspackte, und sagte bloß: ›Die Schweizer trinken mir früh zu; ich will ihnen Bescheid tun, ehe sie sich's versehen.‹«

»Gut gesprochen,« bemerkte Isenhofer; »aber gut geschlagen wäre besser. Was hat er in Absicht?«

»Nichts, sage ich Dir,« antwortete der Freiherr; »bis zur Ankunft der Armagnaken nichts! Unsere Besatzungen halten indessen den Feind vor den Städten fest; wir andern machen Streifzüge, gehen auf Abenteuer und Beute aus, damit wir nicht vor Langeweile sterben, oder . . .«

»Schmausen, saufen und erobern Weiberherzen,« fiel Isenhofer spottend ein, »während die Schweizer Euer Land verheeren und Euch zuletzt hinauspeitschen.«

Der Freiherr lächelte höhnisch-stolz und erwiderte: »Wenn sie es mit Helden Deinesgleichen zu tun hätten, deren Schwerter im Gänsestall geschmiedet sind . . . He, Meister Skribifax! Begleitest Du mich, wenn's in ein Gefecht geht? Der Markgraf hat mir verheißen, beim ersten Stück Arbeit, wo es Kopf und Kragen gilt, mich zu wählen.«

»Kopfarbeit der Art ist mir nicht neu; ich komme,« sagte Isenhofer mit gleichgültigem Tone.

»Kommst Du?« rief Hinz von Sax einige Tage später, als er abermals vom Markgrafen zurückkehrte. »Nun gilt's Kopf und Kragen! Diesen Augenblick lasse ich mein bestes Pferd satteln, ich muss zum Wildhans nach Greifensee. Die ganze Macht der Schweizer ist von Kloten dahin im Anzuge. Und gilt es Kopf und Kragen, ich muss vor ihnen nach Greifensee hinein.«

»Ihr allein oder mit Kriegsvolk?« fragte Isenhofer.

»Ich allein und mein gutes, blankes Schwert!« antwortete der Freiherr. »Ich bringe dem Wildhans die letzten Befehle; er muss das Schloss halten, bis die Franzosen herankommen und ihn befreien. Nicht zwei Wochen währt's, dann ist der Dauphin da mit vierzigtausend Mann zum Ersatz. Hans von Rechberg hat Freudenbotschaft aus dem französischen Lager gesandt. Kommst Du?«

»Ich komme; lasset für mich satteln; mir ist das Abenteuer nicht ungelegen.«

»Geht's gut, sind wir noch diesen Abend zurück,« sagte der Freiherr fröhlich. »Drei Stunden Weges fliegen wir in der halben Zeit, wenn uns die Schweizer den Pass nicht verrennen,«

Die Pferde wurden gesattelt, und in Eile flogen die Reiter durch die engen, krummen Gassen der Stadt, durch die Thore, über die donnernden Zugbrücken hinaus ins Freie. Es war der erste Maitag; die Mittagssonne brannte, der Weg ging schlecht und mühsam durch ein Hügelland nordwärts. Als sie nach scharfem Ritt an die Ufer der Glatt kamen, sahen sie links in der Ferne die Schlachthaufen der Eidgenossen schon in vollem Anzuge. Aus den Staubwolken längs den Höhen leuchteten Blitze von Schwertern und Harnischen, flatterten Banner zwischen Wäldern von Speeren. Rechts, wohin unsere Reisigen sich eilig wandten, war die Landstraße, von Greifensee her, mit flüchtenden Leuten bedeckt, die ihnen entgegen kamen. Der Wildhans, schon vom Aufbruch der Schweizer unterrichtet, hatte die Einwohner des Städtchens Greifensee ermahnt, mit ihrer besten Habe davon zu gehen, wenn sie nicht die Schrecken der Belagerung, vielleicht die Einäscherung ihrer Häuser sehen wollten.

»Platz!« schrie Freiherr Hinz und sprengte durch die armseligen, stillen Haufen, die ihm links und rechts erschrocken auswichen. Isenhofer folgte mit einem Blicke des Bedauerns dem Jammerzuge der Auswanderer. Weiber trugen auf ihren Häuptern schwere Lasten Gepäck, oder in den Armen schreiende Säuglinge; Männer trieben Kühe vor sich her oder Schweine; kleine Knaben führten Ziegen am Seil; Keiner wanderte ganz leer. Selbst jüngere Kinder, die mit einer Hand den Rock der Mutter festhielten, trugen im andern Arm ihr Spielzeug, oder ein Lieblingskätzchen, oder ein anvertrautes Hündchen. Kranke lehnten sich ächzend auf den Arm der Gesunden; Karren, ohne Ordnung mit Hausgerät, Waren und Lebensmitteln beladen, brachten den Zug bald durch ihr Säumen, bald durch Eilfertigkeit ins Gedränge. Jeder war da mit sich beschäftigt und sah kaum zu den beiden Reitern hinauf, die an ihm vorübertrabten.

»Es ist hohe Zeit für uns, Isenhofer!« rief der Freiherr von Sax vergnügt, als sie an den kleinen See gelangten, der zwischen dunkelgrünen Matten, Hügeln und rauen Felsbergen seinen hellen Spiegel anmutig ausbreitete. Bald erblickten sie auf einem schmalen Vorgebirge des Ufers die alte Burg von Greifensee und darunter die Häuser des mauerumgürteten Städtchens.

»Heute kehren wir dieses Weges schwerlich nach Zürich zurück,« antwortete Isenhofer. »Wir haben der Thorschließer zu viele hinter uns.«

»So setzen wir nachts bei Sternenschein über den See,« entgegnete Hinz. »Siehst Du des Wildhans Schiffe dort unter den Weiden? Der Weg über den Berg nach Zürich ist schlecht, aber kurz.«

17.
Schloss Greifensee.

Sie erreichten endlich die kreisförmige Ringmauer der Stadt und das kleine finstere Thor, welches schon verschlossen war und eben von innen verrammelt werden sollte. Nur das enge Pförtchen, in einem der Thorflügel angebracht, stand noch offen. Einige gemeine Kriegsknechte, in Panzerhemden und Pickelhauben, befanden sich als Wächter draußen und ergriffen ihre Hellebarden, als sie die fremden Ritter heransprengen sahen.

»Öffnet die Thore, lasset uns ein!« rief Freiherr Hinz. »Ich komme vom Markgrafen mit Aufträgen an Euren Befehlshaber.«

»Es hätte wohl mancher Lust, hineinzukommen,« sagte einer der Söldner mit rauer Stimme und streckte den Spieß vor. »Haltet Euch zehn Schritte von der Brücke, oder ich lasse Eurem Ross und dann Euch selbst zu Ader!«

»Ungewaschener Schnauzbart!« schrie Hinz. »Ich werde Dich lehren, Rittern gebührende Achtung zu beweisen; oder sind Deine Eulenaugen bei Tage blind?«

»Nicht halb so, dass ich Euch nicht mit der Partisane ein neues Knopfloch ins Goldwams bohren sollte, wenn Ihr Euch nicht auf der Stelle zurückzieht,« rief der Söldner und tat einen Schritt vorwärts.

Während des fortgesetzten Gespräches, das eine ernste Wendung zu nehmen drohte, kroch aus dem Thorpförtchen ein schlichtgekleideter Mann hervor, in breitem, rundem Hut, von dem eine schwarze Feder über das Gesicht niederhing. Der lange Degen an seiner Seite verriet, dass er ein Kriegsmann sei.

»Was ist Euer Begehr?« fragte er mit ernstem Gesicht und gebieterischem Tone.

»Ich will zum Herrn Hans von der Breitenlandenberg!« antwortete der Freiherr.

»Der bin ich!« sagte jener und trat näher.

Hinz sprang vom Pferde, zog hinter seinem goldbesetzten Brustlatz einen Brief hervor und überreichte ihn dem Ritter, der ihn sogleich erbrach und las.

Während des Lesens hatten sowohl Hinz, als Isenhofer Zeit genug, den gefürchteten Hans von der Breitenlandenberg oder Wildhans zu betrachten, dessen wirkliche Gestalt gar nicht dem Bilde entsprach, das sich beide nach den Erzählungen von dessen verwegenen Kriegstaten gebildet hatten. Er war eher klein als groß, aber von körnigem, gedrängtem Gliederbau. Sein Gesicht, welches einen Mann in den Vierzigern verriet, hatte etwas Gedrücktes; nichts, was den herrischen Trotz, die wilde Entschlossenheit, das jähe Aufbrausen ankündigte, welches Kriegsleuten so leicht zur Gewohnheit wird. Vielmehr glaubte man in seiner Mienen einen hohen Grad gutmütiger Biederkeit und menschenfreundlichen Wohlwollens zu lesen. Nur aus seinen schwarzen Augen flammte zuweilen, unter den überhängenden, finsteren Brauen ein Blitz hervor, der von den Gewittern im Innern redete. Auch sein übriges Äußere zeigte einen vernachlässigten Anstand, gemeine Haltung, aber dabei Gewandtheit und Ausdauer.

»Die Schweizer rücken an; Ihr könnt den gleichen Weg nicht mehr zurück,« sagte der Wildhans und legte den Brief zusammen. »Folgt mir in die Stadt; Ihr müsst zu einem andern Loch hinaus.« Dann befahl er, der Pferde wegen die Thore zu öffnen und darauf sogleich zur Verrammelung derselben zu schreiten. Er selbst blieb am Thore, bis diese vollendet war. Einer der Knechte führte die Pferde hinweg; ein anderer die beiden Reisenden in ein benachbartes Haus, wo angesehene Herren von der Besatzung lustig zechten. In den Straßen war es tot; die Häuser standen öde und offen. Man vernahm in der allgemeinen Stille des Städtchens von Zeit zu Zeit nur das schallende Gelächter aus dem Hause der Zecher, das Gepolter der Arbeiter am Thore, oder das Rufen der Wächter auf der Stadtmauer.

Es währte nicht zwei Stunden, als ein naher Schuss aus grobem Geschütz zur Bemannung der Ringmauer rief. Isenhofer und der Freiherr von Sax eilten mit den andern dahin. Die Eidgenossen rückten heran, aus Städten und Landschaften, was Stab und Stangen tragen mochte, in ungeheurer Menge. Man sah ihre Schlachthaufen im Abendsonnenglanz langsam daher wogen; dann nach verschiedenen Richtungen auseinanderfließen. Vor dem Eichenwäldchen, oberhalb der Burg, flatterte das blutrote Banner von Bern: diesem zunächst, weiter aufwärts, das von Luzern und Zug in den Wiesen am See. Uri, Schwyz, Unterwalden und Glarus lagerten sich im Dörfchen über Greifensee, wo die Straße hereingeht. So wurde die ganze Stadt in kurzer Zeit umstellt und alsbald begann auch der Donner der Feuerschlünde gegen die Veste und die Ringmauer. Vom Schlosse herab, auf dessen Turm Wildhans die Reichsfahne wehen ließ, antwortete das Geschütz der Züricher. Zwar fielen die Schüsse nur einzeln, in beträchtlichen Zwischenräumen, denn die Kunst der Stückschützen stand damals noch tief unter ihrer heutigen Vollkommenheit; dennoch war die Luft von einem ununterbrochenen Donner der Geschosse in Bewegung, welchen der Widerhall des Gebirges verlängerte, bis er längs dem See und Walde in dumpfes Schnarren dahinstarb. Einzelne Schweizerrotten liefen von den Seiten gegen die Mauer, drückten ihre Armbrüste auf die Belagerten hinter den Brustwehren ab und riefen ihnen mit jedem Pfeil zugleich einen Fluch oder ein kräftiges Schimpfwort zu. Diese hingegen antworteten spottend und lachend mit dem nachgeahmten Gebrüll der Kühe.

»Der Spaß wird endlich langweilig,« sagte Isenhofer zum Freiherrn von Sax, der neben ihm an der Brustwehr stand und hinabsah. »Betrachte mir einer das närrische Volk da. Wahrhaftig! Die Leute sind Kinder, wenn sie nicht wilde Bestien sind. Wäre ich nicht selbst in eine Menschenhaut eingespannt, ich würde mich meines Geschlechtes schämen.«

In diesem Augenblicke kam der Wildhans längs der Brustwehr zu ihnen heran und sagte zum Freiherrn: »Es ist mir leid um Euch: die Berner Stückschützen haben meine Schiffe in den Grund geschossen; Ihr könnt nicht mehr über den See zurück und müsst bei mir bleiben, bis wir Entsatz bekommen.«

»Das ist eine schlimme Botschaft!« rief Hinz erschrocken. »Der Markgraf erwartet mich diese Nacht zurück.«

»Will er Euch, so schicke er uns Kriegsvolk zu Hilfe; es ist kein Loch mehr offen,« sagte der Herr von der Breitenlandenberg und fuhr fort, während die Mauer unter ihnen von einem Stückschuss erbebte: »Es beginnt dunkel zu werden; schließt Euch an, wenn der Zug in die Festung geht. Ich habe zu wenig Leute, um die Stadt zu behaupten; keine hundert Mann. Die Ringmauer ist zu weit ausgedehnt und zu schwach; schon hat sie beim oberen Thor einen Riss erhalten.«

Mit diesen Worten entfernte sich der Wildhans gelassen und setzte die Musterung längs der Mauer fort. Hinz fluchte über das widrige Geschick, das ihn betroffen; Isenhofer lachte und rief lustig: »Mitgefangen, mitgehangen! Das Abenteuer sollte Euch schon der Abwechslung wegen gefallen. Was hättet Ihr doch bei den schönen Frauen in Zürich anderes, als bei den Falkensteinen in Seckingen gefunden? Bisher habt Ihr nur belagert und die sprödesten Weiber, ich glaube, selbst die schlaue, niedliche Hagenbach erobert. Nun versucht's, lasst Euch einmal von den krausbärtigen Schweizern belagern, aber haltet fester gegen sie, als die reizende Ursula gegen Euch.«

Dem Freiherrn war's nicht um Scherze zu tun; er fluchte und schwor, der Teufel habe ihn zur Unglücksstunde in dies elende Nest geführt, das er nun wider Willen verteidigen helfen müsse. Wenn er das Leben wagen müsse, wollte er's tausendmal lieber im offenen Felde und in freiem Kampf, Mann gegen Mann, daran setzen.

Sowohl aus der Festung, als aus dem Lager der Schweizer fielen die Schüsse, je finsterer es wurde, immer seltener; zuletzt schwieg das Geschütz von beiden Seiten. Man erblickte in der Dunkelheit, ringsum in der Ferne, nur die Flammen von Wachtfeuern, neben welchen sich undeutliche Gestalten wie düstere Schatten bewegten und Bäume und Gesträuche ihre Äste und Blätter aus dem schwarzen Schoß der Nacht gespenstisch hervorstreckten. Jetzt wurden Isenhofer und Hinz von ihrem Stand auf der Ringmauer abgerufen. Sie folgten einer vor ihnen hermarschierenden Reihe von Kriegsknechten, die von der Mauer hernieder in die Stadt ging, dann durch ein enges Gässchen auf hölzernem Stege gegen das Schloss hinan, endlich auf einem schmalen Wege zwischen Felsen und Gesträuchen, in verschiedenen Krümmungen, zum Thor an der Ringmauer des Schlosses gelangte. Der Raum zwischen dieser Mauer und der alten Veste war mit Gras bewachsen, nur wenige Schritte breit und mit bewaffneten Männern angefüllt. Alle hielten sich ruhig. Man hörte nur das Rauschen und Klappern der Panzerhemden, zusammenstoßender Harnische oder anschlagender Schwertscheiden. Zwei dunkel brennende Laternen, die von den Stufen der Schlosspforte herableuchteten, warfen ihre Lichter über die bärtigen Gesichter unter den Pickelhauben und Helmen. Hans von Landenberg ging lebhaft zwischen den Heerhaufen, die sich durch die Frischankommenden aus der Stadt verstärkten, umher. Er gab Befehle, stellte Wachtposten im Schlosshofe aus, schickte Mannschaften in die Stadt hinunter und andere ins Innere des Schlosses. Als er zu Isenhofer und dem Freiherrn von Sax kam, sagte er: »Tretet in die Burg und lasst's Euch bei uns wohl sein; es wird Euch an nichts fehlen. Wir wollen gute Tage verleben; der Feind kann nicht an uns kommen, er muss mit blutigem Haupt von hinnen ziehen.«

Hinz und Isenhofer folgten einigen anderen ins Schloss. Sie gingen durch einen winkeligen Gang neben einer großen Küche vorüber, worin mehrere Feuer brannten und Speisen in Fülle bereitet wurden; dann traten sie, als sie eine steinerne gewundene Treppe emporgestiegen waren, in einen geräumigen Saal. Hier saßen zehn bis zwanzig Bewaffnete, beim Schein von Lampen und Kerzen, an einem langen Tische. Sie sprachen den Weinbechern fleißig zu und ermunterten die Eintretenden, dem löblichen Beispiel zu folgen. Bald füllte sich nicht nur dieser Saal, sondern auch jedes der vier kleinen Gemächer, welche vermutlich durch das an's Hauptgebäude stoßende Türmchen mit dem Saal in Verbindung standen, mit Kriegsleuten. Man legte die Waffen ab und hing sie an hölzernen Nägeln längs den Wänden auf. Das Abendessen wurde aufgetragen; jeder setzte sich wie sich's fügte und langte zu. Das Gespräch war fröhlicher, bunter Art, und wurde, je tiefer in die Nacht hinein, desto lauter und ausgelassener. Isenhofer ergötzte seine Nachbarn durch lustige Schwänke und Anekdoten, mit denen er zuweilen sehr ernste, oft unverständliche Einfälle verband, bis ihn, weil er ermüdet war, die Sache selbst nicht mehr ergötzte. Er entfernte sich am ersten von allen, um das

Nachtlager zu suchen. Man führte ihn eine Wendeltreppe hinauf, in einen andern Saal, der sich über demjenigen befand, welchen er verlassen hatte. Rings umher war der Fußboden mit Betten und Kissen aller Gattungen belegt, die man ohne Zweifel wie manches andere Gerät aus den Wohnungen der Bürger der Stadt heraufgeschleppt hatte. Der verworrene Lärm und Gesang der Kriegshelden im untern Saal und eine andere unerwartete Erscheinung hinderten ihn am Einschlafen.

Der finstere Saal begann sich zu erhellen und ließ sich deutlich von einem Ende zum anderen übersehen. Isenhofer vermutete, es sei Mondesaufgang; als aber die Helligkeit sich vermehrte, als Tische und Stühle scharfe Schatten auf die Betten warfen, und die weißen Mauern und die hölzernen Balken der Zimmerdecke hochrot beleuchtet wurden, sprang er verwundert vom Lager auf, öffnete das schmale Fenster und sah mit Schaudern ein weites Meer von Flammen und glühend aufwirbelnden Rauchwolken unter sich. Funkelnde Lichtkreisen fuhren über den zitternden Spiegel des Sees, bis zum jenseitigen Ufer, welches, grell beleuchtet, zuweilen hervortrat und wieder verschwand. Die Wolken des Himmels, welche von der Glut entzündet zu werden schienen, hingen mit blutigem Schein über der Gegend und warfen denselben auf das Gebirge zurück. Brennendes Getreide und Stroh aus den Ställen und Speichern, von dem durch die Glut erzeugten Wirbelwind emporgejagt, sank auf allen Seiten, wie ein Sternenregen, aus der Höhe hernieder. Die ganze Stadt Greifensee, welche der Wildhans hatte anzünden lassen, da er sie nicht behaupten zu können glaubte, brannte lichterloh.

In der schauerlich beleuchteten Gegend herrschte die tiefste Stille. Umso grauenhafter vernahm man das Knistern und Knacken der aufflackernden Lohe; das Krachen und Geprassel der zusammenstürzenden Wohnungen. Schrecklicher noch tönte dazwischen das Gebrüll des Viehes, welches in den Ställen der Stadt lebendig verbrennen musste; herzzerreißendes Geheul von Menschen, meistens Kinder- und Weiberstimmen, erschallte beim Zusammenstürzen der Häuser. Nicht alle mochten auf des Wildhansen Mahnung geflohen, sondern im Städtchen bei ihrem Besitztum heimlich zurückgeblieben sein. Nun flohen sie, wie sie konnten, aus Fenstern und Löchern der Stadtmauer. Man sah sie einzeln, nackt und bloß, über die erhellten Wiesen rennen, dem Lager der Eidgenossen entgegen, welchem in der Ferne wie ein drohendes Gespenst daher schwebte.

Isenhofer kehrte, um unter Menschen zu sein, in den Speisesaal zurück, denn drüben war es ihm geworden, als schaue er in den Flammenrachen der Hölle. Viele der Trinker saßen, wie er sie verlassen hatte, wohlgemut an den Tischen; andere sangen, noch andere standen neugierig an den Fenstern.

»Schau hinaus,« rief Wildhans Isenhofer zu, »magst das Trauerbild in schöne Reime fassen, dass die Eidgenossen es singen können.«

»Ritter,« antwortete Isenhofer. »Ihr habet den armen Teufeln zu Greifensee eine heiße Nacht bereitet; gnade Euch Gott, wenn Ihr den Schweizern in die Hände fallet. Ich wette, sie verfertigen zu Eurem Fegfeuer schon die Schwefelhölzchen.«

»Mögen sie sich wahren und ihre Finger nicht selber daran verbrennen,« erwiderte der Herr von Landenberg gleichgültig, indem er seinen Silberbecher mit Wein füllte: »Ich zahle den Grüningern heute den verdienten Lohn aus. Zweimal innerhalb zweier Jahre haben sich die Ketzer feigerweise an den Feind ergeben, und sie hätten mich dem Schwyzervogt, Werner von Russe, längst in die Hand gespielt, wenn die Verräter Meister gewesen wären.«

»Ohne Erbarmen!« rief Meister Felix Ott von Zürich; »Markgraf Wilhelm wird diese Nacht das rote Wahrzeichen am Himmel sehen und denken, Wildhans bezahlt heute die Thurgauer Schlösser.«

»Not rechtfertigt vieles, Wildhans!« sagte Hans Escher und warf einen finstern Blick auf den Herrn von Landenberg, der aber ruhig den Becher an seine Lippen setzte: »Wenn Not Eisen bricht, soll sie nicht Recht und Menschlichkeit brechen. Du hättest zuvor das arme Vieh, oder doch wenigstens die noch zurückgebliebenen Weiber aus den Toren jagen sollen. Was hatten Dir die getan und die nackten Kindlein?«

»Das sage ich auch!« lallte lachend der Freiherr von Sax mit vom Wein schwerer Zunge: »Hätte er Verstand gehabt, würde er den Schweizern die alten Vetteln des Städtchens zugeschickt und die jungen Mädchen aufs Schloss genommen haben. Werden wir nicht bald des Feindes entledigt, müssen wir bei unserm Zölibat, in der verdammten Klausur, ohne eine Gelübde getan zu haben, wie Mönche die Hora singen oder vor Langweile sterben.«

18.
Belagerung und Mordtag.

Die Eidgenossen waren am folgenden Tage schon früh in Bewegung und dem Schlosse näher gerückt. Ringsum flatterten ihre vielfarbigen Fahnen, donnerten ihre Feuerschlünde, brüllten ihre Schlachthaufen. Ihr kriegerischer Eifer schien durch den Anblick der verbrannten Stadt in blinde Wut gekehrt worden zu sein. Bläulicher, erstickender Qualm stieg von dem schwelenden Holze zwischen den eingestürzten Mauern der Brandstätte auf, und schwebte über derselben wie eine pestbringende Nebelwolke. Die Stückkugeln der Belagerer schlugen erfolglos gegen das dicke Schlossgemäuer, an dem sie, wie leichte Ballen aus Ton, zerschellten oder zurückprallten. Vergebens rückten die kühnsten Rotten bis zum Fuß der Burg heran, wo sie unter herabgeschleuderten Steinen, Gebälk und den Pfeilen Wunden und Tod, aber keine Stelle fanden, Leitern anzulegen, oder in Steinfugen hinaufzuklettern, oder zwischen Fels und Mauergrund einzubrechen; sie mussten wieder in ihr Lager zurück, nachdem sie manchen tapferen Mann eingebüßt hatten. Alle aber schrien beim Abzuge noch hinauf zur Mauer: »Wildhans, wir kommen wieder! Wildhans, das kostet Dich doch den Hals!«

Der Herr von Breitenlandenberg befahl der Besatzung, die feindlichen Drohungen, Flüche und Schimpfreden nicht zu erwidern, sondern zu schweigen und zu handeln. »Das geziemt Männern,« sagte er: »Weibern überlasset die Zungenschlacht. Wir können aus diesem Schlosse keinen Ruhm ernten, als den der Standhaftigkeit. Unser Häuflein ist zu gering, um glückliche Ausfälle ins Lager der Schweizer zu machen, doch haben wir deren Macht und Wut keineswegs zu fürchten. Diese Mauern durchbohren und ersteigen sie nicht, und unsere Vorräte schützen uns vor Hungersnot. Binnen vierzehn Tagen oder drei Wochen sind wir durch den König von Frankreich sicherlich erlöst.«

Die Schweizer setzten indessen täglich ihre Arbeiten und Angriffe fort, ohne Furcht, aber auch ohne Glück. Es verstrichen vierzehn Tage oder drei Wochen; die Burg blieb unbezwungen und stark, wie das Herz der Heldenschar darinnen. Schon verzweifelten die Eidgenossen, welche durch das Geschütz des Schlosses manchen Schaden erlitten hatten, am Gelingen ihres Unternehmens, und nur die Furcht vor Spott hinderte sie, abzuziehen, da das ganze Land auf diese Belagerung die Augen richtete. Alltäglich stieg indessen der Wildhans selbst zum obersten Turmkranz hinauf, um zu spähen, ob der Anmarsch des Entsatzes noch nicht sichtbar sei? Es beugte seinen Mut nicht, als er, schon in der vierten Woche, vergebens umher sah. Von aller Verbindung mit der Umgegend abgeschnitten, wusste er nicht einmal, wie es um Zürich stand, und ob die verheißene Hilfe der Armagnaken je erscheinen werde. Doch dies machte ihm weniger Unruhe, als die Wahrnehmung, dass die Eidgenossen seit einigen Tagen ihre ganze Tätigkeit auf einen einzigen Punkt des Zwingolfs oder der Vormauer des Schlosses richteten. Bald rannten einzelne Verwegene aus dem feindlichen Haufen zu der Stelle, um sie zu untersuchen; bald schlugen die Kugeln des feindlichen Geschützes mit vereinter Kraft da ein. Darauf ließ der Wildhans den in der Kirche gewesenen großen Altarstein auf die Zinne der Mauer bringen, senkrecht über die Stelle, wo die Schweizer den Zwingolf zu untergraben gedachten. Diese hingegen bauten ein starkes Schirmdach, in damaliger Kriegssprache »Katze« geheißen, fuhren damit nachts an die Mauer und zerstörten unter dem Schutze desselben mit Picken, Hauen und Schaufeln die Grundfeste. Als der Tag zu leuchten begann, befahl der Wildhans, den Altarstein fallen zu lassen. Er fiel und zermalmte das Schirmdach und alle die Männer, welche sich darunter befanden.

Der Unfall erschütterte die Schweizer nicht, denn bald schickten sie eine stärker gerüstete Katze gegen das begonnene Mauerloch, um die Mäuse dort aus ihrer Falle zu holen. Die Belagerten stürzten jetzt zwei mit Steinen gefüllte Fässer darauf nieder; aber nicht ohne Entsetzen wurden sie gewahr, dass die Wucht derselben nicht ausreichte. Die Arbeit unter dem Schutzdach dauerte fort, man hörte das Hämmern und Schlagen die ganze Nacht hindurch; Feldsteine, Balken und Mörtel wurden herausgebrochen, und die Stunde war vorauszusehen, wo der unabwehrbare Feind mit Brand und Schwert in die Festung eindringen würde. Hier war der den Schweizern verratene schwächste Punkt des Zwingolfs; an dieser Stelle und so niedrig hatte die Mauer keine Schießlöcher; und wer einmal so nahe war, befand sich unter dem Schuss und in Sicherheit. Da beredete sich der Herr von Landenberg mit seinen Tapferen, von welchen schon neun während der Belagerung getötet worden waren. Die noch vorhandenen fürchteten den Tod nicht, wohl aber, in Ermangelung eines Priesters, ohne Beichte und Ablass von hinnen zu fahren. Deshalb ging der Wildhans auf die Mauer und rief hinunter, dass er zu unterhandeln begehre. Lachend trat Itel Reding von Schwyz zur Mauer und sagte: »Nun wir Euch im Sack haben, meint Ihr noch unterhandeln zu können?«

»Ihr uns im Sack?« rief der Wildhans oben mit donnernder Stimme hernieder. »Freier Mannen Seele ist ewig frei! Ich zünde die Burg an mit allem, was darin ist. Wir sterben unter Trümmern und Flammen und hinterlassen Euch nichts als Schutt und Stank. Saget mir, ob Ihr uns im Sack habt?«

»Hörst Du, wovon die Rede ist?« sagte der Freiherr von Sax zu Isenhofer im Zwinghof mit trauriger Miene. »Es heißt Gefangenschaft oder Tod.«

»Es ist die Frage, wo sich's behaglicher sitzt,« erwiderte Isenhofer, »ob in Abrahams Schoß oder im Kerker der Schweizer? Ein weiser Mann muss jedes Bett weich finden. Ich drehe nicht die Hand dafür um, ob, wie seit vier Wochen, hier im Schlosse oder in einem andern Loch eingesperrt zu sein, oder einen Sprung ins andere Leben zu tun; denn ich glaube fast, ich bin nur in diese Welt geschickt, Augenzeuge menschlicher Narrheiten zu sein, und ich meine, ich habe deren genug gesehen, um des Schauspiels satt zu werden.«

»Höre, Isenhofer,« sagte der schöne Hinz, »sollte ich Seckingen nicht so bald, oder jemals wieder erblicken, so bringe dem lieblichsten aller Geschöpfe unter dem Himmel die zärtlichsten Grüße meines treuen Herzens.«

»Sprecht doch nicht in diesem Augenblick von Treue,« sagte Isenhofer, »da wir vielleicht bald ins Paradies wandern, wo es von schönen Mädchen wimmeln muss.«

»Du frecher Lästerer,« rief der Freiherr, »hier ist nicht die Zeit zu Spaßtreiben. Wie gesagt, grüße mir, wenn's Dir vergönnt wird – doch heimlich, keiner darf's wissen – Dir vertraue ich's – die himmlische Hagenbach.«

»Oho!« schrie Isenhofer. »Ich dachte an Fräulein Ursi, nicht an die irdische Hagenbach, von der noch zu erwarten ist, ob sie im Himmel selbst himmlisch werden kann. Aber, beim Himmel, so habt Ihr auch die schöne Ursi hinter's Licht geführt und seufztet, während Ihr vor ihr knietet, zur Hagenbach? Sehet Euch nach einem guten Beichtvater um, denn Ihr müsset sonst auf der Reise in die andere Welt einen schweren Pack Sünden mitschleppen.«

Während dieses Gesprächs, welches beide noch eine Weile in gleichem Tone fortsetzten, wurde die Unterhandlung mit den Eidgenossen geschlossen. Wildhans und die Seinen ergaben sich auf Gnade und Ungnade. Nachdem dieses beredet worden, halfen die Belagerten ihren Überwindern selbst über die Mauer. Man warf alles Holz aus der Burg hinunter, daraus eine Steige zu machen, denn das Thor war über die Maßen fest verrammelt, dass es nicht leicht geöffnet werden konnte. Die Besatzung wurde entwaffnet, dann am Abend mit gebundenen Händen über die Mauer hinausgeführt. Es waren ihrer noch zweiundsiebzig Mann, alt und jung, welche über Nacht, unter starker Wacht, in die Orte verteilt wurden.

»Bist Du nicht Meister Isenhofer von Waldshut?« fragte diesen ein von Kopf bis zu Fuß geharnischter Ritter, welcher nach Mitternacht die Wache

befehligte, dessen Gesicht aber wegen des geschlossenen Visiers un-
kenntlich blieb. »Bist Du's nicht?«

»Leider!« antwortete Isenhofer.

»Wie in aller Welt kommst Du zu den Zürichern nach Greifensee?«
fragte jener weiter.

»Ganz so planlos, wie ich in die Welt gekommen bin und wahrscheinlich dereinst wieder hinausfahre,« entgegnete Isenhofer und erzählte,
welche Umstände ihn in die Burg gebracht hatten.

Als der Ritter alles vernommen hatte, hob derselbe warnend die Hand
und sprach: »Meisterlein, Meisterlein, Du hilfst ein böses Spiel spielen.«
Darauf wandte er sich und ging davon, ohne wieder zu kommen.

Isenhofer glaubte die Stimme des Ritters zu kennen, doch erriet er den
Mann nicht, wie lange er auch nachsann. Endlich entschlummerte er,
unbequem auf harter Erde, mit festgebundenen Händen, in einer elenden Hütte liegend. Folgenden Morgens – es war am Donnerstag vor
Pfingsten – wurde er nach empfangenem Frühmahle nebst seinen übrigen Unglücksgefährten fortgeführt. Auf den Wiesen, zwischen Greifensee und dem Dorfe Nänikon, standen die Schlachthaufen der Eidgenossen, alle in Waffen, unter ihren Panieren, einen geräumigen Kreis bil-
dend; in der Mitte des furchtbaren Kreises die Häupter und Feldobersten
der Städte und Länder. Sie hielten Gericht über das Schicksal der Gefangenen, die in den Kreis hineingeführt wurden. Bei großer Stille redete
eben der Landammann Itel Reding aus Schwyz. Er sprach von der grausamen Einäscherung der Stadt; von der Rache, die zu nehmen sei, auf
dass durch ein großes Beispiel die Züricher abgeschreckt würden, denn
die Gnade, welche der Besatzung des Schlosses in Aussicht gestellt, sei
ein zweideutiges Wort.

Darauf trat ein Mann vor von Schwyz, warf einen grimmigen Blick auf
die Gefangenen und schrie: »Ich stimme, dass alle vom Leben zum Tode
gebracht werden, bis auf einen, das ist Ulrich Kupferschmied von
Schwyz, ein Ehrenmann, dessen man sich erbarmen muss.«

»Meinethalben!« rief ein anderer. »Führt den Wildhans und alle Fremden, die keine Züricher sind und schnöden Soldes willen den Eidgenossen Leides antaten, zum Tode, aber das dünkt mich unbillig, dass dreißig
Mann aus dem Amte Greifensee, welche als Untertanen von Zürich auf
Befehl ihrer Obrigkeit treulich gestritten haben, den Tod erleiden sollen.«

Nun schritt Holzach, Hauptmann der Männer von Menzingen am
Zugberge, weiter in dem Kreise vor und sprach: »Eidgenossen, biedere

Männer! Fürchtet Gott, schonet unschuldiges Blut. Wenn auch Hans von Landenberg kein geborener Bürger von Zürich ist, so ist er doch der Stadt durch den Bürgereid verwandt. Konnte er ohne Eidbruch, ohne ewige Schande, wenn er für die Stadt, der er geschworen, zu den Waffen gerufen wurde, sich dem Gebote der Stadt entziehen? Hätten wir ihm sein Vermögen ersetzt, wenn er, als Ehr- und Treuloser, dessen durch Zürich verlustig gemacht worden wäre? Und die anderen, wer sind sie? Seine Dienstleute. Sollten diese ihre Herren in der Gefahr verlassen, oder arme Leute, die, um Weib und Kind daheim zu nähren, um Kriegssold dienen? Wollt Ihr sie töten, dieweil sie sich anders nicht zu helfen wussten, oder Untertanen der Stadt Zürich sind, welche ihrer Obrigkeit gehorchten und für sie stritten? Ist das todeswert? Eidgenossen, fürchtet Gott! Gedenket Eurer eigenen Armen daheim, Eurer Untertanen und Verwandten.«

Als Holzach schwieg, lief ein dumpfes Gemurmel, gemischt mit Getöse der Harnische und Waffen, durch die Versammlung. Viele riefen dem Holzach Beifall, doch die große Menge fluchte. »Sie haben uns mehr Leute getötet,« hieß es, »als wir ihnen zu töten haben; sie müssen sterben, alle sterben!«

»Butz und Benz, alle müssen daran!« schrie überlaut der, welcher zuerst zum Tode geraten hatte, und die blutgierigen Haufen, besonders die von Schwyz und Unterwalden, brüllten ihm nach. Reding aber wandte sich gegen den Hauptmann Holzach und schrie: »Bei Gottes Wunden, Holzach, wer wie Du redet, ist ein heimlicher Züricher!«

»Fürwahr,« rief Holzach mit lauter Stimme, »ich bin ein Eidgenoss und bieder, so sehr, Reding, wie Du und alle die Deinen, und habe zu Ehren der Eidgenossen Rat gegeben. Itelhans, wahre Dich, denn unschuldiges Blut schreiet zum Himmel!«

»Ich merke wohl an Deiner Rede,« fuhr ihn der Landammann von Schwyz an, »dass Dir noch eine Feder vom Pfauenschwanz am Steiße steckt.«

Da gerieten Beide grimmig aneinander, so dass man ihnen mit Gewalt Frieden gebieten musste. In der Versammlung stritten blutdürstiger Zorn und Menschlichkeit, Rache und Edelmut miteinander. Eine Partei überschrie die andere; keine hörte die andere. Es war unter den Heerhaufen eine Bewegung, ein Getöse. als sollten sie die Schwerter wider sich selbst kehren.

Als Reding die Uneinigkeit sah, bat er um Ruhe und Gehör. »Sei es denn!« rief er. »So mögen die Leute aus dem Amt Greifensee das Leben behalten, doch der Wildhans und die andern müssen sterben, Dabei bleibt's!«

»Heuchler, so saufe Dich denn satt im Blute!« schrien einige Stimmen. »Gott fordert Dich vor sein Gericht; über Dein Haupt die Blutschuld!«

»Keine Schonung! Alle, Butz und Benz, alle müssen daran!« brüllten plötzlich tausend Kehlen durcheinander.

Plötzlich entstand eine allgemeine Stille, Der Kreis öffnete sich; ein Zug von wankenden Greisen an Stäben, Jungfrauen, Weibern mit Kindern an den Händen oder Säuglingen an der Brust, schwankte laut weinend mit herzzerschneidendem Jammern daher. Es waren Väter, Mütter und Kinder der Gefangenen aus dem Amt Greifensee. Einige derselben sanken, als sie ihre Verwandten bleich und mit kreuzweis gebundenen Händen dastehen sahen, ohnmächtig zur Erde nieder; andere fielen auf die Knie und streckten wehklagend, mit flehenden Gebärden ihre Arme gegen die eisernen Reihen aus; noch andere rangen unter kläglichem Geheul die Hände zum Himmel. Das Geschrei aller drang zu den Wolken empor, aber nicht in die verpanzerten Herzen der Krieger,

Da erhob der Wildhans seine gewaltige Stimme und sprach zur Versammlung: »Tötet mich, Männer! Doch was haben diese hier verbrochen?«

»Fort, fort mit ihnen!« schrien die Haufen. »Hinaus mit dem Weiber- und Kinderpack!«

Als wenn eine Meeresflut mit betäubendem Donner über das Gebirge herniederrauschte, so furchtbar war der Sturm von tausend und tausend Stimmen unter dem Gerassel der Waffen und Harnische. Man schleppte die Jammernden hinweg; ihr Zetergeschrei drang weit umher, so dass man es noch in der Ferne hörte. Sobald die Ruhe wieder hergestellt worden, gebot Reding, über Tod und Leben abzustimmen. Es entstand tiefe Stille. Die für den Tod stimmten, sollten den Arm erheben.

»Der Teufel hat den Itelhans nach der armen Leute Blut durstig gemacht!« tönte eine gellende Stimme, doch wie es still wurde, sah man die Hände von Tausenden schauerlich für den Tod aller emporgestreckt. Darauf gingen viele, die an der Blutschuld keinen Teil haben wollten, aus der Versammlung hinweg; viele fluchend, viele mit tränenvollen Augen. Doch Reding blieb und sagte zu den Umstehenden: »Wenn das öffentliche Wohl nur durch Schrecken zu erhalten ist, soll ihn der Mann von Herz nicht fürchten.«

Der Scharfrichter von Bern trat in den Kreis und entblößte sein breites Schwert, welches im Licht der schon niedergehenden Sonne wie ein blutroter Strahl glänzte. Den Gefangenen aber näherte sich, mit Kreuz und Rosenkranz, ein hagerer, langbärtiger Mönch, ihnen die letzte Beichte abzunehmen. Sie standen düster, stumm und fast ohne Bewegung, alle noch die Hände kreuzweis gebunden, in einem Haufen beisammen. Einige schienen still mit den Lippen Gebete herzusagen, andere schossen grimmige Blicke auf ihre Mörder unter den tiefgesenkten Augenbrauen hervor; welche trugen im starren, entstellten Antlitz den über sie gekommenen Todesschrecken zur Schau; einige, doch die wenigsten nur, zeigten unerschütterlichen Mut, ohne Trotz und mit Ergebung in das entsetzliche Schicksal, ohne Verzweiflung.

»Männer!« redete sie der Herr von Landenberg an. »Der Allmächtige will's, was geschieht; der Allmächtige sieht's! Ich habe in Eurer Mitte gelebt, an Eurer Spitze gefochten, und so will ich gern mit Euch sterben und der Erste in den Tod gehen.« Dann wandte er sich zum Scharfrichter und sagte zu ihm: »Meister Peter, verrichte Dein Amt!« Er kniete nieder, warf einen Blick gen Himmel, schloss die Augen und sein Haupt fiel.

Grabesstille entstand weit umher. Eine schwarze Wolke legte sich vor die Abendsonne und warf weite Schatten über Tal und Berg. Isenhofer durchzuckte ein Schauern, sein Haar sträubte sich empor. Er war bisher mit vieler Fassung Beobachter des grässlichen Schauspiels gewesen, aber als Wildhans in seinem Blute fiel, da entwich ihm schier die Besinnung. Er stierte düster vor sich hin und bemerkte nicht, dass auch der zweite, auch der dritte seiner Schicksalsgenossen, nachdem jeder zuvor gebeichtet, den Tod empfangen hatte. Plötzlich störte ihn aus seinem Hinstarren ein seltsames Geräusch, ein leises, allgemeines Flüstern. Die Augen aller Anwesenden waren gen Himmel gerichtet. Eine schneeweiße Taube flog über den Hinrichtungsplatz; ihr folgte eine zweite, dieser eine dritte, dann mit glänzenden Fittigen ein ganzer Flug unter den dunkelgrauen Wolken, als wären sie wie Zeugen der Unschuld gesandt worden. Der Scharfrichter sah es, senkte das Schwert gegen die blutige Erde und wandte sein Herz zum Itel Reding, als erwarte er von diesem den Befehl zur Schonung der übrigen. Der Landammann aber erhob die Stimme und sprach: »Fahre fort! Muss ein anderer statt Deiner kommen, so fängt er bei Deinem Kopfe an.«

Die Hinrichtungen begannen von neuem. Noch einmal durchbebte Isenhofer ein Frostschauer, als sein Blick von ungefähr auf den Freiherrn von Sax fiel, der sich eben dem Mönch zum Beichten näherte. Kaum war der schöne Jüngling noch zu erkennen. Die frühere Freundlichkeit seiner

Augen und Mienen war in eine leichenhafte Starrheit übergegangen; er hatte ein Gesicht, wie aus bleichgelbem Wachs geformt. Vom Mönch zurückkehrend, schwankte er langsam an Isenhofer vorüber und sagte mit eintöniger Stimme: »So sterbe ich im Purpur, wie geweissagt ist.« Zwei Männer führten ihn fort. Als er wegging, schien sein Antlitz erdgrau, sein Mund bleifarben; er kniete; sein Haupt fiel.

Schon lagen die entseelten Leichname neun an der Zahl beisammen; da stellte der Scharfrichter den zehnten Mann abseits. »Laut Kaiserrecht gebührt bei großen Hinrichtungen der Zehnte dem Nachrichter,« sagte Meister Peter von Bern.

»Bei uns gilt Landrecht, nicht Kaiserrecht,« fuhr ihn der Landamman an. »Tue was Deines Amtes; schweige, Klaffer!«

Er hatte diese Worte kaum beendet, so ließ sich aus dem Haufen des Kriegsvolkes abermals die gellende Stimme hören: »Itelhans, nicht Kaiserrecht, nicht Landrecht wird Dich treffen; aber Gottesrecht wird Dein Blut vergießen, wie Du heute Blut vergießest*)Er wurde im August 1466 in Schwyz von einem unbekannten Menschen erstochen. Zwei Stunden nach dem Stiche starb er. .«

An Isenhofer schien das Todesgrauen vorübergegangen zu sein, als er das Haupt des schönen Hinz hatte fallen sehen. Der Aufruhr seiner Natur war gestillt, sein Gemüt wieder in gewohnter Kraft aufgerichtet. Er sah gelassen dem Blutwerk zu, und eine stille Freudigkeit erhob ihn, bei der Gewissheit des unsterblichen Daseins, über die Schrecken der Gegenwart.

»Seid Ihr nicht Meister Isenhofer von Waldshut?« fragte ihn jemand von hinten. Als er die Worte hörte, schickte er sich gerade an, zum Mönch hinüber zu gehen und die Beichte abzulegen, denn er glaubte, man rufe ihn. Er wurde aber von dem Frager am Arm zurückgehalten und mit den vorigen Worten angeredet; dann, als er geantwortet, durch einen unbekannten alten Mann in einige Entfernung von den übrigen zur Seite geführt.

»Was habt Ihr mir noch zu sagen?« fragte Isenhofer.

»Ihr sollt auf diesem Platze stehen,« erwiderte der Alte, »und die Stätte nicht verlassen, bis man Euch fordert. Ich sage Euch lieber Herr, gehorchet.«

»Von wem kommt der Befehl?« fragte Isenhofer.

»Gleichviel das!« stotterte der Alte etwas verlegen; setzte dann aber leise hinzu. »Er kommt vom Freihof von Aarau.« Damit begab er sich eilfertig hinweg, in den Volkshaufen zurück.

Isenhofer war verwundert, dass man ihm in seiner Todesstunde den seltsamen Auftrag überbrachte. Sein Geist sagte dem edlen Gangolf, welchen er ungemein liebgewonnen, das Lebewohl; dann erhob sich sein Gedanke wieder über die Welt empor, betend zum Urheber seines Daseins.

Das Häuflein der dem Tode Geweihten wurde immer kleiner. Mehrmals ruhte der Scharfrichter und sah mit erbarmenflehendem Blick auf Reding, doch dieser winkte zur Fortsetzung des Werkes. Vierzig Leichen lagen nebeneinander gereiht auf dem Boden. Das Blut floss in eine Lache zusammen, da der Wiesengrund es nicht mehr aufnahm. Als der fünfzigste Mann fiel, war's schon dunkel geworden und der Scharfrichter sprach: »Ich kann nicht mehr sehen.« Reding entgegnete: »Man wird Dir leuchten, Petermann!« Und er befahl, Fackeln herbei zu bringen. Ihr flackerndes Licht warf über die bewaffneten Zuschauer, über die im blutigen Grase liegenden Leichen, über die noch vorhandenen Opfer einen düstern Schein. Als das neunundfünfzigste Haupt zur Erde fiel, war es volle Nacht geworden, die meisten Zuschauer hatten sich schon verloren. Als der sechzigste Mann zum Scharfrichter begleitet wurde, begab sich auch Itel Reding hinweg; es sei, dass er selber des wüsten Schauspiels müde war, oder von anderen Geschäften abgerufen wurde.

Sobald man seine Abwesenheit bemerkte, löste sich der Kreis der Zuschauer und alles ging durcheinander, wie wenn die Handlung beendigt wäre. Petermann von Bern warf das blutige Schwert zur Erde und trocknete den Schweiß von seinem Gesichte; die Menge zog nach allen Seiten davon. Isenhofer fühlte seine Hände berührt und das Seil, welches sie band, aufgelöst. Der Alte, welcher ihn auf die Stelle, wo er stand, hingeführt hatte, nahm ihn von da mit sich zu dem nahen Dörfchen Nänikon.

19.
Die Hütte am Katzensee.

»Gott sei mit all seinen Heiligen gelobt und gepriesen!« rief der Alte, der wie ein Jüngling herbeilief. »Meister! Euch hat der Himmel wohlgewollt. Nur dreizehn sind übriggeblieben; eilet, eilet von dem verruchten Orte hinweg. Jesus, Maria und Joseph! Ich sehe noch immer Petermanns Schwert und wie er so kläglich zum Landamman hinschaute, wenn wieder ein Rumpf nach vorwärts gefallen war.«

»Wohin bringt Ihr mich?« fragte Isenhofer.

»An einen guten Ort; fraget doch nicht!« rief keuchend der Alte. »Ich musste Euch ja dort auf den Rettungsplatz hinstellen, damit Ihr einer von den letzten wäret – Petermann tat auch sein Teil, er zog das Blutwerk in die Länge; der alte Mönch desgleichen. Man hoffte auf Erbarmen von der Zeit; der Itelhans hatte keins. Gott sei gelobt in Ewigkeit!«

Damit lief der Alte nach einem zunächst dem Dorfe gelegenen Stalle und führte zwei gesattelte Pferde hervor. Auf das eine hieß er Isenhofer sich setzen, auf das andere schwang er sich selbst; dann ritt er im scharfen Trabe davon, Isenhofer ihm nach,

So viel es die Eile der Reise und das zweifelhafte Sternenlicht gestattete, schien es Isenhofer, dass sie denselben Weg nahmen, auf welchem er vor vier Wochen mit dem unglücklichen Freiherrn von Sax von Zürich nach Greifensee gekommen war. Kaum währte es aber eine starke Stunde, so wurde ihm die Gegend fremd. Der Weg war schlecht und zog sich bergauf, bergab, bald durch Bäche, bald durch Waldgestrüpp, verlor sich mitunter ganz und mied die bewohnten Ortschaften. Umsonst bemühte sich Isenhofer, seinem Führer Rede abzugewinnen. Auf seinem behänden Klepper, immer in starkem Trabe, ritt er stumm vor ihm hin durch die Nacht Die dunklen Gestalten der Felsen und Baumstämme liefen links und rechts, wie Gespenster, an ihnen vorüber. Es mochte Mitternacht sein, als der Mond hinter Gewölken hervorbrach und sein blasses Licht auf Waldhügel und den zitternden Spiegel eines Sees warf. In nicht großer Entfernung schimmerte ein rötliches Licht durch ein erleuchtetes Fenster. Der Alte nahm über feuchte Wiesen in geradester Richtung dahin den Weg. Auf einem Hügel lagen im Mondschein sichtbar ein Turm und die gebrochene Mauer eines alten Schlosses. Vor einer ärmlichen Hütte unfern derselben, unter deren niedrigem Strohdach ein Fenster erleuchtet war, sprang der Alte vom Pferde.

»Wo sind wir?« fragte Isenhofer.

»Gott sei gelobt! Am Katzensee bei meiner Schwester,« antwortete jener. »Nun können wir ruhen. Steigt ab!«

Es trat ein Knabe aus der Hütte, ihm folgte ein altes Weib.

»Bist Du's, Hemman?« rief das Weib. »Jesus Maria! Mir war schon bange um Dich, Brüderchen.«

»Das war aber auch ein Ritt,« sagte der Alte und reckte die steif gewordenen Glieder. »Höre! Der gestrenge Herr ist doch hier, hoffe ich?«

»Er kam schon lange vor Nacht,« antwortete jene, »wollte aber nicht essen, nicht trinken. Halte Dich fein still; er sitzt im Winkel am Tisch und nickt ein wenig; er wollte nicht zur Ruhe, bis er Dich gesehen.«

»Felix!« rief zufrieden nun der Alte dem Burschen zu, »die Pferde sind erhitzt. Führe sie auf der Wiese umher, bis ich wieder zu Dir komme.«

»Bist Du es, Hemman?« rief eine dem Isenhofer wohlbekannte Stimme durchs Fenster. Es war die Stimme des geharnischten Ritters, der in voriger Nacht ihn und andere Gefangene bewacht hatte. »Bist Du es, Hemman? Langst Du allein an?«

»Nein, mein allerliebster, gnädiger Herr!« schrie der Alte gegen das Fenster zurück. »Alles ist wohl gelungen; er ist gerettet!« Bei diesen Worten ergriff der Alte Isenhofers Hand und führte ihn in die Hütte. Eine vom Rauch geschwärzte niedere Stubentür öffnete sich, durch welche Isenhofer in ein enges, kaum sechs Fuß hohes Gemach, das zum vierten Teil von einem gemauerten, breiten Ofen ausgefüllt war, eintrat. Au einem Tisch, roh von Tannenholz gezimmert, der fast die Hälfte des kleinen Raumes der Wohnung einnahm, saß beim Schimmer einer trüben Öllampe ein betagter Herr, dem die Freude aus dem Antlitz lachte.

»Willkommen im Leben, Meister Isenhofer!« rief derselbe und streckte ihm, in froher Bewegung, beide Hände über den Tisch entgegen. »Wie starret Ihr mich doch an, als wäre ich ein Gespenst. Möget Ihr Euch meiner nicht mehr erinnern?«

Isenhofer war überrascht, denn er erkannte nach einigem Besinnen Herrn Rüdiger Trüllerey, den er im Freihof zu Aarau, in freilich jedes Mal nur kurzen Augenblicken gesehen hatte.

»Wie lief's auf der Wiese von Nänikon ab? fragte der Ritter weiter. »Erzähle Du, Hemman, denn der Meister von Waldshut ist von seinem Entsetzen noch nicht genesen, weil Petermanns scharfe Klinge ihm schon nahe am Genick war ... Else, wo ist die alte Else? Jetzt tische Deine Karpfen auf, Else, und vom guten Klosterwein der Herren von Wettingen!«

»Ritter,« sagte Isenhofer mit feuchten Augen und drückte gerührt die Hand des frohen Greises, »Ihr also seid mein rettender Schutzgeist gewesen?«

»Das nun wohl nicht,« erwiderte der greise Rüdiger. »Meister, Du warest der einzige, den ich von allen Gefangenen aus Greifensee kannte. Da wir den Tod aller für unvermeidlich hielten, traten wir aus dem Kreise und beredeten uns; alles wohlgesinnte Herren von Bern, Zug und Luzern. Wir wurden einig, in den Gang des blutigen Geschäftes auf jede Weise so viel Verzögerung zu bringen, dass bei Einbruch der Nacht kaum die Hälfte der armen Sünder abgetan sein konnte. Dann wollten wir den Übrigen, wo sie bis zum Morgen in Verwahr getan würden, durch List oder Gewalt zur Freiheit helfen. Nun empfahl ich Euch dem Hauptmann von Glarus, der im Kreise über die Todesopfer Wache hielt, dass er den armen Meister von Waldshut zu den letzten in die Reihe stelle. Das war alles. Ich ließ darum den Hemman mit guten Pferden zurück und ritt hierher, um nicht das Elend von Nänikon zu sehen und um Euch eine sichere Herberge zu bereiten. Nun, Hemman, erzähle Du! Wie wurden die armen Leute aus den Krallen des Itelhans erlöset?«

Der alte treue Diener Rüdigers verbeugte sich tief und berichtete mit Umständlichkeit, wie er zum Hauptmann von Glarus gekommen; wie dieser ihm befohlen habe, selber den rechten Mann unter den Gefangenen auszusuchen und abseits zu stellen; wie dann nach der Entfernung des Landammanns Reding keine Ordnung mehr geherrscht, und jeder von denen, die noch hingerichtet werden sollten, seinen guten Freund gefunden habe.

Während dieser Erzählung hatte die rührige Mutter Else den geräumigen Tisch mit Brot, Emmentalerkäse, Wein in zinnernen Kannen und gekochten und gebackenen Fischen besetzt, welche eben sowohl den Reichtum des Katzensees in seinen Fischgattungen, als die Kunst der alten Else dartaten, sie schmackhaft zuzubereiten.

»Lasse Dirs wohl sein!« sagte der greise Rüdiger zu Isenhofer. »Else hat mir lange Zeit im Freihof zu Aarau die Küche bestellt, bis sie das Weib des Wettinger Klosterknechts wurde. Auch dort hat sie nichts verlernt; das wissen die geistlichen Herren zu ehren. Bei jedem großen Schmause zur Fastenzeit muss Else zur Hilfe in die Klosterküche kommen. Vor allen Dingen, Meisterlein, versuche hier den Karpfen in der braunen Brühe mit Zwiebeln und Mohrrüben. Er wird Dir besser schmecken, als das magere Henkersmahl von diesem Morgen.«

Der Gast ließ sich nicht lange bitten. Nüchtern seit dem Frühstück, hatte der Stand auf dem Richtplatz, dann der scharfe Ritt von fast sechs Wegstunden seine Kräfte gänzlich zur Neige gebracht. Wie diese aber bei der nahrhaften Kost und dem goldenen Rebensaft vom Markgrafenland allmählich zurückkehrten, gewann er auch die Lust zur Unterhaltung und seine eigentümliche Laune wieder.

»Fürwahr,« sagte er, »der Mensch ist ein vollständiges Uhrwerk, das zu seiner bestimmten Zeit aufgezogen sein will, wenns gehen soll. Hat der

Magen sein Gewicht, lässt sich das Glockenspiel der Zunge lustig hören und der Verstand, als Zeiger, weiset die rechte Stunde. Meine Augen sehen nun selbst die Schlächterei bei Nänikon schon anders an als diesen Mittag.«

Auf Rüdigers Begehren musste Isenhofer berichten, durch welche Umstände er zum Wildhans gekommen und in dessen Schicksale verflochten worden sei. Der alte Ritter hörte ihm mit Vergnügen zu und gewann immer größeres Gefallen an dem sonderbaren Manne, der so richtig und redlich urteilte und selbst über die schreckensvollsten Augenblicke seines Lebens noch scherzen konnte.

»Doch heute,« sagte Rüdiger, »bei Petermanns Arbeit, ist Dir das Lachen schwer geworden?«

»Wie Ihrs nehmen wollt, gestrenger Herr!« antwortete Isenhofer. »Ich mag ein ernstes Gesicht gemacht haben, wenn sich die Lust zum Leben gegen das Sterben in mir sträubte, doch meine Seele lachte zum Himmel. Ich würde so ruhig vor Petermann ins Gras gekniet sein, wie ich jeden Abend das Nachtlager besteige, Auf der Wiese von Nänikon stand ich dem Tode nicht eine Spanne näher, als an diesem Tische. Möge darum der gnädige Herr des Lebens walten, der uns hierher schickt und wieder abruft, und es nimmer böslich meint, weder das eine, noch das andere Mal.«

Als Isenhofer diese Worte sprach, setzte Rüdiger den schon erhobenen Zinnbecher wieder auf den Tisch und sah den heiteren Redner ganz unerwartet mit derselben Abgestorbenheit des Blickes, mit demselben Todesernst an, den er zum ersten Male im Turm Rore gezeigt hatte. Isenhofer erschrak beim Anblick der Verwandlung und wollte eben den Mund öffnen, ihn zu fragen, ob ihm unwohl sei, als jener, wie warnend, die Hand mit vorgestrecktem Zeigefinger erhob und eintönig sagte: »Der eifrige, starke Gott, der die Sünden der Welt heimsucht! . . .«

»Das ist der Priestergott, nicht der Gott des Heilandes, zu dem wir rufen: Abba!« entgegnete Isenhofer.

»Wie?« rief der Alte. »Du hattest vor wenigen Stunden auf dem Richtplatz keine Furcht, vor sein Angesicht zu treten?«

»Mitnichten,« erwiderte der Waldshuter. »Glaube, Liebe, Hoffnung! Wir stehen auch jetzt vor diesem Gottes-Angesicht.«

»Dem Schuldbeladenen ists verhüllt in tausend Finsternissen!« sagte der Greis und ließ die noch immer gehobene Hand zitternd sinken.

Isenhofer wurde verlegen. Er sah, dass Herr Rüdiger in seine vorige Schwermut zurückgesunken war, und wollte dem Gespräch eine heitere Wendung geben. Doch wagte er, beim Anblick dieses erschreckenden Gesichtes, welches immer starrer und leichenähnlicher wurde, keinen Scherz. Ohne Zweifel quälte den Greis irgendein Geheimnis. Isenhofer empfing durch Rüdigers seltsame Reden eine Ahnung und beschloss, wenn es möglich sei, zur Beruhigung des Mannes beizutragen, dem er sich so sehr verpflichtet fühlte.

»Erlaubt mir,« sagte er, »ein wenig unbescheiden zu sein, Herr Rüdiger! Ihr glänztet eben erst in der freudigsten Stimmung; warum vertauscht Ihr nun so plötzlich das Freudenkleid Eures Antlitzes, welches Euch so wohl anstand, mit dem Trauermantel?«

Rüdiger saß starr da, mit in sich zurückgewandten Sinnen; er schien nichts zu vernehmen.

»Ich sollte denken,« fuhr jener fort, »heute mehr, denn an jedem andern Tag müsse der ganze Himmel in Eure Seele hineinlächeln, da Eure Menschenliebe eines Menschen Leben rettete.«

Rüdiger verriet durch keine Bewegung, dass Isenhofers Rede zu seinem Ohre gedrungen sei; die Gegenwart schien dem Alten verloren, dessen Leib wohl in der Fischerhütte, dessen Geist aber in andern Sphären war.

»Mich dünkt, Herr Rüdiger, Euch wandelt ein übler Zufall an,« sagte Isenhofer nach einem langen Schweigen, während dessen er den Greis nicht ohne Grauen und Furcht betrachtete; »Eure Gesichtsfarbe ist anders geworden; Eure Augen und Wangen scheinen eingesunken; Ihr seid krank. Wollt Ihr Euch mir vertrauen? Ich habe zu Bologna und Paris, unter großen Meistern, der Arzneikunst obgelegen; lasst wissen, wie Euch ist, wo Ihr den Schmerz fühlt? Schon zu Aarau im Freihof bemerkte ich, dass Eure Gesundheit schwer erschüttert sei. Reicht mir Eure Hand; der Puls wird mir mit seinen Schlägen sagen, ob nicht vielleicht ein schleichendes Fieber an Eurem Leben zehrt.«

Als Isenhofer Rüdigers Hand ergriff, den Puls zu suchen, wandte Rüdiger stillschweigend und wie träumend den Kopf zu ihm, zog die Hand zurück, stand rasch auf, ging hinterm Tisch hervor und im engen Raume des Gemaches unruhig auf und ab. Auch Isenhofer erhob sich und folgte dem Alten mit den Augen. Dann redete er ihn abermals an und sprach:

»Macht mich glücklich; ich habe eine große Schuld gegen Euch abzutragen.«

Bei diesen Worten blieb Rüdiger vor Isenhofer stehen, seufzte und sagte:

»Eine schwere Schuld? Du, Meister?«

»Die Schuld eines ganzen Lebens,« antwortete Isenhofer.

»Und kannst sie nicht mehr abtragen?« fragte Rüdiger, in düsterem, forschendem Blick.

»Wohl kann ichs, wenn Ihr nur wollt!« antwortete jener. »Ich bin Euch alle die Lebenstage schuldig, die mir noch vergönnt sind. Ohne Eure Sorge läge in diesem Augenblick mein Leichnam bei den neunundfünfzig Enthaupteten auf der Wiese zu Nänikon. So gestattet mir, erkenntlich zu sein und dies Leben, das ich Euch danke, dem Dienst und Wohl des Eurigen zu widmen; ja, wäre es nötig, es für das Eure zu opfern.«

Herr Rüdiger schüttelte den Kopf, setzte den unruhigen Gang im Zimmer wieder fort, stand dann wieder vor Isenhofer still und sagte:

»Gut, gut, ich will! Mache eine Wallfahrt mit mir gen Rom.«

»Warum nach Rom?«

»Dass ich meine Ruhe finde an den Schwellen der heiligen Apostel, wenn mir der Himmel es versagt, meinen Frieden anderswo zu finden.«

»Wer könnte Eure Ruhe nehmen oder genommen haben?«

»Die Hölle.«

»Das kann sie nicht, Herr Rüdiger!«

»O, sie kann's! Sie streckt ihren scheußlichen Arm tief hinein in mein Leben. Glaube mir's! . . . Gehe schlafen; heute nichts mehr. Ziehest Du mit mir im Lande umher oder nach Rom?«

»Wohin Ihr wollt . . . aber darf ich . . .«

»Morgen, Isenhofer! Du musst es wissen, sollst es hören. Gehe schlafen. Siehe, im Kämmerlein hier ist für uns gebettet; ich folge Dir bald nach, gehe schlafen.« Damit öffnete der Ritter das Seitenkämmerchen, wo der Erdboden mit frischem Stroh belegt und mit grobem, doch sauberem Linnen bedeckt war.

Isenhofer gehorchte und warf sich auf das Lager, während Rüdiger die Kammer verschloss. Isenhofer hörte ihn das Zimmer verlassen und aus der Hütte gehen. Er wollte ihm nacheilen, denn er wurde besorgt um den Greis; doch gab er den Vorsatz wieder auf, in Furcht, dem Ritter missfällig zu werden, oder durch anscheinende Zudringlichkeit ein eben aufkeimendes Vertrauen zu zerstören. Er erwartete ihn lange vergebens und entschlummerte endlich. Der schicksalsschwere Tag mit seinen Wechseln hatte die Kraft des Mannes erschöpft.

20.
Die Erzählung.

Spät morgens erwachte Herr Isenhofer von einem langen und tiefen Schlafe. Gestärkt durch denselben, erschienen ihm die grausigen Erlebnisse des gestrigen Tages als ein schwerer Traum, der im Lichte der Gegenwart zu erbleichen und zurückzutreten begann.

Kaum eine Spanne weit von sich, auf dem Strohbette an seiner Seite, wurde er den Greis gewahr, welcher, obzwar gestiefelt und gespornt, in einen braunen, groben Wollmantel eingehüllt war, dessen Kutte, von hinten über den Kopf gezogen, die Stelle einer Kappe versehen musste; neben demselben das entblößte Schwert. In den auf der Brust gefalteten Händen hielt er einen Rosenkranz. Bei der blassen Farbe, welche die scharfen Züge des Antlitzes überflossen, glich er einem zur Schau gelegten Toten, der, obwohl Ritter, nach damaliger frommer Sitte in einem Mönchskleid zur Erde bestattet werden sollte.

Bei Isenhofers erster Bewegung schlug auch Herr Rüdiger Trüllerey die Augen auf. Man begrüßte sich gegenseitig mit freundlichen Wünschen, ordnete den zerstörten Anzug, wusch Kopf, Hals und Hände im kalten Wasser, verrichtete sein Morgengebet und entnüchterte sich durch einen kräftigen Imbiss, während die geschäftige Else mit tausend Worten die schlechte Bewirtung entschuldigte.

Als sie darauf vor die Hütte hinaustraten, die reine frische Luft des Maimorgens zu genießen, sprach Herr Rüdiger: »Freund! Du versprachst mein Wandergefährte zu werden, mich sogar nach Rom zu begleiten. Ich entbinde Dich des Wortes, wenn es Dich gereut.«

»Nein,« erwiderte Isenhofer, »entbindet mich der Zusage nicht, insofern sie Euch gefällig ist. Ich habe Euch eine große Schuld abzutragen, und bin froh, dieses Schauspiel des blutig geführten Krieges nicht länger zu sehen: Ihr aber werdet Euch erinnern, dass Ihr mir das mitzuteilen verhießet, was Euch bedrängt und zur Fahrt nach den heiligen Gräbern treibt.«

»Das habe ich niemandem noch offenbart,« sagte der Alte ernst. »Meister, ich habe zu Dir Zuversicht gewonnen, wie nicht leicht zu einem Sterblichen. Was ich Dir anvertrauen will, wird selbst Gangolf, mein Sohn, erst vernehmen, wenn ich nicht mehr am Leben bin; Du hingegen gelobst mir Verschwiegenheit, bis ich im Grabe liege.«

Isenhofer streckte die Hand zum Himmel und sagte: Bei Gott und seinen Heiligen allen! Dann reichte er dieselbe Hand bekräftigend dem Ritter.

Beide gingen, in Gesprächen, über die feuchten Wiesen gegen den Berg hin, auf dessen Rücken hoch über dem Tale das Städtchen Regensberg im Sonnenlichte glänzte. Turm und zerfallenes Gemäuer des ausgebrannten alten Schlosses Regensberg zeigten ihr schwarzes, rußiges Gestein: ein Bild schauerlicher Wehklage über der Menschen Wahnsinn. Vor zwölf Monaten erst war es von den Eidgenossen zerstört worden, nachdem es in ehrwürdiger Herrlichkeit beinahe fünf Jahrhunderten die Stirn geboten hatte.

Die Sonne stand schon hoch, als sich die Lustwandelnden am Bergabhang unter wilden Birnbäumen einen Schattenplatz suchten. Vor ihnen, hinter den grünen Wiesen, zog der Morgenwind, im beweglichen Spiegel der Zwillingsseen spielend, weitgekrümmte Furchen. Isenhofer hatte bisher von seinen Reisen in Deutsch- und Welschland, von seinen Verhältnissen zu den Falkensteinen, von seiner ersten Bekanntschaft mit Gangolf, von Ursulas Untreue, von dem stürmischen Rittertag zu Seckingen und dem Tode des Freiherrn von Sax erzählt. Der greise Rüdiger, welcher ein aufmerksamer Zuhörer gewesen, seufzte und sprach. »So möge es sein! Er ist ein starker und eifriger Gott, der die Sünden der Väter heimsucht an den Kindern! Der Glanz meines alten Hauses ist erloschen; Gangolf muss, als ein armer Söldner, durch die Welt ziehen, bis er dem Tode begegnet. Ich hoffte noch, dass er sich durch die Verbindung mit dem Hause Falkenstein aufrichten werde; nun ist auch das vereitelt!«

»Wollet Ihr um Gangolf Euch Kummer bereiten, dem sein Arm und Herz Überfluss gewinnen, sobald er ihn will?« sprach Isenhofer. »Dereinstiger Erbe Eurer Güter und . . .«

»Nein,« unterbrach ihn rasch Herr Rüdiger. »Er hat kein Erbe; er wird ein Bettler sein. All' mein Besitztum hat einen andern Herrn; und entdecke ich diesen nicht, so fällt alles der Kirche zu, damit meine Seele Ruhe finde.«

»Die Kirche wird das Geld nehmen, die Geistlichkeit wird dabei wohlleben, aber Ruhe gibt nur Gott!« sagte Isenhofer lächelnd. »Doch bitte ich, lasset mich erfahren, wie Ihr die Sache meint. Wer ist der andere Herr, von dem Ihr nicht einmal zu wissen scheinet, wo Ihr ihn entdecken werdet?«

»Es ist der Freiherr Jörg von Ende, Herr zu Grimmenstein, im Rheintal. Hast Du jemals von ihm gehört?« fragte Rüdiger.

»Von manchem Ende,« antwortete Isenhofer, »aber von keinem Menschen, der sein Ende schon im Namen hat.«

»Ich war ein wilder Gesell,« fuhr der Ritter fort, »zur Zeit, als die Berner auf Befehl des Kaisers Siegmund und der Kirchenversammlung zu Konstanz den Aargau einnahmen. Mein Vater hielt mich streng, wie ein unmündiges Kind, obwohl ich meine dreißig Jahre damals schon vollendet hatte. Wir waren selten zusammen eins, denn er hielt zu den Bauern, ich mit dein übrigen Adel zum geächteten Herzog Friedrich von Österreich. Im Zorn stieß er mich endlich von sich und verbot mir, je wieder vor seinen Augen zu erscheinen. Ich ging lachend in die Welt hinaus, froh, die Misshandlungen meines Vaters und seine magere Kost los zu sein. Ein gutes Pferd, ein gutes Schwert, das war mein Reichtum; damit hoffte ich mir genug zu erwerben. Ich trieb mich eine gute Weile umher, anständigen Herrendienst zu finden, doch als mein geringes Geld zur Neige ging, begann ich zu verzagen. Heimzukehren in den Turm Rore und des Vaters Gnade zu erflehen, verdross mich; als gemeiner Soldat und Knecht mit niedrigem Dienst den altadeligen Namen meines Hauses zu beflecken, dessen schämte ich mich. Da nannte ich mich Günther von der Weide, entschlossen, des schlechtesten Gewerbes wegen nicht roh zu werden und müsste ich auch zum Räubergewerbe greifen.«

»Wie kamt Ihr zu dem zartem bürgerlichen Gewissen?« sagte Isenhofer: »dies Gewerbe ist rein adelig und eine freie Kunst, vor der kein Kaiser und kein König rot wird, wenn er fremdes Land überzieht. Aber Kleinigkeiten rauben, nur arme Pilger und Kaufleute überfallen und ausplündern, nun freilich, das ist stinkend. Wie triebet Ihr's?«

»Es kam anders,« sagte Rüdiger, dessen ernstes Gesicht zu verraten schien, er habe an Isenhofer's Scherz keinen Gefallen. »Als ich zu St. Gallen in der Herberge traurig dasaß, redete mich ein reicher Herr von etwa fünfunddreißig Jahren an, der mit einem großen Tross von Pferden und Hunden angekommen war, den Abt zu besuchen. Er war schlank und schön, von ungewöhnlicher Größe, prächtig gekleidet, freigebig, lebhaft und gesprächig. Sobald er von mir vernahm, wo mich's drücke . . . ich erzählte ihm ein Märchen von Kriegsunglück . . . sprach er mir zu: Wohlan, Günther von der Weide! Leute Deines Schlages kann ich brauchen. Tritt in mein Gefolge, Dich soll's nicht gereuen! . . . Das war der Freiherr Jörg von Ende; ihm folgte ich. In manchem Fürstenschloss war nicht so viel Wohlleben und Pracht, als auf der Burg Grimmenstein . . . Nicht alles ist Gold, was glänzt, sagt's Sprüchwort. Der Freiherr lebte in unglücklicher Ehe und täglichem Streite mit seinem Weibe und den Verwandten desselben. Jörg war ein edler Mensch, aber reizbar, stürmisch, jähzornig; seine Gemahlin hingegen ein Ausbund alles Schlechten, verlogen, verbuhlt, rachsüchtig und verschmitzt. Sie lebte mit einem jungen Edelknecht, der Konrad genannt wurde, in heimlicher Unzucht. Sie wiegelte nicht nur ihre Brüder gegen den Freiherrn auf, sondern stiftete selbst zwischen ihm und seinen eigenen Blutsverwandten tödliche Feindschaft. Er aber, dessen wilden Zorn alle im Hause fürchteten, hatte Händel mit sämtlichen Nachbarn weit umher, und damals, als ich zu ihm kam, noch dazu eine Fehde mit einigen Reichsstädten. Sein böses Weib wünschte ihm von Herzen den Untergang. Jörg gewann mich lieb. In manchem blutigen Strauß stand ich ihm wacker zur Seite und er beschenkte mich aus jeder gemachten Beute fürstlich. Ich wusste mich in seine Launen zu schicken, vermochte sein Auffahren zu ertragen . . . ich wurde sein Freund, sein einziger in der Welt, mir vertraute er alles. Nun begab sich ein großes Unglück. Es war im Frühjahr 1416, dass sich Junker Jörg nach Konstanz begeben hatte, um mit einigen Prälaten und Herren der Kirchenversammlung Unterredung zu pflegen. Er wohnte aber daselbst in großer Heimlichkeit und niemand war mit ihm, als Konrad, der Edelknecht; denn er hatte Fehde mit der Stadt. Am Palmsonnabende erhob sich große Klage in der Stadt, es hätten die Diener des Freiherrn von Ende ein Schiff auf dem Bodensee aufgefangen, darin viel Korn und anderes Gut gewesen, das denen von Feldkirch, Konstanz und anderen Leuten gehört habe. Zuvor schon hätten des Freiherrn Diener einige geistliche Personen, Bischöfe und Äbte, die zur Kirchenversammlung reisen wollten, auf den Landstraße angerannt und beleidigt. Der Lärmen in Konstanz war groß. Da ging Konrad, der Edelknecht, niederträchtigerweise hin und verriet seines Herrn Aufenthalt. Konrad entwich dann aus der Stadt über den See; man eilte ihm jedoch nach, fing ihn und ertränkte ihn im See mit Harnisch und Gewand.«

»Wohlgetan!« rief Isenhofer dazwischen.

»Als die Botschaft nach Grimmenstein kam, dass die von Konstanz über den Junker Hochgericht halten wollten,« fuhr Rüdiger fort, »spottete die Freifrau, und sagte: So ist der Wolf in der Falle! Ich glaube noch heute, dass dies Weib, in Abwesenheit ihres Gemahls, ihm zu Leid den bösen Handel angestellt habe; denn er selbst wusste von dem Vorgefallenen nichts. Ehren halber gingen einige seiner Freunde nach Konstanz, für sein Leben zu bitten, und ich gesellte mich zu ihnen. Sie erreichten es beim Rat zu Konstanz ohne große Mühe, dass sein Leben gefristet, seine

Burg Grimmenstein aber den Konstanzern überantwortet und zerstört werden solle, Bis dahin müsse er gefangen in der Stadt bleiben und nachher Urfehde schwören, weder den Leuten von Konstanz noch anderen Reichsstädten ein Leides zuzufügen. Als wir in den Turm traten, dem Junker dieses harte Urteil zu überbringen, geriet er in erschreckliche Wut über seine Dienerschaft und über den Rat von Konstanz; doch musste er sich darin ergeben. Da seine Blutsfreunde von ihm gingen, behielt er mich allein bei sich und sagte. Sie sind allesamt Verräter und Schelmen, die mich verderben wollen; es soll ihnen aber nicht gelingen. Ich habe wohl noch so viel, dass ich mehr als zwei neue Schlösser, wie Grimmenstein, erbauen kann . . . Dann fiel er mir um den Hals und sagte: Mein lieber Freund Günther! Auf Dich allein setze ich meine Zuversicht, Du kannst mich retten. Schwöre mir vor Gott, dass Du gehorsam und verschwiegen sein wollest; ich möchte Dir etwas wichtiges vertrauen . . . Darauf schwor ich auf den Knien einen Eid, nach seinem Willen zu tun.«

Hier hörte der greise Rüdiger auf zu erzählen; er faltete seine Hände krampfhaft zusammen; seine Augen waren halb geschlossen, der Ausdruck seines Gesichtes schmerzhaft verzogen. Seine Brust bewegte sich, als wenn er weine: doch entkam seinem Auge keine Träne. Herr Isenhofer, welcher das Wort »Meineid« von seinen Lippen zu hören glaubte, betrachtete den alten Mann mit Grausen und Mitleid, doch wagte er nicht, denselben durch ein Wort zu stören. Erst nach geraumer Zeit sammelte sich der Greis und sagte:

»Nun, Meister, Du sollst ja alles wissen . . . Der Freiherr offenbarte mir nun, er besitze eine Truhe, nicht nur voll geprägten und ungeprägten Goldes, sondern auch zum Teil mit Perlenschmuck und edlen Steinen gefügt. Er bezeichnete den heimlichen Ort in der Burg, wo der Schatz wohl verborgen und verwahrt war, und sagte: Eile nach Grimmenstein und bemächtige Dich der Truhe: bringe sie anher, und wäre ich noch nicht frei, so überantworte Du sie niemandem, am wenigsten meinem Weibe. Du bewahrest sie, bis ich sie selber von Dir fordere, oder der Dir in meinem Namen – hier zog er mir den Ring vom Finger ab – diesen Deinen Ring zurückbringt, den ich bis dahin behalte . . . Nachdem Freiherr Jörg dies gesprochen hatte, eilte ich, seinen Auftrag auszuführen. Ich fand den Schatz von Grimmenstein und hob ihn am Ostertag, kurz zuvor ehe die Veste denen von Konstanz überantwortet wurde. Ich verbarg mich, weil die Gegend unsicher war, in einer Bauernhütte und sah am Dienstag die Flammen aus der Burg aufsteigen. Als ich nach Konstanz kam, sagten sie mir, der Freiherr Jörg von Ende sei freigelassen; doch wisse man nicht, wohin er gekommen sei.«

Rüdiger schwieg hier abermals, als müsse er neue Kräfte schöpfen; dann fuhr er mit niedergeschlagenen Augen und leiser Stimme fort:

»Isenhofer! Da wurde ich vom Teufel versucht und vollständig überwältigt. Ich eignete mir den Schatz zu, floh nach Straßburg, kaufte mir prächtige Kleider, legte meinen falschen Namen ab und kam gar stattlich wieder gen Aarau in die Veste Rore zu meinem Vater. Als dieser von mir erfuhr, dass ich im Kriege reiche Beute gemacht habe, womit ich sein verpfändetes und verschuldetes Gut frei machen könne, wurde er mir sehr hold und gewogen; ließ mich nicht mehr von sich, vermählte mich, und war bis an das Ende seiner Tage ein zärtlicher Vater. Ich aber konnte meines Lebens nicht froh sein. Mein Weib war die zärtlichste Gattin und Mutter, ein Muster christlicher Frömmigkeit. Sie starb heiter, gleich einer Heiligen, und pries das Glück ihres Lebens, das sie in meinen Armen genossen hatte. Ich aber war meiner Tage niemals froh gewesen. Erst zwanzig Jahre nach der Zerstörung des Grimmensteins forschte ich, doch heimlich nur, nach dem Schicksal des Freiherrn Jörg von Ende. Ich durchreiste die Gegenden im Rheintal; ich sah die Trümmer seiner Veste. Sechzig Mann hatten acht Tage lang arbeiten müssen, um die dicken Mauern zu schleifen. Ich sprach die Verwandten des Freiherrn; sie besaßen sein Gut; das Zubehör von Grimmenstein hatte Ludwig von Ende dem Spital der Stadt St. Gallen verkauft. Niemand wusste, wohin der Freiherr Jörg, der nach Einäscherung seines Schlosses noch einige Jahre auf seinen Gütern am Bodensee gewohnt hatte und dann, nach dem Tode seiner ruchlosen Frau, für immer verschwunden war, gekommen sei. Einige sagten, er sei in ein Kloster gegangen; andere, er sei nach Jerusalem auf die Wallfahrt; noch andere behaupteten, Reisende hätten ihn im Tirol, als Waldbruder, gesehen. Nun aber habe ich mich aufgemacht, ihn zu suchen. Ich weiß, er lebt . . . Gottes Erbarmen ist mit mir, es will nicht des Sünders Tod, sondern meine Erlösung vom Meineide . . . Ja, er lebt! Es ist mir vom Himmel selber offenbaret. Meister Isenhofer, nun weißt Du alles. Bewahre mein Geheimnis! Du willst mein Gefährte sein? Ich suche den betrogenen, verratenen Freund, dass ich ihm das Seine zurückgebe; noch kann ich alles zurückerstatten . . . ich und mein Sohn Gangolf aber sind Bettler. Wir haben nichts mehr, und sollte ich seines Todes sicheres Zeugnis empfangen, so gehört mein Hab und Gut der Kirche: in der Trüllereyen Hand soll kein ungerechtes Gut verbleiben.«

Hier schwieg der Alte. Meister Isenhofer betrachtete ihn, wie er mit in dem Schoß gefalteten Händen und auf die Brust niedergesenktem Haupte, bleich und erschöpft neben ihm saß, und sagte dann:

»Ritter! Euer Meineid, Euer Verbrechen jagte mir einen Schauder ein, doch seid getrosten Mutes. Ihr wart ein arger Sünder; schon jetzt seid Ihr das nicht mehr. Ich helfe Euch den unglücklichen Freund zu suchen und wäre er am Ende der Welt. Indessen müsst Ihr mir doch sagen, woher Ihr wisset, dass er noch lebe ... denn unter uns gesagt, ich traue den himmlischen Offenbarungen in unsern Zeiten nur halb.«

Rüdiger seufzte auf, gab jedoch keine Antwort.

»Sind bei dieser Offenbarung Geistliche beschäftigt gewesen?« fuhr Isenhofer fort, indem er die Achseln zuckte und die Unterlippe in die Höhe drückte. »Pah! Die Herren treiben, wie Ihr wisset, heutigen Tages in ihrem geistlichen Arzneiladen Handel für das liebe Geld mit allen überirdischen Dingen.«

»Nichts, nichts!« rief Rüdiger heftig. »Jörg von Ende ist mir selber erschienen.«

»Wie, er selber?« fuhr Isenhofer mit Erstaunen auf. »Im Traum?«

»Nicht im Traum,« sagte Rüdiger. »O das war kein Träumen, lebendig war er's. Wie Du hier neben mir, so stand er vor mir im Turm Rore zu Aargau. Noch nicht zwölf Wochen sind seitdem verflossen, da stand er vor mir.«

»Warum aber ließet Ihr ihn von hinnen ziehen, ohne ihm sein Eigentum zuzustellen?« fragte Isenhofer etwas ungläubig. »Warum müssen wir ihn jetzt suchen? Warum scheint Ihr zu zweifeln, ob Ihr ihn je finden werdet? Die Offenbarung ist mir etwas verdächtig. Verzeiht meiner ungläubigen Natur!«

»Isenhofer, Du wirst nicht mehr so sprechen,« sagte der Greis, »wenn Du alles gehöret hast. Seit manchem Jahr schon hatte ich die Edelsteine und das Perlengeschmeide nicht betrachtet; denn ich konnte das nie ohne Zittern. Nun geschah es kürzlich dennoch, es sind noch nicht zwölf Wochen seitdem. Mein Sohn Gangolf war auf der Heimkehr von Paris. Als ich den Reichtum beschaute, geriet ich in schwere Versuchung; der größte Teil des Goldes war zur Zahlung von meines Vaters Schulden verwendet worden; doch der übrige Schatz, wem gehörte er? Es gelüstete mich, ihn mir anzueignen; meinem Hause dafür Zehnten und Bodenzinse oder eine Herrschaft zu kaufen, auf dass die Falkensteine sähen, Gangolf sei kein armer Ritter, der sich von ihnen müsse füttern lassen.

Doch gelobte ich der Heiligen Jungfrau in der Kapelle der Klosterfrauen zu Aarau den schwersten Perlenschmuck dafür, dass sie meine Fürbitterin bei Gott werden möge. Ich schrieb der Priorin und dem Konvent der Klosterfrauen wirklich den Übergabebrief und gedachte ihn folgenden Tages selber ins Kloster zu tragen. Darüber war es Nacht geworden. Als ich zu Bett gegangen und noch nicht fest eingeschlafen war, wurde ich durch ein Geräusch in der Stube aus dem Halbschlummer geweckt. Ich hörte deutlich mich bei meinem falschen Namen und von einer bekannten Stimme rufen: Günther von der Weide! ... Ich erschrak über die Maßen, hielt die Augen verschlossen, und fing an zu frieren. Ich wollte mir selber einreden, es sei Traumwerk; wurde aber darauf noch einmal gerufen, viel heller, als das erste Mal. Die Stimme hallte im Turm wider. Beim dritten Ruf aber konnte ich mich selbst nicht mehr täuschen. Der Mund dessen, der mich beim falschen Namen nannte, war hart vor meinem Ohr; ich fühlte seinen eiskalten Atemzug ... ich fühlte ... seine eiskalte Hand fühlte ich, wie sie sich in meine Brust tief einkrallte, als wollte sie mir das Herz aus der Brust reißen. Ich tat einen Schrei vor Schmerz und sprang aus dem Bette. Der Mond, im letzten Viertel, leuchtete hell über den Hungerberg in mein Gemach.«

Isenhofer lächelte mitleidsvoll und hätte den Greis, dessen Gesicht immer verstörter erschien, gern beruhigt.

»Lasst's gut sein,« sagte er. »Also doch zuletzt ein schwerer Traum und nichts weiter.«

»Ein schwerer Traum?« entgegnete der alte Rüdiger, nestelte dabei Wams und Leibchen auf, entblößte weit die breite Brust und deutete mit dem Finger auf die Gegend des Herzens. Hier sah man noch die Stelle blaugelb unterlaufen, und ringsum fünf Wunden, wie von den Fingernägeln eines Mannes eingeschlagen; alle hatten geblutet und waren vom verhärteten Blute noch deutlich gezeichnet. Genau ließ sich die Stelle, wo der Daumennagel gelegen hatte, durch die größere Narbe und ihre gleichweite Entfernung von den vier übrigen Wundmalen erkennen. »Heißt das träumen?« sagte der Alte mit gedämpfter Stimme und bedeckte sich die Brust wieder.

Isenhofer wurde wunderbar zu Mute; seine Augen konnten ihn nicht täuschen und er wollte doch, seinen Augen zu Gefallen, nicht den Verstand weggeben.

»Nun sah ich ihn selber,« fuhr Rüdiger fort. »Jörg von Ende saß auf der Eisenkiste, worin die Truhe mit dem Schatze lag. Der Mond beschien seine eine Seite so klar, dass ich jedes Zucken seiner Mienen, jedes Haar

seines Kopfes deutlich sah. Ich bin kein Furchtsamer, doch bei dem Anblick empfand ich, dass sich mein Haupthaar vor Entsetzen empor-
sträubte. Darauf streckte er die Hand in den Mondschein aus und sagte:
Kennst Du den hier noch, Günther? ... Er zeigte mir meinen Ring, mit
dem grünen Smaragd darin, den er mir in Konstanz vom Finger gezogen
hatte, und drehte ihn links und rechts im Licht des Mondes. Ich erkannte
meinen Ring. Dann steckte er denselben wieder an seine linke Hand und
sagte: Keinen Stein, keine Perle sollst Du von meinem Eigentum vergeu-
den, meineidiger Günther, oder ich fordere Dir Deine Seele ab. Bilde Dir
morgen nicht ein, ich sei nicht bei Dir gewesen ... morgen hast Du zum
Wahrzeichen diesen Ring an der Hand. Wo ich bin, sage ich Dir nicht. Es
ist an Dir, Meineidiger, mich zu suchen; ich habe Dir nun den Sünden-
frieden aus der Brust gerissen ... Als ich dies hörte, ging ich zitternd zu
ihm, kniete vor meinem alten Herrn und Freunde nieder und sagte: Seid
Ihr es denn wirklich selber, oder ists Euer abgeschiedener Geist, der wegen des Schatzes umgeht? ... Er aber hob seinen Fuß gegen meine Brust,
und stieß mich mit solcher Gewalt, dass ich weit zurückflog und, mit
dem Gesicht gegen die Mauer geschmettert, die Besinnung verlor. Ich
lag des folgenden Morgens noch am Erdboden, als ich mein Bewusstsein
wieder erhielt; ich fühlte mich sehr schwach. Die Dielen des Gemaches
waren weit umher mit Blut beflossen; mein Gesicht war blutig; ich hatte
den Schmerz der Wunden auf der Brust. In meinem Gemach lag alles
unbegreiflich umhergestreut und die Übergabeschrift fand ich zerrissen
in meinem Blute.«

Isenhofer schüttelte, als der Alte schwieg, den Kopf, wie einer, der mit
sich selber uneins ist. »Indessen könnte es doch ein Traum, ein Delirium
mit dunklem Bewusstsein gewesen sein,« sagte er zu Herrn Rüdiger.
»Euer Geblüt mochte vom Gedanken an die vergangene Zeit vom
Schreiben und Nachdenken erhitzt sein. Ihr fühltet Fieberangst, hörtet
Stimmen, empfandet Schmerz, kralltet vielleicht bewusstlos unter
krankhaftem Weh Eure eigene Faust in Euer Fleisch, spranget aus dem
Bette, träumtet mit offenen Augen, richtetet die Zerstörung an, während
Euch die Einbildungskraft im Fieberwahn Gespenster zeigte, bis Ihr in
einer Art Betäubung Euch das Gesicht an der Wand zerschluget und in
starker Verblutung ohnmächtig hinfielet. Es könnte doch sein, Herr Ritter, denn Krankheitszustände dieser Gattung gehören nicht zu den un-
erhörten.«

Der Alte verneinte dieses mit stillem Kopfschütteln; er hob die Hand
und zeigte an derselben einen dicken goldenen Ring, in dessen Kästlein
ein grüner, zierlich geschliffener Smaragd mit der Trüllerey Wappen zu

sehen war. »Da ist der verheißene wieder an meiner Hand,« sagte Herr Rüdiger. »Vor achtundzwanzig Jahren zog ihn mir Jörg von Ende vom Finger, jetzt trage ich ihn wieder.«

Verblüfft starrte der weltkluge Waldshuter bald den verhängnisvollen Ring, bald den Nachbar an. Sein Verstand quälte sich vergebens, den Knoten des grauenvollen Rätsels zu lösen, und er behielt doch die feste Überzeugung, dass hier Selbsttäuschung oder Betrug obwalte. In diesem Widerspruch mit sich verzog er die Miene zum Lachen über sich selber. Rüdiger bemerkte es mit verdrießlichem Blicke und sagte:

»Du zweifelst noch an der Wahrheit?«

»Verzeiht, Herr Ritter.« antwortete Isenhofer. »Mein eigener Verstand wird mir lächerlich, wie ein Schulbube, der vor einem Taschendiebe mit Entsetzen Reißaus nimmt. Seid Ihr gewiss, dass Ihr in jener Nacht den Jörg von Ende und keinen andern bei Euch saht? Woran erkanntet Ihr ihn sogleich und so bestimmt?«

»An seinen Gebärden, an seiner Stimme, ich möchte sagen, an seiner Kleidung sogar,« antwortete Rüdiger. »Er war ganz so, wie ich ihn immer gesehen hatte.«

»Nun denn,« schrie Isenhofer lebhaft, »so konnte das der Freiherr nicht sein, sondern Eure Einbildungskraft entlehnte dessen Gestalt aus Eurem Gedächtnis. Bedenket Ihr nicht, dass der Mann, welcher vor achtundzwanzig Jahren erst fünfunddreißig alt war, jetzt ein Greis von dreiundsechzig sein müsse?«

Herr Rüdiger wurde durch diese einfache Bemerkung sehr überrascht. Er schaute ein Weilchen sinnend, und an sich selber irregeworden, ins Blaue hinaus, dann sagte er halblaut: »Aber dieser Ring, er ist doch wahrhaft der, welchen ich dem Freiherrn einst gegeben.«

»Und Ihr hattet ihn morgens nach der Erscheinung am Finger?« fragte Isenhofer.

Der Ritter antwortete: »Das nicht, aber am Abend desselben Tages, als ich unter der Pforte meines Turmes stand, stürzte ein hässliches Zigeunerweib in den Freihof, das von den Stadtknechten verfolgt wurde, weil es ein Huhn gestohlen hatte. Wegen so unehrbarer Sache wollte ich der Hexe keine Freistatt gewähren; sie aber betrachtete mich scharf mit den schwarzen Augen und sagte: Sei gegrüßt, Herr Günther von der Weide! Wenn Du mich aus dem Freihof stößest, hast Du Dein Glück verstoßen. Du kennst mich nicht, aber ich Dich an der Schramme über der linken Augenbraue. Weißt Du, wir sahen uns im alten Bauernhause, da Du die

Truhe von Grimmenstein verstecktest und das Schloss des Jörg von Ende abbrannte. . . . Isenhofer! Da erstarrte ich, als das Weib solches sprach. Es nahm meine Hand und betrachtete darin die Linien und sagte: Du suchst Verlorenes, ich bringe es Dir, wenn Du mich verbirgst und aus den Händen der Verfolger rettest. Du hast Kummer, ich kenne das Kräutlein dafür . . . Ich verbarg darauf die Ägypterin in einer verborgenen Kammer des Turmes. Da fragte ich: Wenn Du wahr redest, so zeige mir das Verlorene, was ich suche . . . Sie übergab mir grinsend den Ring, welchen sie in einem Walde bei Winterthur gefunden zu haben vorgab, und als ich in sie drang, mir zu sagen, von wem sie wisse, dass er der meinige sei, sagte sie: Vom Wappen über der Pforte des Freihofes.«

»Die Diebin hat ihn gestohlen,« rief Isenhofer, »doch ein seltsamer Zufall . . . oder wenn Ihr lieber wollt, ein Werk der ewigen Vorsicht ist's, dass Euch der Goldreif zukam, während Ihr die Nacht zuvor im Rausche des Fiebers Dinge träumtet und saht, welche Euch beinahe schon dreißig Jahre lang gefoltert hatten.«

»Nenne es, Meister, wie Du willst,« sagte Herr Rüdiger, »hier ist aber eine furchtbare Hand geschäftig! Auch ich glaubte, die Zigeunerin habe den Ring entwendet, und wem anders, als dem Freiherrn Jörg? Sie leugnete beharrlich, selbst als ich mit Folter und Galgen drohte; doch behauptete sie, ihm noch vor mehreren Monaten in Eglisau begegnet zu sein, und, wenn ich ihr zur Freiheit helfe, ihn zu finden; denn das sei mein Kummer, dafür sie das Kräutlein kenne.«

Ungläubig lächelte Isenhofer und sagte: »Ich kenne dies Gesindel, es lebt vom Wahrsagen, aber nicht vom Wahrreden.«

»Doch ich muss dem Weibe vertrauen,« entgegnete Rüdiger, »denn es hat mir viele Geheimnisse entdeckt. Dessen ungeachtet kann ich mir vorstellen, wie dies ägyptische Volk, das überall umherzieht, alles erforscht und erspähet, und sich auf Kreuzwegen, in Feld und Wald begegnet, was es wissen will leichter denn wir anderen auskundschaftet.«

»Wo ist die Zigeunerin geblieben?« fragte Isenhofer. »Ihr ließet sie entwischen? Die Hexe weiß ohne Zweifel mehr vom Freiherrn Jörg, als sie für gut fand, Euch zu sagen.«

»Ich gab ihr die Freiheit, nachdem ich sie lange verpflegt hatte,« erwiderte der Ritter. »Entdeckt sie den Aufenthalt des Freiherrn, hat sie ein reiches Geschenk zu erwarten. Sie weiß mich jederzeit zu finden, so wie auch Gangolf in Aarau von meinem Aufenthalt stets Nachricht hat. Beim Heere der Eidgenossen vor Rapperswyl, wo ich den unglücklichen Jörg suchte, wie auch im Lager vor Greifensee ist er nicht. Doch habe ich Spuren, er wäre in ein schwäbisches Kloster gegangen. Dahin will ich jetzt. Für mich ist auf Erden keine Rast, es drängt und treibt mich Tag und Nacht; ich bin unstet, gleich dem ersten Brudermörder. Und erhalte ich Gewissheit vom Tode des Freiherrn, dann bleibt mir nichts übrig, als der Zug nach Rom.«

Hier schwieg der Greis, welchen seine alte Bangigkeit wieder zu überfallen schien. Er schloss seine dürren Hände krampfhaft in einander und starrte mit erstorbenen Blicken vor sich hin. Isenhofer verfiel in ein langes Nachdenken über die seltsame Begebenheit, welche ihn zum Gewerbe der irrenden Ritterschaft einlud. Er bemerkte wohl, dass der alte Herr durch die Vorwürfe des Gewissens krank am Gemüte geworden, dabei, wie jeder Unglückliche, abergläubisch sei, und nicht immer die kürzesten Wege zum Ziele wähle.

»Euer Geheimnis bleibt und stirbt mit mir,« sagte er endlich zum Ritter. »Ich verlasse Euch nicht, bis Ihr getröstet seid, aber, alles wohl erwogen, gewährt mir eine Bitte: beurlaubt mich bis zum dritten Tage. Ich mache eine Reise nach Aarau zu Gangolf, um mancherlei mit ihm zu bereden. Sobald ich zurückgekehrt sein werde, lasset uns vor allen Dingen von hier ins Rheintal und nach Schwaben gehen, um sämtliche nahe und ferne Verwandte und Bekannte des Freiherrn Jörg von End wiederholt auszuforschen, und erst dann als fahrende Ritter in der weiten Welt umherkreuzen. Ich wette, wir treffen, was wir jagen, ohne Hilfe der Zigeuner.«

Herr Rüdiger willigte nach einigen Bedenken in die Vorschläge und sie kehrten über die Wiesen zu Elsens Hütte zurück. Hemman Enderli führte bald darauf Isenhofers Pferd gesattelt vor, und der Meister von Waldshut eilte durch das Hügelland den Ufern der Limmat zu.

21.
Das Wiederfinden

Das Abendrot eines der schönsten Tage war schon verblüht, als Isenhofer über Baden nach Aarau gelangte und durch die engen Straßen des Städtchens in den altertümlichen Freihof einritt. Aus dem Turm Rore, der sich in der Dämmerung riesenhaft emporstreckte, trat ihm der Jüngling Gangolf zum gastfreundlichen Empfang entgegen und führte ihn in den hell erleuchteten Saal der Veste.

»Du bist mir höchst willkommen,« sagte Gangolf, »denn ich lebe wie ein Einsiedler und bewache mein Haus und die Stadt gegen Thomas von Falkenstein. Man vernimmt zwar nicht, dass er Rüstungen veranstalte; unsere Bürgerschaft ist indessen schlagfertig. Bringst Du mir neue Mär vom Kriege bei Zürich, Greifensee und Rapperswyl? Es soll da blutige Köpfe setzen, und von den Eidgenossen schon manche Burg und manches Dorf in das Nichts geschickt worden sein. Acht Tage lang und länger musst Du mir davon erzählen.«

»Lieber Junker, es sind mir bei Euch kaum acht Stunden vergönnt, versetzte Isenhofer, »denn, glaubt mirs, mich treiben ernste Geschäfte von hinnen. Frühmorgens in der Kühle reite ich über Laufenburg nach Waldshut, mein Haus vielleicht für geraume Zeit zu bestellen, und zum Pfingstmontage muss ich wieder bei Euerm Herrn Vater eintreffen.«

Beim heiteren Abendessen erzählte Isenhofer seine Erlebnisse, das unglückliche Ende des Freiherrn von Sax und die eigene wunderbare Rettung, welche seine Dankbarkeit dem greisen Rüdiger zuschrieb. Darüber wurde von beiden lange hin und her gesprochen; zwischendurch tat Isenhofer, wie von ungefähr, mancherlei Fragen, bald nach Gangolfs Vater, bald die Zigeunerin betreffend, ob diese seitdem im Freihof wieder erschienen sei, oder statt ihrer vielleicht ein fremder Reitersmann und anderes mehr. Gangolf bemerkte wohl, dass die Fragen auf das geheimnisvolle Schicksal und die Erinnerung seines Vaters Bezug hatten; doch drang er nicht weiter in Isenhofer, zu offenbaren, was er von Herrn Rüdigers unglücklichen Verhältnissen kenne, sobald jener erklärte, dass er eidlich angelobt habe, darüber zu schweigen. Es war tief gegen Mitternacht, als die Freunde von einander schieden, um sich einige Stunden des Schlummers zu gönnen, und kaum schimmerte das Felsenhorn der Gisuläflue am Jura im Morgenlicht über das Tal, da saßen sie schon beim Frühmahl beisammen, um die letzte Abrede darüber zu nehmen, wie sie sich oft und mit Sicherheit von einander Kunde geben könnten. Als Isenhofer über die Zugbrücke des Freihofs hinausritt, gab ihm Gangolf neben dem Pferde herwandernd das Geleit zum Stadtthor hinab, über die beiden Aarbrücken bis zu den Hügeln am Fuß des Gebirges

Die ganze weite Landschaft mit den schroffen Felsgipfeln des Jura, den Silberstreifen der Schneegebirge, den weichen Anhöhen und Hainen rings umher schwamm in zartem, durchsichtigem Duft, wie ein Zauberbild. Es sang unterm blauen Himmel die Lerche, am Bache die Amsel, im Gebüsch der Buchfink. Von der Blüte des Apfelbaumes wehte süßer Duft und von Zeit zu Zeit beugten sich die Halme und Blumen der Wiesen sanft zusammen, unter dem wollüstigen Wehen der Morgenluft, während von den Spätkirschenzweigen zartgefärbte Blüten, gleich schimmerndem Silber, herabfielen. Die Anmut des Tages und der Gegend lockte Gangolf, die Begleitung seines Freundes weiter fortzusetzen, als er anfangs beschlossen hatte. Als er vom Hügel, über welchen der Weg führte, rechts über Tälern und Gebüschen, unfern auf dem Kirchberg das weiße und graue Gemäuer der einsamen Pfarrwohnung und des Kirchleins sah, das seit dem zehnten Jahrhundert schon für die Andacht der benachbarten Ortschaften Küttigen und Bieberstein erbauet war, beschloss er, mit hinabzusteigen in das Dorf von Küttigen, welches, im Tale drunten, seine braunen Strohhütten zur Hälfte in einem Wäldchen krauser Obstbäume verbarg. Hier schied er von seinem Freunde, welcher den Weg über die wilde Staffelegg einschlug, die er vor zwei Monaten schon einmal überstiegen hatte, als er zum ersten Mal den schönen Hinz von Sax im Gefolge des Fräuleins Ursula erblickte. Gangolf aber wandte sich, links dem Dorfe, dem Fuße der hohen Wasserflue und des Benkenberges zu, wo ihm über dem Felsen die Fenster des Schlosses Königstein im Morgenschein entgegen glänzten. Er schritt pfeifend durch das stille Tal, in dessen Hintergrund sich Wälder und schroffe Felsen zusammendrängten, und stieg, ohne andern Zweck, als sich in der Frische des Morgens zu ergehen, den Schlossberg hinan. Droben, im Schatten breiter Ahorn und alter Linden, setzte er sich neben die Burgmauern, die weit hinauf von dunkelgrünen Ranken des Efeu umsponnen waren, ruhend nieder. Er verlor sich in ein behagliches Träumen, zu welchem die Seele am liebsten geneigt ist, wenn sie sich, von keiner Hoffnung und keiner Sorge bewegt, dem Genusse des reinen und harmlosen Lebens der Natur hingeben kann.

Das Gebell eines kleinen, schneeweißen Hundes, der schmeichelnd gegen ihn ansprang, dann ins Gebüsch zurücklief und bellend wieder hervorkam, erweckte ihn aus seiner Selbstvergessenheit. Das muntere Tierchen schien ihn durch viele Hin- und Hersprünge zur Begleitung aufzufordern. Er folgte ihm endlich auf einem schmalen, selten betretenen Fußwege, der durchs Gebüsch nordwärts lief, und über den Bergrücken jenseits in ein bewohntes Tal hinabführte. Das Hündchen sprang lustig über die Wiesen, über einen schmalen Bach hin, dann jenseits wieder bergan. Auch dahin folgte Gangolf mit behändem Schritte. Der Berg zog sich nur allmählich aufwärts, doch zu einer beträchtlichen Höhe, wo ein uralter Rottannenwald die breite Fläche des Bergrückens beschattete. Gangolf, so weit gelockt, folgte dem kleinen Wegweiser, da die Sonne schon heftig brannte, neugierig in den Schatten des Forstes. Nach einer Weile wurde es lichter um ihn; er kam an eine kleine Wiese und erblickte am Ende derselben im Schatten zweier hohen Eichen ein kleines Bauernhaus gelegen, von behauenen und in einander gefügten Baumstämmen ganz neu aufgeführt.

In selten besuchter, wilder Gegend den Spuren der schaffenden Menschenhand zu begegnen, spricht freundlich zu jedem Gemüt. Doch Gangolf's Aufmerksamkeit wurde plötzlich von einem ganz andern Gegenstand gefesselt. Neben der Stelle, wo er aus dem Walde hervorgetreten war, bildeten die blühenden Äste eines wilden Quittenbaumes, durchflochten vom Laube der Waldrebe und vom Grün und Rot eines dazwischen aufgeschossenen wilden Rosenstrauchs, ein vorhangendes Dach, in dessen leichtem Schatten ein junges Mädchen schlief. Eine große, schwarzbraun geschuppte Juraviper bewegte sich in engen Windungen über die Schlummernde hin, streckte Kopf und Hals gegen Gangolf aus und züngelte ihn drohend an, als wäre sie zum Schutz der Schläferin da. Gangolf erstarrte fast, als er, obgleich das Antlitz der Jungfrau, von ihm abgewandt, seitwärts auf dem Arm lag und vom vorgefallenen Goldgeflecht des Haupthaares zum Teil bedeckt war, dennoch die zarte, in das weite, aschfarbene Kleid verhüllte Gestalt, diesen schönen Kopf und im sichtbar gebliebenen feinen Kinn das Grübchen erkannte. Es war die Begutte Veronika.

Er sprang zur Seite, ergriff einen dürren Baumast, und verfolgte mit demselben die Schlange, welche von der Begutte hinweg durchs dünne Gras dem Dickicht zu floh. Mit wenigen Schlägen tötete er sie. Als er sich wieder zurückwandte, sah er die vom Geräusch erwachte Begutte aufgerichtet, in holdseliger Verwirrung vor sich stehen.

»Es war eine Schlange, die über Euch kroch,« sagte er halblaut und stammelnd. »Verzeiht meiner Verwegenheit, Euch gestört zu haben.«

Er schwieg und hatte nichts mehr hinzufügen können, denn er wagte kaum aufzublicken. Aber in diesem plötzlichen Verlegenwerden lag eine Beredsamkeit, welche wohl fähig war, die Furchtsamkeit der schüchternen Veronika zu mildern.

»Es muss wohl immer eine Gefahr sein, um derenwillen Euch Gott zu mir sendet,« erwiderte sie mit niedergeschlagenen Augen. Ein freundliches Lächeln umschwebte bei diesen Worten ihren Mund, und ein leises Vorneigen der Stirn schien der Ausdruck ihres Dankes zu sein.

Beide, ohne Zweifel gleich sehr durch das unverhoffte Zusammentreffen überrascht, fühlten ihre Zungen wie von unbekannter Macht gebunden. Gangolfs Herz schlug, er wusste selber nicht, ob aus Bangigkeit oder Entzücken. Und die Begutte zog sich bei der leisesten Bewegung des Jünglings scheu zusammen, wie die schamhafte Mimose, wenn sie von einer Hand berührt wird. Sie warf nur flüchtig ihre Blicke über die edle Gestalt Gangolfs, der ehrfurchtsvoller vor keiner Königin hätte stehen können. Es entspann sich endlich ein Gespräch von sehr gleichgültigen Dingen, währenddessen die Begutte mehrmals mit Unruhe die Augen nach der Hütte im Hintergrunde der Wiese wandte,

»Ist jenes Eure Wohnung in dieser Wildnis?« fragte er,

»Nicht unser Eigentum,« erwiderte sie. »Mein Vater hat Haus und Garten von einem Landmanne des Dorfes Erlisbach gemietet. Beliebt es Euch, mir zu folgen und auszuruhen? Der Tag wird heiß und Ihr habt Euch vielleicht in der Hard verirrt. Wollt Ihr Euch bei uns erquicken, so steht unser ländliches Mahl von Brot und Milch bereit.«

»Nur einen kühlen Trunk Wassers erbitte ich von Eurer Güte,« antwortete Gangolf, froh der empfangenen Erlaubnis.

Selig ging er ihr nach, dem die Einöde ein neues Eden war. Die hohen Tannen rings umher in ihrer finsteren Majestät schienen stolz darauf zu sein, das verborgene Paradies zu hüten. Als Veronika der Hütte nahte, säuselten ihr die Wipfel der halbtausendjährigen Eichen, welche von allen Seiten der bescheidenen Wohnung und über derselben ihre grünen Arme verschränkten, wie zum Gruß freundlich entgegen. Unter der niederen Haustür trat tiefgebückt ein langer, hagerer Mann hervor, den Gangolf am eisgrauen Haare und an den harten Zügen des Gesichts sogleich erkannte. Es war der Lollhard.

»Tretet gesegnet in den Schatten meiner Hütte!« sagte derselbe und reichte dem jungen Manne die knöcherne, dürre Hand zum Willkommen. »Welch ein Geschäft führt Euch diesen Berg hinauf, den man sonst selten besucht?«

Dabei lud er ihn ein, sich auf dem hölzernen Bänkchen unter dem Dach der Hütte niederzulassen. Gangolf nahm gern das ihm angebotene Ruheplätzchen an und erzählte, indem er seinen Namen und Wohnort nannte, welche Zufälligkeiten ihn in die Hard gebracht hätten, wo er die Jungfrau schlafend neben der Schlange gefunden habe.

»Es war eine laue, sternhelle Nacht,« sagte der Lollhard, »und das Kind durchwachte sie fast ganz mit mir unter Betrachtungen und Gebeten. Darum ist es von Müdigkeit überfallen worden. Warum aber erschluget Ihr die Schlange? Die Unschuld schlummert sicher, wie Daniel zwischen den Löwen, denn es wachen die Engel des Allmächtigen über sie.«

Veronika hatte sich schon entfernt, als der Jüngling sein Gespräch mit dem Alten begonnen, aber noch sah er sie, in seiner Einbildung, schlummernd unter den Weinrosen und silbern blühenden Quittenbäumen, und als der Greis von wachenden Engeln redete, strömte himmlischer Glanz über das ganze Bild. Bald darauf trat die Begutte aus der Hütte hervor, in ihrer Hand eine hölzerne Schale voll kristallhellen Wassers; sie ging damit zum Gaste und überreichte sie ihm schweigend und zitternd.

»Möge,« rief der Lollhard, als er den Jüngling trinken sah, »möge Euch bald, edler Herr, der Brunnen des Wassers, der das ewige Leben gibt, die dürstende Seele laben!« Er ging mit diesen Worten in die Hütte, um Brot herbeizubringen. Gangolf setzte nach einigen Zügen die Schale von den Lippen und blickte mit dankbarer Rührung zur Jungfrau hinauf. Sie stand vor ihm in stiller Demut, die Augen zur Erde gesenkt, das schöne Haupt, wie im stillen Sinnen, ein wenig seitwärts geneigt. Dann sah sie ihn an, wie er vor ihr saß, und wie ihr Blick in dem seinigen versank, löste sich ihr Ernst in ein unschuldiges, wahrhaft göttliches Lächeln auf, während das Rosenrot der Scham ihr ganzes Gesicht umfloss. Er aber, in der zitternden Hand die Schale, konnte die Augen nicht wieder von ihr wenden; sein Herz pochte; er wollte zu ihr sprechen; doch die Stimme erstarb ihm im Munde. Eine plötzliche Glut durchlief seine Glieder. Der Atem blieb ihm stehen, und als sich ein grauer Nebel vor seinen Augen auszubreiten schien, entfiel die Schale seiner Hand.

»Wie werdet Ihr so blass! Euch ist nicht wohl!« rief sie besorgt. »War Euch der Trunk zu kühl?« Sie fürchtete, er würde zusammensinken, und streckte schon die Hand gegen ihn hin. Das verneinte er; sich erholend, und mit stummem Lächeln den Kopf schüttelnd, ergriff er die Spitzen ihrer zarten Finger, führte sie zu seinen Lippen, und das entflohene Rot kehrte schnell auf seine Wangen zurück. Veronika aber trat zitternd und erblassend einen Schritt zurück.

»Mir ist wohl,« sprach Gangolf sanft, nahm die Schale vom Erdboden, stand auf und blieb vor Veronika unbeweglich stehen.

»Wenn ich jetzt, wo ich so glücklich bin, bei Euch zu sein, wenn ich jetzt sterben könnte!« sagte er endlich mit einem Blick zum Himmel, während der Greis mit Brot und Wein aus der Thür hervortrat.

»Sterben!« rief der Lollhard und sah, indem er das Brot und den irdenen Weinkrug auf ein Tischchen neben der Bank hinsetzte, den Jüngling voll Ernstes an. »Sterben, Herr Gangolf! Habt Ihr schon gelebt?«

Die Begutte wandte sich gesenkten Hauptes von den Männern hinweg und begab sich mit schwankendem Schritte in die Wohnung. Gangolf sagte: »Ich habe genug gelebt.«

»Irret Euch nicht, edler Herr!« sprach der Lollhard. »Traum ist kein Leben; Klarheit und Wahrheit im Leben ist nicht eigener Wille des Menschen, sondern nur das Wollen Gottes durch uns, denn nur in Gott ist Klarheit und Leben. Werfet ab die Banden des Schlafes, worin Welt und Teufel die Kinder der Menschen gefangen halten, und erwachet in Gott. Der Herr aber verleihe mir Kraft, Euch zu wecken; Euch vor tausend anderen, denn Ihr scheinet die Zeichen der Berufung und Erwählung an Euch zu tragen.«

Der Lollhard fuhr noch lange fort in diesem Geiste zu reden. Nachdem Gangolf diese Predigt eine volle Stunde, mit freilich geringer Andacht, angehört hatte, erwachte er in der Tat wie aus einem Traume, oder wie aus einem Rausche nüchtern geworden. Die schöne Begharde war nicht wieder gekommen, und seltsam genug fürchtete Gangolf, sie wieder zu sehen. Er hielt es für an der Zeit, die heilige Familie nicht länger in ihrer Einsamkeit zu stören, sondern sich auf den Heimweg zu begeben. Der Lollhard griff nach seinem Stabe, um den Gast eine Strecke zu begleiten. Indem sie aufbrachen, durchbebte ein wunderbarer Schauer das Innerste des Jünglings, als er von der Thür hinter sich ein Geräusch vernahm. Er sah zurück, doch die Vermutete war es nicht, sondern eine junge Bäuerin, welche aus der Hütte nach dem kleinen Garten ging. Als sie den Wald durchwandert hatten, senkte sich der Weg nach einem Tale, welches oben, am Ende des Gebüsches, zwischen Laubgehölzen und Felsen schmal, aber nach unten erweitert, den Berg hinablief. Sie wanderten an einem langen, verfallenen Gebäude vorüber, welches vor Zeiten, zur Benutzung für Kranke, die dort in einer Heilquelle baden wollten, errichtet war. Nicht weit davon erhob sich, in offenen Wiesen, am Fuße des grauen Felsens der Ramsflue, eine kleine, dem heiligen Laurentius geweihte Kapelle. Der Talkessel, ringsum von Wald umgeben, erschloss sich links gegen die Hütten des Dorfes Erlisbach. Hier verließ der Lollhard seinen jungen Freund, welchen er, nachdem er seine Predigt fortgesetzt hatte, schon wie einen Halbbekehrten betrachtete und den er wohlwollend ermahnte, zuweilen in die Einsamkeit der Hard zurückzukehren, wenn ihm daran gelegen wäre, seine verirrte Seele zu retten. Gangolf schüttelte ihm dankbar die dürre Hand und schlug die ihm wohlbekannten Wege seitwärts durch die finsteren Tannenwälder des Hungerberges ein, um schneller Aarau und den Freihof zu erreichen.

22.
Der zweite Besuch.

Einen heiligeren Abend, als den vor Pfingsten, glaubte Gangolf nie erlebt zu haben. Die Häuser der Stadt, die ländlichen Strohhütten am Gebirge, die Gärten, die Höhen und Täler nah und fern schienen in ein überirdisches Licht getaucht; die Wellen der Aar rauschten wie Gesang am Turm und an der Stadt vorüber, die Winde schienen mit leisen Engelsstimmen zu singen, die bewegten Zweige sich in Schauern der Ehrfurcht, die ganze weite Welt in Feierlichkeit vor dem unsichtbaren Gott zu neigen. Er war mehr als glücklich. Niemand besuchte am Pfingstsonntage mit tieferer Andacht als er die mit grünen Zweigen geschmückte und durchduftete Pfarrkirche der Stadt. Über sein Gemüt war die Fülle des Heiligen Geistes ausgegossen, wie vor Jahrhunderten über die Apostel und Jünger des Herrn. Reiche Almosen sandte er allen ihm bekannten dürftigen Haushaltungen der Stadt zu, einigen trug er es in großer Demut und Freude selber hin.

In seinem Erlebnis auf der Hard erblickte er eine übernatürliche Eingebung; die Gottheit selbst hatte ihn zu jener geweihten Einöde gesandt. Das weiße Hündchen, welches ihn geführt hatte, war nicht durch Zufall gekommen und verschwunden; und die Schlange, welche, wie ein böser Geist den Schatz, Veronikas Schlummer bewacht hatte, schien sich wie ein Sinnbild der missgünstigen Hölle zwischen ihm und dem Himmel gelagert zu haben. Doch war es eine gute Vorbedeutung gewesen, dass das giftige Tier von ihm erlegt worden war. Es zog ihn mit Sehnsucht nach der Einöde, aber er wagte es nicht, sie zu befriedigen. Er zitterte vielmehr vor dem Gedanken, die Heilige jenes Waldes wieder zu sehen; denn er fand sich unwürdig, ihr in seiner Unvollkommenheit nahe zu treten, ihr, die ihm an Schönheit und Heiligkeit des Sinnes, an innerer und äußerer Herrlichkeit über alle Kreaturen erhaben schien. Es vergingen mehrere Tage, ohne dass er sich etwas anderes erlaubte, als von seinem Fenstersitz im Turmsaal hinüber zu schauen in die dunkeln, übereinander hinaufragenden Berge jenseits der rauschenden Aar.

Zuletzt würde er sich in seiner Schwärmerei die einsame Bewohnerin der Hard als ein ätherisches Wesen im Umgang mit den Seraphim des Himmels vorgestellt haben, wenn nicht endlich die Sehnsucht seine Schüchternheit überwältigt und er sich nicht auf die Wallfahrt zur heiligen Höhe begeben hätte; doch geschah dieses nicht ohne langen Kampf mit sich selbst.

Als er jenseits des Hungerberges ins Tal niedergestiegen und in die Nähe der kleinen Kapelle des heiligen Laurentius gekommen war, wo eben in weiten Kreisen um den zerklüfteten Gipfel der Ramsflue ein Steinadler schwebte, befiel ihn neue Bangigkeit, ein wahres Zittern vor dem Herannahen des großen Augenblicks, wo er die Wiese und die Hütte unter den dicht belaubten Eichen sehen würde. Er stieg langsam den Berg hinauf; er trat mit Herzpochen in den ihm heiligen Wald; kalt und heiß, wie Fieberschauer, durchzuckte es ihn, als er in der Wiese die Hütte, welche wie von Engeln auf einem heiligen Lande hierher getragen zu sein schien, gewahr wurde, und ein Schwindel ergriff ihn fast, als er unter das hervorragende Strohdach trat. Er musste zuvor auf dem Bänkchen niedersitzen und Kraft und Atem schöpfen. Niemand war zu sehen, obschon die Thür der Wohnung halb offen stand. Eine Stimme, die er drinnen hörte, war weder der weiche Ton der Begutte, noch die knarrende, harte Stimme des Alten, eine fremde schien es zu sein. Darauf hörte er Tritte, eine schlecht gekleidete Pilgerfrau, bleichgelben krankhaften Gesichtes, in der einen Hand einen großen, weißen Stab und langen Rosenkranz, in der andern ein unansehnliches Reisebündel, verließ das kleine Haus. Das eine Auge schien ihr erst kürzlich durch ein Unglück verloren gegangen zu sein, denn neben dem darüber gebundenen schwarzen Bande erkannte man noch die Spuren des Blutes. Ihr, von einem breitkrempigen Hute bedecktes Haupt war größtenteils verhüllt, und ihr Mantel, nach Pilgerweise, mit einzeln darauf befestigten Austerschalen und andern Seemuscheln geschmückt. Hinter dieser betagten Wallfahrerin, ihr das Geleit gebend, trat jene junge Bäuerin aus der Wohnung. welche Gangolf schon das erste Mal hier wahrgenommen hatte

Es fiel ihm auf, dass das wallfahrende Weib bei aller Gebrechlichkeit, Ermüdung oder Altersschwäche, sobald es in's Freie kam, den Kopf so behände nach allen Seiten drehte, und ihn selber mit dem einen funkelnden Auge zweimal, flüchtig, doch scharf, beobachtete. Nicht minder erregte es seine Verwunderung, welche die junge Bäuerin unter der Thür mit ihm zu teilen schien, dass die schwankenden Schritte der Pilgerin beim Weitergehen immer mehr an Festigkeit gewannen und, auf der Wiese, bei zunehmender Entfernung an Schnelligkeit wuchsen. Plötzlich war die Alte im Gebüsch verschwunden.

»Wer ist diese Pilgerin?« fragte der junge Ritter die Bäuerin an der Thür.

»Ach!« antwortete die Befragte, welche sich jetzt erst von ihrem Erstaunen erholte. »Sie ist gar weit her; kömmt von den heiligen Örtern; sie versprach, für ein Almosen St. Johannes Evangelium für uns zu beten. Doch der Alte hier im Hause mag die herumziehenden Beter nicht leiden, er gab ihr eine harte Ermahnung, Brot und einige Angster, und hieß sie weiter gehen. Ich hatte Erbarmen mit der Frau, aber, segne mich Gott! ich glaube fast, es gehet bei ihr nicht alles natürlich zu. Wollet Ihr eintreten, Herr?«

Bei den letzten Worten hatte sich die Bäuerin von der Thür zurückgezogen, um ihm Platz zu machen. Er trat unwillkürlich ins Haus, auf dessen Herde ein halberloschenes Feuer brannte, Die Bäuerin öffnete seitwärts eine andere Thür und er befand sich in einem niedrigen Zimmer, dessen Wände und Decke mit feingehobeltem Tannenholze getäfelt waren. An einem kleinen, sauberen Tische saßen der Lollhard und die Begutte bei ihrem Mittagsmahle, welches in zwei irdenen Schüsseln aufgetragen war; in der einen ein Stück Lammbraten, in der anderen Brunnenkresse mit Essig und Nussöl.

Bei diesem Anblick, bei den freundlichen Begrüßungen und der dringenden Aufforderung, sich zu Tische zu setzen, wusste Gangolf kaum, wie ihm geschah. Es war ihm, als wiche ein lange dauernder Zauber von ihm. Statt der himmlischen Licht- und Glanzgestalt seiner Träume saß ihm nun ein schönes, zartgebautes, irdisches Mädchen an der Seite, welches die eben empfundene Überraschung mit einem Erröten bezahlen musste. In stummer Verwirrung und sprachlos blickte Veronika vor sich nieder, während er mutiger denn je, und sich selber unbegreiflich, sie einige Male betrachtete, um gewiss zu werden, ob sie es wirklich sei, oder ob er sich täusche, oder bisher sich getäuscht habe? Als sie aber, nachdem er sie angeredet, mit holdseliger Schüchternheit, und doch nicht ohne trauliches Wesen, antwortete, wurde er von neuem ungewiss, ob sie in diesem Augenblick, oder wie sie ihm in seinen Träumen, gleichsam vergöttert, erschienen war, liebenswürdiger sei? Er fand ihre und seine Verwandlung wunderbar, in jedem Falle aber war sie zu seinem Vorteil. Er begann die Sprache des Hausfreundes, oder wenigstens des Bekannten zu reden. Er nahm an dem einfachen Mahle teil, wiewohl es ihm fast eine Versündigung schien, in Veronikas Nähe einen Bissen zum Munde zu führen; auch kam es ihm beinahe unglaublich vor, dass die zarte Heilige gleich andern Sterblichen wirklich essen könne. Aber sie aß, wenn auch so wenig, dass ihr Mahl kaum einen Singvogel des Waldes gesättigt haben würde; und dabei lächelte sie ihn im Gespräch zuweilen mit verschämten Blicken an. Fast wollte es ihn bedünken, dass das Menschliche, worin sie ihm näher trat, weit göttlicher sei, als das Himmlische seiner Träume.

Nach Beendigung der einfachen Mahlzeit, welche sich durch Gangolfs Erzählungen von seinen Reisen, von seinen Bekanntschaften, von seiner Lebensweise im Freihof zu Aarau sehr verlängert hatte, faltete der Lollhard betend die Hände, fiel auf die Knie und senkte Arme und Stirn demutvoll auf den Fußboden des Zimmers. Auch die Begutte warf sich in einem Winkel des Gemaches betend nieder, und legte ihr Antlitz über die gefalteten Finger auf die hölzerne Bank. Der Ritter, den die andächtige Sitte rührte, folgte dem Beispiel. Er konnte nicht beten, und doch war sein ganzes Gemüt voll des Gebetes. Es ergriff ihn bei dem Gedanken an das höchste Wesen, vor welchem der Greis und ein Engel im Staube lagen, unaussprechliche Ehrfurcht und Wehmut. Er stammelte, mit dem Gedanken an den, der allgegenwärtig ist, leise drei Namen, die ihm teuer waren: den seines Vaters, den des Lollhard und Veronikas. Er stützte sein zur Brust gesenktes Haupt an die Wand, in frommer Selbstvergessenheit, so dass er noch kniete, als die andern schon aufgestanden waren. Ihr Geräusch rief ihn in die Wirklichkeit zurück.

Er stand nur erst halb gesammelt vor Veronika. Sie sah Tränen in seinen Wimpern, und blickte ihn mit sichtbarer Rührung, stumm und stilllächelnd an, Auch der Alte bemerkte Gangolfs nasse Augen. Er führte ihn an der Hand hinaus unter das Schirmdach, auf die Bank vor der Hütte, entschlossen, die Bekehrung des Jünglings, die er zum Heil für dessen Seele längst beschlossen haben mochte, keinen Augenblick zu verzögern.

»Ritter,« sprach er mit einem Tone von Herzlichkeit, der ihm sonst nicht eigen war, »es will mich bedünken, als habe Euch der Geist Gottes herausgeführt in diese Einöde der Hard, dass Ihr die höchste Seligkeit finden möget, nach der Euer innerstes Verlangen ist.«

»Ich selbst glaube es fast,« antwortete Gangolf verlegen und mit niedergeschlagenen Augen, denn er gedachte an eine andere Seligkeit als der Alte, und zitterte heimlich vor dessen Eröffnungen.

»So leget denn ab,« fuhr der Lollhard fort, »Eure weltliche Furcht, Eure Gefügigkeit unter die Gewalt der eingeführten Sitten des Lebens, Eure abgöttische Schätzung der Gefäße des Staubes, der steinernen Altäre und Tempel, der gelehrten und verkehrten Pfaffen und ihrer Baalslehren. Sehet hier, vom Wiesengrunde bis zum Firmament, den Tempel des Allerheiligsten, der nicht von Menschenhand gebaut worden. Schauet aufwärts zur Sonne und den Sternen, dort sind die wahren, ewigen Lichter. Eure Gebete sind die rechten Wallfahrten, Eure Seufzer die Heiligenfeste, alles andere ist Priestertrug von Anfang bis zu Ende. Werfet ab das Joch Eurer Vorurteile, Eurer Einbildungen von Geburt, Stand, Reichtum und Ehre. Lasset Euch nicht durch die Welt, nicht durch Euch selbst betrügen. Werdet frei, handelt wie die Macht des Geistes Euch treibet, und Ihr werdet, als wahres Kind Gottes, nicht mehr wollen, als was Gott in und durch Euch will. Es gibt keine Sünde, es gibt keine Hölle, als in unserer schnöden Selbstsucht und dem Verwachsensein mit dem Schein und Trug der Welt.«

»Wie werde ich das können?« fragte Gangolf, von der ihm frevelhaft scheinenden Frömmigkeit des Alten betroffen und verlegen.

»Ihr fraget,« antwortete dieser, »wie der reiche Jüngling Christum, den Herrn, unser Vorbild. Ich aber spreche: Waget es, streifet die Welt ab; gebet, was Ihr habet, den Armen, und seid reich; schleudert Stammbaum und Adel in die Flammen, und seid edel; verachtet, um in Gott zu wandeln, das Urteil der blinden, befangenen Menschheit, und Ihr seid göttlich und sündenlos, eine reine Ausstrahlung des Wesens aller Wesen. Der innere Mensch muss rein dastehen wie ein heiliges Feuer; alles Äußere ist Tod. Was kann Euch das Bespritzen mit Taufwasser, was Seelenmesse, was priesterlicher Ablass frommen?«

»Wie, seid Ihr auch wahrhaft ein Christ, oder ein Heide?« rief Trüllerey ganz erschrocken und rückte dabei etwas auf der Bank zurück.

»Höret mich an, ich will Euch ein Geheimnis offenbaren,« sagte der Alte halblaut, doch würdevoll. »Ein neues Weltalter ist nahe, das letzte vor dem Untergange aller Dinge. Nachdem Gott Vater in den Tagen des alten Bundes vergebens durch den Mund der Propheten, dann vergebens der Sohn durch die frommen Apostel zum sündlichen Geschlecht der Menschen geredet hat, wird nun, im dritten Alter der Welt, nach dem Ratschlusse Gottes der vom Vater und Sohn ausgehende Geist das ewige Evangelium offenbaren. Denn was der Allmächtige zweimal begonnen, kann er das unvollbracht lassen, und was sein Mund verheißen, kann das unerfüllt bleiben? Siehe, da sendet er nach Christum nun den Tröster der kranken Welt, den heiligen Geist.«

»Ich bin ein ungesattelter Theologe,« versetzte der Ritter, »und weiß nichts zu erwidern, doch möchte ich wissen, von wo Euch die Offenbarung der geheimen Dinge geworden sei?«

»Durch den Geist Gottes, der mich ergriffen und zu seinem Werkzeug erkoren hat,« antwortete der Lollhard mit Wärme. »Ich stand einst hoch, er stürzte mich in den Abgrund; ich war einst irdisch begütert, er schleuderte mich hinaus in Elend und Not; ich wurde durch die zärtliche Liebe einer Gattin getröstet, und er brach auch diese Naturbande, und ich weinte mit meinem Kinde über dem Leichnam einer Heiligen. Da verblutete mein Herz. Meine Tochter sandte ich in ein Kloster, um sie Gott zu weihen. Und doch vermählte ich mich wieder mit einem bösen Weibe, und verlor alles … alles! … Damals aber wandelte ich noch in Blindheit des Herzens, und wusste nichts vom Gotteslicht. Ich floh in die Einöden. Da erweckte mich der Geist zum wahren, inneren Leben, als ich des erleuchteten Predigers Johannes Taulerus Buch deutscher Theologie durchforschte und endlich zum rechten Verstande dessen, was Adam und Christus sei, gelangte. Dazu half mir insonderheit der gottbegeisterte Mann Niklaus von Buldersdorf, der mir das Licht des ewigen Evangeliums angezündet hat. Und ich erhob mich und ging aus der Einöde hervor, gerufen vom heiligen Geiste, nahm die arme Veronika aus dem Kloster, aus den Klauen des ehebrecherischen Roms. Wir besiegten die Welt, indem wir ihr entsagten.«

»Ihr nanntet vorhin den Niklaus von Buldersdorf,« sagte schaudernd der Ritter. »Wisset Ihr denn nicht, dass er von den zu Basel versammelten Vätern ergriffen, verdammt und in den Gefängnissen für die Flammen des Scheiterhaufens aufbewahrt ist? Sehet Euch vor, dass Ihr nicht den Ausgang dieses Mannes nehmet!«

Mit Erhabenheit, mit glänzendem Blick und Antlitz, worin der Schwärmerei überirdische Heiterkeit wirklich wohnte, erwiderte der Greis: »Was mehr, als dass sie den Leib töten? Wer sich des ewigen Seins erfreut, achtet des niedrigen Lebens wenig. Täglich sterben Tausende; warum soll es mir, der ich ewig bin, wichtig sein, ob ich zu diesen Tausenden heute oder morgen zähle? . . . Sie haben die Propheten des alten Bundes gesteinigt und getötet; sie haben Christum, die Apostel und Märtyrer gekreuzigt und getötet. Heute überantworten sie die Auserwählten Gottes den Flammen. Des Teufels Macht ist groß. Immerdar hat sich die abtrünnige Welt wider diejenigen gesträubt, welche zur Heiligung und Rückkehr ermahnten. Es ist keine Wahrheit, keine Freiheit, kein Recht oder anderes Kleinod von der Menschheit empfangen worden, ohne blutige Opfer. Herr Trüllerey! Ihr werdet mich Lobgesänge anstimmen hören, wenn die Scheiterhaufen ihr goldenes Gewölbe über meinem Haupte erglänzen lassen.«

»Wie? Möget Ihr Veronikas Schicksal vergessen? Wohin soll die Verlassene ohne Euch?« rief Gangolf mit der Stimme des Entsetzens.

»Wohin? Die Strahlen der Gottheit kehren in die Gottheit zurück,« antwortete der Alte mit erhabener Ruhe. »Aber ich sage Euch, der große Tag des Herrn ist vor der Thür. Die Stunden des zweiten Weltalters sind verlaufen. Der Morgen des ewigen Evangeliums graut und die leidende, seufzende Kreatur harret nicht länger auf die Ankunft des Reiches der Vollendung. Bereitet Euch vor! Die Messopfer, das Geplärre und die falschen Lehren Eurer Priester werden abgetan; die Völker treten zu Gott, anbetend im Geist und in der Wahrheit, Eure Burgen, Eure Kirchen sind unreine Gefäße; sie werden zerschlagen. In der Kindschaft zu Gott gibt es nur gleichverbrüderte Wesen; keinen Adel, keine Leibeigene, keine

Herren, keine Knechte. Das ist die Herrlichkeit des ewigen Evangeliums, dass die unmündige Menschheit zur Mündigkeit hingeführt wird und die teuflischen Erfindungen des Stolzes und der Habsucht zertreten werden im Staube.«

Gangolf starrte den begeisterten Priester des Evangeliums an, ungewiss, ob er ruchlos rede, oder höhere Weisheit vom Himmel offenbare. Endlich sammelte er sich und sprach: »Fürchtet Ihr denn nicht, dass Euch die heilige Kirche wegen Eurer vermessenen Rede in den Bann tue?«

»Fürchten,« erwiderte der Lollhard mit Hoheit, »fürchten die zerfallende, die zertrümmerte? Ihr habet keinen Gottesdienst, sondern Kirchen und Priesterdienst; ich habe Gott, Gott hat mich. Er ist der Kern und das Leben; alles andere ist tote Schale. Gott ist in allen Gestaltungen, im Seraph, im Baum, in dem verachteten Insekt. Ich tue keinen Schritt, Gott begegnet mir. Ihr wandelt noch in der Blindheit, Ihr kennet, Ihr sehet ihn nicht bei dem trüben Licht, dem Ihr mit Euren irdischen Lehren folget; Ihr betet nur Staub an. Ihr dienet dem Geiste mit totem, äußerem Gepränge. Nicht Moses, nicht Christus, der Gottessohn, lehrten, was Ihr in Euren Kirchen lehret und tut.«

Bei diesen Worten erhob sich der Alte plötzlich und sagte: »Nun ist's genug für heute. Ich sollte Euch wecken; Gott wird sich in Euch selbst offenbaren. Seid still; harret der Ankunft des Heiligen Geistes. Geht in Euch; er wird aus Eurem Innern zu Euch reden und Euch erfüllen, und was Ihr nachher tut, wird von ihm sein.«

Gangolf verweilte träumend auf der Bank und sann den sonderbaren Worten des Mannes nach, der sich entfernte.

Ohne Zweifel sind die Leser dieser Begebenheiten nicht minder als der junge Ritter über die wunderliche Frömmigkeit des Alten erstaunt. Indessen waren Schwärmer dieser Gattung in den Schweizergebirgen von jeher keine Seltenheit, und sie sind es bis auf diesen Tag nicht. In der Einsamkeit ihrer schönen Täler oder Alpenberge, umschwebt von den Bildern einer majestätischen Natur, hingegeben ihren eigenen Betrachtungen über göttliche Dinge, wurde ihnen der gemeine Kirchenglaube zu enge, und das übliche Gepränge des Gottesdienstes kleinlich. Sie feierten das höchste Wesen nach eigener Weise auf eine höhere Art in ihrem Gemüte. Bei den überspannten Vorstellungen dieser Schwärmer von innerer Heiligkeit und Einigkeit mit Gott, wurde ihnen das Irdische so verächtlich, dass sie in demselben nicht mehr sündigen zu können glaubten. Gemeinschaft der Güter und Weiber schien ihnen gar zu oft nur Rückkehr zur Unschuld des Paradieses und ein allzu vertrauter Umgang so wenig Sünde, als die Stillung des Hungers und des Durstes. So lebten viele, mit Verachtung aller Irrtümer der Welt, wie sie es nannten, auf Bergen, in Dörfern und Weilern, als Klausner, oder ohne Heimat, wie die zahllosen Lollharden, Begharden, Begutten und Beguinen. Einzelne wohnten selbst in Städten, häufig in Bern und Freiburg; taten den Armen Gutes; bauten Siechenhäuser und den Wanderern Herbergen. Schon im zwölften und bis zum vierzehnten Jahrhundert wurden sie mit Vermögensentziehung, Gefängnis und Hinrichtung aufs Schwerste und vergebens verfolgt.

Dem jungen Ritter aber wurde es nichts weniger als leicht, in seinen Betrachtungen über die Reden des Einsiedlers der Hard das theologische Durcheinander zu entwirren. Wie, dem Spruchwort zufolge, Narren und Kinder die Wahrheit sagen, oft überraschend klar und derbe mitten unter kindischen Albernheiten oder närrischen Grillen, so schien es ihm auch hier zu sein. Mit seinem Kirchenglauben, den er weder zu zergliedern noch zu verfechten Neigung fühlte, ganz wohl zufrieden, überließ er das Geschäft gern andern. Nur konnte er die Neugier nicht unterdrücken, zu erfahren, ob auch Veronika, die eben aus der Hütte hervortrat, gleich ihrem Vater das nahe Reich des ewigen Evangeliums erwarte, und wie sich die ihm sonderbar erscheinende Gottesgelahrtheit desselben, von ihren schönen Lippen gepredigt, ausnehmen möchte. Er gesellte sich mit heiligem Beben zu ihr, als sie ihn einlud, in den Schatten des Waldes, dicht hinter der Hütte, erfrischende Kühlung zu suchen. Es war hier von der Natur, unter dem Laubgewölbe hoher Buchen, deren Stämme, weiß und dunkel gefleckt, eine weite erhabene Säulenhalle bildeten, ein geräumiger Gang, wie zum Lustwandeln eingerichtet, geschaffen.

»Ich bin froh,« sagte er, »mich an Eurer Seite zerstreuen zu dürfen, denn ich war im Nachdenken über die Mitteilungen Eures frommen Vaters ganz verloren. Er erwartet eine wundervolle Zeit. Ich habe ihn aber nicht vollständig begriffen, und keine Klarheit in dem gefunden, was er von göttlichen Dingen lehrte

»Ihr werdet auf diese Klarheit wohl nicht hoffen dürfen,« sagte Veronika, ernst vor sich niederblickend. »Wir sehen hienieden nur in einen dunkeln Spiegel; aber wir haben ja alle das Gefühl der Gottheit in uns, weil wir aus der Gottheit sind und zu ihr gehören. Und bleiben wir eins mit ihr, ists genug zu unserem Heil. Alles andere ist Staub, oder ein Gebilde menschlicher Vorstellung: wir wissen nicht, was das Wahre ist; ich selbst weiß es nicht. Eins weiß ich aber, was wahr ist; doch ich habe keine Zunge, das auszusprechen.«

Gangolf, dem die Rede der schönen Begutte herrlicher klang als Saiten-
spiel, verstand jedoch von ihren religiösen Ansichten noch weniger, als
vom ewigen Evangelium des Lollhard. »O, dass Ihr das aussprechen
könnet,« sagte er. »Ich möchte alles und nichts anderes wissen und haben, als Ihr; dann würde ich mich selig nennen.«

»Ihr habt es,« erwiderte sie, und ein sanftes Lächeln flog, wie ein heller
Sonnenstrahl, über den Ernst ihrer Mienen.

»Was habe ich denn?« fragte er etwas verlegen.

»Was ich habe: Euch selbst und das Bewusstsein Eurer eigenen, ewigen
Göttlichkeit, wie ich mich meiner und meines ewigen Ingottseins bewusst bin. Ja, wir sind göttlichen Geschlechtes; alles Übrige bleibt nicht
uns, sondern dem All. Gott ist das All, und in dem All offenbar. Leib
und Seele sind nur Umhüllungen, Werkzeuge, Formen für das Göttliche
in uns, und gehören nicht zu uns.«

»Wie?« rief Gangolf überrascht, indem er stehen blieb und seine schöne
Lehrerin mit erstauntem Blicke ansah. »Also nach dem Tode gehen Leib
und Seele, selbst die Vernunft, und alles unter. Was bleibt denn?«

»Ihr, der Gottessohn; Ihr, der Ewige; Ihr, wie ich, das göttliche Selbst,«
sagte Veronika und blickte mit Anmut und Würde dem Ritter in die
Zweifel verratenden Augen. »Alles, was aus dem unendlichen Schatz
Gottes, aus der Natur genommen ist, was Ihr mit allen ähnlichen Wesen
gemein habt, fällt nach Eurer Entwickelung in den unendlichen Schatz
zurück. Ihr fühlt und wisst es ja, Ihr selbst seid nicht die Vernunft, sondern Ihr habet sie nur, wie alle Menschen. Wäret Ihr selber die Vernunft,
so wäret Ihr nicht Ihr, sondern ein sich unbewusstes, willenloses Gesetz.
Ihr seid nicht die Seele, Ihr habet sie, wie alle fühlenden Geschöpfe, wie
auch die Tiere. Ihr seid nicht der Leib, sondern Ihr habet ihn, wie alle
Pflanzen. Ihr unterscheidet Euch von allem, was außer und in Euch ist,
als etwas Anderes, Besonderes, Höheres, Selbständiges, in Fremdes ein-
gekleidetes Göttliches. Alles bewegt sich und ist innerhalb der Gesetze
der Natur, welche die Gedanken Gottes sind; die Vernunft ist das Natur-
gesetz unseres Ichs. Er aber, der Allordner, ist höher denn alle Vernunft.
Eben das Bewusstsein unserer Selbständigkeit, unseres Verschiedenseins
von allem ist die Bürgschaft unserer göttlichen und ewigen Natur.«

Der Jüngling fühlte sich bei diesen wunderbaren Reden der Begutte
wie von einem Schwindel befallen; er wusste selbst nicht, ob wegen ihrer
seltsamen, unverständlichen Äußerungen oder wegen der fast überirdischen Hoheit, in der sie, wie eine Prophetin, lehrend und das Geheimnis
Gottes offenbarend, vor ihm stand. Eine milde, warme Röte glänzte von

dem schönen Antlitz und das vom Hauch der Abendluft bewegte gold-braune Haargelock bildete eine Art Heiligenschein um ihr Haupt.

Als sie die Betroffenheit und Verwirrung Gangolfs bemerkte, legte sie die beiden Flächen ihrer kleinen Hände wie betend gegen einander und an ihre Brust, schlug die Augen demutsvoll nieder und sagte mit in-brünstiger Überzeugung. »Lasset uns gut und heilig sein wie der Gute und Heilige, zu dem wir Abba rufen!«

»Ihr möget es wohl sein,« antwortete der Jüngling gerührt und seuf-zend, »ich aber bin ein sündiger Mensch. O, dürfte ich Euch immer hö-ren und mich durch Eure Nähe heiligen. Vielleicht würde ich zuletzt verstehen, was Ihr, wie aus fernen Himmeln, zu mir redet.«

»O edler Herr, wollet Euch nur selber verstehen, dann verstehet Ihr das, was aus den Himmeln redet, denn Gott offenbaret sich in uns, wie er sich vor uns in allen Heiligen und Sündern offenbart hat, Ihr wisset es besser denn ich, warum sollte ich's Euch sagen? Horchet nur auf die Stimme der ewigen Liebe aus den Himmeln.«

»Ich höre sie ja; ich höre sie ja von Euren Lippen, o Veronika, und alle meine Sinne horchen in mir auf.«

»Gott spricht auch zuweilen durch den Mund der Sterblichen; doch ich bin nicht würdig, des Herrn Werkzeug zu sein.«

»Und doch seid Ihr es, fromme Veronika, denn Eure Macht über mich ist nicht ganz menschlicher Natur. Ich fühle mich, wenn ich bei Euch bin, wie aus mir selber herausgerissen, und fern von Euch ist meine ganze Seele von Euch erfüllt. O versuchet es und gebietet, was Ihr wollet.«

»Ach, wie glücklich würde ich arme Magd Gottes mich preisen, wäre ich die Erwählte, Euch, mein edler Herr, der Vergänglichkeit zu entzie-hen und dem Ewigen und Göttlichen zu gewinnen. Ja, Euch, nur Euch! Mein Beruf auf Erden wäre erfüllt.«

Die Begutte sagte diese Worte mit einem inbrünstigen Blick zum Him-mel und mit einer Unschuld, wie sie kein Raphael seinen Madonnen gibt. Gangolf stand mit gefalteten Händen, mit demutsvoller, frommer Ergebung und mädchenhafter Ehrfurcht vor der Priesterin der ewigen Liebe. Sie schien ihm wieder die Göttliche seiner Träume zu sein, von allem Irdischen entbunden. »Was fordert Ihr,« sagte er, »dass ich tun müsse, um Eurer Huld würdig zu werden?«

»Nicht meiner Huld, sondern der Huld Gottes! Selbst das Leben für sie darzubringen, muss Euch leicht sein.«

»Das Leben? Ach, Veronika, das Opfer unseres Lebens ist bei weitem nicht das schwerste aller Opfer. Gebietet, wann, wie, wo muss ich sterben? Ich habe ja den Tod oft nahe gesehen.« Er sagte das so treuherzig und fest und entschlossen, dass die Begutte fast erschrak und ihn mit Bestürzung ansah.

»Wie meint Ihr das?« fragte sie mit ungewissem Tone, in welchem es ausgedrückt war, dass sie ihn nicht verstanden zu haben glaube.

»Ich will sterben; ich habe immer Sehnsucht nach dem Tode,« erwiderte er. »Seid Ihr der Engel meines Todes; winket mir. Ich sterbe rein und gut, und gehe zu Gott.«

»Ritter!« rief sie bestürzt und machte eine Bewegung, als müsse sie ihn aufhalten. »Warum sterben? Wie könnte ich Euern Tod wollen?«

»Habt Ihr nicht mein Leben verlangt?« sagte er und blickte schüchtern zu ihr auf.

»Nein, so wörtlich hättet Ihr mich nicht verstehen sollen,« erwiderte Veronika. »Um alles Heiligen willen, wie könnte ich . . . nein, wär's Euch möglich, edler Herr, das von mir zu glauben?«

»Sollte ich an der Wahrheit Eurer Worte zweifeln?«

»Ich habe gefehlt, denn ich wollte das nicht sagen, sondern nur, Ihr müsset das Liebste zum Opfer bringen können und fahren lassen das Teuerste auf Erden.«

»Wie soll ich's zum Opfer bringen, wie fahren lassen?«

»Ich müsset es von Euch stoßen, verachten und vergessen.«

»Das kann ich nicht; das ist schwerer als der Tod,« sagte der Jüngling mit schwachem Kopfschütteln halblaut vor sich hin.

»Wie, könnt Ihr das nicht?« sagte sie mit kindlicher Gutmütigkeit, und sah ihn mit besorgten Blicken an, da sie eine geheime Traurigkeit an ihm wahrzunehmen glaubte. Doch erhob sie sich bald wieder im schwärmerischen Mut ihrer unbedingten Gottergebenheit und setzte hinzu: »Wenn aber Gott das Opfer verlangt, Ihr sollet und Ihr könnet es bringen, so werdet Ihr es!«

»Nein, nein, nein!« rief Gangolf mit abgewendetem Gesicht, als wollte er den Schmerz verbergen, den schon der Gedanke an die Möglichkeit des Opfers ihm erregte. »Nein, Veronika! Euch kann ich nicht verstoßen, nicht verlassen, nicht vergessen.«

»Ich rede nicht von mir,« sagte Veronika unbefangen.

»Aber ich von Euch,« versetzte Gangolf treuherzig, »und fordert es der Himmel, ich kann es nicht; Gott möge mir gnädig sein!«

Eine Träne fiel bei diesen Worten von seinen Augen. Er blickte nicht auf, er sah nicht, wie sie plötzlich erblasste und, von einem Schauer ergriffen, sprachlos die Hände faltete. Sie nahm endlich in ängstlicher Verlegenheit das Wort und sagte:

»Edler Herr, warum redet Ihr von Dingen, die ich nicht meinen konnte?«

»Ihr spracht von dem, was ich das Teuerste auf Erden nenne,« antwortete er ruhig, aber niedergeschlagen.

Sie erblasste abermals und sagte. »Ritter, geht!«

Er verbeugte sich und ging schweigend durchs Gebüsch nach den hohen Zwillingseichen neben der Hütte.

Als wäre sie selbst über die Gewalt ihrer Worte, oder über den stummen, widerspruchslosen Gehorsam des edlen Ritters betroffen, sah sie ihm erst eine Zeit lang mit starren, großen Augen nach. Dann streckte sie in ängstlichem Schweigen ihren Arm nach ihm aus, als könnte sie sein Verschwinden verhindern, tat unwillkürlich zwei kleine Schritte und rief. »Scheidet nicht zürnend!«

Er blieb stehen und wandte sich zurück.

»Wohin wollt Ihr?« sagte sie, langsam an ihn herantretend.

»In die Ferne, wie Ihr mir geboten habt,« antwortete er, zu ihr zurückkommend.

»Es ist nicht an Eurer Magd, edler Herr, Euch zu gebieten,« erwiderte sie. »Mein Vater ehret Euch: er sieht Euch gern, versagt ihm nicht die Freude, in seiner Einsamkeit Euch zuweilen zu sehen. Er ist mein guter Vater; lasset nicht mich die Schuld Eurer Entfernung tragen.«

Sein Antlitz erhellte sich bei diesen Worten und ein Wort der Freude oder des Dankes schien von seiner Lippe fallen zu wollen, doch verstummte er wieder.

»Nur eine Bitte an Euch vergönnet mir,« fuhr sie nach einer kurzen Weile fort. »Seid gut und heilig; täuschet nicht Euch um mich. Schwöret alles Irdische ab und redet nie zu mir, wie Ihr eben geredet habet. Nie, nie! Dürftet Ihr mir dies Versprechen geben?« sagte sie und machte, sich selber unbewusst, eine Bewegung der Hand gegen ihn, als müsse er's in diese Hand geloben. Er legte zitternd seine Hand in die ihm dargebotene. »Ich werde schweigen und gehorchen,« sagte er, aber er ließ die

Hand nicht fahren, und obwohl er schwieg, brach er doch, durch den Ausdruck seiner Gefühle, in allen Zügen und Bewegungen das eben abgelegte Gelübde, wie auch die Begutte, von einer geheimen Verwirrung überwältigt, vergaß, die Hand zurückzuziehen. Sie tat es endlich, doch fast zu spät. In einsilbigen Gesprächen gingen sie zur Hütte zurück, wo sie den Lollhard in einer langen Pergamentrolle lesend antrafen.

Den schönen Tag beschloss ein schöner Abend. Gangolf genoss denselben unter harmlosen Gesprächen mit dem Einsiedler-Paare. Als er von ihnen schied, begleiteten ihn beide durch den Wald, den Berg hinab bis zur St. Lorenzenkapelle unter der Ramsflue.

23.
Böses Begegnen.

Veronika wandelte an der Seite ihres Vaters schweigend zur stillen Höhe zurück. Sie konnte es sich nicht erwehren, ununterbrochen an Gangolf zu denken; und doch wendete sie wohl das Gespräch anderen Gegenständen zu, wenn der Lollhard sich in Lobsprüchen über ihn erging. Sie freute sich beim Wiedererblicken ihrer kleinen Wohnung der Einsamkeit und des Bewusstseins, sich selber anzugehören. Stumm und nachsinnend saß sie noch im schmalen Kämmerchen unter dem Dachgiebel, wo ein hartes Strohbett nebst kleinem Tischchen und hölzernem Schemel den größten Teil des Raumes füllten, als der Mond schon lange durch das enge Fenster schien. In ihrer Erinnerung wiederholte sie mit Wohlgefallen die Ereignisse des Tages. Ein Gedanke an Gangolf reichte hin, jene süße Beklemmung, jenen Schauer, jene wunderbare Selbstvergessenheit und das Entzücken in ihr zu erneuern, welches seine Gegenwart und Nähe durch ihr Wesen verbreitet hatte. Es wiederholte sich aber auch das Erstaunen und ihr demütiger Unglauben an seine Worte, durch welche er sie höher erheben wollte, als einem vergänglichen Geschöpf gebührt; obschon die Ehrlichkeit seiner Gemütsart ihr nicht gestattete, solche Erklärungen für Spott zu halten. Umso größer war der fromme Aufruhr ihres gottergebenen Herzens gegen das Begehren, dem höchsten Wesen eher das eigene Leben, als eine fremde Person zum Opfer zu bringen. Sie würde ihm gern ein wenig gezürnt haben, wenn sie des Zornes fähig oder er weniger gut gewesen wäre. Auch war ihre Brust voll von einer Teilnahme für den Jüngling, wie sie eine solche bisher noch für keinen andern Sterblichen gefühlt hatte. Sie sank auf ihre Knie und betete für ihn und seine Erleuchtung mit Inbrunst zum Himmel. Die Einförmigkeit der einsiedlerischen Lebenswege begünstigte die Beschäftigung ihrer Gedanken mit dem Bilde des jungen Ritters, sowohl bei den Verrichtungen des Tages, als in der Stille der Nacht. Als er am folgenden Tage kam, hatten ihre Augen vorher schon oft nach jener Stelle des Waldes hingeblickt, von welcher er auf die Wiese hereintreten musste. Als er nun wirklich hervortrat, bebte sie in sich zusammen und sah nicht wieder nach jener Richtung hin.

Von jetzt an kam er häufiger; doch je öfter er die anmutige Wildnis besuchte, desto näher trat er der Heiligen Familie, desto näher sie ihm, denn er teilte mit ihr Arbeit, Gebet und die Betrachtung göttlicher Dinge. Unterwegs in den Wäldern sammelte er für Veronika Blumen und Erdbeeren, oder er trug Kirschen und anderes Frühobst in einem Binsenkörbchen, das sie selbst mit kunstfertiger Hand geflochten hatte, von Aarau zur Hard. Bei diesem friedlichen Leben verbreitete sich über Gangolf's Gemüt eine Heiterkeit, wie er sie nur in den Tagen der ersten Jugend genossen hatte. Keine Erinnerung an die Vergangenheit, keine sorgenvollen Gedanken an die Zukunft lockten ihn aus der harmlosen Gegenwart. So verschwanden Wochen wie leichte Morgenträume.

Zu Veronikas Lieblingsvergnügungen gehörten früher hin einsame Wanderungen im Walde oder auf den Höhen der aneinander grenzenden Berge, gewöhnlich in Begleitung ihres Vaters oder der jungen Bäuerin, welche das Hauswesen der Hütte besorgen half, unternommen. Seit Gangolf öfter in der Hard erschien, lenkten sich diese Wanderungen mehr dem Tale zu, durch welches er zu kommen pflegte. Eines Tages, als sie dahin niedergestiegen war und vor der St. Lorenzenkapelle auf einem steinernen Bänkchen ruhte, während die junge Bäuerin in der Kapelle ihre Andacht verrichtete, hörte sie in der Ferne den Hufschlag mehrerer Pferde. Sie hob das tief vor dem Antlitz hängende Tuch und sah von dem Hügel von Erlisbach her, auf schneeweißem Zelter, eine schwarzgekleidete, weibliche Gestalt gegen das Bethaus herankommen, welcher zwei prächtig gekleidete Herren, mit hochwehenden Federn auf den Baretten, zu Pferde folgten. Ehe Veronika sich von ihrem Erstaunen erholen konnte, hielten die Reisigen schon vor der Kapelle. Die schwarzverschleierte Frau wurde von ihren Begleitern, welche Edelknaben zu sein schienen, ehrfurchtsvoll vom Zelter gehoben. Sie ging zum Bethause. Ungeduldig erwartete Veronika die Bäuerin, um sich in ihrer Gesellschaft zu entfernen, doch früher noch kehrte die verschleierte Frau zurück und sagte zu den beiden Reitern mit gebieterischem Tone: »Begebet Euch mit meinem Zelter ein wenig voraus, ich werde zu Fuße nachfolgen.«

Als sie vor der vermummten Begutte vorüberging, die sich mit ehrerbietigem Gruße vom Sitze erhob, blieb sie stehen, nahm aus der goldgestickten Tasche, welche an einer silbernen Kette vom Gürtel niederhing, ein Geldstück und reichte es der Begutte. Veronika lehnte die Gabe ab und sagte, sich verneigend. »Ich danke Euch, gnädige Frau! Wollet Eure Güte Bedürftigeren weihen.«

»Wohnst Du in dieser Gegend?« fragte die Mildtätige und schlug den Schleier vom Gesicht zurück.

»Ich wohne mit meinem Vater auf dem Berge,« antwortete die Begutte, und aus Ehrfurcht oder vielleicht auch ein wenig neugierig, die wohlwollende Frau zu sehen, schlug sie das grobe Tuch, welches den Kopf verhüllte, über die Stirn zurück.

Beide schienen gleich überrascht, als sie sich erblickten; am meisten aber die Fremde. Sie betrachtete mit ihren ernsten dunkeln Augen lange Zeit Veronikas Gesicht. Diese konnte den Blick kaum ertragen und sah verschämt zur Erde.

»Mich kennst Du schwerlich,« sagte endlich die Fremde, schärfer und spähender die junge Begutte beobachtend. »Ich bin die Freiin Ursula von Falkenstein.«

Veronika sah auf und betrachtete das schöne blasse Gesicht des Fräuleins mit freundlich stiller Ruhe, wie man unbekannte Personen anschaut, die man zum ersten Male sieht. »Gefällt es Dir, mich auf dem Heimweg zu begleiten?« fuhr das Fräulein zu reden fort. »Ich wohne nicht weit von hier, jenseits Erlisbach an der Aar, auf dem Schlosse Gösgen, der Burg meines Oheims.«

»Ich darf mich nicht so weit von der Hütte des Vaters entfernen,« erwiderte Veronika, »doch über die Talwiese Euch zu folgen, wage ich, wenn Ihr es gestattet.«

Während beide langsam fortgingen und im Gespräch oft stillstanden, suchte sich Fräulein Ursula mit weiblicher Neugier genau nach allen Verhältnissen Veronikas zu erkundigen, während die Tochter des Lollhard, ohne es zu ahnen, die ganze Unschuld und Liebenswürdigkeit ihres Gemütes entfaltete. Der Ernst des Fräuleins ging bald in eine schwermütige Freudigkeit über, und ihr anfangs etwas stolzer Ton, wie er Vornehmeren öfters eigen ist, verlor sich allmählich in das Herzliche, wie es mit einer beginnenden Zuneigung, oder einem Gefühle des Mitleidens, verbunden zu sein pflegt.

»O beneidenswürdiges Kind!« rief das Fräulein und warf einen Blick voll Trauer auf die Begutte, »Wie bist Du so glücklich, und bist doch nur die Betrogene. Gott beschirme Dich, Du wirst Dich nicht lange Deines Glückes freuen.«

»Warum nicht, gnädiges Fräulein? Gott will uns glücklich, so lange wir es sein wollen.«

»Sein wollen? Ach, das Glück liegt außer dem Bereiche unserer Kraft, gutes Kind! Gehorchte es dem Willen der Sterblichen, wer würde denn unter dem Himmel andere, als Freudentränen weinen?«

»Auch die Tränen, die der Schmerz verursacht, gehören zum Glück, gnädiges Fräulein, mehr oft, als die anderen. Man weint sie wenn man die eigene Untreue büßt, einsam im Weltall dastehend, das bessere wieder sucht.«

Das Fräulein blieb bei diesen Worten stehen und sah forschend in Veronikas helle, freundlich lächelnde Augen, Es wurde in ihr ein Argwohn wach, und die Befürchtung, Veronika wolle sich boshafte Anspielungen erlauben. Aber ihr schon gereizter Unwille legte sich beim Anblick der Ruhe des unschuldigen Gesichtes. Ursula hatte nicht den Mut, arges von diesem Kinde zu denken, welches kaum fähig schien, zu ahnen, wie böse die Welt zuweilen sei.

»Den Abfall vom göttlichen Vaterherzen; das Untergehen des Gemüts im Irdischen; das größere Halten und Hangen am Vergänglichen, als am ewigen. Wer sich mit ganzer Seele an das schmiegt, was vergänglich ist, muss er nicht immerdar leiden und bluten, weil er doch fortwährend den Verlust fürchten muss?«

»Bist Du so stark, Mädchen?« sagte Ursula betroffen und doch etwas ungläubig. »Hat Dein Herz noch nie an etwas anderem, als an Deinem Gott gehangen?«

»Dafür sei Gott, dass das geschehe!« sagte Veronika und sah der Fragerin klar ins Gesicht.

»O beneidenswürdiges Kind!« rief das Fräulein, und betrachtete abermals die Begutte schweigend mit Wohlgefallen und unwillkürlicher Ehrfurcht. In Veronikas Haltung, in allen Zügen der reinen Gestalt offenbarte sich jene jungfräuliche Zurückhaltung, welche noch nie von einem Funken leidenschaftlicher Wärme gestört worden ist und den Begierden der Männer, ohne sie zu verstehen, gebieterisch entgegentritt. Die hat er wahrlich nie geliebt, dachte Ursula bei sich, oder er fand doch kein Gefühl für Liebe in dem Kinde. Sie ist schuldlos.

Der Leser wird leicht erraten, was sie meinte; denn seit dem Augenblick, da Veronika bei der Kapelle das Gesicht vor ihr entblößt hatte, musste es ihr zur halben Gewissheit werden, diese sei die Begutte, welche sie zu Brugg für ihre Nebenbuhlerin in Gangolfs Liebe gehalten hatte. Doch wurde sie von stolzer Scheu zurückgehalten, Fragen zu tun, durch welche sie sich zu verraten und zu erniedrigen fürchtete.

»Bleibe in Deinem Glücke,« sagte sie gutmütig und fast herzlich zu ihrer Begleiterin, »bleibe es, so lange Du kannst!«

»Sollte ichs nicht stets können?« entgegnete Veronika.

»Du wirst es nicht,« entgegnete Ursula, »glaube mirs. Ich bin vielleicht nur um einige Jahre, doch um tausend Erfahrungen älter, als Du. Du redest noch die zuversichtliche Sprache des Kindersinnes. Einst sprach ich auch so, wie Du von Dir und der Welt sprichst, die Du beide nicht kennst. Höre mich und verlasse nicht ohne Not die Einsamkeit Deines Gebirges.«

»Warum, gnädiges Fräulein, warnet Ihr mich? Es ist doch sicher in dieser Gegend?«

»Du bist ein Lamm, nach welchem der Rachen der Wölfe lechzt,« antwortete das Fräulein. »Ich wollte, Du könntest mit mir gehen, gern wollte ich Dich retten.«

»Vor wem? Ich verstehe Euch nicht, mein Fräulein! Sollte man meinem Vater und mir nachstellen? Hättet Ihr davon gehört?«

»Wirst Du mir antworten, wenn ich Dich um wichtiges frage?«

»Ich habe nichts zu verhehlen.«

»Hast Du je einen Mann geliebt und ihn allen anderen vorgezogen?«

»Ja, meinen Vater, Fräulein!«

»Hatte nie ein anderer einigen Wert in Deinen Augen?«

»Ja, noch mancher andere. Ich habe sehr edle, sehr würdige Männer auf unsern Reisen gesehen.«

»Edle, würdige!« wiederholte Fräulein Ursula mit Spott und Bitterkeit in Stimme und Miene; dann fügte sie erregt hinzu: »Nenne keinen so, betrogenes Kind! Grundfalsch, boshaft und grausam sind sie ohne Ausnahme alle. Nur im hilflosen Kindheits- und Greisenalter sind die Raubtiere minder furchtbar, weil ihnen zum Zerreißen und Zerfleischen die Zähne mangeln. Sie kennen nur eine unbändige, wilde Begier; keine Zärtlichkeit, keine Liebe. Mit der Natur des hinterlistigen Fuchses schleichen sie nach Beute aus; ihr tückisches Herz freut sich schon im Voraus des Opfers, das fallen soll, und das sie dann im Blute liegend verlassen können, grausam und gleichgültig, wie der gesättigte Bär das zerrissene

Schaf. Fürchte, hasse dies ruchlose Geschöpf, in welchem alles Menschliche gänzlich untergegangen ist und nichts übrig geblieben ist, als das Tier. Vermöge seiner Körperstärke hat es sich zu unserm und der Welt Tyrannen erhoben, und fürchtet niemanden mehr, als nur sich selbst unter einander. Durch Stolz und Übermut ist der Mann zur Bestie verwildert.«

»Es gibt rohe, böse Menschen,« sagte die Begutte, »ich habe deren gesehen. Doch gestattet Ihr wohl Ausnahmen.«

»O, Du arglose Unschuld!« rief Ursula. »Ausnahmen? Keine, als in den Windeln und in der Ermattung des Alters. O, der wilde Teufel ist nicht der furchtbarste, man geht ihm aus dem Wege; doch der sanfte ists. Vor dem zittre, der mit dem Heiligenschein und im Gefolge aller Tugenden zu Dir tritt, und sich zum Spiegel Deiner reinen Sinnesart macht. Alles Spiel, alles Trug und Lug, um Lust und Tücke zu verstecken. Glaube mir, der Mann ist nur die Schale, bloße Schale; drinnen fault der Sodomsapfel schwarz und giftig. Er hat vom Menschen, gleich den gefallenen Engeln, noch Gestalt und Antlitz, und von den verloren Tugenden noch die heiligen Wörter behalten.«

Veronika horchte anfangs mit dem Ernst der Verwunderung und des Erstaunens, und trat zurück mit Grausen; darauf aber, als wolle sie durch ihre Empfindungen oder Zweifel die Rednerin nicht kränken, lächelte sie dem Fräulein holdselig zu, wie wenn sie wegen ihrer augenblicklichen Furcht Abbitte leisten müsse.

»Ach, gnädiges Fräulein,« sagte Veronika, »wie urteilt Ihr so hart. Doch ich glaube Euch; Ihr seid durch böse Menschen tief beleidigt; Eure schöne, blasse, ernste Miene sagts, Ihr habet Euren Frieden verloren. Flüchtet zu Gott, da findet Ihr alles wieder. Könntet Ihr doch die tote Pracht Eurer Schlösser mit einer Einsamkeit vertauschen, wie die unsrige. Man ist dort Gott um vieles näher.«

»Die Pracht der Schlösser ergötzt mich wenig,« erwiderte das Fräulein mit einem Seufzer. »In ein Kloster oder ins Grab möchte ich gehen, gleichviel wohin es sei. Wenn ich nur kein Gedächtnis hätte! Du aber jammerst mich, mein Kind! Darum gehe in ein Kloster, gehe bald, ehe Du wünschen musst, etwas vergessen zu können. Die gottgeweihten Mauern flößen ihnen wohl noch Scheu ein, diesen Teufeln.«

»Kalk und Stein? O, gnädiges Fräulein! Ein gottgeweihtes Herz ist stärker, als die stärkste Burg und Klostermauer. Ich zittere nicht vor der ganzen Macht der Hölle.«

»Armes Kind, noch kennst Du die Hölle nicht,« sagte Ursula mitleidig lächelnd, und sah sich nach ihren Edelknaben um, die einige hundert Schritte entfernt vor einem Gebüsch von Erlen und Weiden mit den Pferden hielten. »Ich muss Dich verlassen und Deinem Schicksal empfehlen. Gedenke meiner Warnung!«

»Ich will ihrer und Eurer gedenken, doch wir sind in Gottes, nicht in des Schicksals Hand,« sprach Veronika, verneigte sich zum Abschiede und küsste demutsvoll des Fräuleins dargebotene Rechte.

»Sehe ich Dich wieder?« fragte Ursula freundlich. »Vielleicht suche ich Dich in Deiner Einöde auf. Ist der Weg zum Berg hinauf für Pferde nicht zu steil?«

Veronika beschrieb ihr den Weg rechts der Ramsflue, durchs Tal hinauf bis zum Walde; man konnte ihn von der Stelle, wo beide standen, übersehen; dann beschrieb sie den Fußweg durch die Tannen bis zur Wiese und der Hütte unter den Eichen so genau, dass er nicht zu verfehlen war.

»Und finde ich droben, wenn ich komme, niemand außer Dir, der Bäuerin und Deinem Vater?« fragte Ursula.

»Zuweilen, doch nicht alle Tage, besucht uns ein edler Herr von Aarau,« antwortete die Begutte unbefangen.

Dunkle Röte flog über des Fräuleins Angesicht. »Also doch! Also doch! Nicht so, eine alte Bekanntschaft? Nenne ihn nur; Du darfst ihn mir schon nennen. Du hattest in Brugg mit ihm zu tun, vielleicht schon früher. Ich weiß, ich weiß. Schlich er sich unter seinem wahren oder erborgten Namen zu Dir? . . . Ich fragte nicht umsonst, denn am Manne, ich wiederhole es, ist nichts echt, als die Falschheit. Also, sein Name war?«

»Herr Gangolf Trüllerey,« antwortete Veronika, doch minder unbefangen, als das vorige Mal. Die plötzliche Röte und Leblosigkeit des Fräuleins von Falkenstein machte sie etwas schüchtern.

»Er sieht Dich oft, sagtest Du?« fuhr Ursula fort.

»Seit ihn mein Vater . . .«

»Dein Vater ist . . .« unterbrach das Fräulein mit Heftigkeit die bestürzte Begutte, dann aber mit schnell gewonnener Besonnenheit sich selber, indem sie in angenommener Ruhe hinzusetzte: »Ist vermutlich ein junger Mann. Ja, ich glaube es. Nicht so, und ein bloßes Ungefähr war es wohl, dass Ihr Eure Klausnerei ganz in die Nähe von Aarau verlegen musstet?«

»O Fräulein,« erwiderte die Begutte, »glaubet Ihr an einen allwaltenden Gott, wenn Ihr das Ungefähre glaubet?«

»Den Namen Gottes könntest Du füglich aus dem Spiele lassen,« versetzte mit verweisendem Tone das Fräulein. »Ich kenne Eure Beghardensprache, aber liebe sie nicht sehr. Sage mir lieber, ob Du mit dem guten Freunde schon in Brugg einverstanden warest, das Finde-mich-Plätzchen droben auf der Hard zu nehmen?«

Veronika, betroffen durch die unerwartete Verwandlung des Fräuleins, wagte kaum, etwas zu erwidern.

»Warum bleibst Du die Antwort schuldig?« fuhr das Fräulein zu fragen fort.

»Gnädiges Fräulein, weil ich Euch nicht ganz verstehe.«

»Desto besser verstehe ich Dich und bekenne, Dein Gesicht hat mich, nicht Dein Kleid getäuscht. Ich muss wahrhaftig über meine Einfalt lachen. Lachst Du nicht auch in Dir über meine Dummgläubigkeit an Dein Gesicht?«

»Nein!« antwortete die Begutte ernst.

»Ich würde Dirs nicht geraten haben. Also manche Woche schon treibt Ihr die Wirtschaft miteinander in diesen Bergen? Dass mich der scheinheilige Duckmäuser selbst in dem Punkt an sich irre machen konnte! Wo und wann saht Ihr Euch das erste Mal? Gestehe es nur; ich lasse ungestraft Dich ziehen. Fürchte nichts.«

»Ich fürchte Euch nicht, gnädiges Fräulein,« entgegnete Veronika mit ihrer gewöhnlichen Milde, doch verhehlten ihre Gesichtszüge nicht ein unwillkürliches Misstrauen, welches Reden einflößen mussten, die von einer Art Wahnsinn zu zeugen schienen.

»Den stolzen Trotz hast Du aus seiner Schule, dünkt mich,« sagte das Fräulein von Falkenstein. »Er steht Euch beiden eben wohl. Eins nur verlange ich von Dir zu hören; antworte, und dann hebe Dich weg von mir. Wo fand Dich jener Gangolf auf? Auf welchem Kreuzwege, in welchem Stall? Ich meine das erste Mal … ehe der meineidige Bösewicht mit Dir nach Brugg hinzog.«

»Fräulein,« sagte Veronika mit einem Unwillen, der ihr Gesicht rötete und die helle Stirn furchte, »ich verzeihe es Euch, wenn Ihr gut findet, mich zu misshandeln, was aber kann Euch bewegen, einen Unschuldigen zu lästern, den Ihr nicht zu kennen scheint?«

»Nicht zu kennen scheint? Nun denn, Begharde,« rief Ursula mit leidenschaftlicher Aufwallung, »der war mein Bräutigam, während er mit dir in der Welt umher fuhr!« Nach diesen Worten verstummte sie plötzlich und machte eine Gebärde bitteren Verdrusses, als ärgere sie sich ihrer Übereilung und Erniedrigung.

»Euer Bräutigam?« rief die Begutte mit unbeschreiblicher Bewegung des Erstaunens und Mitleids. »Euer Bräutigam? Ist es möglich, dass er Euch hätte verlassen können?«

»Verlassen, er, mich? Einfältige Dirne! Ich wies dem Elenden, den man die Frechheit hatte, mir aufzwingen zu wollen, . . . die Thür wies ich ihm . . . . Antworte auf die Frage, die ich an Dich gerichtet. Es steht mir schlecht an, mich mit Dir in Gespräche einzulassen.«

»O, mein Fräulein, verzeihet, ich bin außer mir. Ihr also, Ihr habt ihn verstoßen? Ihn verstoßen? Hat er, der so gut ist, Eure Ungnade verdienen können? Ist er's auch, den ich meine, von dem Ihr redet? Es ist wohl ein Irrtum und Missverständnis unter uns. Ich flehe Eure Gnaden an, mir nur ein Wort zu gestatten, nur eine Frage . . .«

»Schweig und gehorche; ich bin hier Gebieterin! Seit wann treibt er den ehrlosen Umgang mit Dir?«

»Fräulein, wollet Euren Zorn mäßigen, in welchem Ihr vergesset, was Ihr auch der ärmsten Magd schuldig seid,« rief Veronika ihr mit Hoheit entgegen.

»Seht doch die unverschämte Dirne!« sagte Ursula mit glühendem Gesicht, die Begutte verächtlich anschielend.

»Ihr seid nicht in der Stimmung mich zu hören, gnädiges Fräulein!«

Bei diesen Worten verneigte sich die Begutte tief und machte eine Bewegung, sich zu entfernen.

»Du bleibst! Nicht von der Stelle!« rief Ursula gebieterisch und deutete mit dem Finger auf den Platz vor ihr, welchen die Begutte verlassen hatte.

»Eure Gnade erlaubt mir, nicht länger der Gegenstand Eures Unwillens zu sein,« erwiderte diese, ihren Rückweg fortsetzend.

Das Fräulein ging ihr einige Schritte nach und rief: »Bleibe oder ich winke meinen Knechten, lasse Dich zwischen ihren Pferden gebunden nach Gösgen schleppen und in den Turm werfen!« In dem Augenblicke, als sie das gesprochen hatte, wandte sie sich um, den Knechten zu winken, wurde aber stumm und totenbleich, denn vor ihr stand Gangolf Trüllerey, der, vom Berg herab durchs Gebüsch gehend, nicht minder überrascht war, ganz unerwartet vor der ehemaligen Verlobten zu stehen, und wenige Schritte von dieser entfernt die Heilige des Gebirges zu erblicken. Er verbeugte sich tief, mit kalter Höflichkeit, vor der Erbin von Falkenstein, und wollte schweigend an ihr vorübergehen. Sie aber, ohne seinen Gruß zu erwidern, bedeutete ihm mit befehlendem Wink der Hand stehen zu bleiben. Veronika kam, sobald sie Gangolf gewahr geworden, zurück und sagte: »Gnädiges Fräulein, ich danke Gott, der Herrn Trüllerey sandte. Nun ist das Missverständnis gelöst: Ihr werdet mir nicht zürnen.«

»Ich bewundere Eure Vermessenheit, Herr Trüllerey,« sagte das Fräulein, ohne auf Veronikas Worte Acht zu geben, »dass Ihr Euch unterfanget, auf Grund und Boden des Hauses Falkenstein Euren Liebschaften nachzujagen.«

»Fräulein,« antwortete der Ritter, »Ihr seid in zwei Dingen übel berichtet. Ich jage keiner Liebschaft nach und stehe nicht auf Falkensteiner Boden. Dieses Tal bis zum Dorfbach zu Erlisbach gehört zum Twing und Bann der Aarauer Herrschaft Königstein. Habet Ihr für mich sonst einen Befehl?«

»Euch nicht wieder in diesen Gegenden erblicken zu lassen,« antwortete das Fräulein. »Das Gewissen wird Euch sagen, welcher Lohn den großsprahlerischen Verleumder meiner Ehre und der Ehre meines Hauses erwartet.«

»Ihr redet, hoffe ich, nicht von mir, Fräulein! Seit wir von einander schieden, gabt Ihr mir weder Stoff zum Loben noch zum Lästern.«

»Elender, aber brüsten konntet Ihr Euch damit, mich verworfen zu haben.«

»Das ist nie von mir geschehen.«

»Nie? Auch nicht in der öffentlichen Ritterversammlung in Seckingen, wo Ihr die Schamlosigkeit und Feigheit kröntet, und davon liefet, als Euch Landgraf Thomas züchtigen wollte?«

»Wer Euch das gesagt hat, hat beides gelogen.«

»Mein Vater und mein Oheim.«

»So logen beide.«

»Redet von den Baronen mit Ehrfurcht!« rief das Fräulein mit einem Blick, in welchem alle Flammen weiblichen Zornes und Stolzes funkelten, und indem sie auf ihre Knechte zeigte, fuhr sie fort: »Ich stehe nicht allein. Erkennet die Farben von Falkenstein. Ein Wink, erbärmlicher Prahler, und Ihr und Eure Dirne dort seid verloren.«

»Fräulein, ich darf Euch erlauben, mir zu drohen, aber nicht diesen tugendhaften Engel zu beleidigen,« fuhr Gangolf heftig auf.

»O des tugendhaften Engels!« rief Ursula mit lautem Gelächter. »Ich bekomme Lust, den Engel vor Euren Augen wegführen zu lassen. Wir dulden auf unserm Gebiet oder an den Grenzen unserer Herrschaft keine Strolche, als im Gefängnis oder am Galgen.«

Sie winkte den Edelknaben mit einem weißen Tuche. Schon längst aufmerksam auf die lebhafte Unterhaltung ihrer Gebieterin mit den beiden Unbekannten, sprengten sie auf ihren Pferden stürmisch heran.

»Fräulein!« rief Gangolf, und man sah, wie seine Muskeln schwollen, seine Stirnadern blau anliefen, seine Augen furchtbar blitzten. »Ich will nicht vergessen, dass Ihr ein Weib seid; vergesset aber auch nicht, dass Ihr mit Euren Leuten Euch auf Königssteiner Grund befindet. Begehet im Zorn keinen Frevel!«

Kalt und gebieterisch sagte das Fräulein von Falkenstein zu den herankommenden Reitern: »Ergreifet die Landstreicherin dort und bringet sie gebunden aufs Schloss.«

»Wehe dem Unglücklichen,« rief Gangolf, die geballte Faust erhebend, »wehe dem, der Hand an die Jungfrau legt; er ist des Todes!«

Die Reiter blickten verlegen auf den Jüngling, der in seiner kräftigen Gestalt, mit gehobenem Arm, zwischen ihnen und der Begutte stand, und mit dem Tode drohte, obwohl er unbewaffnet war. Sein mit Gold und Perlmutter zierlich ausgelegter Dolch. welcher an einer dicken Silberkette vom Gürtel niederhing, schien mehr zum Schmuck, als zum Gebrauch bestimmt.

»Ich befehle!« rief das Fräulein, mit dem Gesicht gegen die jungen Männer gewendet, mit der ausgestreckten Hand auf die Begutte zeigend.

Gehorsam setzten sich die Reiter in Bewegung. Da bäumte sich schnaubend des einen Ross hoch in die Luft, auf den Hinterfüßen rückwärtsgehend; das andere stürzte auf die Brust zu Boden, so dass der Edelknabe über den Hals desselben in den grünen Rasen schoss. Darauf stürzte mit schwerem Fall auch das Pferd zur Erde. Aus Hals und Brust beider Tiere quoll ein starker Blutstrom, denn Gangolfs Dolch hatte sich blitzschnell und tödlich in beide eingebohrt, Ursula sprang in Entsetzen zurück, als sähe sie einen Zauberspuk; Veronika stand in Angst und Gebet, bleich, mit gefalteten Händen und zum Himmel gerichteten Augen, unter den Zweigen einer Silberweide. Gangolf hielt den Dolch in seiner Linken; in der Rechten das dem Edelknaben aus der Scheide gezogene

Schwert. Während sich dieser betäubt und erschrocken von der Erde aufrichtete, lag der andere fluchend mit gequetschter Hüfte noch unter seinem zuckenden Pferde.

»Ihr scheint nüchtern geworden zu sein,« sagte Gangolf zum Fräulein, das starr und lautlos die blutige Verheerung sah. »Ich könnte und sollte Euch, als Gefangene, nach Aarau führen, denn Ihr habt den Landfrieden gebrochen. Doch nehmt Euren Zelter; reitet heim. Ich lasse Euch frei.«

Dann steckte er den Dolch ein, bog die Klinge des Schwertes, mit zur Erde gekehrter Spitze, bis das Eisen sprang, half darauf dem gequetschten Edelknaben unter dem verbluteten Pferde heraus, nahm dessen Schwert und brach es, wie das vorige. »An Eurer Hüfte soll kein Degen hangen,« sagte er zu den entsattelten Reitern, deren einer, wie ein Trostloser, noch immer sein verblutetes Ross betrachtete, indessen der andere leise fluchend und ächzend umherhinkte. »Euch gebührt nicht des Mannes Ehre; Stricke und Daumschrauben sind passender für Euch, die Ihr, statt wehrlose Jungfrauen zu schirmen, als Häscher und Henkersknechte wider sie dienet.«

Mit diesen Worten wandte er allen den Rücken, ging zur Begutte und führte sie den Weg zurück nach dem Gebirge.

24.
Fromme Unterhaltung.

Ursula und ihre beiden Knappen mochten ungefähr die betäubende Empfindung derer haben, zwischen welche unerwartet ein zermalmender Wetterstrahl niedergefahren ist. Keiner begriff im ersten Augenblick, wie das Unglück so plötzlich habe entstehen können. Man hätte es für Täuschung halten mögen, wenn nicht die Bruchstücke der Schwerter, die verendenden, an der Erde liegenden Pferde und die sie umgebenden Blutlachen dem Auge das Gegenteil gezeigt hätten.

»Ei, so schlage doch der blaue Donner dazwischen!« rief ächzend der Hinkende. »Was ist denn das hier, Josua? Mausetot liegen sie da, wie abgestochene Kälber, und so wahr ich lebe! mein Damaszener mitten voneinander. Plagt den Trüllerey der Satan, oder hat er dreitausend Teufel im Leibe, solche Wirtschaft zu treiben? Es hat ihm ja niemand einen Strohhalm in den Weg geworfen; warum sticht uns der Wegelagerer die Pferde nieder? Setze ihm nach, Josua, schlage ihn tot wie einen tollen Hund; denn wahrhaftig! Besseres verdient er nicht; auf mein Wort, schlage ihn tot. Wäre ich nicht kreuz- und lendenlahm, ich machte ihm auf der Stelle den Garaus; denn bedenke, er hat gar keine Waffen.«

»Ach Du schöne, treue Liesi,« seufzte Josua mit auf die Brust gesenktem Haupte und gefalteten, vor sich hingestreckten Händen in verzweiflungsvoller Betrübnis, »hätte ich das wissen können! O Du armes Tier, musstest Du durch Meuchelmord fallen! Hundertmal würde ich im ehrlichen Streite das eigene Leben für Dich daran gesetzt haben. Nun bin ich mein Lebtag nicht wieder froh. o Hubert, sieh her! Meine schöne Liesi ist hin. Kein Mensch war so verständig, so treu und freundlich, wie dieses edle Tier.«

Während die Edelnaben in weinerlichem Tone ihr Leid also klagten, stand das Fräulein unbeweglich, einer Bildsäule gleich, den Kopf gegen das Tal neben der Ramsflue gewendet, wo Gangolf mit der Begutte und der Bäuerin längst zwischen Gebüschen verschwunden war. Ursulas blasses, starres Gesicht schien von Alabaster geschnitzt; ihre Brust war ohne Atem. Der Wind wühlte in ihrem schwarzen Schleier, und warf ihn von Zeit zu Zeit, ohne dass sie es beachtete, flatternd über ihren Kopf. Auf Huberts Rat machte sich endlich Josua mit nassen Augen an die traurige Arbeit, Zügel und Sattelzeug von den toten Pferden loszuschnallen, um aus dieser Niederlage wenigstens das kostbare Geschirr zu retten. Während dessen erholte sich auch das Fräulein wieder von der Bewusstlosigkeit, in der sie mit Klarheit nichts mehr von dem, was außer ihr vorging, wahrgenommen hatte. Sie richtete die stieren Blicke auf die toten Tiere, dann auf die Diener, die Erinnerung in ihr wurde deutlicher und mit derselben die Empörung ihres ganzen Gemüts sichtbarer. Ihre blassen Lippen zitterten, ihre schönen Hände ballten sich krampfhaft, ihre vorhin toten Augen funkelten plötzlich, man hörte den heftig fliegenden Atem und die hingemurmelten, mit schauerlichem Lächeln begleiteten Worte: »Ja, bei allen Heiligen! Bis ich ihre Leichname mit Füßen trete und beider Blut meine Sohlen netzt!«

Dann wendete sie sich zu den Dienern hin und rief: »Bringet den Zelter herbei! Erbärmliche Gesellen, feige Schufte, Ihr! Ein einziger Mann warf Euch vom Pferde, brach Eure Schwerter, und Ihr muckset Euch nicht, Memmen! Habt Ihr für meine Ehre keine Faust, keinen Arm, so schleicht fortan wie räudige Hunde, von jedem gestoßen und getreten, durch die Welt. Besseres seid Ihr nicht wert. Weichet von meinem Angesicht und kehret niemals wieder! Denjenigen lasse ich vom Büttel peitschen und von den Schlosshunden hetzen, welcher von Euch die Schwelle der Burg von Falkenstein berührt. Fort, fort, ihr schäbigen Buben! Lasset Euch in den Dörfern mit Kot bewerfen und von den Kindern mit Ruten streichen!«

Diese Anrede traf jene armen Sünder, an die sie gerichtet war, noch
gewaltiger, als der Verlust der Pferde. Sie erblassten bei dem Gedanken
an die ihnen angedrohte Schmach, vor dem Zorn der Gebieterin, vor
dem Strafgericht des Landgrafen Thomas von Falkenstein. Der eine vergaß den Schmerz um das geliebte Pferd und beide fielen auf die Knie. Sie
wollten, um des Fräuleins Gnade zu erflehen, etwas zu ihrer Rechtfertigung sagen, doch die Erzürnte ging taub an ihnen vorüber, schwang sich
auf den Zelter und rief:»Wehe dem, der zum Schlosse kommt! Wie einen
verlaufenen Hasen lasse ich ihn von den Hunden hetzen und zerfetzen!«
Sie wandte das Ross und ritt im Galopp gen Erlisbach davon und dann
durchs Dorf, rechts über die Matten, längs niedriger, rauer Waldhügel,
dem Aarstrom und dem Schlosse Gösgen zu.

Bei dem unebenen und felsigen Wege ging der Zelter mit Vorsicht und
langsamen Schrittes. Die schöne Reiterin ließ, ihrer selbst vergessen, den
Zaum aus den Fingern fallen. Der Aufruhr ihres Innern, wo Rachelust
und Hoffnungslosigkeit, Beschämung und Stolz, Eifersucht und Grimm
sie abwechselnd beherrschten, machte ihre äußeren Sinne gegen den
Reiz der Abendlandschaft unempfindlich. Wenige Tage zuvor hatte sie
diese Gegend noch als diejenige gepriesen, welche der Schwermut ihres
Herzens am wohltätigsten sei und am besten zusage. Das gänzliche Still-
stehen des Pferdes erweckte sie endlich. Der Zelter hatte einen Seitenweg
nach der Höhe des Berges eingeschlagen, wo neben einem großen hölzernen Kreuze eine kleine Kapelle stand, in der die Gemahlin des Herrn
Thomas von Falkenstein gern ihre Andacht zu verrichten pflegte. Es
konnte scheinen, als hätte der Zelter geglaubt, die schöne Last, welche er
jetzt trug, ebenfalls dem heiligen Orte zuführen zu müssen, und dass er
darum den gewohnten Pfad genommen habe, den seine Eigentümerin,
die Freifrau, täglich einschlug. Ursula aber erkannte in diesem Zufall einen Fingerzeig der Vorsehung. Sie sprang vom Rücken des Zelters, ließ
das Tier los und eilte in das altertümliche Bethaus, um dort den Frieden
ihres Gemütes zu suchen.

Diese kleine Kapelle war ein uraltes Gebäude, dessen Dach halb offen
und zerfallen und dessen eine Seitenmauer soweit geborsten war, dass
der von außen emporwuchernde Efeu Raum genug fand, seine Ranken
in das Heiligtum zu senken und den Oberteil desselben mit dunkelgrü-
nem, natürlichem Laubgewinde zu schmücken. Im Hintergrunde bildete
ein vorragender, behauener Stein den Altar, wo in einer spitzgewölbten
Mauerblende darüber, mit einer Einfassung von halberhabenen dünnen
Säulen und gotischem Schnitzwerk von Sandstein ein Heiland am Kreuz
blutete, neben welchem die Gottesmutter, mit sieben Schwertern in der

jungfräulichen Brust, weinend dastand. Die Kapelle war so selten besucht und so verlassen, dass den Boden derselben ein Teppich von allerlei Kräutern bedeckte und neben dem Altar hohe Nesseln blühten.

»Heilige Mutter Gottes,« seufzte das Fräulein niederknied mit empor-
gehaltenen Händen, »o Du Einsame, o Du Verlassene, o Du mit sieben-
fach durchbohrtem Herzen! O Du heilige Schmerzenreiche, erbarme
Dich meiner Seele, dass sie nicht in Verzweiflung verderbe! Warum
muss ich, die Einzige, verschmachten? Warum bin ich, die Einzige, verstoßen ...« Bei diesen Worten drang eine heiße Tränenflut über ihre
blassen Wangen. Sie lehnte ihre Hand an den kalten Stein des Altars und
sank endlich auf den grasbewachsenen Boden der Kapelle. Hier weinte
sie lange und bitterlich, bis, an allen Kräften erschöpft, ihre Tränen von
einem besänftigenden Halbschlummer getrocknet und ihr wieder wohler
wurde. So fühlt sich die Landschaft nach erstickender Sommerschwüle
erquickt, wenn der Regenschauer, in welchen sich die gewitterschwan-
geren Wolken aufgelöst haben, darüber hingegangen ist.

Als sie, erwachend, sich vom kühlen Grunde der verfallenen Kapelle
aufrichtete, war ihr, als habe ein Engel ihre Schmerzen gestillt und ihr
Gemüt gestärkt. Sie verneigte sich noch einmal in Ehrfurcht vor dem Altar und dem Heiligenbilde, von dem ihr Erbarmen und Trost gekommen
zu sein schien, und ihre dankbare Seele tat ein Gelübde, der gnadenrei-
chen Himmelskönigin irgendwo eine würdigere Kapelle zur Verehrung
zu errichten. Sie zweifelte nicht, dass die Ruhe und der Frieden ihres
Gemütes die Wirkung einer übernatürlichen Heilkraft und eine Erhö-
rung ihres Gebetes sei.

Als sie unter dem Pförtchen heraustrat, lag die Welt im Abendsonnenglanz und ein erwärmender Hauch, der ihr mit Wohlgerüchen entgegen-
strömte, berührte sie wie der Erstlingskuss eines neuen Lebens. Ihr gegenüber, jenseits des silbern glänzenden Flusses der Aare und deren
umbuschter Ufer, strahlten hellbeleuchtet die einsamen Gebäude des
Chorherrenstiftes von Schönenwert, Turm und Kirche auf der Felshöhe,
über die hellgrünen Wiesen des Tales herüber. Hinter ihnen zogen sich
die Berge, von der Höhe bis zum Fuße in das Schwarzgrün ihrer Tannen
gehüllt, in Bogen um die Fluren der Ebene, in welchen Rinderherden,
deren Glockengeläute freundlich über den Strom her klang, zerstreut
weideten. Die Trümmer der Wartburgen glänzten im Abendrot von den
Gipfeln des sanft anschwellenden Gebirges wie goldene Kronen. Links,
gegen Morgen, erschloss sich dem Auge das schöne Tal von Aarau mit
seinen Dörfern und leuchtenden Schlössern bis weithin zu den blauen
Höhen des Lägern und des Heitersberges. Hinter den niedrigen Gebir-

gen prangten aus der Ferne hervorragend die ewigen Pyramiden der Schneeberge über den Wolken.

Ursula von Falkenstein fühlte ihr Gemüt von der Pracht der Natur sanft bewegt. Sie konnte, ohne ihre Ruhe einzubüßen, selbst die über den Strom gespannte Brücke der Stadt Aarau, die rußigen Gemäuer, die schwarzen Giebeldächer derselben und den eine starke Wegstunde von ihr entfernten finsteren Turm Rore anblicken. Mit der Empfindung himmlischer Begnadigung in der Brust, verzieh sie der Welt allen Schmerz, den sie von ihr sich zugefügt wähnte.

In dieser Stimmung wurde sie durch das Erscheinen der jungen Gemahlin ihres Oheims Thomas getroffen. Die Freifrau, eine geborene von Ramstein, kam des Weges zur Kapelle mit schnellen Schritten herauf und rief schon aus der Ferne. »Jesus, Maria und Joseph, wie hast Du mir so schreckliche Angst verursacht, Ursi! Ich fand meinen Zelter drunten am Wege allein weidend und keine Spur von Dir und den Knappen, die Dich begleiteten. Was treibst Du, Mädchen? Was führt Dich herauf zur Kapelle, die Du doch sonst nicht besuchst?«

»Die unsichtbare Gnadenhand Gottes,« antwortete das Fräulein, der Freifrau die ihr entgegengebotene Rechte küssend. »O schon lange, lange wohnte nicht solch ein Gottesfrieden in mir als jetzt; seit lange war ich nicht so ruhig.«

»Bist Du's wirklich?« sagte die Freifrau, welche sich erschöpft auf einen bemoosten Felsblock niedersetzte und ihre Nichte mit traurigem Lächeln ansah. »Täuschest Du Dich nicht abermals, Du ewiglich von Selbsttäuschungen gequältes, armes Kind! O wie froh könntest Du mich machen!«

»Nicht ferner werde ich mich täuschen, denn ich nehme den Schleier. Morgen gehe ich in ein Kloster und entsage der falschen Welt, die mich so furchtbar zurückgesetzt hat. Ich will vergessen, entbehren, sterben lernen.«

»Kannst Du das nicht in der Welt, wie tausend andere?«

»Tausende und Tausende hatten nicht mein grauenvolles Schicksal. Ich finde nur Ruhe innerhalb der kahlen Wände einer vergitterten Zelle, wo mich nichts an die Bosheit der Welt erinnert und sie mich nicht mehr verfolgen kann. Ich will alles hinter mir liegen lassen, alles!«

»Ach, liebes Kind, man lässt nichts hinter sich, wenn man noch etwas im Herzen mit sich nimmt. Du bringst überall nur Dich selber hin und Du bist Deine Welt. Willst Du im Ernst eine Klosterfrau werden? Liebe Nichte, glaube es mir, der Schleier und die Zelle machen Dich so wenig zur Nonne, als die Kutte den Mönch, als das Schwert den Kriegsmann macht. Mache aus Deinem eigenen Herzen ein Kloster; banne jede Leidenschaft, jedes stürmische Verlangen und jeden unerfüllbaren Wunsch hinaus; meide, leide, als eine gottgeweihte Braut, und Du wirst überall Nonne sein, in der Kirche, wie in der Burg. Glaube mir, ich kenne die Klöster, in denen ich erzogen bin.«

»Darum bist Du so gut und fromm, Muhme!« sagte Ursula mit einem Seufzer zur Freifrau.

»O nicht das, Ursi! Ich lernte viele Gebete und sah und hörte dabei viel Unreines. Die toten Mauern waren heiliger als die Menschen, und die Kleider frömmer als die Herzen. Folge meinem Rate, lösche erst die Glut Deines Gefühles, brich erst Deinen kleinen, stolzen Eigensinn, bringe Dein bisheriges Inneres dem Himmel zum Opfer, mit einem Wort: werde früher, ehe Du Dir das Haar abschneiden lassest, eine Nonne . . . dann wird Dir der ganze Erdkreis zum Kloster werden. Nicht die Welt, nicht der Flattergeist der Männer, nicht Hinz von Sax, nicht Gangolf Trüllerey sind die Urheber Deines Leidens. Du bist selber die Schöpferin Deiner Not gewesen.«

»Schweige von den Männern, den tückischen, ehrvergessenen!« unterbrach das Fräulein ihre junge Muhme mit tiefem Seufzer. »Dass ich sie nicht nennen hören, nie wieder sie erblicken müsste!«

Sanft lächelnd erwiderte diese. »Es ist wahr, wir armen Weiber sind durch Härte, Rohheit und wilde Sinnlichkeit der Männer selten glücklich; aber ohne Männer, was meinst Du, Kind? wir würden uns in Höhlen verbergen und verzweifeln müssen. Die Weiber finden sich gegenseitig nur des Wechsels wegen, wie den Winter, erträglich, eben weil es auch Männer und einen heißen Sommer daneben gibt.«

»Du magst das Lob verkünden, Mühmchen! Dein Herz wurde vielleicht glücklich durch . . .«

»Ich glücklich?« seufzte die Freifrau und schlug die frommen blauen Augen zum Himmel auf, während ein feines Rot über ihr Antlitz floss, wie der Wiederschein einer ehemaligen paradiesischen Zeit, nach welcher man, der Gegenwart wegen, nicht gern zurückschaut.

Ursula senkte die Blicke mit Wohlgefallen und Teilnahme auf die edle Gestalt der Freifrau, an der sie eher mit der Liebe einer Schwester, als dem Gefühle einer Nichte hing. Die junge Frau, deren Gesicht den Ausdruck der reinsten Zärtlichkeit und demütigsten Selbstverleugnung gewährte, saß schweigend und sinnend auf dem Felsblock da, die Hände in dem Schoß zusammengefaltet, und einen Seufzer, der sich ihrem Busen entwand, verbergend. Sie schien schon ganz das zu sein, was sie dem Fräulein zu werden angeraten hatte, eine Nonne, deren stilles Kloster die weite Welt ist. Selbst ihre schmucklose, einfache Tracht, das ganze Äußere schon verkündete die freiwillige Nonne.

»Du hast geliebt!« rief Ursula. »Leugne nicht!«

»O hättest Du's,« antwortete in gütigst-ernstem Ton die Freifrau, »hättest Du geliebt, Du würdest zu mir nicht sagen: Du hast geliebt . . . denn Liebe kann nicht enden. Deine Sinne sind nur gerührt worden, nicht Dein Herz. Nur einmal liebt man, dann ewig. Er wusste es nicht, dem meine Seele zugehörte; er weiß es nicht. Wo er heute weilen mag, ob noch mit mir unterm Himmel – ich weiß es nicht. Was liegt daran? Er ist der Engel meiner Träume, der Trost meines Wachens. Was Gott verband, das scheidet die Welt nicht, nicht Menschenhand.«

»Du Schwärmerin, Du!« rief Ursula mit nassen Augen und schloss die Frau von Falkenstein mit Heftigkeit an ihre Brust. »Heil Dir, dass Du den nicht länger kennen lerntest, dem sich Dein Herz hingegeben. Er hätte es zerrissen, wie das meinige zerrissen wurde, und ein Ungeheuer hätte Dich verraten, wie ich verraten wurde.«

»Hätte er wider mich gefehlt,« antwortete die Freifrau, »meine Liebe würde seine Sünden zugedeckt haben. Das ist die Liebe! Des Mannes Gemüt ist ein anderes, als das unsere; darum fühlen wir uns von ihm angezogen. Man liebt nur das, von dem wir erkennen, es sei etwas anderes und vortrefflicheres, als man selber ist. Darum wird der Mann dem Weibe zugetan, weil er in des Weibes Gemüt die Milde wahrnimmt, die ihm selbst gebricht. Uns Weibern ekelt vor Männern mit weibischem Wesen, den Männern vor Weibern mit männlich-rauem Gemüt.«

»Aber Dein Mann, mein harter, wilder Oheim?« fragte Ursula schüchtern und mitleidig.

»Ich habe kein Recht, zu begehren, er solle ein anderer sein, als er ist,« erwiderte die Freifrau; »man gab mich ihm zur Gattin. Er ist mein Herr und Gebieter und nicht ohne löbliche Eigenschaften, die ich an ihm ehre. Es ist kein Mensch so böse, der nicht Tugenden hätte, die ihn der Achtung würdig, oder ihn doch erträglich machen könnten.«

»Ich kann Dich nur bewundern, Du liebe Heilige!« rief Ursula.

»Und ich Dich nur beklagen, dass Du mich bewunderst, liebes Kind,« antwortete die Freifrau, »denn dies Bewundern verrät Dein Herz und seiner Schmerzen Grund.«

»Wie verstehst Du das, Muhme?« sagte das Fräulein, sich ein wenig betroffen zurückziehend.

»Merkst Du es nicht?« antwortete die Frau von Falkenstein, und schloss Ursulas Hand mit Zärtlichkeit in die ihre. »Hättest Du ein wenig Langmut, Nachsicht und Ergebung mehr, als Dir eigen ist, Du würdest mich nicht bewundern können, aber glücklich sein. Trotzköpfchen! Immer möchtest Du eine Welt nach Deinem Sinn, und wirst am Ende nur das Spiel der Welt, weil Du weit schwächer bist, als tausend andere. Glaubst Du's? Es ist niemand stark, als wer sein eigener Herr ist. Das warst Du selten, kleiner Eigensinn! Wer andern gern gebietet, vergisst darüber sein eigener Gebieter zu bleiben.«

25.
Die Zigeuner

Männliche Schritte und Stimmen wurden durchs Gebüsch gehört und unterbrachen das Gespräch. Es waren zwei Schlossknechte, die einen verdeckten Korb trugen, der ziemlich schwer zu sein schien.

»Was tragt Ihr noch so spät auf den Berg?« fragte die Frau von Falkenstein verwundert.

»He, Ihro Gnaden,« antwortete einer der Knechte, indem sich beide verbeugten. »Futter für schelmische Raben, die bald selbst Rabenfutter ... will sagen Gauner, Lumpen und Ägypterpack, das der gestrenge Herr braucht, um ein Loch in der Welt auszustopfen oder eines damit zu machen.«

»Ihr verachtet also des Herrn Willen, gehet!« sagte die Freifrau, und als die Gäste vorbei waren, seufzte sie halblaut: »Gott weiß es, mir ahnet Böses. Dein Oheim hat keine Ruhe. Er führt etwas Gewagtes im Schilde. Schon seit acht Tagen eilen Boten im Schlosse ab und zu und allerlei verdächtiges Gesindel streicht seit einiger Zeit hier umher durch Busch und Wald.«

»Du weißt es ja, der Dauphin und die Armagnaken sollen schon von Altkirch gen Basel im Anzuge sein,« bemerkte Ursula. »Und zieht der Dauphin mit gewaltiger Heeresmacht heran, die Eidgenossen auszurotten, da wird kein ritterlicher Mann, da dürfen die Falkensteine nicht zurücke bleiben.«

»Ich glaube nicht, dass es um die Eidgenossen zu tun sei,« versetzte die Freifrau. »Ich fürchte, es werde auch eine Rache schrecklicher Art gegen Gangolf Trüllerey gebrütet.«

»Wirklich?« fuhr Ursula lebhaft auf. »Hast Du etwas von den Männern vernommen?«

»Gesehen mehr, als gehört; mehr in den Zügen gelesen, als gesehen. Seit vorgestern ist mein Gemahl sich kaum noch ähnlich, Er meidet mich, er schickt mich von sich. Es ist eine stete Unruhe in seinem Tun und Treiben. Er hört nicht, was gesagt wird; träumt mit offenen Augen; gibt Befehle und widerruft sie. Seit gestern lässt er im Turm von Farnsburg ein Zimmer auf das köstlichste einrichten, Du weißt es ja. Das gilt nicht Dir, nicht mir. Wir beide sollen im Schlosse Gösgen drunten bleiben. Den Namen Gangolfs spricht er nicht mehr mit dem gewohnten Grimme, sondern mit bitterem Hohnlachen aus, wie den Namen eines, dessen Niederlage gewiss. Wer weiß, ob der Unglückliche nicht schon in seiner Gewalt ist.«

»Nein, nein,« erwiderte Ursula, ihr blasses Gesicht abwendend, »Du irrst, der geht noch heute frei umher.«

»Und welchen fremden Gast erwartet das Turmgemach von Farnsburg? Aus der Kostbarkeit des Gerätes, welches von Kienburg, Falkenstein und diesen Morgen selbst von Gösgen dahin geschleppt wird, sollte man auf eine erlauchte Person schließen. Ich dachte an den Dauphin; doch für einen Fürsten geziemt sich nicht das abgelegene Turmgemach, wenn auch das schöne Bett, welches aufgeschlagen wird, für keinen Königssohn zu geringe ist.«

»Dein Hochzeitbett?«

»Dasselbe, und überdies, wie der Burgvogt von der Farnsburg mir vertraute, als er am Nachmittage abreiste, werden keinerlei Anstalten getroffen, um den zahlreichen Hofstaat eines Prinzen von Frankreich würdig aufzunehmen. Und all das Treiben, das Geheimnisvolle, geschieht erst seit vorgestern. Es scheint, es gelte nur einer einzigen, doch sehr hohen Person, die man gefangen halten wolle.«

»Lass uns raten, Mühmchen! Die Sache ist wunderbar genug, um eine kleine Neugier zu erregen. Seit vorgestern, sagtest Du, bekam der Oheim Briefe, Eilboten? Waren Fremde da? Nun reut mich's, dass ich Deinen Bitten folgte und den Tag zu Kölliken verbrachte. Wie kanntest Du auch glauben, dass mich der Ritt zu dem Waldneste zerstreuen würde? Vorgestern also? Und Du bemerktest vorgestern nichts, was Dir aufgefallen wäre?«

»Weniger, denn sonst. Wohl kamen der Boten so viele, wie seit einiger Zeit gewöhnlich. Das achtete ich kaum, zumal mein Gemahl die Hälfte des Tages abwesend war. Aber wie er zurückkehrte, lebte er schon in dieser seltsamen Bewegung; stumm, verschlossen; erst lustig ohne Maß, dann träumerisch und aufbrausend. Den Namen Gangolf stieß er einige Mal mit schadenfrohem Lachen aus. Das alles musste ich hören, als wir allein zur Nacht speisten. Zu mir redete er kaum und fragen durfte ich ihn nicht. Du kennst ihn ja, wie er's treibt.«

»So hat er in der Nachbarschaft eine geheime Zusammenkunft gehabt. Das ist entschieden.«

»Kaum halb so sehr, als Du glaubst. Er war nur zu seinem Vergnügen, in schlichten Kleidern, wie er sie selten zu tragen pflegte, ausgeritten. Der Jäger, welcher ihn bis in das Tal unter der Schafmatt begleitet hatte, brachte die Pferde zurück und erzählte, der Freiherr sei zu Fuß hinauf in die Hard gegangen.«

»In die Hard?« wiederholte Ursula leise und mit einer ganz eigentümlichen Betonung der Worte.

Da hörte man die Knechte, welche mit leerem Korbe zurückkamen. Die Freifrau befahl ihnen, den Zelter, der drunten am Wege stand, loszubinden und ins Schloss zu führen. Dann lud sie das Fräulein zu ihrer Begleitung ein, die Gäste wenigstens aus der Ferne zu betrachten, die der Freiherr, ihr Gemahl, im Grünen bewirte. Der aus einem benachbarten Gebüsch aufsteigende Rauch zeigte die Gegend, wo sie zu finden sein konnten, und er führte sie nicht irre. In der Vertiefung eines kaum vierzig Schritte langen und noch schmäleren, kesselartigen Tales, mitten im Gehölz, brannte ein Feuer von trockenen Reisern. Um dasselbe lagerten fünf Kerle mit schwarzgelben Zigeunergesichtern, halb entkleidet, von den übersandten Speisen schmausend, während sie ein kleines Fässchen Wein von Mund zu Mund herumgehen ließen. Vor ihnen tanzte ein schlankes, junges barfüßiges Mädchen nach seinem eigenen Gesang, indem es sich auf den Zehen, auf den Hüften phantastisch wiegte und dabei, doch nicht ohne Anmut, abwechselnd die Arme hob und senkte. Seitwärts von ihr säugte eine Frau, am kurz berasten Boden kauernd, ihr Kind. Rings umher hingen Kleider und Lumpen an einzeln stehenden Schwarzdornbüschen. Die Leute plauderten fröhlich und viel, doch in einer unverständlichen Sprache. Als aber bald darauf ein altes, hässliches Weib aus dem Gebüsch hervorkam und zum Lagerplatz niederstieg, verstummten plötzlich alle, selbst das Mädchen brach ab mit ihrem Gesang und Tanz. Die Männer sprangen auf und umringten die Angekommene, welche mit einer gewissen Würde zu ihnen sprach, während die Übrigen aufmerksam horchten. Dann nach einigen Hin- und Herreden drückten alle, durch Kopfnicken oder durch Klatschen der Hände, Zufriedenheit und Beifall aus. Man zog die Alte zum Feuer und zum Mahle. Jeder bot ihr das an, was von den vorhandenen Gerichten das Leckerhafteste zu sein schien.

Während die beiden Zuschauerinnen die frohe Wirtschaft der Zigeuner heimlich im Gebüsch beobachteten, wurden sie auf sehr unerwartete Weise durch eine Erscheinung gestört, die ihnen eben jetzt die unwillkommenste sein musste. Freiherr Thomas nämlich stand hinter ihnen.

»Ich hätte,« sagte er halblaut und aufgebracht, »ich hätte die Frau von Falkenstein an einer für sie schicklicheren Stelle, als hier vermutet. Es scheint mir gleich unanständig, halbnackte Bettler zu beschleichen, oder meine Entwürfe auszuspionieren.«

Die erschrockene Freifrau trat schweigend zurück, um sich zu entfernen, Ursula erwiderte ihm: »Wir wissen nicht, Oheim, was uns Eures Misstrauens schuldig gemacht hat. Weder die eine noch die andere Absicht führte uns zu diesem Platze. Ihr werdet uns nicht zumuten, wenn wir etwas Rauch im Gebüsche aufsteigen sehen, die Flucht zu ergreifen.«

»Begebet Euch augenblicklich ins Schloss!« rief der Freiherr, mit der Hand zurückdeutend und barschen Tones. »Ihr möget Euch selber anklagen, wenn ich Euch die Zimmer hüten lasse. Katzen soll man nicht bei Braten auf Schildwacht stellen und Weiberaugen und Weiberzungen nicht zu Geheimnissen.«

Ursula war im Begriff, die Unart des Oheims zu rügen; sie wurde aber mit sanfter Gewalt von der Gemahlin des Freiherrn hinweggezogen.

Sobald dieser die Frauen aus den Augen verloren hatte, stieg er zum Lagerplatz der Zigeuner nieder, die sich alsbald vom Erdboden erhoben und ihn mit einer Art ehrerbietiger Vertraulichkeit umschlichen, doch beständig in einer Entfernung von drei bis vier Schritten von ihm stehen blieben.

»Ich hoffe, die Schlossküche hat Euch genugsam versorgt,« sagte der Freiherr.

Alle bückten sich tief und küssten oder leckten ihre Finger, indem ihre hässlichen Gesichter ihn freundlich anschmunzelten.

»So lange Ihr in meinen Diensten seid,« fuhr der Freiherr fort, »verspreche ich dem Mann täglich einen Gulden, freie Zehrung und, wenn ich mit Euch zufrieden bin, ein Geschenk dazu, wie es kein Fürst gibt. Dem Verräter der Galgen! Das ist mein Grundsatz.«

Sie umringten ihn mit lauten Freudenbezeigungen, lustigen Sprüngen, Verbeugungen und Beteuerungen. Der Freiherr aber schien daran wenig

Gefallen zu finden: er winkte mit der Hand zum Schweigen und sagte: »Ich kann mich nicht mit jedem von Euch abgeben. Ich kenne Euch nicht, verlange auch nicht, von Euch gekannt zu sein. Merkt Euch das! Diese verständige Frau hier – er zeigte auf die alte Zigeunerin –, die Ihr alle wie eine Mutter betrachtet, hat mein Zutrauen. Der Ilsel also werde ich meine Befehle auftragen, und von der Art Eures Gehorsams und Eurer Geschicklichkeit wird es abhängen, welchen Lohn Ihr bei mir verdient.«

Da trat einer der Zigeuner einen Schritt vor, wischte den schwarzen Knebelbart vom Munde weg, legte beide Hände auf die Brust und sagte: »Der rote Hahn steigt morgen nachts über das Aarauer Städtle, man soll ihn schauen zwanzig Meilen weit. Haben's alte Nest von innen und außen wohl ausgekundschaftet; hat offene Löcher viel, hineinzuschlüpfen, und müsst' es sein im hölzernen Kännel des Stadtbachs über den Hirschengraben am oberen Thor. Hat keine Gefahr! Zween Schwefelfäden; mehr kostet der Spaß nicht. Ist alles Stroh und dürrer Kien; das flackert lustig auf. Doch, Junkerle, lasst unser einen nicht im Stich! Ilsel verheißet, dass Ihr Leute bei der Hand haltet auf dem Distelberg und Gieshübel. Wir zählen darauf! Fassen uns die Schuders, nennen wir Euch. Seid also bei der Hand. Und gehts Feurioh! Feurioh! durch die Gassen, so können wir mitnehmen, was uns ansteht. Das geht mit in den Kauf, Ihr fraget nicht, was wir haben.«

Der Freiherr, halb von dem Kerl abgewandt, ließ nur dann und wann einen Blick von der Seite auf ihn fallen und sagte endlich: »Schweig! Ihr habt mein Wort und kennt meinen Willen.« Dann winkte er der alten Ilsel und ging davon.

Als er sich von der unsauberen Gesellschaft entfernt genug glaubte, blieb er im Gebüsch stehen, winkte der nachschleichenden Zigeunerin, näher zu treten, und sagte: »Bist Du Deiner Sache sicher? Bedenke, wenn der Gangolf Trüllerey nachts bei dem Mädchen auf der Hard wäre, könnte es blutige Köpfe setzen und alles schlüge fehl. Lieber stelle ich handfeste Leute in den Hinterhalt.«

»Goldschatz, fürchte nichts!« rief die Alte. »Ich habe den Begharden und das Maidel im Sack. Das Jünkerle von Aarau zeigt sich nur des Tages; kommt nie auf demselben Wege, hat der Gänge zur Hard so viel, als der Wind. Aber das Jünkerle scheut die Nacht.«

»Dass mir der verfluchte Bube noch nie zu Gesicht kam, er wäre schon kalt,« murmelte der Freiherr. »Bringst Du mir das Mädchen heute, siehe, ich schütte Dir beide Hände voll Gold.«

»Bist dem Täubchen so nahe gewesen und hasts nicht beim Flügel erwischt und gekapert?«

»Gans! Der Tag hat tausend Augen und Leute waren auf dem Felde. Niemand darf wittern, wohin das Mädchen gekommen ist, wenn ich es einmal in meiner Gewalt habe. Das scheue Ding war auch nie unbegleitet, wenn ich Jagd auf sie machte. Also Du meldest Dich an der Schlosspforte, sobald Du zurückkommst, es wird dort ein Wächter stehen, der unterrichtet ist. Die Pferde bleiben die ganze Nacht gesattelt. Ich begleite die Lollhard selbst auf Farnsburg und morgen Abend stehe ich mit meinen Leuten auf dem Gieshübel bereit. Bin ich in die Stadt eingebrochen, könnt ihr alle nach Herzenslust plündern und rauben. Da gibt's volle Kisten auf dem Rathause und in den Häusern der Bürger schöne Sparbüchsen. Fort jetzt, Ilsel! Mache Deine Sache gut. Ich erwarte Dich in Gösgen.«

Mit diesen Worten wandte er ihr den Rücken und eilte den Berg hinan. Die alte Zigeunerin nahm den Weg zu ihrer Bande, die sich, um das Feuer gelagert, eben gütlich tat.

26.
Die Entführung.

In finsterer Nacht schlich die Zigeunerin, die zweien ihrer Genossen den Weg zeigte, leise, wie auf Filzsohlen, durchs Dorf Erlisbach, dem Tale unter der Ramsflue zu. Nur in einzelnen Hütten leuchteten noch die Fenster mit dunkelrotem Licht. Die Alte trug wieder das eine Auge verbunden und den Pilgerhut, wie sie sich schon einmal in der einsamen Wohnung des Lollhard gezeigt hatte. Ihre beiden Gefährten, breitschultrige, entschlossene Kerle, folgten ihr wohlbewaffnet, mit schnellen Schritten durchs Tal, den Berg hinauf. Als sie durch den Wald auf die Höhe gekommen waren, sahen sie das Licht der Lollharden-Hütte über die Wiese schimmern. Die Alte führte die Männer seitwärts längs dem Waldsaume in die Nähe des Hauses; befahl ihnen, dort auf das Zeichen zu warten, welches sie geben würde, während sie vorher die Hütte umschleichen und Kundschaft einziehen wollte.

Mit Katzenschritten, unhörbar wie ein Schatten, schwebte sie zum kleinen Hause, duckte sich unter dem erleuchteten Fenster und richtete von Zeit zu Zeit den Kopf empor, um die zu erkennen, welche im engen Zimmer beim Schein der Öllampe plauderten. Veronika saß am Tisch, mit verschränkten Armen gegen die Wand zurückgelehnt, und starrte sinnend in die bleiche, zitternde Flamme der Öllampe. Der Lollhard, in einem Winkel, redete wie ein Lehrender zu ihr, den Arm erhoben und den Zeigefinger vorgestreckt. Er glich der Propheten einem aus den Tagen des alten Bundes. Einzelne seiner harten Züge waren durch die scharfen Schlaglichter der Lampe von den übrigen wunderbar hervorgehoben. Sein grauer, sanft bewegter Bart stach von der Dunkelheit des unerkennbaren Hintergrundes ab, wie zuweilen einzelne helle Wolken vom düstern Regenhimmel. Die Begutte, in voller, doch milder Beleuchtung, horchte schweigend auf seine Worte. Die Zigeunerin jedoch erbaute sich schlecht an dieser Unterhaltung, von der sie wenig begriff. Sie schlich um das Haus, dann zur Hintertür, die sie beim früheren Nachspüren halb offen gesehen, hinein und neben das Kämmerlein der Magd. Als sie aber dort leise eintreten wollte, knarrte die Thür in ihren hölzernen Angeln so laut, dass die Bäuerin, eine Lampe in der Hand tragend, aus dem Schlafgemach hervortrat, und sich beim Anblick der wohlbekannten Alten kreuzigte und segnete.

»Jesus Maria,« stammelte sie verblüfft, »die alte Pilgerin! Was begehrt Ihr noch in dieser späten Stunde?«

»Still!« flüsterte, mit Kopf und beiden Händen hastig winkend, die Zigeunerin Ilsel, und schlich, ehe sichs die Bäuerin versah, in die Kammer hinein. Zitternd kam jene nach.

»Großer Gott!« rief die Bäuerin abermals, »müsste ich doch glauben, ein Schrätteli komme in das Haus, so seid Ihr geschlichen. Ist's doch lange noch nicht Mitternacht. Mir beben alle Glieder am Leibe. Schon vor einer Stunde ging Gekreisch und Geprassel durch den Wald, wie vom wilden Heere. Ich habs ja mit eigenen Ohren gehört. Das bedeutet nichts Gutes. Alle guten Geister loben Gott den Herrn.«

»Ich lobe ihn auch,« erwiderte Ilsel, »doch still, Kathri, still! Im Walde habe ich allerlei Dinge gehört, drum komme ich so spät. Es gehen böse Anschläge wider dies Haus. Nur eins muss ich wissen. Nenne mir des Lollhard Namen.«

»Wie kann ich den Namen wissen? Ich glaube, er hat keinen.«

»Hast Du nie nennen hören den Jörg von End?«

»Nie Jörg und nie Ende und Anfang. Was ficht Euch an, in Gottes, des Herren Namen, nach solchen Dingen zu fragen?«

»Weißt Du's nicht, Kathri, so will ich's hören aus seinem Mund. Es muss sein, und im Augenblick!«

»Nimmermehr lasse ich Euch zu ihm,« rief Kathri, und hielt die rasche Alte zurück, die sogleich hinaus wollte. »Euer Anblick würde die gute

Veronika bis zum Tode erschrecken. Was denket Ihr auch? Sie möchte glauben, des Teufels Gespenst oder eine Hexe suche das Haus heim.«

»Nun, so bereite das Mägdelein vor. Gehe und sprich zum Lollhard die Worte: ›Die Pilgerfrau ist angekommen, die er unlängst hart angefahren; sie bringt ihm Grüße von Herrn Günther von der Weide.‹ Merke Dir's: Günther von der Weide! Dann wird er aufspringen und verlangen, mich zu sprechen.«

»So bleibet und harret, bis ich wiederkomme, rühret Euch aber nicht vom Platz und zeiget Euch der guten Veronika nicht, sie wäre bei Euerm Anblick ein Kind des Todes.«

Sie ging. Die Zigeunerin horchte ihr nach; vernahm bald des Lollhards rau knarrende Stimme, und hörte darauf Gepolter. In der Meinung, er komme selber, sprang sie von Kathris Bett empor, auf welches sie sich zum Ausruhen niedergesetzt hatte, und trat zur Thür. Doch statt des Alten kam die Bäuerin mit der Antwort: »Machet Euch davon, Frau, sonst rufen wir alle Nachbarn zu Hilfe.«

»Was hat der Lollhard geantwortet? Sage mir Wort für Wort.«

»Wenn Ihr's denn wissen wollt, höflich ist's nicht: Ihr sollet fahren mit Eurem Günther von der Weide bis ans Ende der Welt, und so Ihr nicht sogleich von hinnen weichet, wird die Nachbarschaft kommen. Das ist sein Wort; ich rate Euch, gute Frau, macht Euch auf die Beine.«

»Still, mäuschenstill!« sagte die Zigeunerin. »Ist's nicht der Rechte, so ist's der Linke, mir auch gleich. Merke auf, was ich Dir sagen will; merke auf! Hörst Du vorn den Lärm? Fliehe mit Deinem Mägdelein hier hinten in den Wald. Fliehe zu den Nachbarn. Merke Dir's Kathri!«

Nach diesen Worten schlüpfte die Pilgerin davon zu ihren wartenden Gefährten. Kathri, die draußen ein dreimaliges Zusammenklatschen von Händen hörte, schlug ihr voll Grausen mit den Fingern drei große Kreuze nach und betete dazu, denn sie hielt das hässliche Weib für etwas von höllischer, unheilbringender Abkunft. Sie dachte noch an die letzte Mahnung der Alten, als sie voller Entsetzen das Klirren fallender Fensterscheiben im vorderen Zimmer und lautes Geschrei und Getöse vernahm. Bleich und bebend sprang sie zur Küche, von welcher ihr des Klausners Tochter totenblass aus der Stube entgegen sprang und mit lauter Stimme schrie: »Hilfe, Räuber steigen durch die Fenster ein!« Die treue Kathri riss das betäubte Mädchen mit sich fort zur Hintertür, während ihr der Lollhard nachrief: »Warum fürchtest Du Dich, Veronika?« Dann wandte er sich kaltblütig und ernst gegen die abscheulichen, mit Ruß geschwärzten Gesichter der Eingestiegenen, die ihn sogleich ergriffen und ihm die Messer auf die Brust gesetzt hatten. »Ihr Toren!« sprach er, »gehet und suchet Gold und Edelsteine bei den Mammonsknechten in der Welt, aber bei keinem Bruder des freien Geistes. Mein Schatz ist im Himmel, wo Ihr ihn nicht stehlen werdet. Was drohet Ihr mir? Mein Leben steht in höherer Macht, als der Euren.«

Die Kerle sprachen untereinander in einer unverständlichen Sprache. Plötzlich eilte einer derselben davon. Durchs ganze Haus hörte man seine Schritte ertönen und es schien, als suche er die geflüchteten Weiber. Unterdessen bewachte der zurückgebliebene den Lollhard; die Spitze des Messers gegen dessen Herz gekehrt, dabei grässliche Gebärden machend, um den Alten zum Stillschweigen zu nötigen. Dieser aber ließ sich in seiner Rede keineswegs stören, sondern sagte: »Glaube nicht, dass mir Dein geschwärztes Gesicht Furcht einjage, wie einem Kinde, oder dass ich zucke vor Deinem Stahl. Vorzeiten pflegte ich Vögel Deines Gelichters anders zu grüßen, und der Schädel wäre Dir gespalten gewesen, ehe er eine Spanne weit durchs Fenster gekommen. Jetzt tut mir Deine arme Seele leid, Du reißendes Tier in Menschenhaut! Wohin meinst Du, dass sie fahren werde, wenn Dein letztes Stündlein schlägt?«

»Narr Du!« versetzte das schwarze Gesicht widerlich grinsend. »Soll sie nicht in der Erde faulen, wird man sie wohl neben der Deinigen in den Rauch hängen müssen.«

»Menschenkind! Dein Leben hienieden ist ein Anfang sondern Ende. Begreifst Du das?«

»Und Dein Leben ist Ende ohne Anfang. Begreifst Du das?«

»Unsinniger!« rief der Lollhard.

»Halts Maul,« rief der Zigeuner, »oder ich schnüre Dir mit Deinem eigenen Bocksbart die Gurgel zusammen.«

Ilsel und der andere Zigeuner unterbrachen durch ihren Eintritt das Gespräch. Die Alte schien in ihrem Kauderwelsch den beiden Kerlen bittere Vorwürfe darüber zu machen, dass sie die Frauen hatten entrinnen lassen. Inzwischen wurde jetzt nicht lange gesäumt, der Lollhard geknebelt, um sein Geschrei zu hindern, und, mit auf den Rücken gebundenen Händen, schnell zum Hause hinaus durch Wiese und Wald fortgeschleppt. Voran aber eilte die Alte mit großen, hastigen Schritten dem Schlosse Gösgen zu, die misslungene Unternehmung dem Landgrafen Thomas zu melden.

27.
Die Ritter zu Gösgen.

Freiherr Thomas saß eben mit seiner frohen Gesellschaft im prächtigen, hellerleuchteten Rittersaal des Schlosses. Mehrere vom Adel aus dem Schwarzwalde und den vorderen Landen, sämtlich treue Anhänger Österreichs, waren an diesem Tage zu ihm gekommen, weil er sie zur Teilnahme an seinen Kriegsunternehmungen eingeladen hatte. Vor jedem der Ritter stand ein goldener Becher von getriebener Arbeit, der, wie oft er auch geleert wurde, immer wieder gefüllt werden musste. Noch sah man auf den Silberschüsseln die Überbleibsel eines reichen Mahles. Frisch aufgetragene Speisen dampften noch vor Herrn Marquard von Baldegg, welcher schon lange erwartet, aber erst seit einer Viertelstunde in später Nacht von Seckingen angekommen war. Seine gesunde Esslust erwies der Küche des gastfreien Wirtes alle Ehre. Es belustigte ihn, während er das gebratene Geflügel mit den Händen zerriss und Bissen um Bissen in den Mund schob, die ungeduldige Neugier der andern mit seinem Schweigen zu quälen und alle Fragen und Erkundigungen mit einem ausdrucksvollen Wink und Blick auf eine bisher noch unberührte Schüssel zu beantworten.

»Nun denn,« sprach er endlich, als sie ihm keine Ruhe ließen und er das Geschäft ziemlich vollbracht hatte, »ein Ehrenmann ist doch allezeit gehudelt, wenn er nach verrichteter Arbeit einmal seinen Leib pflegen möchte. Mittags, vor Liestal, machten mir die hungrigen Fliegen jeden Bissen streitig und nun lasst Ihr mich mehr Galle schlucken, als hier Speisen stehen. Ist das christlich?«

»Hättest Du uns auf die erste Frage Bescheid gegeben, Vetter Marquard,« sagte Thomas von Falkenstein, »würden wir Dir Frist für die andern gestatten. Also wie steht's am Rhein?«

»Nun denn, obwohl ich voraussehe, dass es Euch wie den andern geht, die erst lüstern werden, wenn sie einmal am Zuckerbrot geleckt haben. Alles ist in Ordnung. Wir können morgen nach Brugg ziehen.«

»Wo stehen unsere Leute? Wie viel sind ihrer?« rief Thomas ärgerlich und alle stürmten fragend auf Marquard ein.

»Gut vier- bis fünfhundert Mann sinds, alles adelige Herren und reisige Leute. Sie liegen umher, in Dorf und Wald zerstreut, in Binsingen, Murg, Tigeringen, Laufenburg und Seckingen. Sie warten auf Befehl zum Aufbruch. Mein Bruder Hans ist bei ihnen, auch Hans von Rechberg Thüring von Hallwyl und wer sonst noch mehr. Hast Du den Absagebrief an Bern geschrieben, Vetter Thomann, so sende ihn ab. Nun ist Gefahr im Verzug, Ihr Herren, wie der Pater Großkellner zu St. Blasien zu sagen pflegt, wenn die Humpen zur Neige gehen. Jetzt wisst Ihr's; fragt mich nicht weiter. Straf' mich Gott! Keine Silbe lockt Ihr mir ab, bevor ich diese Ente nicht verzehrt habe.«

Freiherr Thomas schwieg nachdenkend, während die anderen lachten, und berechnete bei sich mancherlei, indem er die einzelnen Worte hinmurmelte: »Morgen, Freitag, der letzte Tag Heumonds . . . übermorgen der erste Tag August . . . dann in Seckingen . . . dann Brugg . . . dann . . . richtig!« Laut rief er dann: »Früher als in fünf Tagen spielen wir nicht die Fastnachtsposse zu Brugg, aber dann, beim Teufel! je toller, desto besser. Es trifft auf Dienstag vor St. Laurenzen. Merke Dir's, Vetter Marquard!«

»Bist Du rasend?« schrie Marquard. »Wie wollen wir so viele Mannschaft lange heimlich halten und füttern? Die Kerle fressen wie die Heuschrecken; dem Bauer bleibt keine Speckseite im Rauchfang, keine Zwiebel im Garten. Daraus wird nichts. Ich bin gekommen, Dich zu holen. Reitest Du morgen nicht mit mir nach Seckingen, fährt die ganze Adelsgesellschaft mit ihren Leuten auseinander oder Bruder Hans, Rechberg, Hallwyl und wir andern machen übermorgen in Brugg allein ab.«

»Das wird nicht geschehen!« erwiderte der Freiherr trotzig und strich sich den struppigen, schwarzen Knebelbart von der dicken Oberlippe. »Morgen, Vetter, will ich erst mein Mütchen an Aarau kühlen. Du begleitest mich. Alles ist schon angeordnet. Den Trüllerey will ich in die Aar werfen, wie man die Hexen säckt.«

»Was, seid Ihr schon vor Mitternacht des Weines voll?« schrie Marquard mit weit aufgerissenen Augen. »Unsere fünfhundert wissen zur Stunde noch nicht, wie wir mit Brugg fertig werden, und hat das Nestlein doch außer seiner Ringmauer nichts was Furcht erregen kann, als den eingemauerten Hunnenkopf. Und Ihr hier wollt Aarau stürmen, Euer acht bis zehn Eisenfresser, Ihr? Streckt sich Euch nicht die Stadt entgegen wie ein wilder Eberkopf mit seinen zwei vorragenden Hauern? Oder habt Ihr schon Luternaus Burg gebrochen und den Turm Rore?«

»Fürchte die mürben Fuchszähne dieses Ebers nicht, Vetter Marquard!« antwortete der Freiherr mit hämischer Verziehung seines braunen Gesichtes. »Angespießt ist er schon, Wir sengen ihm nur die Borsten ab und schmausen ihn morgen gebraten zu Nacht. Traue meinem Worte!«

In diesem Augenblick war's, als der Wächter der Burgpforte hereintrat und dem Freiherrn winkte. Dieser sprang rasch auf und verließ mit dem Wächter die Gesellschaft.

»Graf Jörg von Sulz! Ihr scheinet mir von allen diesen hochlöblichen Schwärmern und Lärmern der Nüchternste zu sein,« sagte Herr Marquard. »Wie will Euch des Freiherrn Rede bedünken?«

»Dass ich nicht wüsste,« erwiderte der Graf von Sulz. »Herr Thomas rückt nicht mit der Sprache heraus, hält Plan und Mittel verborgen. Vermutlich ist er im Einverständnis mit den Bürgern.«

»Oder vielleicht hat sich Gangolf Trüllerey bekehrt und kriecht zu Kreuze,« fügte Junker Bentelin von Hemmenhofen hinzu. »Das täte mir leid. Ich möchte dem lieber den Fuchspelz ausklopfen, als streicheln helfen.«

»Ich weiß,« versetzte Marquard von Baldegg, »Ihr seid ein gewaltiger Fuchsjäger, Herr Bentelin! Diesmal aber laufet Ihr einer falschen Fährte nach. Ihr meinet, es mit dem Fuchs zu schaffen zu haben, und stoßet auf einen grimmigen Wolf, der sich Euch lieber auf's Kreuz setzt, als zu Kreuz kriecht. Straf' mich Gott, Herr Bentelin, wenn Ihr den aus dem Freihof treibt, ohne Haar zu lassen, das nicht wieder wächst.«

»Hm!« entgegnete Bentelin, den Mund rümpfend. »Es scheint, Ihr sprechet aus Erfahrung. So wissen wir nun, woher Euer runder Krauskopf die Glatze, die nicht wieder bewächst, bekommen hat.«

»Oho!« rief Herr Marquard, »macht Euch über meine Glatze nicht lustig, so will ich Eures Milchbartes vergessen. Ihr wisset, ich bin von einem Geschlecht, das mit den Hageichen jung und alt wird. Vor hundert Jahren, mein Ahnherr Hans, Münsterchorherr und Dekan zu Kirchberg, Gott hab' ihn selig! wurde hundertsechsundachtzig Jahre alt, und wuchsen ihm noch im hohen Alter neue Zähne und schwarze Haare. Dessen tröste ich mich!«

»Wenn Ihr den Kopf solange zwischen den Schultern tragt,« bemerkte lachend der Ritter Max von Ems; »die Schweizer sind Euch so wohl gewogen, wie Ihr ihnen. Ich wette auf meine Ehre, fangen sie Euch, sie machen Euch keine Spanne länger, als den armen Hinz von Sax bei Nänikon.«

Während alle überlaut lachten und Marquard selber ganz wohlgemut mit ihnen, trat Herr Thomas von Falkenstein wieder in den Saal, wandte sich noch einmal zurück und schrie mit donnernder Stimme zur Thür hinaus: »Vermaledeite Hexe! Findest Du sie nicht, so wird Dich der Henker finden.« Sein hartes, ehernes Antlitz glühte kupferrot vom inneren Zorn. Ihm folgten einige Augenblicke später zwei Bewaffnete, die in ihrer Mitte den Lollhard führten, dem die Hände auf den Rücken gebunden waren. Sie blieben an der Tür stehen. Der Freiherr ging durch den Saal zur Gesellschaft, drehte sich aber unterwegs, da er die Schritte der ihm Nachfolgenden hörte, wütend um, fluchte und schrie: »Schurken! Ins Loch mit ihm unterm Turm! Warum kommt Ihr mir nach?«

»Ich und Dein böses Gewissen ziehen Dir nach, Junker von Falkenstein!« sagte der Lollhard laut.

»Wetter, was knarrt mir da in's Ohr?« rief Herr Marquard und sprang hinter dem Tisch hervor. »Straf' mich Gott! Das ist mein Klapperstorch von der Freudenau leibhaftig. He, Störchlein, so wahr ich lebe, Du bist's! Erzähle, wem hast Du das artige Kindlein zugetragen, weißt Du das im Beguttenrock eingefatschte? Oder hat's Dir einer aus dem Schnabel gezogen?«

»Lass ihn laufen, Vetter!« sagte Freiherr Thomas verdrießlich.

»Nein! Der Beghard muss Rede stehen, wo er das schöne Mägdlein gelassen, das einst mit ihm zog. Höre, Alter, hat's Dir der Trüllerey abgejagt, der junge Schlecker, der gewiss nicht Deiner Riesennase wegen mit Dir nach Brugg gegangen ist?«

»Ei!« rief Bentelin von Hemmenhofen und kam ebenfalls näher. »Das Mädchen kenne ich wohl. Ich hab's in der Herberge von Brugg besucht und schwöre Euch, Kaiser, Papst und Kardinäle könnten der allerliebsten Begutte wegen in Versuchung geraten, ein wenig zu lollen. Sage an, Du Noll- und Lollbruder, wo hast Du das fromme Schwesterlein?«

Durch dieses Gespräch herbeigezogen, näherten sich die Edelleute, vom Tisch her, insgesamt und umringten den Greis.

»Seid Ihr alle des Satans!« schrie Freiherr Thomas, im Grunde ärgerlich und doch unfähig, sich bei dem allgemeinen Aufruhr des Lachens zu erwehren. »Am Ende wäret Ihr alle Bekannte dieses Strolches, den man auf meinem Gebiete eingefangen hat, weil er des Kundschaftens verdächtig ist. Schon seit vielen Tagen umschleicht er diese Burg und belauscht er meine Bewegungen. Doch von heimlichen Frauen und Töchtern, die der graue Kuppler mit sich zu Markt führt, ist mir kein Wort bekannt. Er soll in den Bock gespannt, im Folterkämmerlein aufgehaspelt werden bis er die Schlupfwinkel der Dirnen eingesteht.«

»Vetter Thomas,« unterbrach ihn Marquard. »Du hast in allen Stücken weislich gesprochen, wie ein Salomo. Nur was die kleine Begutte betrifft, so sende sie mir nach Schenkenberg. Es ist jammerschade um die kleine Ketzerin. Ich will sie bekehren, hörst du! Ich verstehe mich darauf, wie der beste Dominikaner.«

Alle stimmten ein lautes Gelächter an.

Da öffnete der Lollhard den Mund, während Blitze unter den eisgrauen, überhängenden Augenbrauen gegen die Lacher hervor fuhren. »O der tyrannischen Heuchler!« schrie er. »O des Otterngezüchtes, das mit der giftigen Doppelzunge speichelleckt und mordet, betet und lästert, heiligt und flucht, vom Raub und Aas sich mästet und, gleich dem Vieh unterm Himmel, ohne ihn umherkriecht.«

»Schlage Dir der Donner in den Hirnkasten, Lump!« schnarchte ihn Freiherr Thomas an. »Von wem unterfängst Du Dich, so zu reden?«

»Ich bitte Euch, lieber Freiherr, störet den alten Hund in seinem Bellen nicht. Er wird unserm Spaß die Krone aufsetzen,« sagte Ritter Balthasar von Blumeneck lachend. »Fahre fort, Alter, schimpfe aber recht auserlesen gut! Ich höre gern so was.«

»Muntert ihn nicht auf, er versteht's ohnedies meisterlich!« rief Marquard.

»Gebietet oder verbietet, Tyrannen! Ich stehe außer Eurer Macht,« fuhr der Lollhard fort. »Landesverheerer, Weltverkehrer, wisset und zittert, das Gotteslicht brennt noch, das Ihr auslöschen wollet, und der Menschenverstand geht noch aufrecht, den Ihr mit Füßen zu treten meint. Gelt, Euch wäre wohlgetan, Fürsten der Finsternis, wenn kein Gott über den Sternen, keine Vernunft in den Sterblichen wohnte? Dann könntet Ihr das Jahrhundert zurückstellen, wie den Zeiger der Uhr, dass er Euch nie in den Abgrund hinabstürze, der Eurer harret. Dann könntet Ihr die Schritte des Geistes bannen und das Zeitalter wie versteinert halten, dass es nie anders werde. Dann könntet Ihr die Völker, wie ererbte Schafherden, hetzen und scheren, und den Erdkreis zum Schachbrett machen für Eure fürstliche Langeweile. Dann könntet Ihr gar gemächlich das Recht nach Eurem Eigennutz, die Wahrheit nach Eurer Unwissenheit zuschneiden, und die Verbrechen, welche Ihr am Volke straft, zu tugendhaften Vorzügen und ausschließlichen Freiheiten des Adels machen. Dann könntet Ihr Euch blähen und sprechen: die Welt ist für Thron und Altar, für Edelleute und Pfaffen, für unsere Bäuche und Schlünde geschaffen, und wer das bezweifelt, soll, als wahrer Gotteslästerer, in den Flammen des Scheiterhaufens verderben!«

»Bravo, bravo!« rief Balthasar von Blumeneck. »An dem Grauschimmel ist ein Passionsprediger verloren gegangen.«

»Still!« fiel ihm Junker Fritz vom Haus in die Rede. »Eben wollte er ja auch den Pfaffen ihren Teil geben. Lasst ihn reden und bringt ihn nicht aus dem Text.«

»Nein, alter Lästerer!« redete Ritter Jörg von Knöringen den Lollhard mit drohender Stimme an, indem er sein fleischiges Gesicht runzelte. »Unterfange Dich nicht, die Diener Gottes zu begeifern, oder der heiligen

Kirche Übles nachzusagen. Ich mag's gestatten, dass Du uns weltliche Herren wie ein heiser Kettenhund ankläffst, aber keine Gotteslästerung!«

Der Lollhard hatte sich im Fluss seiner Worte durch die Zwischenreden nicht unterbrechen lassen, sondern, ohne dass man auf ihn hörte, fortgeeifert. Aus dem Zusammenhange ließ sich erraten, dass er schon viel von dem gesagt haben mochte, was die fromme Ehrerbietung des Junkers Jörg von Knöringen zu gestatten verweigern wollte.

»Als Israels Rettung durch den gnadenvollen Hirten geschah,« sprach der Lollhard weiter, »hat er zwischen Gott und Menschen einen neuen Bund, doch keine neue Kirche gestiftet. Barmherzigkeit hat er und Liebe den Kindern des Staubes gepredigt, aber nicht Kirchen, nicht Klöster zu bauen, nicht Zehnten zu zahlen, nicht vor den Bildern irdischer Heiligen zu knien. Hätte Christus Kirche und Priestertum gewollt, er würde die Satzungen selber gegeben haben, gleich Moses; er tat's aber nicht. Er hinterließ kein Bildnis von seiner eigenen Gestalt, auf dass nicht Abgötterei damit getrieben, sondern dem Unsichtbaren Verehrung gezollt werde, der da allein heilig ist im Himmel und auf Erden! Als aber Priester kamen, begehrten sie eine Kirche, kein Gesetz der Liebe und Barmherzigkeit; begehrten sie kein Christentum, aber ein Priestertum; sie setzten den Thron weltlicher Herrschaft unter den Altar und an Stelle des Hohepriesters den Papst; statt des Sühnopfers das Messopfer; statt Jerusalem das ehebrecherische Rom.«

»Schlagt den Kerl tot!« schrie Jörg von Knöringen. »Er ist vom Teufel besessen; der lügt aus seinem Hals, man könnte, Gott steh' uns bei! schwören, es sei alles wahr.«

»Erstände der Christus und wanderte in Rom umher, wie einst zu Jerusalem, und lehrte die Lehre wie zu Jerusalem,« rief der Lollhard, »und triebe, wie dort, Geldwechsler und Rosenkranzkrämer aus dem Tempel . . . Ihr würdet ihn zum andern Mal kreuzigen sehen als Irrlehrer, Ketzer, als Feind des Altars und des Papstes. Aber wie der Thon in des Töpfers Hand, seid Ihr in der Hand des Herrn. Ich sage Euch, wie der Blitz durch die Wolken des Himmels, wird ein Strahl des ewigen Geistes durch die Geschlechter der Staubeskinder ziehen und ein Riss wird durch die Mauer der Kirche gehen, von oben bis unten, dass die Grundfesten zerspalten, und die stolzen Zinnen zum Abgrund niederstürzen. Dann wird die Sonne ihr Licht vom Monde borgen, St. Peter den Königen dienen, und der Laie dem Priester die Dinge des heiligen Lebens lehren. Und ein anderer Strahl des ewigen Geistes wird leuchten, siehe! und von den Stirnen der Felsen fallen die Kronen der Zwingherren, und aus dem Schutt der Burgen bauen die Leibeigenen Werkstätten ihres Reichtums. Dann werden die Knechte herrisch tun und die Herren knechtisch, dass man sie nicht untereinander kennet ...«

»Schweig, Du rasender Afterprophet!« schrie Junker Jörg, dessen grobe Züge von Zorn und Wein glühten. »Wie möget Ihr, edle Herren, den Unsinn aushalten? Man weiß nicht, verkündet der verrückte Strolch die verkehrte Welt oder den jüngsten Tag?«

Der Alte, welcher sich aber das Wort nicht nehmen ließ, fuhr immer heftiger zu eifern fort und hob an, vom dritten Strahl des ewigen Geistes zu reden, als die übrigen Ritter die Langeweile dabei anzuwandeln schien. Mehrere kehrten zu ihren Bechern zurück, andere traten lachend zusammen, um ihrem Witze die Zügel schießen zu lassen. Der Freiherr von Falkenstein, welcher den Lollhard schon längst entfernt haben würde, wenn er nicht geglaubt hätte, ihn zur Belustigung der Gäste dabehalten zu müssen, schob ihn samt den Wächtern hinaus. Vor der Tür standen wartend der Schlossvogt und Kerkerknecht. Diesen wies der Freiherr fort, und dem Vogt befahl er, zu dessen großen Erstaunen, dem Begharden ein bequemes Zimmer, ein weiches Bett und ein gutes Abendessen zu geben. Ohne Zweifel hoffte der Freiherr durch die Dankbarkeit des spröden, eigensinnigen Graukopfs eher Nachrichten über die entsprungene Begutte zu empfangen, als durch gewalttätige Härte sie ihm abpressen zu können.

Als der Herr von Falkenstein seine Befehle erteilt hatte und zurücktretend in den Saal die schwere, doch zierlich geschnitzte Eichentür öffnete, hörte man aus der Ferne noch des Lollhard Stimme durch die Schlossgänge knarren. Die Gesellschaft der Edelleute aber war in lärmendes Gespräch, bei vollen Bechern, oder in Brett- und Würfelspiel so vertieft, dass keiner mehr darauf achtete. Sie spielten und zechten bis das Morgenrot an dem Turm der Kirche von Schönenwert über der Aar ihnen in die trüben Augen strahlte.

28.
Der Anschlag auf Aarau.

Die Sonne war schon einige Stunden über die Hälfte ihrer täglichen Laufbahn hinaus, als die edlen Nachtschwärmer mit vom schweren Schlaf geschwollenen Augen sich wieder im großen Saal beisammen fanden. Hier stand der Tisch längst von der Dienerschaft zum Mahl bereitet, welches zugleich ihr Morgenimbiss, ihr Mittag- und Abendessen werden zu sollen schien. Nur der Freiherr von Falkenstein fehlte. Sie hörten, er sei nach wenigen Stunden Schlafes mit Zwölfen seiner Diener und Knechte ausgezogen, insgesamt leicht bewaffnet und alle zu Fuß. Wohin? wusste niemand, wohl aber, dass er verheißen hatte, um die Mittagsstunde wieder in Gösgen zu sein. Später erst vernahm man von den mitgegangenen Knechten, dass man ein verlaufenes, als Begutte verkleidetes Mädchen in den Häusern, Hütten, Ställen und Heugaden auf der Hard und in den Wäldern zwischen Küttingen und Erlisbach, mit großer, doch fruchtloser Anstrengung gesucht habe.

Ihn zu erwarten und um freiere Luft zu atmen, begaben sich die Ritter auf den Platz vor dem Schlosse hinaus. Hier wandelten die Ritter im Gespräche auf und ab, als das Getrappel ankommender Pferde ihrer Aufmerksamkeit eine andere Richtung gab. Ein stattlich gekleideter Herr, von einigen schwerbewaffneten Kriegsleuten begleitet, sprang vom Pferde. Er trug Haar und Bart lang, auf dem Haupt ein kleines Barett von Sammet mit einer Goldkette umschlungen, über welcher weiße Federn angebracht waren, ein schwarzes Kleid, enge am Leibe anschließend mit offenem Oberteil der Ärmel, darüber einen scharlachroter Mantel mit seinem Pelz verbrämt. Alle schritten ihm als einem Wohlbekannten mit freudigem, lärmendem Willkommen und Gruße entgegen. Es war Hans von Rechberg, von Hohenrechberg, der schon zu dieser Zeit, als Kriegsmann und durch den Schaden, welchen er in siebenjähriger Fehde den Eidgenossen zugefügt hatte, einen weitberühmten, geachteten Namen führte. Man sah ihn überall im Spiele, wo es darum zu tun war, den Schweizern etwas anzuhängen. Trotzdem wollten viele kein großes Wesen von seinem Heldenmute in der offenen Feldschlacht machen und behaupteten sogar, wenns Ernst gelte und an ein Treffen gehe, mache er sich bei Zeiten, unter gutem Vorwande, davon. Auch bekam er im Streite niemals Wunden und Narben; nur ein einziges Mal war er durch den Schuss aus einer Handbüchse ein wenig gestreift worden. Doch Freunde und Feinde stimmten darin überein, dass er im Ausspähen, Kundschaften, in schlauen Anschlägen und feinen Überlistungen, bei Streifzügen und Überfällen keinen seinesgleichen fände.

»Ihr stehet hier müßig am Wege und lungert umher, während wir zu Laufenburg vor Langerweile umkommen,« rief er. »Muss ich mich noch selbst aufmachen, Euch Tagediebe zu holen? Wo ist Falkenstein?«

»Mag es der Teufel wissen! entgegnen Marquard von Baldegg. »Müßig ist er nicht; er hat uns vom Abendessen an eingeschenkt bis Sonnenaufgang und sich dann in der Stille fortgemacht, ich weiß nicht zu welchem Jagen. Auf künftige Nacht hat er uns ein Fest verheißen in der Stadt Aarau, wie wir, sagt er, noch keines erlebt haben. Du, Rechberg, aber ziehst, wie ein welscher Milchbart geleckt und geschniegelt einher. Man schmeckt an Dir den Salbendunst vom französischen Hoflager. Straf' mich Gott! Der Trüllerey wird Dir den Edelpelz versengen. Was ficht Dich denn an, in Samt und Seide zu kommen, wo es auf Mauerstürmen geht?«

»Alles hat seine Zeit!« antwortete Hans von Rechberg. »Für die Nacht habe ich Büffelleder. Aber die Freifrau von Falkenstein ist ja bei Euch im Schlosse; auch habe ich das Fräulein Ursula nicht gesehen, seit ich aus Frankreich heim gekommen bin.«

»O, lass Dir das Gelüste vergehen!« rief Bentelin von Hemmenhofen. »Die Frauen sind unsichtbar. Ich meinte wohl, eher als Du einen Stein im Brette zu haben, und bin doch zurückgewiesen. Unglücklicher, spanne wieder auf!«

Während dieser und ähnlicher Gespräche kam Freiherr Thomas von Falkenstein mit seinen Knechten den Berg herab. Sein braunes Gesicht troff von Schweiß, und schien wilder denn je. Seine düster rollenden Augen musterten schon aus der Ferne die Versammelten. Er begrüßte den Herrn von Rechberg mit gezwungener Freundlichkeit und lud die Gesellschaft ein, ins Schloss zu kommen. Hier führte er sie eine schmale Wendeltreppe in einem der Türme hinauf; dann durch mehrere halbdunkle Gänge, bis er die Thür eines geräumigen Saales öffnete.

»Ehe wir zu Tisch gehen,« sagte Thomas von Falkenstein, indem er sich die Stirn trocknete, »wo uns die Dienerschaft stören würde, will ich Euch, edle Herren und Freunde vertrauen, wozu ich mir Euern tapferen Arm für diese Nacht erbitte. Es soll ein Geschäft sein, von welchem noch hundert Jahre nach uns erzählen werden; doch jeder bewahre das Geheimnis in Wort und Miene, bis es sich selber offenbart. Das Gelingen des Unternehmens hängt von unserer Verschwiegenheit ab. Morgen früh ist Aarau ein Aschenhaufen. Schon sind zwei treue Leute in der Stadt, auf deren Verschwiegenheit und Wort ich rechnen darf. Um Mitternacht, wenn die Spießbürger mit ihren Weibern im ersten Schlafe liegen, zünden die Kerle allerorten das Feuer an. Rechberg! Du setzest mit einigen von uns nach Schönenwert über, verbirgst Dich im Oberholz, um von der Höhe zu beobachten was vorgeht. Mit den andern gehe ich über den Hungerberg und bleibe der Stadt gegenüber auf dem Gieshübel. Sobald die Flammen auflodern und die Dächer einstürzen, wird das Volk der Stadt, um der Glut zu entgehen, selbst die Thore von innen sprengen und nach allen Richtungen aus dem feurigen Ofen heraus fahren. Dann dringen wir vor, Du, Rechberg, mit den Deinen gegen das Obertor und die Schindbrücke, ich vom Gieshübel herunter über die beiden Aarbrücken, rasch gegen den Freihof. Es ist da kein Widerstand; wir haben nur Sackmann zu machen.«

Die Versammlung hörte die Mitteilung dieses Anschlags unter Beifallsbezeigungen und Schaudern. Thomas glich während er sprach, in der grässlichen Beleuchtung, die er vom Fenster empfing, einem der Miltonschen Höllenfürsten. Der veilchenblaue Schein einer Fensterscheibe färbte sein linkes Auge und die Stirn wie das Fleisch eines verwesenden Leichnams, indessen der untere Teil des schwärzlichbraunen Gesichtes, vom dunkelroten Glase desselben Fensters erhellt, wie geschmolzenes Erz glühte.

»Hast Du der Stadt Bern den Absagebrief gesandt?« fragte ihn Rechberg.

»Der Brief ist geschrieben und versiegelt,« antwortete der Freiherr. »Es ist wohl morgen noch Zeit genug, ihn den Bernern hinzuschicken. In jedem Fall bringen sie Spritzen und Feuereimer zu spät nach Aarau, gleichwie nach Brugg erst dann, wenn das Städtlein schon verkohlt ist. Das sei der Anfang! Zofingen nehmen wir später mit; Lenzburg dazu. Wenn wir aufgeräumt haben, hat der Dauphin eine breite Straße durch den Aargau.«

»Straf mich Gott, Vetter Thomas! Nun kennt man Dich wieder. Bist noch der Alte,« rief Marquard, »Nur hätte man mit dem Ausfegen bei Brugg anfangen sollen, denn ich besorge, der Staub von Aarau macht den alten Effinger wach. Am Ende aber drehe ich dafür die Hand nicht um, ob Peter oder Paul zuerst an die Reihe kommt. Die Städte müssen fort, müssen geschleift werden und Salz wollen wir auf ihre Brandstätten säen.«

»Kommen wir zur Sache! Wann brechen wir auf gegen die Stadt?« fragte Rechberg.

»Sobald die Nacht finster genug ist,« erwiderte Thomas von Falkenstein. »Wir lassen uns Zeit. Veit von Ast und Ihr, Graf Jörg von Sulz, Hug von Hegnau, Max von Ems und Jörg von Knöringen, ziehet mit mir auf den Gieshübel vor der Aarbrücke, Wir wollen die nächsten am Freihof sein und den Turm Rore umkehren. Aber das sage ich Euch, den Trüllerey taste keiner von Euch an. Mir gehört der Bube, mir! Noch gestern hat er meine Nichte auf offener Straße misshandelt und mir zwei prächtige Rosse erstochen, von denen ein Schweif mehr wert war, als der wütige Hund mit seinem Turm. Ich bin nicht grausam, wahrhaftig nicht, aber wenn ich ihm meinen Dolch im Leibe umkehre, will ich jauchzen, dass man's eine Stunde weit hören soll, und seinen Kopf lasse ich auf den Galgen beim Rombach nageln, dass ihn alle Aarauer sehen, wenn sie ihre Häuser unter dem Schutt suchen. Ich lasse zwei Fässchen Pulver auf den Gieshübel tragen; der Turm Rore soll, so wahr ich selig zu werden hoffe, gegen die Wolken springen, dass es bis Bern und Zürich Steine regnet.«

Nachdem die Ritter in langem Gespräch untereinander verabredet hatten, was zum Gelingen des Überfalls, dessen sich jeder freute, nötig schien, zogen sie mit Gebärden, in denen das Geheimnis und die Hoffnung sich abspiegelten, zum Speisesaal. Der Freiherr bewirtete die Helden mit verschwenderischer Freigebigkeit. Die Lust des Schmauses dauerte so lange, bis am Himmel, zwischen den eilenden Wolken, die Sterne funkelten. Dann rief der Freiherr: »Blaset auf, Trommeten! Nun zum Sturm! Es ist hohe Zeit. Rechberg, für Dich und die Deinen liegen zwei Fahrzeuge unterm Schlossberge bereit. Die Knechte stehen am Ufer der Aar, die Schiffe warten Deiner längst. Wir andern ziehen vorüber Erlisbach in die Tannen des Hungerberges. Lustig, edle Herren, zum Werk geschritten! Nach solchem Mahle geziemt sich's, großes Feuerwerk zu sehen.«

29.
Panischer Schrecken.

Sie leerten noch einmal die Becher und sagten dann den hohen Silberkannen Lebewohl. Schon während der lange dauernden Mahlzeit hatten die meisten, wenn sie, um ihre Esslust zu vermehren oder des besseren Verdauens wegen in kurzen Zwischenräumen die Tafel verließen, ihre kostbaren Kleider mit schlechteren von Leder oder Zwillich vertauscht, ihre Waffen gewählt und andere Verrichtungen zum nächtlichen Blutwerk getroffen. Als sie aus der Burgpforte hinaus über die Brücke gekommen waren, richtete jeder das Auge auf die bedrohte Stadt, ob er über derselben schon eine Röte, eine leuchtende Dampfsäule oder fliegende Funken gewahre. Von Zeit zu Zeit flammte ostwärts ein blasses, fernes Wetterleuchten auf. Es zuckte dabei jedem bange in der Brust, aus Furcht, zu spät zu kommen, und die Schritte verlängerten sich jedes Mal.

»Nur gemach!« sagte Freiherr Thomas halblaut zu den Gefährten. »Noch ist es kaum um die zehnte Stunde. Zu Mitternacht stehen wir noch zeitig genug auf dem Gieshübel, denn die Stadt soll im Schlafe begraben sein, ehe das Feurio der Wächter und der Sturm der Glocken ertönt. Meine Brenner verstehen ihr Handwerk und kennen meinen Willen. Darauf verlasset Euch.«

Nun ging der Zug wieder ruhiger längs der ernstrauschenden Aar hin, über deren finsteres Wellenspiel der Schein entzündeter Wetterwolken zuweilen ein plötzliches Licht ergoss. Dann wandte sich der Weg vom Ufer ab, nordwärts durch niedrige, kahle Hügel. Voran gingen, den Fußpfad zeigend, einige Falkensteinische Knechte mit Streitkolben; andere folgten den Rittern als Nachhut, sie trugen kleine Fässchen Pulver. Alles bewegte sich in tiefer Stille fort, einer dem andern auf dem schmalen Wege nachschreitend. Die da redeten, flüsterten leise. Es wurde immer dunkler; die Sterne erloschen. Nur hin und wieder schimmerte aus der Entfernung her von den Fenstern der Dörfer oder einsamen Hütten der Landleute ein rötliches Licht. Das Geräusch der Wellen des Flusses verlor sich und nur das Wetterleuchten kehrte öfter und blendender wieder. Die Luft war still und lau; nur dass mitunter ein kalter Windstoß ungestüm durch Hügel und Gebüsche über das Tal hinfuhr. Der Ritter von Hegnau, welcher unmittelbar vor Thomas von Falkenstein ging, wandte sich um und sagte:»Freiherr, ich fürchte, uns ereilt ein Gewitter. Mich dünkt, ich höre aus weiter Ferne zuweilen Donner. Wir haben eine böse Nacht getroffen.«

»Im Gegenteil, Herr Hug!« antwortete Thomas.»Uns kann nichts erwünschter kommen als ein tüchtiges Gewitter. Der Wald gibt Schutz gegen den Regen, und sieht man die Feuersbrunst von Aarau, dann wird sie dem Blitzstrahl zugeschrieben. So ist mir's recht. Einen Morgengruß, wie ich dem Gangolf bringen will, müssen alle Heiligen begünstigen.«

»Falkenstein!« rief in der Nähe eine heisere Stimme.»Wahre Dich, Falkenstein! Meide den Freihof von Aarau!«

Der Freiherr fuhr zusammen. Hug von Hegnau sah sich um und fragte: »Wer redet mit Euch?«

»Habt Ihr etwas gehört?« antwortete Thomas und strengte die Augen an, durch die Dunkelheit um sich zu sehen.»Ich meinte, der Wind pfeife im Gesträuch.«

»Nein! Die Stimme schien vom Berge über uns zu kommen,« sagte Hug.»Mir scheint es hier nicht geheuer.«

Indessen waren sie durch Hohlwege von den Höhen herabgestiegen und sahen beim weißgelben Wetterschein den Anfang einer weiten Wiesenfläche, die sich rechts ins Unermessliche auszudehnen schien. Sie gingen am Fuße der Vorberge entlang in der Richtung gegen die Schlucht, aus welcher das Dorf Erlisbach seine vordersten Hütten sehen lässt. Um jeder menschlichen Wohnung auszuweichen, wählten die Führer auf Geheiß ihres Herrn den Weg durch die sumpfigen Wiesen. Die Windstöße wurden anhaltender und heftiger, die Erlen und Weiden längs dem Bache beugten sich seufzend. Die Stimme des Donners sprach lauter in den Bergen und das Leuchten des Gewitters kehrte seltener wieder, aber es war stärker. Mau erkannte dazwischen im fernen Hintergrunde schon deutlich die weißgrauen Mauern der Stadt. Der Zug, der auf schmalem Stege über den Bach sich fortbewegte, stockte etwas und jeder tappte, während die Hinterleute warten mussten, langsam hinüber, als zwischen diesen abermals die heisere Stimme rief: »Falkenstein, wahre Dich! Meide den Freihof von Aarau!«

Die am Stege Beisammenstehenden wandten die Gesichter, obgleich die Dunkelheit nichts erkennen ließ.

»Oho!« rief Freiherr Thomas. »Sehet Euch vor am Bach und treibet mit mir nicht Narretei, Ihr Herren! Mir macht der Schalk unter Euch kein Grauen, wer er auch sei.«

»War das einer der Unsrigen?« sagte der Graf von Sulz. »Ich wollte meine arme Seele verwetten, die Worte seien vom Bache unten heraufgesprochen worden. Lasst uns hinschauen. bis es wetterleuchtet.«

»Wir haben die nämlichen Worte schon einmal an den Hügeln gehört,« versetzte Hugo von Hegenau. »Es kann nicht weit von Mitternacht sein. Dergleichen ist mir nie begegnet.«

»Schweiget mit diesen Possen!« rief lachend der Freiherr. »Ihr sollet mich nicht irre machen. Einer von Euch spielt zur Unzeit den Schalksnarren, um uns heimzujagen. Wer lieber ins warme Federbett verlangt, oder Trüllereys Jüngstes Gericht zu sehen fürchtet, kehre ungestört um und lasse uns andere gewähren.«

»Ganz richtig scheint mir die Sache nicht,« murmelte Hug vor sich hin, und ging mit kurzen Schritten über den Steg des Baches.

Die letzten folgten ihm in tiefer Stille. Einer nach dem andern schritten sie durch die Erlen- und Weidengebüsche, welche einen unebenen Boden voller Sand und Wasserpfützen bedeckten, bis sie nach geraumer Zeit einen grasbewachsenen Rain hinaufsteigen konnten zum Fuß des Hungerberges. Da legte sich der Wind, aber es begannen große Tropfen zu fallen. Hastig kletterte die Gesellschaft den Berg hinauf, dessen untern Teil der Fleiß der Stadtbewohner schon häufig mit Weinreben bepflanzt hatte. Je näher man dem finsteren Walde kam, der den breiten Rücken des Berges bekleidete, desto reichlicher fielen die Tropfen des Regens, der nach jedem Wetterstrahle, in kurzen Schauern, doch dichter niederrauschte. Unter den ersten Tannen blieb man endlich stehen, um nach dem schnellen steigen wieder Atem zu sammeln. Man erkannte im weißlichen Schein des Blitzes deutlich die Stadt, mit den Türmen an ihren Toren und Kirchen; links ragte im Wetterschein die alte Burg der Luternaus empor; rechts glänzten die weißen Klostermauern der Schwestern von Schännis; im Vordergrunde war der breite, hohe Turm von Rore deutlich zu sehen. Drüben in der Pfarrkirche schlug es drei Viertel.

»Im Turm Rore brennt kein Licht mehr, alles ist finster,« sagte ein Ritter. »Dem Trüllerey träumts fürwahr nicht, dass wir ihm bei Sturm und Wetter einen Besuch machen wollen.«

»Hei!« rief Freiherr Thomas. »Er wird die Augen aufreißen, wenn ich ihm den Johannissegen beim Scheine von zehntausend Fackeln gebe. Nur ein Stündchen Geduld, Ihr Herren, und lasst Euch die Langeweile nicht verdrießen.«

»Wahre Dich, Falkenstein! Schone den Freihof von Aarau!« rief plötzlich die wohlbekannte Stimme wieder.

Ein Blitzstrahl fuhr im weiten Zickzack jenseits der Stadt über den waldigen Gönhard. In der augenblicklichen Erhellung sahen einige Ritter ein finstere unerklärliche Gestalt, deren Gewand, wie Fittige, im Sturme flatterte, über Falkensteins Haupt hinschweben. Er stand an die Wand eines Sandsteinfelsens gelehnt. Tiefe Dunkelheit erfüllte die Gegend.

»Habt Ihrs gesehen?« fragten sich mehrere Herren leise unter einander.

»Falkenstein habt Ihrs gehört?« fragten die andern.

»Gott wolle uns gnädig sein mit allen seinen Heiligen!« rief Jörg von Knöringen.

Ein starker Donner rollte mit dumpfem Dröhnen durch die Berge.

»Wer war nun das?« fragte Hug von Hegnau, der die Gestalt über den Felsen ebenfalls wahrgenommen hatte. »Das ist keiner der Unsrigen gewesen.«

»Und wenns der Beelzebub selber wäre,« rief der Freiherr, »diese Nacht soll der Trüllerey an mich glauben lernen. Vorwärts, Ihr Herren, zum Gieshübel, dass wir, der Brücke nahe, alsogleich bei der Hand sind!«

Die Führer betraten den Wald. Wie die Brandung des Meeres sauste der Sturm durch die hohen Tannen. Durch die nassen Zweige des Unterholzes, immer bergan, bis der Bergrücken erstiegen war, bahnten die Knechte den Weg. Nach langem, vergeblichem Suchen wurde endlich der Fußweg entdeckt, welcher, der größeren Nähe wegen, von den Leuten von Erlisbach über den Berg und den Gieshübel zur Stadt gewählt zu werden pflegte, wenn sie ihre ländlichen Waren dahin zu Markte trugen. Auf der Höhe, am Ausgang des Waldes, unter breiten Eichen, machten die Ritter halt. Sie konnten von hier die gegenüberliegende Stadt und unter sich die schmalen, langen Brücken über den Strom bei jedem Leuchten genau erkennen. Die Glocken schlugen zwölf Uhr Mitternacht. Der Regen schien nachzulassen, und das Gewitter, obwohl noch in der Nähe, doch vorübergezogen zu sein. Allgemein wurde ein tiefes Stillschweigen beobachtet, indem alle aufmerksam zur stillen Stadt hinüber sahen und horchten. Dann und wann schritt Freiherr Thomas ungeduldig hinaus in die Gesträuche des sumpfigen Vorsprunges des Gieshübels. Es war ihm, als müsse in den Gassen jeden Augenblick ein heller Fleck, eine langsam aufsteigende Rauch- oder Feuersäule sichtbar werden. Jeder Blitz durchfuhr sein Innerstes mit frohem Schauder und täuschte ihn doch nur. Er triefte vom Regen, doch trat er nicht unter die schützenden Baumzweige. Seine Gestalt, wenn sie vom Wetterstrahl hell beleuchtet war, seine düster-ehernen Gesichtszüge, durch scharfe Schatten schneidend gehoben, der stiere Blick seiner hervortretenden Augen hatten etwas Furchtbares. Er glich dem Würgengel, der des Augenblicks harret, da ihm eine Stadt zufallen sollte. Plötzlich wandte er sich zu seinen Gefährten, die unter den Bäumen zerstreut saßen oder umherstanden, und rief:

»Ei, verflucht! Was tut sich da auf? Gibst Lärmen in der Stadt? Ich sehe einige erhellte Fenster, wenn ich nicht irre. Das ist in der Herberge ›Zum Löwen‹. Man wird wach!«

Die Ritter sprangen bei diesen Worten auf und starrten durch die Finsternis hin; alle horchten mit zurückgehaltenem Atem durch das einförmige Tröpfeln des Gewitterregens. Plötzlich flammte ein gewaltiger Blitz, welcher Tageshelle verbreitete. Der Boden ringsum schien in Feuer zu stehen und jedes Blatt der Gesträuche zu brennen. Ein zermalmender, betäubender Donnerschlag erdröhnte, so dass die Erde zitterte. Finsternis und Todesstille folgte. Man hörte den Fall eines schweren Körpers gegen die Erde.

»Jesus, Maria und Joseph! Wir sind verloren. Hilfe, Verrat! Mordio!« schrie der Junker Jörg von Knöringen, der am Boden liegend mit einem Fremden zu ringen schien.

Mit vor Entsetzen gesträubtem Haar und atemlos stand die Mannschaft umher. Man hörte jemand durch den Wald eilen und den aus der Ferne herüberdringenden Ruf der Knechte. »Rette sich, wer kann!« Im Nu stäubte alles auseinander und davon; Thomas von Falkenstein mit den andern, ohne Halt, ohne Rast, besinnungslos. Die eilenden Schritte der Fliehenden wurden zur unaufhaltbaren Flucht, als das Wehgeschrei des Junkers Jörg noch einmal hinter ihnen durch den öden Wald erklang. Abergläubischer Schrecken, heillose, panische Furcht hatte jeden ergriffen.

Keiner von allen litt und aus schrecklicherer Ursache solches Grausen und Entsetzen, als der unglückliche Jörg von Knöringen. Erschüttert durch den letzten Blitz und Donner, war er noch nicht zu sich selbst gekommen, als über seinem Haupte ein Getöse entstand, unter welchem er sich zu Boden geschlagen fühlte. Er war nicht lange im Irrtum geblieben, dass der Wetterstrahl die Eiche über ihm niedergeworfen habe, denn er hatte sich von einem lebendigen Wesen umfasst gefühlt, welches er seinerseits in der ersten Bestürzung selbst fest gepackt hatte, um sich an etwas zu halten. So lag er nach seinem Hilfegeschrei halb bewusstlos da, während seine Begleiter davongerannt waren.

»Goldsöhnchen, lass ab von mir,« sagte endlich die wohlbekannte heisere Stimme, »ich fiel im Schrecken vom Ast der Eiche.«

Herr Jörg erstarrte fast, als er jene furchtbare Stimme, die ihm schon unterwegs das Herz zusammengezogen hatte, dicht an seinem Ohre hörte; noch mehr aber, als das Leuchten eines Blitzes ihn ein altes, hässliches, schwarzhaariges Weibergesicht erkennen ließ, welches mit gebogener spitzer Nase sich unmittelbar über ihm befand. Da stieß er einen schrecklichen Angstschrei aus.

»Schatz, lasse von mir ab. Ich tue Dir kein Leid, Schatz!« flüsterte die Stimme des Weibes.

Die Haare seines Hauptes schienen ihm lebendig zu werden, und alle Muskeln seines Leibes wurden von der Verzweiflung mit übernatürlicher Gewalt angespannt. Mit wahrer Riesenkraft schleuderte er das Gespenst, welches ihn wie ein Alp drückte, von sich. Er sprang vom Boden auf, drehte sich windschnell dreimal herum, und eilte so schnell ihm die Beine dienen mochten waldeinwärts. Zum Glück blieb er auf dem oben erwähnten Fußwege, der ihn dem Dorfe zuführte. Mehr als zehnmal entglitt er auf dem schlüpfrigen Tonboden, und er schrieb jeden Sturz zur Erde der Hexe zu, die ihm durch das Gebüsch nachzurasseln schien. So oft er aufstand, verdoppelte die Angst seine Kräfte zum Laufen und brachte ihn endlich, als nach dem vorübergegangenen Gewitter die Sterne durch die durchbrochenen Wolken leuchteten, glücklich zur Burg nach Gösgen. Hier fand er die sämtlichen Bewohner auf den Beinen. Fluchend, keuchend, oder nachsinnend, wie sie nacheinander angelangt waren, saßen die Helden des Abenteuers zerstreut im großem Saale. Jörg von Knöringen erschien als der Letzte. Da man ihn schon für ermordet gehalten hatte, wandten alle mit fröhlichem Erstaunen ihre Augen zu ihm, aber erschöpft warf er sich auf den ersten besten Lehnsessel, streckte die kotigen Füße von sich und seufzte: »Nun ist's mit mir aus!«

Herr Hans von Rechberg, welcher mit seinen Begleitern ebenfalls zugegen war, hatte, wie er und seine Leute erzählten, sobald sie an dem jenseitigen Ufer der Aar gelandet waren, schon Nachrichten vom Misslingen des Planes empfangen. Wie sie sagten, sei ein starker Kerl, der ihre Bestimmung gekannt, und einer der beiden ausgesandten Zigeuner gewesen sein müsse, atemlos zu ihnen gelaufen. Sobald man ihn auf seine Fragen: ob die Herren aus dem Schlosse kämen und ins Oberholz wollten, ob die andern schon zum Gieshübel wären? bejahend geantwortet, hätten sie von ihm vernommen, dass in dieser Nacht nichts aus dem Vorhaben werden könne. Sein Kamerad sei, als er sich im Zwielicht allzu keck dem Obertor genähert, um in die Gassen zu schleichen, von den Stadtknechten plötzlich festgehalten und, statt nach Gewohnheit fortgejagt zu werden, ins Gefängnis geschleppt worden. Doch Rechberg und die Seinigen hätten sich damit nicht begnügt, sondern den Gauner aufgemuntert, nochmals mit ihnen umzukehren, auf irgendeine Weise in die Stadt zu gelangen zu suchen und in irgendeiner Scheune einen brennenden Schwefelfaden anzulegen. Gern oder ungern wäre der Schelm bis zum Kreuz an der Mühle von Wöschnau mit ihnen gegangen, dort aber bei der Bergschlucht, aus welcher der Bach vom Tale Roggenhausen hervorfließt, plötzlich unsichtbar geworden. Die Ritter hätten darauf angesichts der Stadt in Unentschlossenheit lange beratschlagt, endlich aber, als das Gewitter und der Regen heftiger zu werden gedroht, den Rückzug nach Gösgen angetreten.

Nicht so bestimmte Auskunft konnten ihrerseits Falkensteins Begleiter von dem Vorfalle auf dem Gieshübel geben. Die Einen derselben behaupteten steif und fest, dass unter Donner und Blitz das wütende Heer durch den Wald über ihre Köpfe hinweg gefahren sei. Sie hätten den wilden Jäger, seine höllischen Gefährten und die feurigen Hunde deutlich erkannt. Andere wollten ein Erdbeben gespürt haben, als wenn der Boden des Gieshübels eingesunken und ein Teil des Waldes krachend zusammengebrochen wäre. Wieder andere schworen, Falkenstein's Entwurf sei den Aarauern verraten, der ganze Wald voll bewaffneter Bürger und Gangolf Trüllerey an der Spitze derselben gewesen. Dieser letzteren Meinung schien sich Landgraf Thomas selbst zuzuneigen.

Als nun Jörg von Knöringen, welchem Hans von Rechberg zur Herz-
stärkung eine ganze Kanne Wein eingeschüttet, wieder Atem gewonnen
hatte, richteten alle zugleich ihre Fragen an ihn. Er war der letzte auf
dem Platz geblieben; sein Jammergeschrei war mehrmals durch den
ganzen Wald gedrungen. Deshalb konnte er allein Auskunft geben.

»Hol' Euch der Teufel,« rief er, »dass Ihr mich im Stiche gelassen habt!
Verwünscht seien Eure Wälder hier zu Lande, von deren Bäumen die
Hexen wie faule Äpfel fallen! Hätte sich St. Georg, mein gewaltiger
Schutzpatron, nicht meiner armen Seele angenommen – ewig sei er gepriesen! – die verdammte Hexe, möge sie im allertiefsten Schwefelpfuhl
der Hölle brennen, wahrhaftig, sie würde mich ohne Rettung erwürgt
haben! Ich konnte unter ihrer bleiernen Last keinen Finger regen, während sie mir ihre spitzen Satanskrallen schon zolltief, glaub' ich, in den
Hals geschlagen hatte.«

Wiewohl Junker Jörg von Knöringen nach diesem Eingang seine Balge-
rei mit der Höllenbraut in ausführlicher Breite erzählte, musste die ganze
Geschichte durch den Aufschluss, welchen er geben wollte, nur noch rät-
selhafter werden. Nach langem Streiten, in welchem sich, unterstützt
durch die Zauberkraft der gefüllten Becher, die lustige Laune der Meisten wieder herstellte, sagte Marquard von Baldegg: »Edle Herren und
Freunde! Wir wollen jedem unter uns überlassen, von der dummen Teu-
felei zu halten, was ihm beliebt. Nur achte ich ratsam, nicht allzu laut
davon zu reden, sintemal man uns tapfer auslachen würde. Denn es will
mich bedünken, wir alle haben in tüchtigen Hasensprüngen, jeder so
lang er die Beine strecken konnte, den Reißaus genommen, und, ohne
eigentlich zu wissen warum, Fersengeld bezahlt. Und das ist der wahr-
hafte Grund, deswillen ich glauben muss, Belial und Beelzebub seien
selber im Spiele gewesen, um so frommen und freudigen Rittersleuten,
als wir zu sein uns rühmen dürfen, einen Streich zu spielen. Denn, straf'
mich Gott, ohne Wunder und übernatürliche Dinge wären keinem von
uns die Absätze unter den Stiefeln lang, der Atem kurz, die Schritte weit
und das Herz im Leibe enger geworden.«

Die Gesellschaft stimmte den weisen Ansichten des Junkers gern bei
und kam zum eigenen Troste darin überein, dass die Aarauer von dem
ihnen gegoltenen Anschlage nichts gewittert haben könnten; auch dass
der von ihnen eingefangene Gauner seines eigenen Genicks wegen, über
seine Aufträge reinen Mund halten müsse. Man setzte sich zur Morgensuppe, deren mit Wohlgeruch aussteigende Dampfwolken schon vom
ersten Morgenrot gefärbt wurden, während die Knechte alle Rosse gesattelt und reisefertig halten mussten. Je unglücklicher die Unternehmung

gegen Aarau ausgefallen war, umso mehr versprach man sich von dem Entwurf auf Brugg.

30.
Eine Umfahrt von zwei Tagen.

Nur der Landgraf Thomas blieb von allen seinen Freunden allein der, welchen die Verheißungen der Zukunft nicht so leicht über den Verlust trösten konnten, welchen die Gegenwart ihm brachte. Ein Stolz, der sich von dem unabwendbaren Missgeschicke nicht beugen, ein halsstarriger Trotz, der auch der Macht aller Verhängnisse nicht weichen wollte, schien der Erbfehler seines Geschlechtes und in ihm fast zur Ungeheuerlichkeit ausgeartet zu sein. Je mehr sich die übrigen nach und nach zufrieden gaben, desto mehr schien seine geheime Wut zu schwellen. Er hob die geballten Fäuste und murmelte einen neuen Schwur zwischen den Zähnen, dass er alle seine Schlösser und sein Leben daran setzen wolle, bis Aarau und der Turm seines Todfeindes ausgebrannter Staub wären.

»Wir sind,« rief er, »von den falschen, feigen Hunden, den Zigeunern, im Stich gelassen, sonst wäre heute alles schon abgetan; wir hätten den Königsstein besetzt; wir hätten den Duckmäuser Gangolf lebendig gefangen und gebraten. Aber, aber . . .« Hier aber unterbrach sich der Freiherr mit einem innigen, geheimnisvollen Lachen des Grimms, indem sich seine Fäuste krampfhaft ballten und seine Augen emporstarrten . . . aber er wird gezüchtigt werden! Eine Rache, wie ich sie für ihn ausbrüte . . . . Ja, dass ich sein Schlangennest ausbrenne, Spaß ist's! .. aber . . . sein Herz soll langsam unter Höllenleiden verbluten, wenn ich . . . Ja, vor seinen Augen will ich, wenn . . .«

Der Freiherr schwieg. Er schien etwas Grässliches in Absicht zu haben und sich nur darum zu unterbrechen, weil, während er geredet hatte, sich seiner Einbildung noch grässlichere Pläne aufdrängten, vor denen sich nicht sein Herz entsetzte, sondern seine Seele nur Zweifel quälten, ob sie ausführbar wären.

»Du bist auf gutem Wege,« sagte Rechberg. »So freust Du mich.«

»Du machst der Worte zu viel, Vetter! Das allein habe ich wider Dich« rief der Herr von Baldegg. »Die Sonne geht auf, die Pferde stehen gesattelt. Fort, fort! Ich fürchte, Brugg läuft uns davon wie Aarau. Wenn ich eine einzige Waffentat gesehen habe, will ich der Worte so viel hören, als Du zu reden Lust hast.«

Der Freiherr sammelte sich, bat seine edlen Genossen um eine nur kurze Frist und verließ sie. Er nahm weder von seiner Gemahlin, noch von seiner Nichte Abschied, sondern erteilte dem Schlossvogt verschiedene geheime Befehle und hatte noch eine lange Unterredung mit dem Lollhard. Dann ging er mit heiteren Mienen, als sei ihm etwas wider Erwarten wohlgelungen, auf den Burgplatz, wo Ritter und Knechte mit den Pferden schon längst versammelt standen und seiner harrten. Sobald er kam, schwangen sich die Herren in die Sättel; die Knechte folgten. Auch der Freiherr, dem der Schlossvogt mit entblößtem Haupte in großer Ehrerbietung den Steigriemen hielt, saß auf. »Rudi!« rief er dem Vogt zu, »es kann Dir nicht fehlen. Die Lockpfeife habe ich Dir gegeben. Fängst Du die Wachtel, so melde es unverzüglich. Ein Geschenk halte ich Dir bereit, wie Du noch keins empfangen hast.« Hierauf sprengte er zu den vordersten Reitern, worauf sich der ganze Zug in Bewegung setzte. Den Schluss machte, in ziemlicher Entfernung von den übrigen, Meister Hämmerli, der Scharfrichter von Falkenstein, mit zwei Knechten.

Anmutsvoll leuchtete der Morgen durch die von den Gewittern der letzten Nacht erfrischte Luft. Um die Bergspitzen des Jura schwebten halbdurchsichtige Wölkchen wie vergoldete Schleier. Jedes Blatt, jeder Halm trug seinen Regentropfen wie einen funkelnden Diamant. Durch die stundenweiten Ebenen des Aartales zog sich ein breiter Nebelstreifen, den Lauf des Flusses bezeichnend und verhüllend. Und als die Sonne über den Zinnen von Lenzburgs und Aaraus Türmen emporstieg, schien Leben in die Nebel zu kommen, die sich über dem Fluss im Goldlicht zusammenrollten, erhoben und der Tageskönigin entgegenschwangen, ihr gleichsam ihre Huldigung darzubringen. Der anfangs etwas lärmende Zug der Reisigen wurde auf dem rauen Wege durch die Waldhügel gegen den Benkenberg hin nach und nach ruhiger. Man hörte nur das Geklirre der Waffen und unter dem unsicheren Schritt der Pferde das Gerassel der Steine, die der Regen von den Höhen in die Wege niedergeschwemmt hatte. Falkenstein allein murmelte Flüche, wenn er zufällig durch die rechts sich öffnenden Schluchten oder von den freien Hügeln aus die Stadt Aarau erblickte und den grauen Turm Rore sah, der, stolz in seiner Pracht, ihn zu höhnen schien. Ganz andere Empfindungen wurden, wie es schien, in seiner wilden Brust herrschend, als er zwischen den hohen Felsen der Geißflue und Wasserflue, vom Rücken des steilen Benken aus, noch einmal die Augen zurückwandte nach den einsamen Gebäuden auf der Hard. Das Harte in seinen Gesichtszügen schwand und sowohl sein Blick, als ein halbunterdrückter Seufzer verkündeten eine Art schwermütiger Sehnsucht.

Der Weg wendete sich, auf der Mitternachtsseite des Gebirges im Schatten der Gebüsche, neben einem rauschenden Bache, an den ärmlichen Hütten des Oberhofs vorbei, zum Tale der Wölflinswyl. Dann erschloss sich die lachende Landschaft des Frickgau, in deren Hintergrunde, jenseits des Rheines, der Schwarzwald seine dunklen Gebirgsmassen wie einen blauen Vorhang auseinanderbreitete. Je näher die Ritter gen Laufenburg kamen, desto fröhlicher wurde ihr Gemüt in der Hoffnung des Wiedersehens einer zahlreichen und lustigen Gesellschaft, die sie für die Mühseligkeiten und die Not der letzten Nacht schadlos halten sollte, und in Erwartung der kriegerischen Abenteuer, die ihnen für diese Tage vorbehalten waren.

Unter fröhlicher Unterhaltung zogen sie durch die finsteren, weiten Waldungen längs dem Rhein hin, bis sie nahe vor sich die Stadt Laufenburg und dicht vor derselben, auf dem felsigen Hügel, das weitläufige Schloss mit den starken Türmen und hohen Mauerzinnen erblickten. Hier schwiegen alle, weil der Anschlag auf Brugg den Nichteingeweihten ein Geheimnis bleiben sollte. Das Städtchen, wie das Schloss Laufenburg, war mit allerlei Kriegsvolk besetzt. Noch sah man an den frischen Ausbesserungen der Stadtmauer, welchen Schaden das grobe Geschoß der Berner und Baseler angerichtet, die sie mit ihren Schlachthaufen ein Jahr vorher belagert hatten.

Die Ritter wurden in der Burg, wo Thüring von Hallwyl, Hans von Falkenstein und andere ihrer schon längst geharret hatten, mit Jubel empfangen. Alle brannten in wilder Ungeduld, den Krieg wider die Eidgenossen ihrerseits zu beginnen. Ritter Burkhard Münch hatte neue Botschaft aus dem Elsass gesandt, dahin lautend, dass der Dauphin mit den Franzosen auf dem Wege gegen die Schweizergrenzen wäre, um die Stadt Zürich von ihren Belagerern zu entsetzen.

Landgraf Thomas, nachdem er sich im Schlosse erquickt und die letzte Abrede genommen hatte, säumte nicht, saß mit den beiden Baldeggern und einigen Knechten rasch zu Pferde, und ritt noch denselben Tag über Waldshut nach Zurzach.

In der Frühe des andern Morgens brachen die Ritter auf nach Brugg. Das Geläute der Sonntagsglocken erscholl auf allen Dörfern. Auf den Landstraßen und Fußwegen und durch die Felder wandelten die frommen Bäuerinnen von entlegenen Höfen und Weilern der fernen Pfarrkirche zu; alle waren festlich geputzt, und trugen einen Blumenstrauß und Rosenkranz sittsam in den vor sich zusammengefalteten Händen. Mit nicht gar sonntäglichen Gedanken musterten die Ritter die Gestalten der ländlichen Schönen, die mit ehrerbietiger Verneigung und niedergesenkten Augen grüßend an ihnen vorbeigingen; dann aber, von Neugier gefesselt, in einiger Entfernung hinter ihnen stehen blieben, den Herren nachsahen, und, wenn diese den Kopf wandten, mit lautem Gelächter davon sprangen.

Glücklicher wie gewöhnlich, trafen die Reisenden, als sie nach einigen Stunden zur Stilli an die Aar gelangten, den Fährmann am rechten Ufer, so dass sie sogleich überschiffen konnten. Es war noch nicht Mittag, als sie der Stadt ansichtig wurden. Falkensteins Unmut schien sich, je näher sie kamen, zu legen. Seine Seele wurde von dem Gedanken an das gemeinschaftliche Unternehmen erfüllt, dessen Ausführung unmittelbar bevorstand. Marquard jauchzte. »Wäre ich achtundvierzig Stunden älter,« rief er, »ich söffe mir ein Räuschchen. Ihr Brugger sollt mit schweren Zinsen zurückzahlen, was mir Eure gnädigen Herren und Obern von Bern am Schenkenberg gestohlen haben! Führe Du das Wort zu Brugg, Vetter Thomas, denn mir kocht die Galle, wenn ich mit Spießbürgern zu schaffen habe, deren Banner ich bisher demütig folgen musste. Zudem, will's Dir ehrlich gestehen, mit der Degenklinge kann ich reden, Finten machen und beweisen: mit meiner Zunge komme ich nicht fort. Zum Staatsmann tauge ich so wenig, als der Rabe zum Chorsingen; kann nicht die Katzen streicheln, nicht jemanden in's Gesicht lügen, oder vorn lecken und hinten kratzen.«

Der Thorwächter der Stadt grüßte auf der Brücke die einziehenden Ritter, indem er die Pelzkappe abzog und sich ehrerbietig so tief verbeugte, dass seine Stirn fast den Fuß des Freiherrn von Falkenstein im Steigbügel berührte. »Glückseligen, guten Morgen, gnädige und wohlgestrenge Herrn!« sagte er. »Schon so früh auf dem Wege am heiligen Sonntag? Schon weit her? möchte ich fragen, wenn's mir geziemte, gnädiger Herr Gevatter!«

»Du bist ein kluger Bursche, Gevattersmann,« antwortete Falkenstein, der dem Torwart vor einigen Jahren ein Kind aus der Taufe gehoben hatte, »d'rum magst Du's wohl wissen. Wir kommen aus dem Lager von Zürich und reiten gen Basel zum Bischof. Es ist nahe daran, dass der Frieden mit den Eidgenossen abgeschlossen werden soll.«

»Gott im hohen Himmelsthrone sei gelobt und gepriesen!« rief der Thorwächter und tanzte, die Pelzmütze zwischen den gefalteten Händen, in lustigen Bockssprüngen neben den Rittern her. »Frieden also? Keiner Seele verrate ich ein sterbendes Wörtchen. Also richtig? Gnädiger Herr Gevatter, das ist eine Freudenbotschaft, wie wir in Brugg lange kei-

ne vernahmen. Ich will vom Turm blasen, wenn das heilige Friedenswerk vollendet ist; mit allen himmlischen Heerscharen will ich um die
Wette blasen; Gott gebe Euch tausend Glück und Segen auf den Weg,
gnädiger Herr Gevatter!«

Sie ritten in das Städtchen, den schroffen Rain hinauf, zur Herberge,
wo sie ihr Mittagsmahl bestellten. Während es bereitet wurde, gingen sie
durch die Stadt, wo sie leutselig mit den ihnen wohlbekannten Bürgern
redeten, die vor den Häusern im Sonntagsgewand umherstanden und
sich gegenseitig um Neuigkeiten befragten. Das Erscheinen der drei adeligen Mitbürger und die wichtige Miene, mit der sie von ihrer eiligen
Sendung nach Basel redeten, um zur Abschließung des Friedens den Bischof dort abzuholen und in's Feldlager der Eidgenossen zu geleiten, erfüllte Alle mit Glauben und Freude. Mit nicht so großer Zuversicht empfing der greise Schultheiß Ludwig Effinger die Neuigkeit, als der Landgraf, nebst den beiden Brüdern von Baldegg, ihm den Ehrenbesuch ab-
stattete.»Möge Gott mit allen seinen Heiligen den rechtschaffenen Männern beistehen, die am Frieden arbeiten,« sagte er, »allein ich zweifle,
dass es heute damit ernstlicher gemeint sei, denn bisher. Zürich ist vom
Schweizerbunde abgefallen. Seine Helfer aus Winterthur, der Adel aus
Thurgau, der römische König, welcher das heilige Reich wider uns in
Harnisch zu bringen sucht, der König von Frankreich, welcher Eroberungen machen will, finden an der Eintracht der Schweizer und bei der
Rückkehr Zürichs zur Eidgenossenschaft keinen Vorteil. Warum sollten
sie den Frieden wünschen? Die Schweizer würden ihn täglich anbieten,
wenn das abtrünnige Zürich dem Bunde mit Österreich entsagte. Man
will den Frieden nicht. Frankreich und Österreich lassen nicht von der
Schweiz, bis entweder ihre Heeresmacht in unsern Tälern begraben liegt,
oder ihre gegenseitige Eifersucht sich gegen einander bewaffnet. Man
will keine Freiheit in Europa dulden. Man fürchtet die Nachahmung unsers Beispiels seitens der seufzenden Völker. Wir leben im Anfang eines
tausendjährigen Krieges, eines Krieges auf Leben und Tod. Es handelt
sich um Freiheit oder Knechtschaft des ganzen menschlichen Geschlechtes. Das Haus Österreich will den Feuerbrand nicht so nahe vor seiner
Thür haben. Ihr wisset, wie schon die Tiroler sagen: »wir wollen Schweizer werden,« und das vergisst uns Österreich nie.«

»Ich hätte nicht gemeint, Herr Schultheiß,« sagte Hans von Baldegg,
»dass jemals die Zunge eines Effinger so laut gegen das erlauchte Erzhaus eifern könne«

»Meine Voreltern,« versetzte der Greis, »haben dem Hause Habsburg
mit Eifer und Treue gedient. Mein eigener Vater ist vor sechzig Jahren

mit dem Herzoge vor Sempach gefallen und seitdem hat Österreich seine Rechte an uns aufgegeben. Heute diene ich mit Effingerscher Treue meinen gnädigen Herren zu Bern und den Eidgenossen. Ich hoffe, der gesamte Adel im Aargau kennt keine andere Ehre, als seine beschworene Pflicht.«

»Beschworene Pflicht?« rief Marquard. »Straf' mich Gott, ich meine, der Adel ist wohl so frei, als die Stadt Bern, und Bern selbst ist noch Kaiser und Reich angehörig, gleichwie jeder Edelmann.

»Still, Vetter!« rief Thomas von Falkenstein dazwischen. »Davon ist hier nicht die Rede. Unsere Sache ist's nicht, den Streit, sondern den Frieden zu erneuern. Wir, Herr Schultheiß, wollen Freunde bleiben. Heute ziehen wir nach Basel. Vielleicht treffen wir den Bischof schon unterwegs an. Veranstaltet, auf mein Ehrenwort vertrauend, was der großen Friedensfeier würdig ist. Wir, als Eure Mitbürger, wollen Eure Gäste sein.«

Damit beurlaubten sich die Ritter, um das Mittagsmahl in ihrer Herberge zu genießen, welches sie von der Gastfreiheit des Schultheißen anzunehmen, abgelehnt hatten. Als sie in der Herberge schon zu Tische saßen, öffneten sich die Türen, und der Großweibel in Mantel und Stab, gefolgt vom Kleinweibel und den Stadtdienern, trat herein. Die Letzteren hielten in glänzenden Silberkannen den Ehrenwein, welchen sie im Auftrag von Schultheiß und Rat der Stadt Brugg überbrachten. In einer wohlgesetzten, zierlichen Rede bat der Großweibel die edlen und gestrengen Herren, namens des löblichen Rates und gesamter Bürgerschaft, diesen geringen Beweis der Hochachtung gnädig aufnehmen zu wollen, welchen sie, als Mitbürger und Mitarbeiter am heiligen Friedenswerk, so wohl verdient hätten. Der Landgraf dankte im Namen seiner Reisegefährten freundlich und brachte den Weibeln zu Ehren des Rates den ersten Trunk aus, welche sich darauf mit tiefen Verbeugungen wieder entfernten. Die Ritter schienen zu fühlen, dass diese Ehren- und Freundschaftsbezeigungen ihnen jetzt gerade am wenigsten gebührten. Sie tranken schweigend den edlen Rebensaft, den ihnen gastgefällig eine Stadt darbot, über deren Untergang sie brüteten. Auch verließen sie dieselbe eilfertig, sobald ihre Pferde bereit standen, und begaben sich über den Bötzberg zurück in den Frickgau. Mit der beginnenden Nacht trafen sie wieder bei ihren Genossen in Laufenburg ein.

31.
Die Mordnacht.

Der folgende Morgen verstrich ihnen hier in kriegerischer Geschäftigkeit, Dolche, Schwerter, Armbrüste, Büchsen wurden in Stand gesetzt; Koller, Harnische, Pickelhauben geputzt; die Pferde untersucht; die Mannschaft truppweise gemustert. Nur die Vornehmeren wussten, wohin es gehen werde; die meisten Übrigen rieten zwischen Zurzach und Schaffhausen. Ein Eilbote, der den Absagebrief der Falkensteine nach Bern trug, war schon den Abend zuvor dahin gegangen. Nachmittags setzten sich die Rotten der Kriegsleute in Bewegung; es waren ihrer fünf- bis sechshundert, alle zu Pferde. Sie ritten in weitgedehntem Zuge langsam und paarweise zwischen dem Gebirge und dem Rheinufer aufwärts, bis das Blitzen ihrer Waffen dem neugierigen Blicke der Nachschauenden zwischen Gebüschen und Wäldern, jenseits der Talschlucht von Sulz, entschwand. Dann wendeten sich die riesigen Scharen in das Innere des zweiten Gebirgseinschnittes, welcher, ihnen zur Rechten, hinter einem Vorhang von Tannen und Buchen verborgen lag. Einen wilden Bergstrom entlang, zogen sie an den armen Hütten von Mettau und Gansingen vorüber, und nach einigen Stunden zur Höhe des Gebirges. Von hier, auf kaum gebahnten Pfaden, die Pferde am Zügel leitend, wanderten sie bei nächtlicher Zeit durch das felsige Möntal hernieder. Ehe sie noch zu den wenigen zerstreuten Hütten daselbst gelangten, befahl Thomas von Falkenstein, Halt zu machen und die Führer der einzelnen Haufen zu versammeln.

»Jetzt ist es an der Zeit, edle Herren,« sprach er, »den tapferen Leuten, die Euch folgen, das Geheimnis unseres Unternehmens aufzudecken. In wenigen Stunden beginnen die Feindseligkeiten. Brugg soll den Reigen führen, die aargauischen Städte müssen der Reihe nach folgen. Gefahren haben wir diese Nacht nicht zu bestehen, sondern nur zu überrumpeln und gute Beute zu machen, im Falle es uns gelingt, unverraten die Stadt zu erreichen. Was wir erbeuten, wird auf die Schiffe gebracht und die Aar hinab zum Rhein und nach Laufenburg geschafft. Dort wird geteilt. Graf Görg von Sulz soll sich, während die Übrigen ins Thor eindringen, der Schiffe am Aarufer versichern und sie bemannen. Jörg von Knöringen, Hug von Hegnau und Fritz vom Haus, versperrt mit Euren Leuten alsbald die Ausgänge der Stadt, damit kein Vogel aus dem Nest entwische. Bentelin von Hemmenhofen, Max von Ems, Balthasar von Blumenegg, Ihr werdet die Vornehmsten, besonders die Ratsherren und Schultheißen, aus den Betten holen, im österreichischen Hause zusammenbringen und bewachen; Schneiderhans wird Euch führen. Er kennt jedes Haus, jeden Durchgang, jeden Mann und wird ihrer keinen übersehen. Als er vor einigen Jahren durch lose Streiche das Bürgerrecht der

Stadt verwirkt hatte, sprachen sie einmütig seine Verbannung aus. Nun hat er Lust, statt Gnadenstimmen zu sammeln, Gnadenstöße zu geben. Ihr dürfet Vertrauen haben, denn Hans von Rechberg, Thüring von Hallwyl, die Herren von Baldegg bilden mit mir die Vorhut, die Übrigen sollen indes in der Entfernung von einigen hundert Schritten folgen. Sind wir erst einmal in der Stadt, werde ich allen zur Hülfe sein.«

Während er diese und andere Befehle gab, hatten sich die Haufen auf der Bergwiese nach und nach näher zusammen gedrängt, ihn zu hören. Plötzlich drehten sich alle Köpfe nach der Seite und ein Murmeln der Verwunderung oder Furcht durchlief die Menge. Man sah, im ungewissen Zwielicht, jemanden, wie es schien, einen vornehmen Herrn, mit ehrerbietigem Gefolge, vom Berg herab an der Außenseite der Versammlung mit langsamen Schritten hinreiten. Die Person war in einen weiten Mantel gehüllt und trug einen Hut, wie ihn angesehene Priester oder Bischöfe zu tragen pflegen. Unter denen, die ihm paarweise folgten, erkannte man deutlich einige Leute, welche in die Ehrenfarben von Basel gekleidet waren.

»Still!« rief der Freiherr mit gedämpfter Stimme. »Sehet Ihr nicht, dass es der Herr von Rechberg ist, welcher uns diese Nacht als Bischof von Basel begleiten und unser frommes Werk segnen muss? Vermeidet alles Geräusch! Keiner lache, keiner plaudere oder huste. Wir müssen auf Katzenpfoten ans Thor schleichen.«

Darauf begab er sich zum vermeintlichen Bischof und ritt langsam an seiner Seite voraus. Ihm folgten die beiden Herren von Baldegg; diesen die Träger der Ehrenfarben von Basel; diesen wieder, als Boten, Schreiber und Diener, einige andere Paare, alles in Mänteln. In einiger Ferne folgte schweigend der lange Zug der Übrigen. Dumpf dröhnte der Huf der Rosse durch die Wiesen und Dorfschaften, deren Bewohner schliefen. Was in den Häusern noch wachte und die beweglichen schwarzen Reihen so vieler Reisigen fast lautlos vorüber ziehen sah, schwieg voll Furcht und Entsetzen und ahnte böse Ereignisse für das Land. Ein einziger Mann von herzhaftem Sinn meinte, er müsse die Stadt warnen, und eilte, als der Zug, der kein Ende zu nehmen schien, an ihm vorüber war, auf Seitenwegen davon, heimlich der Stadt zu. Als er aber, unter der kurzen Steig, von der Wiese in den Fahrweg treten musste, erblickte er die Vordersten schon in der Nähe, weshalb er die Schnelligkeit seines Laufes verdoppelte. Der Schall seiner Schritte verriet ihn, und die Eile gen Brugg machte ihn verdächtig. Falkenstein und Rechberg sprengten ihm nach und riefen: »Steh!« als sie ihn schon zwischen den Pferden hatten.

»Wohin so behänd, Landsmann?« fragte ihn der Landgraf.

»Gen Brugg,« erwiderte atemlos der Mann. »Um tausend Gottes willen lasset mich, ich habe ein Kindchen in Todesnöten daheim.«

»Du bist doch nicht aus der Stadt,« sagte Falkenstein. »Wie heißest Du?«

»Hans Geißberg heiße ich, gestrenger Herr von Falkenstein,« erwiderte der Bauer, »und gehe in den Arzneiladen.« Damit tat er, um zu entkommen, einen gewaltigen Sprung vor die Pferde; Hans von Rechberg sprengte ihm nach. »Weg mit ihm. Der kennt uns!« rief der Landgraf. Bald darauf hörte man einen durchdringenden Schrei und es wurde still. Als die Vorhut zur kurzen Steig kam, sah man den Leichnam des Mannes am Wege liegen. Die Pferde gingen in weitem Bogen scheu daran vorüber.

Es war eben Mitternacht vorbei, als aus den dunkeln Nebeln des Aarstroms die Stadttürme und Mauern von Brugg, wie wachsende Schatten, hervorstiegen. Ihre verworren erscheinenden Umrisse gestalteten sich, je näher man kam, immer bestimmter. Der Landgraf hieß nun diejenigen, welche die Farben der Stadt Basel trugen, als Vorreiter voraustraben und an die Pforte des Aartores pochen. Sie gehorchten und klopften, da alles im ersten tiefen Schlafe lag. Endlich rief die Stimme des Wächters vom Turm des Thores herab: »Wer kommt und lärmt drunten bei später Nachtzeit?«

»He, Gevatter, kennst Du Falkenstein nicht?« antwortete der Landgraf. »Der Herr von Basel ist hier; mache auf! Wir bringen den Frieden und eilen nach Zürich in das Lager unserer Herren von Bern. Auf, auf! Wir eilen; Gevatter, auf!«

»Gottes Wunder!« schrie der Wächter mit fröhlicher Stimme. »Hätte ich also doch nicht geträumt? Allsogleich, gnädiger Herr Gevatter, alsogleich wird aufgetan. Gottes Wunder, nur um ein kleines Geduld!«

Nach einer Weile rasselten die großen Schlüssel am Schloss der Pforte; die schweren Riegel kreischten, als sie zurückgezogen wurden, und die Thorflügel gingen knarrend aus einander. Der Wächter trat ehrfurchtsvoll und mit tiefer Verbeugung auf die Aarbrücke hervor, dem Freiherrn entgegen. Zwei Knechte, in den Farben von Basel, ritten an ihm vorbei, dann der für den Bischof Gehaltene, begleitet von den Baldeggern und dem Gefolge; weiterhin, den Seitenweg hinab, schallte es vom Trabe vieler Rosse, und bewegten sich so viele Schatten im dunkeln, wie von einem ganzem Heere. Das däuchte dem ehrlichen Thorwächter nicht geheuer, und er sprach zu dem Herrn von Falkenstein: »Gnädiger Herr

Gevatter, ist ihrer wohl viel für eine Botschaft; darf nicht alle ohne Erlaubnis einlassen. Ich wills recht schnell dem Schultheißen melden.«

Mit diesen Worten wandte er sich, um rasch das Tor zu schließen, doch der Falkenstein zückte plötzlich sein Schwert, und das Haupt des Wächters flog in die Aar. Nun kam die volle Harst hinterher, und drang brüllend und jodelnd, mit entsetzlichem Getöse, den steilen Straßenrain durchs Tor aufwärts in die Stadt, in die Gassen links und rechts. Durch das verworrene Geschrei der Rasenden donnerte der dumpfe Ton der Stöße gegen verschlossene Türen, brachen zerschlagene Vorläden und Fenster krachend zusammen und fielen Büchsenschüsse. In diesem höllischen Getümmel erwachte die ganze Stadt und bald sah man allerorten erleuchtete Fenster. Keiner von allen den aus dem ruhigen Schlummer geschreckten Bewohnern der Stadt konnte begreifen, was geschehen sei? Einige glaubten, es wäre eine Feuersbrunst ausgebrochen, und wollten zum Löschen eilen; andere, der jüngste Tag breche herein, und wollten zur Kirche gehen; noch andere, die Stadt sei von den wütenden Armagnaken überrumpelt, und sie rannten nach Waffen oder suchten Schlupfwinkel auf Estrichen oder in Kellern. Bleich und bebend liefen viele durch die Gassen, halbbekleidet oder wie sie aus den Betten gesprungen waren, die einen zu den Nachbarn, die andern zu den Stadttoren; viele rannten zum Rathause und wo jeder am ehesten Zuflucht zu finden glaubte. Die Adeligen aber hatten indessen alle Ausgänge verrammelt und gesperrt, sodass keiner entschlüpfen konnte. Wer ihnen in Verzweiflung widerstand, wurde niedergestochen. Man sah den greisen Schultheiß Effinger von Kriegsknechten fast unbekleidet über die Gassen geschleppt zum Herzoghause am Kirchhofe. Dorthin wurden die übrigen Räte und Häupter der Stadt geführt. Die anderen Plünderer trugen geraubte Waffen zu den Schiffen, sowie Silbergeschirr, Truhen und Kisten, den Sparpfennig der Kinder, den Notheller der Alten, der fleißigen Hausfrauen Gespinnst und Gewebe, vieler Jahre Arbeit und Frucht, der Stadt Kleinode, Banner, Siegel und Briefe über Freiheiten und Gerechtigkeiten, selbst die eisernen Thorketten, als müsse nichts zurückbleiben als das nackte Gemäuer und die Ziegel auf den Dächern. Thomas von Falkenstein rannte geschäftig die Straßen auf und ab und ermunterte seine Helfer und Helfershelfer.

»Rüstig, rüstig!« rief er. »Die Stadt soll uns in dieser Nacht den ganzen Kriegszug bezahlen und ein paar Schlösser dazu. Leeret die Säcke, feget Kasten und Schrein, Werkstatt und Krambude; lasset die Dirnen in Frieden, und wer ein Liebes hat, führe es mit sich von hinnen.«

»Vetter Thomas,« sagte Marquard von Baldegg, der zu ihm stieß, »das ist des Teufels Hochzeit hier. Sind wir nun einmal am Werk, soll's auch etwas geben, davon die Welt spricht. Hundertundsiebzig Stück Silbergeschirr liegen in den Schiffen, ich ließ sie zählen; sieben Geldfässchen und ein paar Dutzend Säcke voller Münze daneben. Die Berner mögen erfahren, dass sie noch nicht Meister sind, wenn's darauf ankommt, ein volles Nest auszuleeren. Aber Vetter, hörst Du nichts! Es klingt und läutet mir schon seit einer Stunde in den Ohren, straf' mich Gott, als schlügen die Dörfer im ganzen Aargau an die Sturmglocke. Hörst Du nichts?«

»Mag sein! Lass sie stürmen,« antwortete der Freiherr. »Wir sind ihr böses Wetter, das sie mit den Glocken nicht bannen. Wir machen hier reine Bahn und lassen den Bernern das Nachschauen. Es gönnte mancher den stolzen Bruggern, dass wir sie pflücken. Komm', Vetter, ins Herzogenhaus. Schon graut der Tag. Nun will ich unserm Fehdebrief an die Eidgenossen das rote Siegel anhängen. Kennst Du die beiden da hinter mir? Sie sollen Arbeit haben.«

»Dein Scharfrichter und sein Gesell? Ich verstehe Dich,« sagte Marquard. »Mir gilt's gleich. Liegt schon ein Dutzend Spießbürger erstochen auf der Straße, mag der löbliche Stadtrat nachwandern. Könnte ich das ganze Nest aus dem Boden reißen und in die Aar ersäufen, es würde sobald kein anderes wieder wachsen.«

Sie begaben sich durch ein Seitengässchen über den Kirchhof zum österreichischen Hause, dessen Fenster hell erleuchtet und wo drinnen großes Getöse war. Hans von Rechberg trat hier den Kommenden entgegen; Marquard aber ergriff ihn beim Arm, führte ihn ins Haus zurück und sagte lachend: »Kommt mit uns, Herr Bischof von Basel! Verrichtet Euer geistliches Werk nach Gebühr. Wer soll Schultheiß und Rat absolvieren, wenn Ihr fehlt? Ihr habt das Schwert des heiligen Petrus lange genug geführt, jetzt machet vom Schlüsselamt Gebrauch. Öffnet uns den Aufenthaltsort unserer Gefangenen. Wir wollen ihnen den kürzesten Weg in Abrahams Schoß zeigen.«

Rechberg ging mit ihnen und ein ganzer Haufen von Kriegsleuten schloss sich ihnen an. Sie traten in einen geräumigen, altertümlich geschmückten Saal, von in Wand- und Hängeleuchtern befindlichen zahllosen, kaum erst angezündeten Kerzen erhellt, die zu einem großen Fest und Mahle, vielleicht zur Feier des nahe geglaubten Friedens, bestimmt gewesen sein mochten. Jetzt warfen sie, statt auf eine buntfröhliche Menge heiterer Gäste, ihren Glanz auf entsetzensvolle und entsetzenerregende Gesichter. Beim Eingang standen längs der Wand in ungeordneten Reihen die Edelleute, welche durch Neugier, Schadenfreude oder Blutgier herbeigelockt worden waren; alle in kriegerischer Tracht, halb und ganz geharnischt, in Helmen, Sturmkappen, Panzerhemden, goldgestickten Langröcken und Büffelwämmsern. Einige trugen entblößte Schwerter, andere Streitkolben und Äxte; anderen waren die Kleider von angespritztem Blut besudelt. In allen diesen finsteren, bärtigen Gesichtern malten sich auf verschiedene Weise die Leidenschaften, deren Raub sie in diesem Augenblick geworden waren. Die Augen der einen stierten, lechzend vor Mordlust, zu den Gefangenen hinüber; die Gebärden anderer verzogen sich zum schadenfrohen, spöttischen Lachen über die halbnackten Gestalten und jammervollen Stellungen derselben. Die Gefangenen auf der entgegengesetzten Saalseite, die achtbarsten Männer des Rates und der Stadt, standen, kaum bekleidet. wie man sie aus den Betten gerissen hatte, ängstlich in einen Winkel zusammengedrängt; einige still betend, oder zusammenschlotternd im Frost der Todesangst, andere wie von ihrem furchtbaren Schicksal betäubt und schon gefühllos, oder um das Los ihrer Hinterlassenen und der unglücklichen Vaterstadt voll männlichen Schmerzes und voll tiefen, schlecht verhehlten Ingrimmes. Nur der mitten unter ihnen befindliche Schultheiß Effinger hatte noch die ruhige Haltung und Würde, mit welcher er an der Spitze des Rates zu stehen gewohnt war,

»Ihr scheint noch wohlgemut, Schultheiß Effinger, Herr zu Urgiz!« rief der Freiherr spöttisch.

Da wandte sich der Schultheiß mit stolzem Ernst zu ihm und sprach: »Thomas von Falkenstein, was habe ich mit Euch zu schaffen?«

»Bei meiner armen Seele! Ich sollte meinen, mehr als Euch lieb wäre,« entgegnete der Freiherr. »Oder Euer alter Kopf hat vergessen, dass ich Euch und Eure ganze Stadt im Sack habe.«

»Gottvergessener Mann!« rief der Greis mit mächtiger Stimme, und die Flamme des edlen Zorns erhöhte das Rot seines Gesichtes. »Möget Ihr Euch der ehrlosesten Tat rühmen, die je von zuchtlosen Gesellen in der Christenheit vollbracht ist.«

»Schultheiß, es ist Krieg, und durch Kriegslist, die noch keinem Ehrenmann verarget worden, bin ich Euer Herr, und nach Kriegsrecht will ich mit Euch verfahren, Eure Eidgenossen müssen noch mehr als Euch und Euer Städtlein daran wenden, um den Mordtag bei Greifensee zu sühnen.«

»Greifensee ist in ehrlicher, offener Fehde von den Eidgenossen belagert und berannt worden,« erwiderte Schultheiß Effinger, »und hat sich nach schwerem Streite den Siegern auf Gnade und Ungnade ergeben müssen. Ihr aber, Thomas von Falkenstein, überfallet uns feig und diebisch in der Nacht, mitten im Frieden, ohne Absage, überfallet nicht Eure Feinde, sondern Eure treuen Mitbürger und stoßet meuchelmörderisch Eurer Mutter Bern, die Euch gesäugt und gepflegt hat, Euch und Euern Bruder, das Schwert in die Brust.«

»Schweig!« fuhr ihn der Freiherr donnernd an.

»Ihr, Thomas, habt mir nicht zu gebieten,« versetzte mit ruhiger Hoheit der biedere Alte. »Ich bin der Schultheiß dieser Stadt, zu der Ihr meineidig geschworen habet. Meine Stimme ist die Stimme dieser Stadt, die Euch Gutes erwiesen hat, und die Ihr dafür ausraubet; in deren fromme Wohnungen Ihr Jammer und Verderben bringet, nachdem Ihr noch vor drei Tagen der Verkündiger des gottgefälligen Friedenswerkes gewesen seid.«

»Zündet Fackeln an, führet sie alle hinaus!« schrie der Freiherr mit fürchterlicher Stimme. »Alle, alle! Leget ihnen die Köpfe vor die Füße!«

»Irret Euch nicht, Thomas von Falkenstein!« sagte der Schultheiß. »Ihr meinet, die Toten müßten schweigen, aber ihre Zungen reden lauter als die der Lebendigen. Mich alten Mann härmet der Verlust des Lebens nicht. Glanz, Freude und Wohlstand meiner Stadt sind dahin. Meine teuren Brüder sind meuchlings erschlagen, darum hat mein Heimatsrecht hienieden den Wert verloren. Lasset mich's droben suchen. Vor meines Gottes heiligem Thron will ich für die Witwen und Waisen von Brugg beten, deren Vater ich hier nicht mehr bin. Droben darf ich ihr Engel sein.« Er sprach diese Worte mit Wehmut, mit zitternder Stimme.

»Zündet Fackeln an!« schrie Falkenstein von neuem. »Führet die Menschen auf den Kirchhof und tut sie ab!«

Da trat Hans von Rechberg zum Freiherrn und sagte mit ernster Miene: »Was haben Dir die Biederleute Übels getan? Sie sind wehrlos in unsere Hände gefallen; wir haben kein Recht an ihrem Blute. Dahin hat mein Sinn nicht gestanden. Ich habe Dir zu einem Mummenschanz und Fastnachtsspiel geholfen, nicht aber zu solch einer mörderischen Tat.«

Ein plötzlicher Lärmen von draußen unterbrach die Rede des Ritters. Mehrere Kriegsleute drängten sich durch die Thür des Saales herein und schrien: »Machet Euch auf, Ihr Herren! Auf! Es brennt in allen Straßen lichterloh, in allen Dörfern stürmt's. Von Aarau und von Lenzburg her, von Villnachern und von Habsburg wird unzähliges Volk im Anzug gesehen.«

»Hölle und Teufel!« schrie Marquard von Baldegg. »Das ist nicht möglich. Die Thore sind gesperrt; wer konnte hinaus und das Land erwecken?«

»Es müssen sich Leute an Seilen über die Mauern gelassen haben,« riefen andere Stimmen dazwischen.

»Wer hat Euch geheißen, Feuer anzulegen?« schrie Hans von Rechberg aufgebracht.

»Zu den Schiffen, zu den Schiffen! Habt Acht auf die Beute!« brüllten mehrere.

»Ruhig, ruhig!« donnerte Thomas von Falkenstein. »Alle, die Ihr hier seid, führet die Gefangenen aus der Stadt.«

Seine Stimme entschied. Man umringe die Bürger, stieß sie fort und der Freiherr verließ das Haus. Eine schreckliche Helligkeit wurde hinter der Kirche sichtbar, über deren Turm sich stoßweise gelbe Rauchwolken weg drängten. Als er durch die enge Quergasse geschritten war, sah er mit Entsetzen zwischen beiden Toren an vier, fünf Orten Flammen aus den Fenstern und Dächern schlagen. »Dass die Pestilenz in den verfluchten Leib der Mordbrenner fahre!« schrie er, ballte die Fäuste und sah sich um, die Täter zu suchen. Hinter ihm stand der Scharfrichter und dessen Knecht, als sein treues Gefolge. »Mir nicht von der Seite, Ihr sollt noch Arbeit haben!« rief er ihnen zu und ging weiter. Erschütterndes Zetergeschrei der Einwohner erscholl in allen Gassen. Männer, Kinder, alte Leute, Kranke und Gesunde stürzten aus den Häusern hervor, durch die Straßen, gegen die verschlossenen Stadttore und wieder zurück, um andere Ausgänge zu suchen. Mit dem Flammengeprassel und den dicken Rauchwirbeln links und rechts mehrte sich das Durcheinanderrennen, Wehklagen, Heulen und Fluchen des verzweifelten Volkes. Falkenstein selbst stand eine Weile vom Entsetzen ergriffen, unbeweglich da und starrte ohne Entschluss in den Gräuel der Verwüstung hinein. Plötzlich tat er einen gewaltigen Sprung zur Seite und fuhr mit der Wut eines Raubtieres einem jungen Kerl ins Genick, der mit Gepäck beladen daher kam. Es war einer der Zigeuner, die er gegen Aarau ausgeschickt hatte.

»Hund, Dich habe ich!« schrie der Freiherr mit zusammengebissenen Zähnen. »Dich habe ich! Bin Dir schuldig für Aarau. In die Hölle, Du Aas, in die Hölle mit Dir!«

Der Zigeuner stieß aus der halb zusammengewürgten Kehle einen grässlichen, gellenden Schrei, und versuchte sich loszuringen. Der Freiherr aber hielt ihn mit eiserner Gewalt und schrie dem Scharfrichter und dessen Knecht zu: »Nun, Ihr Galgenschwengel, was zögert Ihr? Auf! An den Brunnenpfahl hier, ziehet ihn aus, lasst ihn zappeln!«

Kaum war das Wort von ihm gesprochen, als die beiden das Schlacht-opfer mit wunderbarer Behändigkeit zu Boden gerissen, ihm die Füße gebunden, das Seil um den Hals geworfen, und ihn an der Brunnensäule emporgehoben hatten. Im zweiten Augenblick hing der Elende entseelt da.

»Der Gelbfink pfeift nicht wieder,« sagte Meister Hämmerli lachend.

Ein armes Weib, welches hastig und ängstlich vorüberging, erblickte nicht sobald den Erhenkten am Brunnenstock, als sie zurückprallte, dann noch einmal hinzutrat und einen lauten Schrei ausstieß. Sie starrte alle Umstehenden an; als sie aber den Freiherrn gewahr wurde, sprang sie blitzschnell davon. Diese Person war niemand anders, als die alte Zigeu-nerin Ilsel, die mit unbegreiflicher Geschwindigkeit verschwand und, dem Brunnen gegenüber, auf einer ziemlich hohen Mauer wieder zum Vorschein kam Diese Mauer verband zwei Häuser, aus welchen in die-sem Augenblick die Feuersbrunst hervorbrach. Mit kreischender Stimme schrie die Alte unverständliche Worte, indem sie ihre Arme gegen den Leichnam des Erhenkten ausstreckte. Meister Hämmerli und sein Gesell lachten aus vollem Halse über die wunderlichen Gebärdungen des Wei-bes auf der Mauer; auch der Freiherr sah dahin und erkannte die Alte. Wie sie da droben stand, glich sie einer Erscheinung, die dem Abgrund der Hölle entstiegen zu sein schien. In scharfen Umrissen zeichnete sich ihre abenteuerliche Gestalt mit den hin und her flatternden Lumpen auf dem blendenden Hintergrunde der Flammen. Wie lebendige Schlangen um ein Medusenhaupt, so flogen die zottigen Haare ihres Kopfes im Winde hoch auf. Über ihr wölbten sich blasse Rauchsäulen zu einer brei-ten, dichten Wolke zusammen, aus welcher ein glimmender Feuerregen herniedersank.

»Vermaledeite Hexenbrut! Muss ich Dich hier erblicken!« schrie ihr der Freiherr zu. »Gibt's keine Armbrust, keine Büchse hier? Schießt sogleich Belials Großmutter herunter!« Er rannte einem Unsinnigen gleich, erst im Kreise umher, dann zur Mauer hin, als wollte er sie erklettern oder niederwerfen.

»Mörder! Mörder!« kreischte die Ägypterin. »Meines armen Jungen Mörder! Verflucht seiest Du sieben Mal, Falkenstein! Sieben Mal für je-den Augenblick aller Stunden, welche die Welt steht! Dich zwicke mit Krämpfen die böse Gicht; das Fieber dörre Dir das Mark im Gebein und statt des Schlafes fasse Dich die fallende Sucht! Ich will Dich verfolgen und Dich quälen, wie Aussatz und Pestilenz das Land Pharaos, wie Hornisse den eiternden Gaul! Du sollst unter den Verwünschungen Deiner Freunde leben, und unter dem Hohngelächter Deiner Feinde sterben. Dein Haus soll untergehen und Dein Geschlecht verderben, wie ein Otternnest, von dem niemand weiß, wohin es gekommen ist. Deine Schlösser sollen Rabensteine werden und ihre zerrissenen Türme wie schwarze Brand- und Schandsäulen in die Höhe steigen. Mörder, Mörder! Im Tode sollst Du Deine Geburt verfluchen! Fahre hin! Fahre hin!«

Mit diesen Worten wandte sich die Zigeunerin zurück. Sie schien sich in den Abgrund der Flammen zu stürzen, welche hinter ihr aufflackerten. Von oben herab flog in demselben Augenblick ein brennender Balken dampfend und knisternd auf die Straße, hart neben Falkenstein nieder. Er stand wie betäubt, wie am Abgrund der Hölle. In der Wut hatte er anfangs versucht, das Weib auf der Mauer mit Steinwürfen zu zerschmettern; doch musste er, ohne Rache nehmen zu können, die Flüche der Ägypterin aus der unerreichbaren Höhe anhören, während ringsum die Gluten brausten, die lodernden Dachgiebel krachend zusammenfielen, die Mauern in der Hitze des Feuers barsten, und nah und fern tausend Rufe des Jammers der Menschen laut wurden. Ihn selbst ergriff in diesem Augenblicke eine Angst, wie er in seinem Leben noch nie gefühlt. Ohne zu wissen, wohin, lief er, der nahenden Gefahr des Todes im Feuer zu entkommen, und befand sich bald beim oberen Thore, wohin er nicht gewollt hatte. Hier umdrängte ihn plötzlich eine Menge erbärmlicher Gestalten von Kindern und Weibern. Das herzzerreißende Geschrei der einen, das klägliche Flehen und Winseln der andern, die Totenfarbe auf allen Gesichtern erschütterte ihn. Er glaubte am Tage des Jüngsten Gerichtes unter lebendig gewordenen Leichnamen zu stehen. Eine betagte Frau, auf dem zitternden Arm ein nacktes, weinendes Kind tragend, schien ihn zu erkennen. Sie warf sich ihm zu Füßen und umfasste seine Knie, indem sie um Barmherzigkeit und Rettung schrie. Da warf er ihr den Schlüssel des oberen Thores zu, den er bei sich trug, und sprach: »Nimm hin, Du Tier und schließe das Thor auf, dass ihr nicht verbrennet.«

Während die Haufen durch die Pforte ins freie Feld und unter die Linden jenseits der Ringmauern hinausdrängten, andere hingegen wieder in die Stadt zurückliefen, die noch Fehlenden auf den Gassen zusammenzurufen, begab sich der Freiherr mit großen und eilenden Schritten nach dem untern Thore, wo jenseits der Aar die Reisigen sich bei ihren Pferden zum Abzuge sammelten.

Schon war es heller Tag. Die weite schöne Landschaft prangte in ihrem sommerlichen Morgenschmuck, Jeder Hügel glich einem Blumenaltar, jede Wiese einem grünen, bunt durchwirkten Samtteppich. Aber inmitten der prachtvollen Umgebung stieg die breite, riesenhafte Rauchsäule der brennenden Stadt zum Himmel empor, und das schwermütige Tönen der Sturmglocken in den nahen und entlegenen Dorfschaften scholl wie die Klage des gesamten Landes um den Untergang des geliebten Brugg.

»Vorwärts, vorwärts! Bindet die Schiffe los!« schrie Falkenstein, als er zu den Seinigen kam. »Es ist hohe Zeit für uns, denn das obere Stadtthor ist offen; der Landsturm ziehet schon vom Aargau herunter. Wir können ins Handgemenge kommen, ehe wir's glauben, und von Umiken her im Rücken angefallen werden.«

Rechberg war bei den Schiffen, wo er das Einpacken des ungeheuren Raubes ordnete, der noch am Ufer aufgehäuft lag und in den Fahrzeugen kaum den nötigen Raum fand. Als er alles angeordnet und diejenigen, welche zum Schutze der Beute zurückbleiben mussten, auf die Schiffe verteilt hatte, kam er zurück, als sich der ganze Zug eben gegen das Gebirge in Bewegung gesetzt hatte. Mit düstern, verstörten Mienen ritt Thomas von Falkenstein voran. einige seiner Vertrauten schweigend neben ihm. In dumpfer Stille folgte die geharnischte Vorhut, gleich einem Leichenzuge. Dann kamen die armen Gefangenen, zu Fuß gehend, die Hände auf den Rücken gebunden und rings von Bewaffneten bewacht. Einer der vor ihnen her reitenden Edelleute trug zum Spott das Banner ihrer Stadt. Es war von feinstem Seidenzwillich, darauf das alte Wappen, zwei schwarze Türme mit einer offenen Brücke.

»Herr Schultheiß!« rief der Edelmann, der die Fahne trug und wandte sich mit halbem Leibe auf seinem Rosse zu den Gefangenen um – es war Herr Bentelin von Hemmenhofen. »Das muss sich fürwahr seltsam mit uns treffen. Gedenket Ihr noch des Tages, da ich bei Euch zu Tisch saß und warnte, Ihr solltet's nicht mit Bern und den Eidgenossen halten? Gelt, ich hatte Recht? Ihr aber habet mir damals trotzigerweise widersprochen und gesagt: Es ist leichter, dass unsere Brückentürme an den Bötzberg hinauftanzen, als dass wir von Treu' und Glauben lassen. Gottes Blut! Wer hätte gedacht, dass es so erfüllt werden würde? Schaut her, Herr Schultheiß, wie Euer Banner und Eure Brückentürme bergan tanzen. Ich denke doch, Ihr Herren Brugger, Euer Glaube an die Eidgenossen sei nun wankend geworden.«

Der greise Effinger erhob mit stolzem Unwillen das Antlitz und sprach: »Mögen unsere alten Türme über die Jurafelsen tanzen, unsere Treue tanzt ihnen nach. Überhebet Euch Eures nächtlichen Schelmenstückes nicht zu früh, die Ihr unsere Gastfreunde gewesen seid. Jeder Tag hat seinen Abend, der Himmel seinen rächenden Allmachtsarm und das Gebirge der Eidgenossen noch seine Schweizer.«

»Oho!« rief Bentelin lachend. »Über ein Kleines wird man die Schweizer aus dem letzten Loche pfeifen hören. Mit Stumpf und Stiel muss das Freiheitswesen ausgerottet werden uns der Adel wieder Herr sein in allen Ländern.«

»Das träumte dem Teufel auch, als er samt den gefallenen Engeln den Himmel stürmte, aber Meister wurde er doch nicht,« entgegnete der Schultheiß. »Ihr stoßet viel eher die Sonne vom Firmament, als das Gefühl des ewigen Rechtes aus der Menschenbrust.«

Hier schwieg Herr Effinger. Einer der Kriegsgesellen stieß ihn roherweise vorwärts, gleichwie auch die anderen Gefangenen zum schnelleren Schritt angetrieben wurden. Die Schreckensnacht jedoch hatte die Kräfte der Gefangenen erschöpft. Oft brachen die Knie zusammen und manche sanken ohnmächtig auf den Rasen an der Landstraße nieder. Hierdurch kam der Zug verschiedene Male ins Stocken. Als er bis in die unbewohnte Gegend der Krepsi gelangt war, ließ Falkenstein halten, bis die Übrigen nachgekommen und wieder versammelt waren. Er fluchte vor Ungeduld und schrie sie an, den Schritt zu verdoppeln. Als die Gefangenen matt und keuchend auf die Wiese traten, rief er: »In die Hölle mit Euch Krüppeln! Ihr hättet wohl Lust, mich zu hindern, heute mein Nachtlager in Laufenburg zu nehmen? Ich will Euch das Eurige zur Stunde geben. Voran, Schultheiß Effinger, Herr von Urgiz; Euch ziemt's, den Reihen anzuführen, und der edle Rat mit den Pfahl- und Spießbürgern folge nach Standesgebühr. Kniet nieder, verrichtet Euern letzten Stoßseufzer insgesamt und schicket Euch zum ewigen Schlafe an. He, Hämmerli! Vor mit den Knechten! Entblöße die Hälse und ziehe das Schwert!«

»Ich bin Deines Erbarmens von Herzen froh,« sagte mit starker Stimme Schultheiß Effinger. »Den Dank für das Verräterstück, böser Wicht, bringe ich Dir in jenem Leben.« Er sprach's und fiel mit beiden Knien sogleich auf die Erde.

Wie dies Hans von Rechberg sah, der in einiger Entfernung mit den Baldeggern sich unterhielt, sprengte er zum Landgrafen hin und rief:

»Was hast Du vor, Thomas? Dürstet Dich zum zweiten Male nach dem Blut dieser unschuldigen Männer?«

»Wäre hier nicht ebenso gut mähen, Rechberg, als auf der Wiese bei Greifensee?« antwortete der Freiherr.

»Falkenstein!« rief Rechberg mit Abscheu. »Du hast Mordes genug an den biederen Leuten begangen. Hättest Du mir vorhergesagt, wie Du zu Brugg Dein Spiel treiben wolltest, Du hättest mich nimmer mit Dir dorthin gebracht.«

Der Freiherr runzelte die Stirn.

»Lass den Schächern das nackte Leben,« sagte Graf Jörg von Sulz zu ihm. »Kannst sie den Armagnaken zu Knechten in ferne Länder verkaufen.«

Indem sah man einen Reiter mit verhängtem Zügel längs dem Eichenwalde von Brugg her heranjagen. Nach einigen Minuten und sobald er näher kam, rief er schon von weitem: »Aufgebrochen! Was säumt Ihr? Aufgebrochen!« Es war einer von denen, die zur Hut der Schiffe zurückgeblieben waren.

»Was gibst?« fragten alle und drängten sich um ihn zusammen.

»Zuletzt, Ihr Herren,« rief der Ritter, »behalten wir nur die schlechte Ehre, Mordbrenner zu sein, und der Teufel reißt uns die ganze Beute wieder aus den Zähnen. Die Trüllerey, die Luternau, Sägisser und der ganze Landsturm vom Aargau dringen durch die brennende Stadt heran.«

»He, die Trüllerey? Ist der Gangolf dabei?« brüllte der Freiherr von Falkenstein mit der Gebärde eines Besessenen.

»Ich sah ihn selbst; er ist allen voran. Mir setzte er nach, aber sein lahmer Gaul blieb tausend Schritte hinter meinem Pferde zurück,« sagte der Reiter.

»Schwert aus der Scheide!« schrie der Freiherr mit so schrecklicher Stimme, dass der weite Wald davon hallte. »Wir müssen alle zurück, es gilt unsere Beute und Ehre.«

»Halt! rief der Ritter. »Wir sind zu schwach und rennen gewissem Verderben in den Rachen. Die ganze Grafschaft Lenzburg ist im Anzuge. Hinter Brugg, auf den Rütinen, erscheint alles schwarz von bewaffnetem Volk. Sie stellen uns zwanzig Leute gegen einen. Die Unsrigen flüchten, so gut sie können, in die Schiffe.«

»Keine Unbesonnenheit, Falkenstein!« sagte der Herr von Rechberg. »Wir wollen den Spaß nicht allzu teuer bezahlen. Ziehe mit der Harst und den Gefangenen über den Berg; ich kehre mit einigen Rotten der Nachhut nach Brugg um, dass den Schiffen geholfen werde, oder dass ich unsern Rückzug ins Fricktal schütze. Vor Nacht bin ich wieder bei Dir.«

Der Landgraf, welcher vor Grimm mit den Zähnen knirschte, als alle Ritter, trotz seines Wütens, dem Rate Rechbergs beipflichteten, musste dem Willen der Menge nachgeben und den Weg gegen die Berge fortsetzen. Rechberg aber, mit etwa Fünfzigen aus der Nachhut, wandte sich gegen die Stadt zurück. Mit großer Behutsamkeit nahte er derselben, sich so viel als möglich in den Gebüschen haltend, bis er zur letzten Höhe kam, wo er rechts unter seinen Füßen die eingeäscherten Wohnungen von Brugg noch rauchen, links den Landungsplatz der Schiffe übersah. Die Ufer wimmelten von bewaffnetem Volke; unter demselben mehrere Ritter zu Pferde, welche sehr beschäftigt schienen, Anordnungen zu machen. In der Ferne schwammen einige wohlbemannte, mit Beute beladene Schiffe den Strom der Aar langsam hinab; es mochten die letzten sein, denen die Abfahrt gelungen war. Einige kleinere Fahrzeuge, die man bei der Flucht im Stich gelassen und aus welchen der Raub wieder ans Land getragen wurde, lagen noch am Ufer.

Obwohl Rechberg seine Leute hinter Gebüschen vorsichtig versteckt hielt und nur mit Wenigen vorgetreten war, schien er doch bald entdeckt worden zu sein; denn er sah, wie die bewaffneten Haufen am Ufer plötzlich auseinander gingen, einer derselben abwärts in der Richtung gegen die Stilli, ein anderer gegen die Stadt, ein dritter in gerader Richtung nach der Anhöhe zog, auf welcher er selbst stand. Ein Rittersmann führte den letzten Haufen, der kaum zwanzig Bewaffnete stark sein mochte, bis zum Fuße des Hügels. Da sprang der Führer vom Pferde, zog das Schwert und kletterte an der Spitze der Übrigen rasch hinauf. Rechberg erkannte ihn, schwang sich aufs Ross und rief lachend: »Setzt Euch meinetwegen nicht außer Atem, Herr Gangolf Trüllerey! Wir sehen einander schon zu gelegener Zeit. Eilet lieber jetzt und helfet den Bruggern löschen.«

»Ja, ja, mit Eurem meineidigen Blute, Herr von Rechberg!« schrie ihm Herr Gangolf zu. »Wenn Ihr anders ein so tapferer Mann, als ein guter Mordbrenner seid, werdet Ihr mich stehenden Fußes erwarten.«

»Ich hätte die beste Lust, Euer ungewaschenes Maul zu . . .« Hier wurde Rechberg von einem seiner Leute durch die Anzeige unterbrochen, dass sich hinter ihnen eine starke Schar Aargauer bewege.

»Auf Wiedersehen!« rief Herr von Rechberg dem Gegner zu, wandte sein Pferd und verschwand eiligst vom Hügel.

Gangolf erreichte atemlos, doch zu spät, die Höhe. Rechbergs Reiter waren schon weit dahin gejagt, unerreichbar für die verschiedenen Haufen Fußvolks, die im vollen Lauf und von allen Seiten auf diesen Punkt kampflustig zusammenströmten. Nichtsdestoweniger machte sich noch ein großer Teil auf, um die Flüchtlinge bis zum Rücken des Gebirges zu verfolgen. Gangolfs und der übrigen Aufmerksamkeit wurde indessen durch das laute und verworrene Geschrei einer Menge Volkes nach jener Richtung gelenkt, wo sie auf der Landstraße von der Stilli nach Brugg drei Reiter umringten und entwaffnen wollten. Gangolf eilte herab, warf sich auf sein Pferd und drängte sich durch den wogenden, lärmenden Schwarm zum Mittelpunkte desselben, in dem Augenblicke, wo man die Reisigen von den Pferden riss und das Gebrüll der wilden Haufen ertönte: »Nieder mit den Falkensteinen! Nieder mit den Mordbrennern!«

Gangolf erschrak. Er erkannte seinen betagten Vater, dessen treuen Diener Hemman und den Meister Isenhofer von Waldshut. Er brach sich Bahn zu ihnen und rief. »Lasst diese Ehrenmänner unangetastet. Der dort ist mein Vater!« Damit sprang er vom Sattel, half Herrn Rüdiger vom Erdboden auf und hob ihn mit Freude und Ehrerbietung wieder aufs Pferd. Der Kreis der Bauern erweiterte sich, indem sie zurücktraten, Isenhofer streckte dem Junker freundlich die Hand entgegen, und der alte Hemman dankte dem Sohne seines Gebieters tausendmal für die Rettung.

»Ohne Eure Dazwischenkunft,« sagte Isenhofer, »hätten uns diese harthörigen Biedermänner in bester Absicht zerrissen. Mochten wir auch aus Leibeskräften wie Herolde schreien und unsere Namen verkünden: die Kerle schrien tausendmal ärger, als wären sie Kehle von oben bis unten.«

Die Anführer des Landvolks entschuldigten den Irrtum ihrer Leute mit vielen höflichen Worten, die man ihnen gern erließ. Die Ritter verließen das Gewühl und begaben sich seitwärts der Stadt, am Wege von Umiken, in den Schatten hoher Nussbäume. Hier berichtete Gangolf seinem Vater und dem Dichter, so viel ihm selbst von der Mordnacht zu Brugg und deren Urhebern bekannt war, und erfuhr zugleich, dass sein Vater, in Begleitung Isenhofers, auf dem Wege nach Aarau begriffen sei, wo er in den nächsten Tagen einen alten Bekannten zuversichtlich erwarte. Nachdem man sich gegenseitig von allem, was jedem am meisten am Herzen lag, vorläufige Mitteilung gemacht hatte, ritt Herr Rüdiger mit seinen Begleitern, auf Rat seines Sohnes, am linken Ufer des Stromes zum Dörfchen Umiken voraus, weil in diesem Augenblick schwer durch die Stadt zu kommen war, wo die Menge zu Hilfe geeilter Menschen mit Löschen und Aufräumen beschäftigt war. Gangolf verhieß ihnen nachzukommen, sobald er nähere Erkundigungen über die traurige Begebenheit eingezogen und mancherlei Abreden mit vertrauten und wackeren Männern genommen haben würde, um die durch Falkenstein verübten Gräuel zu rächen.

Welche angenehmen Gefühle das überraschende Begegnen seines Vaters und dessen unerwartete Heimkehr zum Turm Rore in ihm auch erregt haben mochten, so vergaß er doch bald alles wieder über das große und rührende Schauspiel, welches sich ihm darbot, als er zur unglückseligen Stadt zurückkam. Der ganze Aargau war in edelmütiger Bewegung für dieselbe. Man sah, so wie in der Nähe auch in weiter Ferne, an allen Landstraßen und Wegen einzelne Menschen, Lasttiere, Wagen mit schnell gesammelten Unterstützungen für die Hilfsbedürftigen herbeieilen. Es kamen Fuhren von Mehl, schon gebackenen Broten und allerlei trockenen Früchten und anderen Lebensmitteln, einige mit Wein beladen, wieder andere hochaufgetürmt mit Kleidern für jedes Geschlecht und jedes Alter befrachtet, als hätten sich ganze Dorfschaften entblößt, um hier die Nackten zu kleiden. Die Botschaft vom Unglück war durch Läufer fast ebenso schnell von Dorf zu Dorf verbreitet worden, als durch die aufgestiegene Flammensäule.

Man bemerkte es, das Volk war in einer heftigen, sehr gereizten Stimmung. Es kostete Gangolf, der durch die Haufen umherging und bald diesen, bald jenen anredete, nicht geringe Mühe, sich verständlich zu machen und für sein Vorhaben eine hinreichende Zahl entschlossener Männer zu finden. »Wer setzt mit mir das Leben daran,« rief er, »für Brugg an dem Falkenstein und seinen Gesellen Rache zu nehmen?« Mehrmals erhielt er von den misstrauischen Rotten die Antwort: »Wir können es daran setzen ohne Euch, Junker! Wir sind Manns genug, die Edelleute mit den Kolben zu treffen, ohne Euren Rat. Ihr seid ein adeliger Herr, nehmt's nicht übel; Raben hacken einander die Augen nicht aus, wie das Sprüchwort sagt.« Doch andere, die ihn näher kannten, schlossen sich ihm an und nahmen die Redlichkeit seiner Gesinnung gegen die Trotzreden der übrigen in Schutz. Der Durst nach Rache quälte sie alle in gleichem Maße. Es stellten sich einige hundert Mann aus den

Grafschaften Lenzburg und Baden, welche mit Spießen, Büchsen und Armbrüsten bewaffnet waren, unter seinen Befehl. Sie verhießen, des andere Tages sich bei Aarau zu sammeln und ihm zu folgen, wohin er sie führen würde.

Als diese in ihre Dorfschaften zurückkehrten, um ihre Vorbereitungen zur Kriegsfahrt zu treffen, verließ auch Gangolf die große, grausige Brandstätte, suchte seinen Vater und den Meister Isenhofer zu Umiken auf und ritt mit ihnen nach Aarau. Den weiten Bogen, in welchem der unebene Weg sich längs dem Gebirge von Villnachern und Schinznach bis nach Veltheims Wäldern herumzieht, verkürzten Gespräche über die Vorfälle des Tages, über Herrn Rüdigers Reise und die Erwartung von der Ankunft seines geheimnisvollen Gastes, sowie über die einförmige Erzählung dessen, was im Freihofe, was in der Stadt, während Herrn Rüdigers Abwesenheit, sich zugetragen hatte. Sobald indessen dieser Stoff erschöpft war, verfiel der Alte wieder in sein gewohntes finsteres Schweigen. Auch Gangolf verstummte und wurde bald verdrießlicher, als sein schwermütiger Vater. Er dachte an Veronika, die mit ihrem Vater und der Bäuerin von der Hard verschwunden war, und von welchen er, alles Nachforschens ungeachtet, seither keine Spur entdeckt hatte. Die Hütte stand leer. Niemand in der Gegend wusste etwas von dem Verbleib der Einsiedler zu sagen. Es gingen Gerüchte um, von der Abergläubigkeit und Ketzerei des Lollhard und von den Schrecken, welche die göttliche Rache in der Gewitternacht verbreitet hatte.

Die Reisenden zogen, ohne weitere Abenteuer, während der Abenddämmerung, durch die dunkle Waldung Auensteins zum felsigen Biberstein am Fuße der Gisliflue, und längs dem Ufer der ihnen entgegenrauschenden Aar in die Pforten des Freihofs ein.

32.
Die Zerstörung der Burg Gösgen.

Dreißig Stunden später war das zunächst gelegene der Falkensteinischen Schlösser, nämlich Gösgen, schon durch mehr als zweihundert Berner und beinahe ebenso viele Solothurner berannt. Gangolf mit den Aargauern und mehreren tapferen Bürgern Aaraus, die sich ihm angeschlossen hatten, war zuerst vor diesem Platze erschienen. Als die Solothurner Mannschaft zu ihnen stieß, übertrug sie dem jungen Ritter, der sich, als verständiger Kriegsmann, schon der Fähre bei Schönenwert und aller Fahrzeuge am Ufer bemächtigt, auch Vorposten gegen Olten hin und in das Gebirge bei Lostorf, Stüßlingen und Erlisbach ausgestellt hatte, um vor einem Überfalle gesichert zu sein, freiwillig den Oberbefehl. Gangolf zweifelte nicht, dass Thomas von Falkenstein, bei der ersten Nachricht von der Gefahr, die seiner Burg drohte, mit aller Eile und Macht herankommen würde, sie zu befreien. Die Eroberung des Schlosses schien umso schwieriger zu werden, weil es den im Sturm herbeigeflogenen Belagerern an schwerem Geschütz fehlte.

Die Antwort, welche der Burgvogt von der Mauer herab gab, als Gangolf unter Trompetenschall zur Übergabe aufforderte, war äußerst trotzig. Zu gleicher Zeit ließ der Vogt, um seinen stolzen Worten größeres Gewicht zu geben, aus allen Feuerschlünden des Schlosses schießen, während die Belagerer nur aus ihren kleinen Büchsen antworten konnten. Indessen überzeugte man sich bald von der äußerst geringen Anzahl der Besatzung. Gangolf befahl, Fackeln und Pechkränze anzufertigen, am Berge Strauchwerk zu hauen und Bündel aus Reisig zum Ausfüllen des Grabens zu binden, auch Leitern herbeizuholen. Er selbst umschlich das Schloss nach allen Seiten, nachdem er von der Berghöhe dessen innere Lage ausgekundschaftet hatte, und legte an drei Orte Mannschaft, die ununterbrochen, Tag und Nacht, mit Karst, Bickel und Schaufel die äußere Ringmauer zu durchbrechen suchen sollte.

Der Burgvogt redete schon am zweiten Tage, als ihm Gangolf zum zweiten Male die Übergabe des Schlosses befahl, viel bescheidener. Er verlangte nur noch freien Abzug für sämtliche Bewohner desselben, gleichviel, ob männlichen oder weiblichen Geschlechtes, samt dem, was jeder von seiner fahrenden Habe tragend mit sich nehmen wolle. Als ihm auch dies verweigert wurde, erbot er sich gegen Abend, dass er am folgenden Morgen die Pforten der Burg öffnen wolle, wenn man der Besatzung und den übrigen Schlossbewohnern das Leben gönnen, ihm aber gestatten würde, in Begleitung der Freifrau von Falkenstein und deren Nichte, wie auch eines Fremdem, der in der Burg wohne, ohne Gefährde abzuziehen.

»Ich gebe Euch Frist bis morgen zu Tagesanbruch,« entgegnete Herr Gangolf Trüllerey. »So Ihr mir das Schloss vor Aufgang der Sonne öffnet, soll es keinem unter Euch ans Leben gehen. Nach Sonnenaufgang aber ist alle Gnade verwirkt, ich möge mit oder ohne Gewalt in Eure Mauern einziehen. Alles, was darin atmet, wird zur Sühne des Mordbrandes von Brugg dem Tode geweiht werden.«

Der Durchbruch der Mauer war geschehen, ein Dutzend Leitern zum Anlegen bereit, eine Menge Reisbündel zum Ausfüllen des Grabens herbeigeschafft, und die Mannschaft zum Sturmlaufen ausgewählt und geordnet. Dem Burgvogt war nichts von alle dem unbekannt geblieben. Noch lag die Nacht düster auf Gebirge und Strom, und nur ein blutroter Lichtstreif war im Osten des wolkenschweren Himmels über den schwarzen Höhen des Lägernberges sichtbar, als Herr Trüllerey plötzlich aus dem Schlafe, den er seit einigen Stunden in derselben altertümlichen Kapelle genoss, wo Fräulein Ursula vor mehreren Tagen scheinbar ihre Ruhe im Gebet wiedergefunden hatte, geweckt wurde. Der Burgvogt hatte von der Mauer die Trompete schallen lassen, und die Übergabe des Schlosses angekündigt. Herr Gangolf eilte dahin, wiederholte die Zusage der Gnade, ordnete teilend das Kriegsvolk, zur Hut draußen und zum Einzuge, und rückte, mit brennenden Fackeln versehen, gegen die Schlosspforte. Diese öffnete sich langsam und schwerfällig. Der Vogt überreichte mit demutsvoller Gebärde, fußfällig und entblößten Hauptes, die Schlüssel der Burg, indem er mit zitternder Stimme noch einmal um sein und der übrigen Schlossbewohner Leben flehte. Diese standen sämtlich in dem von vielen Fackeln und Leuchten erhellten inneren Hofe: die geringe Besatzung zeigte sich entwaffnet.

Als Gangolf durch die innere Pforte gegen die Versammlung hinschritt, sanken sie alle mit gefalteten Händen auf die Knie. Eine tiefe Stille entstand, sobald die Schweizer mit ihren breiten Schwertern und blitzenden Hellebarden den Kreis um die Gefangenen gezogen hatten. Im Schein der schwankenden Fackeln, welche den engen Hofraum mehr mit dickem Qualm, als ihrem Lichte erfüllten, erschienen die aus Todesfurcht bleichen und verzogenen Gesichter der Knieenden noch blässer und verzerrter. Die scharfen Mauerecken und Vorsprünge, die geschnitzten Sparrenköpfe und Türmchen des altertümlichen Schlossgebäudes – beweglich und wunderbar beleuchtet und nicht unähnlich in den Wolken hängenden Geistern der Burgherren, welche nun mit stummen Entsetzen den Untergang des ehrwürdigen Hauses sehen sollten, dessen Gründer sie in längst vergangenen Zeiten gewesen – traten jetzt aus der Dunkelheit hervor.

Gangolf's Augen, indem sie die Reihe der Knieenden musternd durchliefen, und die Freifrau von Falkenstein und deren schöne Nichte, seine vormalige Braut, suchten, blieben an einer aufrechtgehenden langen Gestalt hängen. Er erkannte den Lollhard, trat rasch zu ihm und rief mit vorgestreckter Hand in freudiger Überraschung: »Wie, oder ist's ein Blendwerk? Finde ich Euch unter diesen Leuten hier? Was bewog Euch, statt im Freihof von Aarau, bei dem gottlosen Falkenstein Zuflucht zu suchen?«

»Der Herr ist meine Zuflucht, nicht Falkenstein, nicht Freihof,« antwortete der Alte, welcher, als er Gangolf's Gestalt und Stimme erkannte, ebenso wenig Freude äußerte, als er zuvor geringe Furcht bewiesen hatte. »Er, der Euch gesandt hat, mich zu retten aus der Mördergrube, ist mein Schutz und mein Hort. Ich bin hierher geschleppt worden, wie ein Missetäter, ein Spott der Frevler, ein Gelächter der Toren. Doch nicht meine Stunde, sondern die ihre ist gekommen.«

»Wo ist aber Veronika?« fuhr der Ritter zu fragen fort. »Ich erblicke sie nirgends.«

»Wohl verwahrt,« erwiderte der ruhige Greis. »Sie ist bei Gott.«

»Wie? Gestorben? Ermordet?« schrie der Jüngling mit einer Stimme, die sein Entsetzen aussprach.

»Die Lebendigen wie die Toten, sind sie nicht in seiner Hand!« sagte der Lollhard. »Ob mein Kind am Leben, ob es im Grabe sei, ist mir nicht bewusst. Seit ich vor fünf oder sieben Nächten . . ., wunderbar, mein Gedächtnis, glaub' ich, altert! . . . seit ich aus der Hütte auf der Hard weggeführt wurde, haben diese meine Augen die Tochter nicht wieder erblickt. Aber sie ist mir unverloren, denn was verliert sich aus der Schöpfung des ewigen Vaters?«

Da wandte sich Gangolf rasch gegen den knienden Schlossvogt und rief mit funkelnden Augen: »Wo ist die Tochter dieses Mannes? Warum führtest Du die Begutte nicht auf diesen Platz?«

»Helfe mir Gott,« stammelte bebend der Burgvogt, »ich weiß von keiner Tochter dieses alten Mannes, und von keiner Begutte. Ich gelobe und beteure es bei St. Urs und allen Engeln und Heiligen des Himmels, dass kein fremdes Weibsbild in das Gösgener Schloss gebracht worden ist seit Jahr und Tag.«

»Ha, Du grauer, lügenhafter Knecht Deines ruchlosen Gebieters, meinest Du, ich traue Deiner meineidigen Zunge mehr, als dem Satansdienst, in welchem Du bisher gestanden?« sagte der Ritter. »Ihr wart es, Bösewicht! Ihr habt diesen Greis aus seiner gottgeweihten Einöde entführt; werdet Ihr die unschuldige Jungfrau dort gelassen haben? – Bekenne! Wo hast Du sie verborgen? Ich lasse sonst die ganze Burg umkehren und jeden Winkel durchsuchen. Du weißt um die Geheimnisse Deines Herrn. Bekenne, oder ich lasse Dich auf der Folterhaspel ausziehen und mit Pech und Schwefel besprengen, wenn Du mir nicht die Wahrheit offenbarest. Und Ihr Andern hier,« fuhr Gangolf fort, indem er sich im Kreise der Knienden umherwandte, »wer von Euch mir von der Tochter des Greises hier Kunde gibt, dem soll das Leben verbleiben und ein reiches Geschenk dazu werden. Euer Aller Köpfe haften mir für die Jungfrau!«

Es entstand ein klägliches Gewinsel und Heulen unter den Gefangenen; einige rangen in der Angst die Hände, andere warfen sich mit der Stirn auf den Erdboden. Alle beteuerten ihre Unkunde und behaupteten, dass nur der Burgvogt darum wissen könne, wenn eine Jungfrau geraubt worden sei. Viele baten den Vogt mit Jammer und Tränen, dass er nicht das Unglück Aller auf seine Seele laden, sondern das Verborgene entdecken und sie und sich selber retten solle, viele stießen die schrecklichsten Verwünschungen und Flüche gegen ihn aus, wenn er nicht reden würde.

»Gott soll sich meiner armen Seele in Ewigkeit nicht erbarmen, wenn ich lüge, dass ich die Tochter dieses alten Mannes nie gesehen habe,« schrie heulend der Vogt. »Euch Allen ist's bekannt, dass, außer dem Alten dort, keine fremde Seele im Schlosse wohnt. Aber es kann möglich sein, dass die entführte Jungfrau ins Schloss Farnsburg gebracht worden ist. Ihr wisset doch, Leute. wie vielerlei Geräte und Kostbarkeiten, dessen sich damals jedermann verwunderte, vor wenigen Tagen plötzlich von hier dorthin geschafft werden mussten. Warum möget Ihr mich jetzt anfallen, und mit Eurem lästerlichen Geschrei vor dem gestrengen Herrn Ritter Trüllerey, diesem sonst so liebreichen, gerechten und gnädigen Herrn verdächtig machen? Ja, gnädiger Herr, tausend martervolle Tode will ich sterben, wenn mein Mund Lug und Trug gegen Euch ausspricht.«

Nun erhob sich unter den Schwergeängstigten neues Geschrei, in welchem die Aussage des Vogtes und die Ausfuhr vieler Gerätschaften nach Schloss Farnsburg bezeugt wurde.

»Auch wolle Eure Gnade zur Erkenntnis meiner Unschuld bedenken,« fuhr der Vogt in seiner Schutzrede fort, »dass man keine geraubte Jungfrau in diese Burg eingebracht haben würde, dieweil die gnädige Freifrau selbst und des Herrn Hansen von Falkenstein Fräulein Tochter darin ihren Wohnsitz haben.«

Dieser Grund leuchtete dem Ritter ein. Er warf die Blicke suchend umher und rief: »Auch diese sehe ich nicht. Warum weigern sie sich zu erscheinen? Führe Sie herbei, Vogt!«

»Gestrenger Herr,« antwortete dieser zitternd, »ich bin unschuldig. Erbarmt Euch meiner, wie sich der Himmel Euer erbarmen wolle im letzten Stündlein . . . ich konnte es nicht hindern; sie sind Beide entflohen.«

»Gauch!« fuhr ihn Gangolf an. »Entflohen? Wie konnten sie entrinnen und waren doch spät gestern und noch diese Nacht in der Burg. Ich werfe Dir Deinen verräterischen Kopf vor die Füße. Flehtest Du nicht noch vor sechs Stunden vergebens um freien Abzug für sie? Wie konnten sie entkommen?«

»Allbarmherziger Himmel, ich bin unschuldig und habe die gnädigen Herrschaften mit blutigen Tränen angerufen, die Burg nicht zu verlassen. Aber, ich armer Knecht, konnte ich mich gewalttätig widersetzen? Sie stiegen auf die Mauer und ließen sich an Strickleitern hinab, die sie selber geknüpft hatten.«

»Seit wann?« fragte Gangolf.

»Es mag eine Stunde oder etwas länger sein. Sie befahlen mir, Euch das Schloss nicht zu öffnen, bevor sie nicht eine Stunde weit voraus wären.«

»Wohin nahmen sie den Weg?«

»Gnädigster, liebster Herr, Ihr werdet wohl bedenken, dass sie mir das Geheimnis nicht anvertrauten. Ohne Zweifel aber nahmen sie die Flucht ins Gebirge . . . in die Schafmatt hinauf . . . nach Farnsburg zu . . . der Allwissende weiß es. Mit hunderttausend Freuden wollte ich Euch alles haarklein erzählen, wenn ich nur das mindeste davon vernommen hätte.«

»Waren für die Frauen Pferde bestellt? Wer sind ihre Begleiter?«

»Liebster Himmel, das Herz bricht mir, wenn ich an die armen Herrschaften denke. Sie irren mutterseelenallein und zu Fuß in der Wildnis der Berge umher. Wie mögen es die zarten Frauen überstehen?«

»Die werden noch zu erreichen sein, wenn Du die Wahrheit sprichst,« sagte Gangolf. »Dich aber lasse ich, weil Du mich betrügen wolltest, aufhängen, wenn ich sie nicht finde.«

Darauf befahl er, die Gefangenen hinauszuführen, zu binden und zu bewachen, das Schloss zu durchsuchen, auszuplündern und in Brand zu stecken. Den Lollhard nahm er selbst bei der Hand, führte ihn vor die Pforte der Burg, gebot, ihn mit Speise und Trank zu erquicken und ihm mit Ehrerbietung zu begegnen, weil er kein Gefangener, sondern ein Gast sei.

»Erwartet mich hier und trennet Euch nicht von diesem Kriegsvolk,« sagte Gangolf zum Lollhard, »denn die Wege sind nirgend mehr sicher für Euch. Ihr bleibet in meinem Schutz bis ich Eure Veronika entdeckt haben werde. Ich will sie ausspähen in allen Wäldern und Klüften. Die Dörfer des Jura will ich durchlaufen und alle Schlösser des Räubers niederwerfen.«

Der Lollhard erwiderte: »Welches Gebot habt Ihr mir aufzulegen und wer hat Euch zu meinem Herrn gemacht? Ich stehe unter keines Sterblichen Obhut und Schutz, sondern unterm Schilde dessen, der den Sperling auf dem Dache und die Seraphim in den Himmeln hütet. Mögen alle Mächte und Heerscharen der Hölle sich wider mich aufmachen; ich fürchte sie nicht. Mit mir und Veronika ist ein Stärkerer, denn Ihr seid. Gehet und traget Sorge für Euch selbst, nicht für mein und meines Kindes Leben. Und sähe ich mein frommes Kind in den Armen des Falkenstein oder des höllischen Drachen, meinet Ihr, ich könnte darum einen Augenblick verzagen?«

Gangolf betrachtete bei dieser Rede den Lollhard mit Verwunderung und Staunen, denn eine solche Höhe der Frömmigkeit und Zuversicht schien ihm an Wahnwitz zu grenzen. Doch war dies nicht der Augenblick, gottesgelehrte Zweifel und Wortwechsel zu erheben. Gelassen erwiderte deshalb der Ritter dem Alten: »Ich bin keineswegs gesonnen, Euren freien Willen zu beschränken, noch bin ich geneigt gewesen, Euren unerschütterlichen Glauben an die Wachsamkeit der göttlichen Vorsehung zu kränken. Wenn ich dem verwaisten Vater verhieß, das geliebte und verlorene Kind aufzusuchen, so gedachte ich ihm damit Freude und Trost zu bringen. Eure Tugend jedoch ist wahrlich übermenschlich . . .«

»Das soll sie auch sein, sintemal reine Tugend göttlicher Natur ist und nicht irdischer Herkunft,« unterbrach ihn lebhaft der Greis.

»Ich bitte Euch nur,« fuhr der Junker fort, »mir zu Liebe bei meinem wackeren Kriegsvolk zu verweilen, und Euch nicht zu entfernen, bis ich wiederkehre. Ehe der Tag endet, vielleicht schon in wenigen Stunden, werde ich wieder bei Euch sein.«

Nachdem ihm der Lollhard das Wort gegeben hatte, berief der Ritter mehrere wackere und zuverlässige Männer von den bewaffneten Solothurnern und Aargauern. Er sandte sie paarweise aus gegen Olten und Trimbach hin, zur Schlucht des Hauensteins; gegen Wartenfels auf der waldigen Felshöhe, gegen Erlisbach und den Weg zur Schafmatte entlang, um die entkommene Gemahlin des Freiherrn Thomas und deren Nichte zu verfolgen und einzubringen, Er selbst, begleitet von seinem treuen Knecht Irni Fäsen, eilte zu gleichem Zweck den Berg von Gösgen hinauf, auf kürzeren, doch kaum zu erkennenden Fußpfaden, an Stüßlingen vorüber, den grünen, bewaldeten Höhen der Schafmatte zu, die den Rücken des Jura schmückten.

Irni Fäsens scharfes Auge entdeckte zuerst nach Verlauf von anderthalb Stunden in der Ferne zwei weibliche Gestalten, welche schon die Höhe des Berges erreicht hatten, wo die schwärzlichen Kalkfelsen der Geisflue hinter wildem Gesträuch emporsteigen.

»Wenn sie Reißaus nähmen,« sagte er keuchend und, um dem voranfliegenden Gangolf nachzukommen, die Schritte verdoppelnd, »wenn sie Reißaus nähmen, so würde ich glauben, es wäre das Wild und wir hätten's erjagt. Aber sie scheinen ein gutes Gewissen zu haben, denn sie sitzen auf dem Feldstein, und zeigen uns das Gesicht statt der Schuhsohlen. Wohin deuten sie mit den Händen?« Er wandte sich, um zu sehen, wohin die Weiber mit den Händen deuteten, und schrie: »Das Schloss brennt! Unsere Leute haben nicht länger warten mögen, ihre Fackeln, die sie aus Hanf gedreht und in Pech getränkt hatten, zu versuchen.«

Als Gangolf zurückschaute, erblickte er einen dichten Rauch, der hinter den Tannen aus der Tiefe ohne Unterbrechung emporstieg, sich dann auseinanderbreitete und eine unendliche graue Wolke bildete, die an den Bergen und Wäldern hängen blieb. Er ließ sich jedoch durch das Schauspiel nicht hindern, seinen Lauf über Felsen und durch verwachsenes Gebüsch ununterbrochen fortzusetzen. Bald erkannte er in der Ferne am Gewande der beiden Frauen, dass sie nicht zu den gemeinen Wanderern gehörten, sondern diejenigen wären, die er verfolgte. Die Freifrau saß auf einem Felsblock und streckte von Zeit zu Zeit die Arme nach der Gegend ihrer brennenden Burg hin. Man vernahm in dieser Einsamkeit dann und wann ihre wehklagende Stimme, während ihre Begleiterin eifrigst bemüht schien, sie zu trösten oder zur eiligen Fortsetzung der Flucht zu bewegen.

Gangolf erreichte sie endlich atemlos, begrüßte die Edelfrau schweigend mit ehrerbietiger Bewegung und stellte sich zu ihnen, ohne reden zu können.

»Ihr kommt zur rechten Zeit, Herr Trüllerey,« sagte das Fräulein von Falkenstein, indem ihren schönen Augen Tränen entflossen, »eine Heilig deren Mörder Ihr seid, den Geist aufgeben zu sehen. Tretet näher und ergötzet Euch am letzten Zucken dieses schönen Schlachtopfers!«

»Ich beklage das Schicksal der edlen Frau,« versetzte Gangolf, sobald er des Sprechens fähig war, »doch bitte ich Euch, gerecht zu sein und nicht mich anklagen zu wollen, sondern Euren Oheim. Ohne Absage hat er offenen Krieg gegen Bern begonnen und ihn auf eine beispiellos greuelhafte Art geführt.«

»Vergesset nicht, dass Ihr zur Nichte des Landgrafen redet,« erwiderte das Fräulein. »Wenn ich schon die Gründe nicht beurteilen kann, welche meinen Oheim zum Kriege reizten, so weiß ich doch, dass er ihn auf keine unehrliche Weise begonnen haben kann.«

»Erlaubt mir, daran zu zweifeln, dass Ihr hinreichend unterrichtet seid,« entgegnete der Ritter. »Mitten im Frieden, ohne Absage, ohne dass man sich's versehen konnte, missbrauchte er heimtückisch das Vertrauen von Brugg, trank den Ehrenwein der Stadt, überfiel dieselbe drei Tage nachher, als sie ihm arglos die Tore öffnete, tränkte sie mit dem Blute der Wehrlosen und übergab dann ihre gastfreundschaftlichen Wohnungen den Flammen. Es geht sogar das Gerücht, er habe zuvor schon Mordbrenner nach Aarau gesandt gehabt.«

»Gerüchte sind Gerüchte, von denen ich hier nicht unterhalten sein mag,« antwortete Ursula, »und über gelungene Kriegslist haben sich noch niemals andere als Besiegte beklagt. Auch ist's mir unbekannt, ob Fürsten und Herren verpflichtet sind, im Kriege gegen gemeines Volk von Handwerkern und Bauern die Rücksicht zu nehmen, die sie gegeneinander selbst zu beobachten haben . . . Ihr aber, was habt Ihr getan?«

»Was Pflicht und Ehre mich nicht bereuen lassen, Fräulein!«

»Der gefällige Wind trägt Euch den stinkenden Weihrauch Eures ehrenvollen Werkes bis zum kahlen Gipfel dieser Berge nach.«

Die Freifrau von Falkenstein, welche bisher in halber Ohnmacht ihr Haupt an Ursulas Brust gelehnt hatte, richtete sich jetzt auf, wandte ihr blasses Antlitz, auf welchem noch Tränen sichtbar waren, gen Himmel und sagte, die Hände emporstreckend, leise: »O, gib mir Stärke, das Entsetzliche zu ertragen, oder nimm meine leidende Seele zu Dir auf!«

Ursula küsste weinend die Stirn ihrer Freundin und sagte nach einiger Zeit, mit dem Gesicht zum Ritter gewendet, der schweigend in mitleidiger Stellung, den Blick auf die gebeugte Freifrau gesenkt, dastand: »Es scheint, dass selbst Ihr dies traurige Schauspiel nicht ohne Rührung sehen könnt.«

Sie verweilte, seine Antwort lange vergebens erwartend, mit den Augen auf der schönen Gestalt des Jünglings, der einst ihr Liebling und Bräutigam gewesen war. Adel und Traurigkeit in Haltung und Gebärde, schien er, in stille Überlegung versunken, ihre Anrede überhört zu haben. Sie beobachtete ihn fortwährend, um zu erfahren, was von ihm zu hoffen oder zu befürchten sei. Seine ruhige Anwesenheit erregte bei ihr die Erinnerung an die Seligkeit vergangener Tage. Das waren noch dieselben schönen Lippen mit dem angenehmen Lächeln, die ihr einst Liebe und Treue geschworen; das noch der feingerundete, kräftige Arm, der sie einst umfangen gehalten; das waren noch dieselben dunkeln, von Seele zu Seele sprechenden Augen, in die sie damals nicht ohne ein wunderbar süßes Schauern hatte blicken können. Sie wendete plötzlich das Gesicht von ihm weg und neigte es der Freifrau zu, die einen tiefen Seufzer tat.

Nach einigen Augenblicken fragte Ursula mit unsicherer, halblauter Stimme: »Darf ich bitten, mir zu sagen, Herr Trüllerey, aus welchen Ursachen Ihr Euch hier herauf bemühtet? . . . Welches Schicksal habt Ihr für uns bestimmt?«

Der Ritter antwortete mit leichtem Zucken der Achseln und in einem Tone, in welchem sich das Mitleid aussprach: »Ich muss Euch ersuchen, mich nach Gösgen zurückzubegleiten, sobald die Freifrau die nötige Kraft gewonnen haben wird.«

Das Fräulein schrak bei dieser Erklärung zusammen und stammelte: »Ich hatte gehofft, Ihr würdet nicht gegen unschuldige Weiber Krieg führen. Sollen wir Gefangene sein?«

»Wir haben Geiseln nötig für die Sicherheit der Greise und wehrlosen Männer, welche Euer Oheim aus den Betten riss und von Brugg fortschleppte. Doch bitte ich Euch, alle Furcht zu verbannen. Ihr werdet mit all der Ehrfurcht behandelt werden, die Eurem Stande und Geschlechte gebührt.«

»Und wohin werdet Ihr uns von Gösgen aus führen?« fragte das Fräulein weiter.

»In Eurer Wahl steht's, ob nach dem Freihof von Aarau oder nach Bern.«

Beide Frauen überließen sich bei diesen Worten der ganzen Gewalt ihres Schmerzes. Sie schluchzten laut. Das Fräulein ermutigte sich zuerst, richtete sich auf, trat mit tränenschwerem Blick zu dem jungen Krieger hin, ergriff seine Hand in unwillkürlicher Heftigkeit und rief mit dem Ausdruck tiefen Jammers: Gangolf! Dann zog sie schaudernd ihre Hand zurück, drückte dieselbe auf ihr Herz und schwieg.

»Und wenn ich Euch jedes Lösegeld für uns biete, was Ihr begehren könnet?« sagte die Freifrau von Falkenstein.

»Gnädige Frau,« erwiderte er, »es steht nicht bei mir, sondern es ist die Sache Berns, das Lösegeld zu bestimmen.«

»Fordert,« fuhr sie fort, »fordert, dass selbst Schultheiß und Rat in Bern nicht mehr heischen können.«

»Das Schloss Farnsburg zum Eigentum für Bern, statt Eurer!« antwortete Gangolf.

»Ach!« seufzte die Gemahl des Landgrafen. »Ihr verlangt, was, wie Ihr wohl wisset, Herr Ritter, zu geben nicht in unserer Macht steht. So sind wir Unschuldige denn Eure Gefangenen; verfügt über uns; wir werden Euch gehorchen.«

Ursula betrachtete ihren ehemaligen Liebling mit schmerzlichen und flammenden Blicken und rief, indem sie die Hände flehentlich gefaltet gegen ihn ausstreckte: »O Gangolf, Gangolf! Muss das der Ausgang unserer unglücklichen Liebe sein, und willst Du nun, in dieser unwirtbaren Wildnis, von mir scheiden und auf ewig das Herz brechen, welches einst für Dich schlug und – o, lass mich's bekennen – noch jetzt nach Dir sich sehnt. Gangolf, ich habe Dir oft gezürnt, aber nie aufgehört, Dich zu lieben. Ich habe geschworen, Dich zu hassen, und konnte doch mein ungehorsames Herz nicht zähmen. Gangolf! Willst Du es für ewig brechen? ... Ich habe Dich gekränkt, Du mochtest unschuldig sein: ich habe Dich gekränkt, aber es war in der maßlosen Unbesonnenheit einer Leidenschaft, die Du in mir entzündet hattest. Ich war meiner selbst nicht mächtig. Ach, ich bin es noch heute nicht. Habe ich Dich nicht oft vor mir selbst und meinen unglücklichen Launen gewarnt? Doch Du hattest meine Furcht beschwichtigt, Erinnere Dich des Frühlingsmorgens auf Landskron, als Du an meinem Herzen lagst und sagtest: Ich wollte, ich hätte Dir eine Todsünde zu verzeihen ... Gangolf, Gangolf, löse Dein Gelübde!«

»Fräulein! Ihr selber habt mich dessen entbunden.«

»Nein, nein! Ich tat's nicht; mein Wahnsinn hat es getan, mein Herz wusste nicht darum. Gangolf, hier rufe ich meine zärtliche Freundin, ich rufe den allwissenden Himmel und diese ewigen Felsen zu Zeugen ... ich tat's nicht. Willst Du Deine Geliebte als Gefangene mit Dir schleppen und sie den Feinden ihres Vaters ausliefern? Ist Deine Rache gegen ein verzweifelndes Mädchen so unersättlich? Gangolf, bei der Liebe, die Du mir einst weihtest, bei dem Edelmut, der Dich nie verließ, gönne mir das Recht der letzten Bitte und gib mich nicht der Schmach preis.«

Ein glühendes Rot überzog ihre Wangen, während sie redete und ihre Blicke mit Kummer und Zärtlichkeit an seinen Augen hingen. Ihre erhabene Gestalt, voll anmutiger Beweglichkeit, neigte sich, ganz Innigkeit und Demut, zu ihm hin, während der Fönwind, welcher die Rauchwolken der brennenden Burg nach den Bergspitzen herübertrieb, mit den aufgelösten Locken ihres Hauptes und dem leichten Hausgewande spielte, in welchem sie den Belagerern entsprungen war. Gangolf betrachtete mit kühlem Ernste die begeisterte Rednerin, und sprach: »Fräulein, meine Pflicht ist hart; erschwert mir die Erfüllung derselben nicht. Und wäret Ihr heute noch, wie Ihr gewesen seid, meine Verlobte, meine Braut, ich würde Euch an Bern ausgeliefert haben.«

»O Du Hartherziger!« rief sie. »Selbst der kalte Marmelstein dieser Felsen erweicht und zerfällt unter den Tränen des Himmels, und Du, Gangolf, Du . . . Nun denn, wir sind Deine Gefangenen. Führe uns, wohin es Dir gefällt. Wir sind Deine Gefangenen; ich bin es von jeher gewesen, mehr, als Du geglaubt hast. Schleppe uns mit Dir hinweg und gib die unglücklichen Töchter Falkenstein's dem Hohnlachen des Pöbels preis. Schließe Deine Kerker auf, ich will geduldig in die Finsternis derselben hinabsteigen. Ich habe Dich geliebt, ich liebe Dich noch; töte mich dafür!«

»Fräulein,« entgegnete Gangolf sanft verweisend, »täuschet Euch für den Augenblick nicht selbst . . .«

»Gangolf, ich verlange nichts mehr von Dir,« unterbrach sie ihn. »Das Schicksal gab mich in Deine Gewalt. Zertritt mich . . . aber kröne Deine Gefühllosigkeit nicht mit dem Zweifel an meinem Herzen. Das tue nicht! Ich könnte Dir tausend Zeugen rufen und nennen, die für mich . . .«

»Beschwört den Schatten des unglücklichen Hinz von Sax, dass er für Euch Zeugnis ablege, Fräulein!« rief Gangolf und sein Gesicht wandte sich mit kalter Verachtung von ihr.

Wie die Flamme einer Kerze vom Hauch des Mundes plötzlich erlischt, so erlosch Ursulas Flammenblick und die Röte ihrer Wangen. Sie näherte sich, bleicher als vorher, der Freifrau, setzte sich zu ihr auf das bemooste Gestein und drückte, als fühle sie einen heftigen Schmerz, beide Hände auf ihrer Brust zusammen.

Einige Zeit nachher erhob sich die Gemahlin des Freiherrn von Falkenstein und sagte zum Ritter: »Überantwortet uns an Bern. Wir sind bereit, Euch zu folgen.« Ursula stand auf und wankte am Arme der Freifrau den Bergpfad hinab. Vergebens bot ihnen Gangolf seinen Arm zur Stütze: sie lehnten ihn mit stummer Verneigung ab. Ihr verschlossener Mund hatte selbst auf seine höflichen Fragen keine Antwort.

So erreichten sie langsamen Schrittes endlich das Feld bei Gösgen, wo sich die Eidgenossen am Boden umher gelagert hatten und unter Trinken, Lachen und Singen dem fortwährenden Brand des Schlosses behaglich zusahen. Der Kreis der hohen Burgmauer glich einem ungeheuren Kessel, aus welchem zwischen schwarzem Qualm unaufhörlich helle

Flammen aufschlugen und von der grässlichen Verwüstung, die sie jeden Augenblick vergrößerten, wieder unterdrückt wurden. Durch die schmalen, ausgebrannten Fenster der Burggemächer züngelte hin und wieder das Feuer am grauen Gestein, als suchte es auch von außen zerstörbare Stoffe. Drinnen brodelte hörbar die Glut in dem herabgefallenen Balkenwerk und dem Holze des Daches, und durch den Riss der von der Hitze geborstenen Mauern quollen weißgraue Rauchströme hervor. Plötzlich stürzte mit betäubendem Donner einer der alten Burgtürme zusammen und riss in seinem Fall einen Teil der nördlichen Ringmauer mit sich zur Erde nieder. Die ganze Erde ringsumher erzitterte von diesem Falle und die ganze Gegend verschwand in Staub und Rauch.

Gangolf befahl, zwei von den aus dem Schlosse weggeführten Pferden zu satteln, und hob die Frauen hinauf, um sie unter kriegerischer Bedeckung ihre Reise nach Olten und Bern fortsetzen zu lassen. Sie ritten von ihm ohne Gruß, ohne ein Wort, ohne einen Blick des Abschiedes. Bald verschwanden sie am Gebirge zwischen den Gebüschen und Hütten des nahegelegenen Dorfes.

Darauf suchte er den Lollhard, welchen er am Berge, im Schatten einer überhängenden Ulme, entfernt vom Gewühl der lärmenden Krieger, die Hände wie zum Gebet gefaltet, antraf.

»Euch kanns in diesem Getümmel nicht gefallen,« sagte er zu dem Alten. »Erlaubet, dass ich Euch in die Stille meines Freihofes nach Aarau begleiten lasse. Ihr werdet daselbst eine Einsamkeit finden, ruhiger als selbst die Hard. Ich muss hier bleiben, um bei der Teilung der Beute zwischen den Solothurnern und Bernern gegenwärtig zu sein. Dann breche ich morgen über das Gebirge nach der Farnsburg auf, die ebenfalls fallen muss.«

Der Greis betrachtete ihn einige Zeit mit träumerischen Augen und sagte dann: »Tut, wie Euch beliebt; ich gehe, wohin Ihr mich sendet. Mein irdischer, hinfälliger Leib bedarf der Ruhe. Seine Gebrechlichkeit drückt den Geist in mir nieder.«

Gangolf verwunderte sich über die Willfährigkeit des sonst so spröden alten Mannes. Ihm entging jedoch nicht die Erschöpfung aller seiner Kräfte. Mangel an Ruhe, Entbehrung des gewohnten Umgangs mit der verlorenen Veronika, vielleicht auch die Unzulänglichkeit der Speise und selbst des Schlafes, hatten ihn sichtbar geschwächt. Er führte den Lollhard mit sich zu dem bequemen schattigen Platze, wo die Hauptleute der Mannschaft unter den Zweigen einer Eiche aus den reichen Vorräten des Schlosses eine stattliche Mahlzeit bereitet hatten. Gangolf rückte dem

Greise den prächtigsten Lehnsessel an die oberste Stelle des Tisches und setzte sich ihm zur Seite. Seine Ehrerbietung zwang auch die übrigen Krieger, dem Lollhard eine Achtung zu bezeigen, die ihm zu erweisen sie außerdem schwerlich geneigt gewesen wären.

Nachmittags wurde eins der erbeuteten Pferde vorgeführt. Der Alte bestieg dasselbe, segnete noch einmal seinen gastgefälligen Freund, und ritt, von zwei bewaffneten Aarauer Bürgern geleitet, nach ihrer Stadt.

33.
Der Schatz von Grimmenstein.

Die Bürger, welche zu Fuß neben ihm gingen, bewunderten des Betbruders edlen Anstand auf dem Pferde, eines der schönsten und lebhaftesten aus Falkensteins Marstall. Der fromme Bruder auf dem Pferde gab aber keine Antwort, als sie ihn durch wiederholte Fragen versuchten. Er schien nicht nur gehörlos, sondern von allen äußern Sinnen kaum so viel behalten zu haben, als nötig war, den lebensfrohen Gaul im geziemenden Schritt zu halten. Sein erloschener Blick haftete an keinem Gegenstande; seine Gesichtszüge erschienen wie die eines Schlafenden. Durch einen Seufzer aus dem Innersten seiner Brust schien er sich zuweilen selbst zu wecken und auf einen Augenblick an die Außenwelt zurückgegeben zu werden. Dann bewegte er seine Lippen still, wie zum Gebet. Es ist zu vermuten, dass ihn nicht allein die Sehnsucht nach dem ewigen Reiche des Evangeliums, sondern auch der Gedanke an seine verlorene Tochter beschäftigte, obwohl er die Macht des väterlichen Gefühles, gleich der Anhänglichkeit an das Irdische, ebenso aufrichtig in sich bekämpfen mochte, als er es äußerlich durch Tat und Wort zu tun pflegte.

Er ritt eben den kieseligen Weg über einen hölzernen Brückensteg, neben dem Abgrunde, welchen ein wildes Bergwasser bei den Hütten von Unter-Erlisbach in die Felsen eingefressen hat, als ein ritterlich gekleideter und bewaffneter Mann plötzlich, in scharfem Trabe, an den Rebhügeln von Aarau daher kam und beim Anblick der schwankenden Brücke den Lauf seines Renners mäßigte. Es war kein anderer als Herr Isenhofer von Waldshut.

Als er den Lollhard gewahr wurde, hielt er stutzend am Stege still, betrachtete den sonderbaren Reiter und fragte, nach freundlichem Gruße, mit halblautem Tone die Fußgänger:

»Ihr wackeren Herrn von Aarau, steht Ritter Gangolf mit den Solothurnern und unserm Volke noch vor Gösgen?«

»Allerdings,« antwortete einer.

»Desto besser! Führet Ihr diesen Alten kriegsgefangen nach Aarau?«

»Mitnichten, Herr! Er wurde vom Junker nur unserer Obhut empfohlen; wir geleiten ihn in den Freihof zum Herrn Rüdiger. Er befand sich jedoch unter den Gefangenen des Falkenstein. Der Junker hält, scheint es, große Dinge auf diesen Ehrenmann, trotz der demütigen Tracht und Lebensart, die Ihr an ihm sehet.«

»Seid mir gegrüßt, Herr Ritter Jörg von End!« redete Isenhofer darauf den Lollhard kräftig an. »Ich vermute, Ihr seid's, und kein anderer. Eilet, Euch erwartet eine Verrichtung des Heilandes; Ihr sollt, was gestorben ist, wieder zur süßen Lust des Lebens erwecken.«

Der Alte, welcher, noch immer in sich selber versunken, bisher wenig auf das, was um ihn war, geachtet hatte, schlug bei dem Namen Jörg von End die Augen auf und heftete einen stieren Blick auf Herrn Isenhofer, ohne ein Wort zu erwidern.

»Ihr seid's!« fuhr Isenhofer fort. »Ihr seid's! Wir wissen, Ihr wart in des Falkensteins Klauen. Wir wissen es von einer alten Zigeunerin, Ritter, die Euch mit Eurem Fräulein Tochter wohl kennt.«

»Was Ritter? Was Fräulein? Was Falkensteins Klauen?« versetzte der Greis. »Ich bin, der ich bin, und war und bin in keines Menschenkindes Gewalt. Wo aber ist meine Tochter? Ihr scheint ihren Aufenthalt zu kennen. Jene Zigeunerin selbst führte des Freiherrn Thomas Henkersknechte zu uns.«

»Richtig! Also irrte ich nicht!« entgegnete der Dichter von Waldshut mit einem Antlitz, aus dessen Zügen die reinste Freude strahlte. »Eben bin ich aufgebrochen, Euch zu suchen und dem Junker Gangolf zu melden, dass Freiherr Thomas Euch in Gösgen gefangen halte. Nun, desto besser; Ihr seid frei. Seid mir gegrüßt, Freiherr von End! Ziehet denn in Gesellschaft dieser ehrenwerten Herren wohlgemut zum Freihof von Aarau. Ich setze meinen Weg nun fröhlicher fort; ich will und muss den Junker sehen. Erwartet unsere Rückkehr im Turm Rore, Ritter Jörg von End!«

»Verkennet und kränket mich nicht mit Eurem Getitel!« rief der Lollhard. »Ich bin kein Ritter und kein Jörg von End. Der Mensch, vom Geiste Gottes bewegt, stehet doch höher, als Euer Kinderspiel ihn machen will. Der Blödsinn jener vom Allvater abgefallenen Geschöpfe träumt, den Menschen durch das Anhängen lächerlicher Titel herrlicher hinzustellen, als ihn Gott selbst nach seinem Bilde geschaffen und hingestellt hat.«

»Gut!« erwiderte Isenhofer, dem die Sprache der Brüder des freien Geistes nicht fremd war, »Ihr habt bei der Sache keineswegs ganz Unrecht, doch muss ich bei Euch das übliche deutsche Sprichwort anwenden, welches heißt: unter den Wölfen muss man mit ihnen heulen. Ihr wisset aber, wir Deutschen sind nun einmal die ewigen alten Narren, die dem gesunden Menschenverstand von Kindheit auf Valet sagen und nur in die Schule gehen, um künftig den Rock mehr als den Mann, den Titel mehr als das Herz, oder den Zufall mehr als das wahre Verdienst schätzen zu lernen. Ich gebe übrigens zu, wir könnten sehr gescheite Leute sein, wenn wir nicht mit Mühe und Zwang Alles zu verlernen suchten, was der vernünftige Mensch schon von Natur weiß. Also, nichts für ungut, ehrwürdiger Bruder im Herrn! Lebt wohl, eilet und verrichtet das gute Werk, das Euch erwartet.«

»Mich erwartet?«

»Ja wohl, Euch! Eilet! Das Böse überrascht den Menschen und kommt ihm mehr denn halbwegs entgegen, aber das Gute will gesucht, überrascht und erjagt sein, Wie gern wäre ich bei Euch im Freihof. Geht und macht die Engel des Himmels jauchzen!«

Mit diesen Worten und freundlich grüßend ritt Isenhofer über den Brückensteg; die andern setzten ihren Weg zwischen den Rebhügeln unter dem Hungerberg und dem weidenbegrenzten Aarufer zur Stadt fort. Bald lag die Stadt vor ihnen, deren vom Alter ergraute Gebäude und Türme das Innere einer hohen, mit unzähligen Schießscharten versehenen Ringmauer ausfüllten. Nahe bei derselben, oberhalb der Brücke, stieg der breite, viereckige Turm Rore in die Höhe, dessen gegen das Ufer gelegene Nordseite, mit sechs übereinander stehenden schmalen Fenstern, die bewohnbare Geräumigkeit des uralten Baues bezeugte. Als der Lollhard über den Strom dahin blickte, legte er schnell die Hand auf sein Herz, als wollte er eine schmerzlich-süße Bewegung desselben unterdrücken; denn er dachte: »Veronika, mein Kind! Bist Du in einem dieser Turmzimmer?« Er konnte es nicht verhindern, dass seine Augen feucht wurden, Über die zweifachen Brücken und durch das zweifache Stadttor hinauf zum Burggraben des Freihofes gelangt, sprang er rasch vom Pferde. Während er seinen bisherigen Begleitern, die sein Pferd den herbeispringenden Knechten übergaben, ein Lebewohl zurief, ging er über den Hof zur Turmpforte.

An der finsteren Treppe trat ihm der alte Rüdiger entgegen, welcher stumm vor ihm stehen blieb. Der Lollhard verbeugte sich grüßend und sprach: »Junker Gangolf Trüllerey hat mich von Gösgen hierher führen lassen, wo ich durch Freiherrn Thomas von Falkenstein gefangen gehalten war. Ich vermute mit Grund, meine Tochter, eine arme, fromme Begharde, sei in Eurem Gewahrsam hier. Ist dem so, dann wollet Ihr mich zu meinem Kinde führen.«

Herr Rüdiger antwortete lange nicht; endlich sagte er mit unsicherer Stimme: »Eure Tochter ist nicht hier, doch wird sie erwartet. Lasset Euch indessen gefallen, bei mir zu verweilen und mir zu folgen,«

Damit wandte er sich und ging langsam eine enge steinerne Wendeltreppe hinauf; dann eine zweite, eine dritte, eine vierte. Er öffnete die mit Eisenblech beschlagene Thür eines hellen geräumigen Gemaches, und verschloss sie hinter ihm, sobald der Lollhard eingetreten war. Der Lollhard, vom langen Steigen beinahe atemlos und erschöpft, setzte sich auf eine schwarze Eisenkiste, die seitwärts vom Fenster stand, während Herr Rüdiger noch mit dem Verschließen der Thür beschäftigt war. Als dieser jetzt den Alten auf der Eisenkiste sitzen sah, drang ein Schauder durch seine Seele; denn er erinnerte sich jener Nacht, wo er, in der Aufregung des Fiebers, die Gestalt seines alten Herrn und Freundes Jörg von End auf derselben Kiste hatte sitzen sehen. Mit erblassendem Gesicht erforschte er die Züge des Lollhard. Er sah den Freiherrn Jörg von End vor sich; er sah die hohe, lange Gestalt, aber ihre Schönheit durch den Einfluss so vieler darüber hingegangenen Jahre verblichen. Die ehemals edlen, weichen Gesichtszüge waren fast bis zur Unkenntlichkeit schroff geworden, und die stolze Römernase des einst vollen Gesichtes hatte jetzt Ebenmaß und richtiges Verhältnis zu den eingesunkenen, verschrumpften Wangen verloren. Doch in den Augen brannte noch unerloschen die einem Herzen voll ewiger Jugend entströmte Glut. Herr Rüdiger, im Entsetzen seiner beinahe nicht bewusst, faltete die Hände und trat zitternd zum Lollhard, welcher ihn mit sonderbaren, durchdringenden Blicken beobachtete. Er kniete endlich demutsvoll nieder und sagte: »Seid Ihrs denn wirklich, Freiherr Jörg von End, oder ists Euer abgeschiedener Geist, der wegen des Schatzes umgeht? Wie haben Euch die Jahre umgewandelt! Erkennet Ihr mich, mein ehemaliger Freund und Gebieter?«

Der Lollhard antwortete und bewegte sich nicht, sondern betrachtete mit Befremden und Erstaunen den knienden Greis. Nach einer langen Pause, in welcher der bußfertige Ritter die Augen zu Boden gesenkt hielt, hob er abermals die Hände flehend empor und sagte: »Noch hat sich mein Knie vor keinem andern gebeugt, als vor Gott und des römischen Königs Majestät. Aber der Meineidige beugt es jetzt reuig vor seinem Herrn, den er betrogen und zum Bettler gemacht hat. Die Truhe von

Grimmenstein jedoch befindet sich noch in diesem Eisenkasten, und was ich vom Schatz an Gold entwendet habe, sollt Ihr an liegenden Gründen zurückempfangen, alles bis auf den letzten Heller. Wendet mir deshalb, voll Erbarmen, Eure Gnade und Vergebung zu, auf dass ich Elender von meiner langen Angst erlöset werde und in Frieden von hinnen scheiden kann.«

Der Lollhard erhob sich hastig von seinem Sitze, blieb aber wie gebannt und unbeweglich stehen. Da er unverändert im Schweigen verharrte, begann der gebeugte Ritter, mit Tränen im Auge, zu erzählen, wie er den Freiherrn einst in Konstanz vergeblich gesucht und nicht mehr habe erfahren können, wohin sich derselbe gewendet hätte; darauf sei er der Versuchung des Teufels unterlegen, mit dem Schatz von Grimmenstein in die väterliche Burg Rore gezogen.

Der Lollhard bewegte sich einige Mal, als wollte er reden. Endlich jedoch, und ohne die Beichte vollenden zu lassen, rief er mit gewaltiger Stimme: »Seid Ihr denn Günther von der Weide?«

»So nannte ich mich auf Grimmenstein; selbst mein Name war Betrug,« sagte Herr Rüdiger und erzählte ehrlich, was ihn damals zu der Täuschung bewogen hatte.

»Günther von der Weide!« rief der Lollhard, ihn abermals unterbrechend. »Günther, armer Günther!«

Indem er einige Schritte vortrat, stürzten aus seinen Augen helle Tränen über die hohlen Wangen hin, in den eisgrauen Bart. Er beugte sich nieder zu dem greisen Jugendfreund und schloss ihn, übermannt von Erinnerungen an eine dem Gedächtnis fast entschwundene Vergangenheit, und bezwungen von Gefühlen, an sein Herz, die er im Kampf mit der irdischen Natur schon für besiegt und seiner Selbstheiligung für unzuträglich gehalten hatte. Rüdiger hingegen, in Furcht und Schmerz aufgelöst, wurde durch die Inbrunst erschüttert, mit der ihn der einzige Mann umfing, dem gegenüber er sich eines Verbrechens bewusst war. Er hätte leichter den Zorn des freiherrlichen Lollhard, als dessen ihn beschämende Liebe ertragen. Die Greise blieben lange in stummer, tränenvoller Umarmung, als wären sie um dreißig Jahre jünger und stürmische Jünglinge geworden. Man wird dies natürlich finden, wenn man weiß, dass das höhere Alter jene Weichheit der Gefühle des Gemütes zurückempfängt, welche einst die Tage der Jugend verschönten. So führt auch die herbstliche Jahreszeit, wenn auch nicht unter Blüten, sondern unter Früchten, in aller Pracht die milde Lieblichkeit des Lenzes zurück, trotz der geringeren Wärme einer seitwärts hinabsteigenden Sonne.

»Löset die Sündenschuld von meiner Seele!« rief Herr Rüdiger. »Lasset mir Gnade widerfahren; alles soll Euch bis auf den letzten Heller zurückerstattet werden. Sprechet es aus, dass mir Eure Verzeihung zuteilwird.«

»Günther oder Rüdiger, wie ich Dich lieber nennen soll,« erwiderte der Lollhard, »was habe ich Dir zu vergeben? Lege Dich an mein Herz, Rüdiger oder Günther, oder wie Du willst, dass ich Dich nenne.«

»So lange ich von meiner Sünde nicht losgesprochen bin,« sagte der Ritter, »verbleibe ich, wie auf Grimmenstein, Euer Knecht Günther von der Weide. Unseliger Name! O vergesset denselben mit dem Verbrechen!«

»Richte Dich auf, Rüdiger, und quäle mein armes, überfrohes Herz nicht,« erwiderte der Lollhard. »Ging vor Zeiten Deine Seele im Eigenwillen sündlichen Begehrens, und geblendet von natürlichen Begierden, irre, so haben Dich Reue und Buße auf den Himmelsweg zurückgeleitet. Gott zürnet der Schwäche Deines Geistes nicht ewig. Wie möchte ich's denn? Ich verzeihe Dir von Herzen gern, was Du wider mich gefehlt zu haben meinest, denn Gott hat Dir verziehen, sobald Du Dich aus den Netzen des weltlichen Sinnes losgerissen hast. Stehe auf, Rüdiger!«

Der alte Rüdiger blieb, heftiger schluchzend, noch auf den Knien. Dankbar küsste er des Lollhard groben Kittel gleich dem Gewande eines wundertätigen Heiligen. Dann erst stand er auf und Freude leuchtete durch seine Tränen. Er schloss den Bruder des freien Geistes noch einmal in seine Arme und führte ihn darauf zur Eisenkiste, aus welcher er die Truhe von Grimmenstein hervorhob.

»Hier, Freiherr, ist Euer Eigentum unversehrt,« sagte er.

»Heiß mich Du, Rüdiger, denn wir sind fürder nicht Herr und Knecht, sondern gleiche Wesen, teilhaftig der Ausstrahlung eines und desselben göttlichen Lichtquells, zu welchem wir bald heimkehren werden. Lasse die Torheit der Sterblichen und der Sprache unter uns nicht länger gehört werden, sondern das Reich und das Leben der Gerechten mag bestehen zwischen Dir und mir. Dieses Mammons entschlage Dich. Nicht Dir, nicht mir gehört er, sondern der Erde.«

»Bruder Jörg, es ist dieses Dein rechtmäßiges Eigentum . . .«

»Was Eigentum!« rief der Lollhard mit Unwillen. »Wir, die Angehörigen Gottes, was können wir dem Allmächtigen entziehen und in unser Eigentum verkehren? Verwalter sind wir der uns gemachten Darlehen des Lebens. Nichts gehört uns an, sondern allen gehört alles im göttlichen All; es war den gewesenen, es ist den heutigen und wird den künftigen Geschlechtern sein. Verwalte dies Dir geliehene Pfund zur Hilfe der Leidenden, zur Erweckung des Guten und Heiligen. Ich bedarf des Überflusses nicht. Für des Leibes Notdurft, und um meinen Leidensgefährten im Leide beizuspringen, habe ich genug empfangen.«

Herr Rüdiger verstand den Bruder Jörg nicht ganz und sagte: »Willst Du, dass ich das Ganze oder einen Teil der Kirche oder dem Kloster der heiligen Ursula, vom Augustiner-Orden, zu Aarau übergebe? Ja, das wäre ein gutes Werk, denn unsere Klosterfrauen leiden nicht selten Mangel.«

»Trage den Schatz auf die Brücke,« fuhr der Lollhard heftig auf, »und stürze ihn der gefräßigen Aar in den Rachen, dann hast Du noch ein besseres Werk getan. O Rüdiger, wie bist Du blinden Geistes, dass Du dem, was untergehen soll, neue Stützen bringen willst. Was nennst Du Kirche? Es ist nicht mehr die Gemeinschaft der Heiligen auf Erden um den Thron des Allvaters im Welttempel, darin Christus gepredigt hat, sondern es ist der Kerker und die Gefangenschaft geblendeter Menschen unter der Hoheit selbstsüchtiger, schwelgerischer, leichtfertiger Priester. Wie die Baalspfaffen verzehren sie die Opfer selber, welche sie für den Himmel begehren, und ihre Hoffart kleidet sie in das, was sie zu Ehren Gottes nehmen. Sie sind vom hohen Geist Jesu so entfernt, wie ihr goldgesticktes Messgewand von seiner Demut; wie ihre Infel mit Juwelen von seiner Knechtsgestalt; wie die Wut, mit der sie andere verfolgen, von seiner unendlichen Menschenliebe. O, wie bist Du irrigen Glaubens, Rüdiger, dass Du die Kinder des Landes dem Bel zu Babel opferst und dem arbeitsamen Volk den Bissen raubest, um das faule Fleisch der Mönche und Nonnen zu mästen. Enthaltsamkeit und standhafte Selbstbeherrschung, diese unerschütterlichen Grundlagen innerer Seligkeit, müssen im täglichen Leben offenbart werden, aber im Kloster sind sie, was eines Diebes Besserung im Gefängnisse.«

Der sprachselige Alte fuhr noch lange in solchen Reden fort, vor deren Ruchlosigkeit sich der greise Trüllerey billig entsetzte. Mehrmals, doch liebreich und schüchtern, unterbrach ihn Rüdiger mit Zwischenfragen. Aber jede Antwort führte den Bruder Jörg wieder auf das breite Feld seines Lieblingsgegenstandes; wie der Bergquell nur das Felsstück umgeht, das seinen Lauf hemmt, und dann die erste Richtung desto freier verfolgt. Unter diesen Umständen wurde über den Schatz von Grimmenstein zuletzt nichts entschieden. Herr Rüdiger Trüllerey aber hatte nach langer Traurigkeit den besten Schatz wiedergefunden, den Frieden seines Gemütes und die Ruhe seines schwer geängstigten Gewissens. Er räumte seinem Seelenfreunde das schönste und bequemste Gemach der Burg ein, welches der Lollhard, ohne Gefallen oder Missfallen zu bezeigen, bezog. Nur gelegentlich wurde Bruder Jörg von den reichen Verzierungen des Zimmers veranlasst, auf die Eitelkeit alles Irdischen und auf die Entwickelung des großen Weltschauspiels hinzudeuten, um den alten Ritter auf die Offenbarung des ewigen Evangeliums vorzubereiten

Herr Rüdiger, wiewohl ein strenggläubiger katholischer Christ nach dem Gebot der Kirche, hielt doch aus liebender Dankbarkeit dem Bruder des freien Geistes vieles zu gut, ja er gab ihm wohl zuweilen Recht, weniger aus Überzeugung, als aus Geselligkeit.

Die beiden Alten verstanden einander auch nach mehreren Tagen noch nicht, und gerade deswegen wurden sie, wie es gewöhnlich geschieht, umso erpichter darauf, einer den andern zu belehren und zu bekehren. Sie liebten sich jedoch, und deshalb blieben ihre Herzen im besten Einverständnis.

34.
Die Schlacht bei St. Jakob.

Während die Greise im Turm von Rore Bilder und Geschichten aus ihrer Jugendzeit auffrischten, ihre späteren Abenteuer und Glückswechsel einander vertraulich mitteilten und ihre Bekehrungsversuche fortsetzten, verbreiteten sich seit der letzten Augustwoche sehr widersprechende und beunruhigende Gerüchte über den Verlauf des Krieges, so dass sich bald alle Aufmerksamkeit dahin wendete. Der Dauphin von Frankreich, hieß es, sei mit ungeheurer Kriegsmacht über Basel gegen den Jura vorgedrungen; habe bei dieser Stadt ein Heer der Eidgenossen, 4000 Mann stark, bis auf den letzten Mann niedergehauen, so dass keiner entkommen wäre, und rücke nun unaufhaltsam vor, um das ganze Schweizerland einzunehmen. Man zeigte zur Bestätigung dessen nicht nur die Abschrift eines Briefes, den Thüring von Hallwyl der Ältere an den Markgrafen Wilhelm von Hochberg nach Zürich gesandt haben sollte, vor; sondern mehrere Flüchtlinge auf dem Gebiete von Basel betätigten das unglückliche Ereignis und teilten zugleich mit, dass die Belagerung des Schlosses Farnsburg aufgehoben und die Eidgenossen in vollständiger Flucht wären. Es kam sogar eine Nachricht, dass sich die Berner und Solothurner von Zürich nach Baden und Lenzburg zurückgezogen hätten, dass die Gebirgsvölker von Glarus, Schwyz und Unterwalden, auch die von Zug und Luzern, über den Albis heimgingen und dass alles verloren sei.

Viele gutgesinnte Bürger Aaraus rieten zu stärkerer Befestigung der Stadt und sprachen den festen Vorsatz aus, in verzweifelter Wehr für ihre und die Freiheit Berns unter dem Schutte ihrer Wohnungen und Tempel sterben zu wollen. Viele der achtbarsten Männer des Rates kamen in den Freihof, um sich mit Herrn Rüdiger zu beraten. Die Gemeinde ernannte den Junker Gangolf zum Kriegsobersten; von ihm war jedoch, seit er mit den Eidgenossen vor Farnsburg gelagert, keinem Kunde mehr angelangt. Dem allgemein verbreiteten Gerüchte nach sollte er in der Schlacht bei Basel gefallen sein.

Der gewaltige Schrecken über die Niederlage an der Grenze milderte sich jedoch bald durch neuere Nachrichten. Die anfängliche Wut des Volkes verwandelte sich bald in trotzigen Stolz und der ausgesprochene Fluch über die Feigheit der besiegten Krieger ging in Bewunderung ihres Heldengeistes über. Man vernahm nämlich, dass nicht 4000, sondern kaum 2000 Eidgenossen einen unglaublich heldenmütigen Kampf gegen die gesamte französische Kriegsmacht bestanden hätten; dass darauf der Dauphin, statt gegen das Juragebirge zu ziehen, sein Volk zurück, in den Elsass und Schwarzwald gelegt habe. Er soll, so wurde erzählt, auf seine Ehre versichert haben, dass er ein standhafteres Volk als die Eidgenossen nie gesehen; dass er sie nicht weiter versuchen wolle, weil er sie ihrer Tapferkeit wegen hochachten müsse. Man hörte sogar, dass Frankreich von dem österreichischen Bündnisse zurückgetreten, dass für den Beginn der Friedensverhandlungen zwischen Frankreich und den Eidgenossen schon ein Tag bestimmt sei.

Indessen konnte Herr Rüdiger Trüllerey, weil mehrere Wochen ohne jede Nachricht von ihm verstrichen waren, seine wachsende Unruhe um Gangolf's Schicksal nicht verbergen. Obwohl er sich im stillen für einen besseren Christen hielt als seinen wiedergefundenen Freund Jörg, dessen Reden nur allzu sehr nach ärgerlicher Ketzerei schmeckten, musste er doch zugestehen, dass er von dessen felsenfestem Glauben und der harmlosen Zuversicht auf Gott noch weit entfernt war. Der Lollhard hielt ihm daher auch vergebens sein eigenes Beispiel darüber vor, dass er nämlich um das Loos der verlorenen und geliebten Tochter ohne Bekümmernis lebe, dieweil er wisse, sie sei in Gottes Hand; sie werde eher freiwillig das Leben hingeben, als die Tugend meiden; doch sei der Tod kein Übel, sondern das Ende aller Übel. Rüdiger dachte nur daran, was er jedoch dem Bruder Jörg, als den Hauptgrund seines stillen Kummers nicht gestehen wollte, dass Gangolf der letzte vom Stamme der Trüllerey im Aargau sein würde.

Das Geräusch ankommender Pferde, welches eines Nachmittags von der Zugbrücke des Burggrabens im Freihofe gehört wurde, endete alle Bekümmernisse des Vaterherzens. Gangolf und Isenhofer sprangen, nebst den Knechten, von denen sie begleitet waren, frisch und wohlgemut aus dem Sattel der Pferde. Die Nachbarn liefen erfreut herbei, um die Ankommenden und besonders den wackeren schönen Junker zu sehen und ihn freundschaftlich zu bewillkommnen. Herr Rüdiger, sonst selbst gegen den Sohn gebieterisch und einsilbig, überließ sich diesmal seiner vollen Freude und trat ihm unter der Turmpforte mit ausgebreiteten Armen entgegen. Und doch empfand er schwerlich so große Freude, als Gangolf beim Anblick der noch nie gesehenen Heiterkeit seines Vaters und dessen inniger Traulichkeit mit dem Lollhard. Wegen seines langen Ausbleibens und des seine Angehörigen beunruhigenden Schweigens entschuldigte sich der Jüngling mit so gewichtigen Gründen, dass ihm die väterliche Verzeihung nicht vorenthalten bleibe konnte. Nach Aufhebung der Belagerung von Farnsburg hatte er die entführte Tochter des Lollhard mehrere Wochen lang in den Tälern des Jura, vom Weißenstein bis zum Bötzberg, in allen Richtungen, doch mit sehr vergeblicher Mühe gesucht. Nicht die geringste Spur vom Dasein der schönen Beguine war zu entdecken gewesen. Ein geringer Trost war ihm von Farnsburg aus geworden, nämlich die Gewissheit, dass sie durch Thomas von Falkenstein niemals dahin gebracht worden sei. Das hatte er von Männern erfahren, die, um wegen Übergabe zu unterhandeln, ins Lager der Eidgenossen gekommen waren.

Während der gegenseitigen Mitteilung der Erlebnisse der letzten Zeit hatte sich die Sonne hinter die Tannen des Gebirges niedergesenkt und der Abendstern leuchtete hell über den Wartburgtrümmern. Herr Rüdiger führte seine Gäste in den Speisesaal. In der Mitte stand der Tisch mit vielen Gedecken, von Speisen aller Art fast überladen; daneben ein altmodischer Schenktisch mit Weinkannen von schwerer Silberarbeit. Herr Rüdiger wollte die Wiederkehr seines Sohnes mit einem stattlichen Mahle feiern und verkündete im Voraus seinen Zorn, wenn Bruder Jörg den vergnügten Kreis vor Mitternacht verlassen würde. »Denn,« sagte er, »das arme Leben hat gar wenige frohe Minuten, lasst sie uns genießen! Ich habe sie viele Jahre entbehrt und die lautere Freudigkeit ist in meinem Herzen fremder geworden, als die Schwalbe dem Winter. Aber liebwerte Herren und Freunde, nun sehe ich mich mit dem Himmel und mit mir selbst versöhnt; meines alten Freundes Jörg Herz mir zugewendet; meinen schon totgesagten Sohn froh und munter unter uns und die gesamten teuren Eidgenossen ehrenhaft von ihrem schwersten Feinde erlöst. Sollen wir uns dessen nicht freuen? Mein ganzes Haus soll ein Fest feiern, der Keller diese Nacht hindurch nicht geschlossen sein, und was Küche und Speisekammer vermögen, sei Dienern, Knechten und Mägden preisgegeben.«

Darauf, nachdem Gangolf die schweren, vergoldeten Becher mit altem Burgunderwein gefüllt hatte, fasste Herr Rüdiger seinen Kelch mit beiden Händen, hob ihn hoch empor und rief: »Vor allen Dingen aber, liebwerte Herren und Freunde, trinket mit mir zur Anerkennung der tapferen Tat unserer zwölfhundert Brüder und Eidgenossen, die in der Schlacht an der Grenze den Hochmut der Franzosen zurückwiesen und für uns in den Tod gingen. Fürwahr, wir säßen heute nicht friedlich beisammen und würden in Gefahr und Sorge sein und das Land voll fremden Mordgesindels haben, wären nicht jene an der Pforte der Eidgenossenschaft so treue Wächter gewesen!«

Alle stimmten ein, und nur Meister Isenhofer verzog dabei seiner Gewohnheit nach die Miene etwas schalkhaft, obgleich er den Becher bis auf die Neige leerte.

»Scheint's doch fast,« sagte Herr Rüdiger, als er es bemerkte, »dass Meister Isenhofer von Waldshut die blutigen Heldentaten der Eidgenossen nicht gebührend preisen mag.«

»Gestrenger Herr,« antwortete Isenhofer lächelnd, »nehmt's nicht so genau. Ich bin nun einmal des Glaubens, der Mensch tue selten große Dinge, sondern das Schicksal allein. Der Mensch ist mit freiem Wollen begabt, er handelt aber nicht immer mit Überlegung. Oft beginnt er sein Werk klug und endet es albern, dann wird er gescholten. Besser, er beginnt es närrisch und sucht nachher einen guten Ausgang zu erzielen, wie die Schweizer bei St. Jakob, alsdann wird er hoch geachtet.«

»Verstehe ich Deine Sprüche, Meister,« entgegnete der alte Herr, »so wäre die Schlacht an der Grenze . . .«

»Ein dummer Streich gewesen . . . richtig! . . . aus dem sich Eure Landsleute am Ende wie Ehrenmänner herauszogen,« unterbrach ihn Isenhofer.

»Lass uns hören!« sagte Rüdiger. »Auf die verschiedenste Weise wird über diese Schlacht geurteilt, sodass man kaum weiß, was zu glauben steht.«

»Wir lagen unserer etwa drei bis viertausend vor der Farnsburg,« so hob, nach mancherlei Zwischenrede, Meister Isenhofer zu seiner Rechtfertigung zu erzählen an; »drinnen saß der faule Fuchs Hans von Rechberg und lachte in die Faust, wenn die Schweizer gegen das riesenhafte Schloss auf dem hohen Gebirgsscheitel vergeblich anrannten. Uns wurde die Zeit lang, gegenüber den Felsen, schroff wie Mauern, und den Mauern, die stark wie Felsen waren. Als aber die große Büchse der Stadt Basel nebst vielem Schießbedarf anlangte, zog der Rechberg andere Saiten auf und sprach von Übergabe bei günstigen Bedingungen. Wir hörten nicht darauf; da, ehe wirs uns versahen, war er in einer finsteren Nacht entwischt, hinüber zu den Franzosen; hatte Filz unter die Hufe seines Pferdes gebunden und sich so durchs Lager geschlichen. Wir sahen auf dem nächsten Berge einen Heustall brennen; dieses war für die Seinigen in der Burg ein Zeichen, dass er glücklich entkommen sei.«

»Das ist des Rechberg Kunst, darin tuts ihm keiner gleich,« sagte Gangolf. »Der alberne Wicht ist mit Kopf und Fuß allezeit geschwinder gewesen, als mit dem Arm.«

»Plötzlich hörten wir das Geschrei,« fuhr Isenhofer fort, »der Dauphin ziehe mit unzählbarer Macht von Mümpelgard, durch den Sundgau, herauf gen Basel. Er habe siebzig-, neunzig-, andere sagten sogar über hunderttausend Mann unter seinem Befehle. Das wollte anfangs keiner von uns glauben; doch wurde ein Bote ins Lager der Eidgenossen vor Zürich gesandt, und man schickte uns von da eine Verstärkung von sechs- bis siebenhundert Mann. Richtig, aber standen die Franzosen alle an der Grenze? Der Dauphin mit seiner Hauptmacht, über vierzigtausend Mann stark, blieb dort hinter der Birs vor der Stadt Basel; zehntausend schickte er voran bis Muttenz; achttausend zu Pferde und zu Fuß führte der Graf Dammartin in die Prattelner Wiesen, um uns von Farnsburg zu verjagen. Als wir diese Nachricht von Liestal her vernahmen, entstand im Lager ein Höllenlärm und eine Verwirrung ohne Ende. Die Tollköpfe wollten dem Feinde entgegen, ohne seine Stärke zu kennen, die Vernünftigen rieten, ihn in den Bergen zu erwarten. Endlich kam man nach vielem Streiten und Toben zu dem Beschluss: ein Häufchen gegen die Prattelner Wiesen auszuschicken, um eine Rekognoszierung vorzunehmen. Demzufolge machten sich zwölf- bis sechszehnhundert Mann auf, und standen morgens acht Uhr im Angesichte des Feindes.«

»An welchem Tage war das?« fragte der Lollhard, welcher jetzt mit großer Aufmerksamkeit zuhörte.

»Am Mittwoch nach St. Bartholomäustag, den sechsundzwanzigsten August,« antwortete der Berichterstatter. »Die Schweizer betrachteten die Schlachtordnung des Marschalls Dammartin und nahmen Stellung vor den Armagnaken zu Fuß. Hundert Reiter, die der französische Heerführer neckend gegen sie vorschickte, waren bald weggeblasen. Die Schweizer folgten mit festem Schritte und schrien: Da sind sie ja, die armen Gecken, die armen Schnacken. Vertilgt das Ungeziefer vom Schweizerboden! Damit warfen sie sich auf die feindlichen Stücke und brachen, ihrer nur zwölfhundert, die übrigen blieben ihnen im Rücken, in die Reihen der achttausend Franzosen. Das war ein tolles Unternehmen! ... Doch sie zerrissen deren Stellung, wie der Eisgang im Strom die langen Brückenjoche stürzt. Graf Dammartin zog, von dem unglaublichen Stoß geworfen, auf Muttenz zurück; die Zwölfhundert jedoch folgten ihm auf den Fersen. Dort, im offenen Felde, standen wohlgeordnet zehntausend Armagnaken zu Fuß und zu Pferde, an die sich Dammartin mit den Seinen anschloss, doch fröhlich und unverzagt drang Speer, Schwert und Kolben der Schweizer in die dichte Menge. Die eine Hälfte des Feindes war schon beinahe in die Flucht geschlagen, die andere, durch diesen Anblick geschreckt, focht eine gute Weile, doch ohne Zuversicht; der Sieg blieb unser. Es wurde den Armagnaken viel Volk, viel Ross und Tross erschlagen, viele der schönen Banner und köstlich Gut entrissen. Gleich einem Strome ergoss sich die Menge der Fliehenden gen Basel und über die Birs, festen Schrittes folgte ihnen die Schar der Zwölfhundert. Nun erst recht begierig auf den Kampf, rannten die Sieger vom Birsrain durchs Wasser unaufhaltsam gegen des Dauphins Macht. Das war Raserei! Der Dauphin mit vierzigtausend Mann ausgeruhten Fußvolks, die in vier Haufen geteilt waren, erwartete sie jenseits des Flusses.«

»Halt!« rief Gangolf dazwischen. »Wars doch nicht der Hauptleute schuld! Auf dem Birsrain schon ermahnten sie das Volk. keinen Schritt weiter zu tun. Es war allen bei Ehre und Eid untersagt worden, über die Birs zu gehen, und bei Pratteln hatten die Führer schon verboten, sich ernstlich einzulassen, aber die Mannschaft war taub gegen alle Vorstellungen, sah nur den Feind, rannte ohne Ordnung in die Birs und erkletterte das jenseitige steile Ufer im Angesicht der ganzen Heermacht des Dauphin.«

»Drum war's ein unüberlegtes Beginnen, und die Schlacht ein wahrhafter Narrenstreich, wider alle Mannszucht angefangen,« erwiderte Isenhofer. »Noch hatten sich die Zwölfhundert jenseits der Birs nicht völlig geordnet, da ließ der Dauphin alle seine Geschütze gegen sie los; da fuhr Hans von Rechberg mit sechshundert deutschen Rittern auf sie ein. Ihm folgten achttausend Herren und Bewaffnete auf schweren Pferden, so dass die Schlachthaufen der Eidgenossen schnell getrennt wurden Nun sahen sie ihren übelbedachten Streich wohl ein, aber sie beschlossen, ihn glänzend zu enden. Ein Teil der Ihrigen, bei fünfhundert, zog wieder gegen die Birs hinab, und von da auf eine vom Wasser umgebene Au. Dort, umringt von Tausenden, fielen sie, grimmig kämpfend, ein Mann nach dem andern, von Kugeln und Pfeilen aus der Ferne erlegt. Ein anderer Teil, ebenfalls bei fünfhundert, wandte sich anfangs gegen Basel, Beistand aus der Stadt erhoffend. Die Hilfe kam wohl, konnte aber nicht mehr bis zu ihnen gelangen. Dann begaben sie sich, bei fortwährendem heftigen Gefecht, von der Stadt hinweg zum Siechenhaus und dem Garten zu St. Jakob. Dort, hinter dem Mauerzaun, schlugen sie des Dauphins Sturm dreimal furchtlos zurück; dann fielen sie zweimal mörderisch aus und kehrten siegreich zurück. Der Abend brach herein, doch neue Schlachthaufen des Feindes wälzten sich heran. Des Dauphins Geschütz warf die Mauer des Baumgartens nieder. Haus, Kapelle und Turm standen in hellen Flammen. Obwohl jede Schutzwehr verschwunden, stritten die Schweizer, unter Blut und Wunden, wenn auch müde vom Tagewerk, dennoch, als begönne der Kampf erst eben; sie würgten wie Löwen. Dem Ruhme des Schweizerlandes wollte jeder das Leben zum Opfer bringen. Mehr als achttausend erschlagene Feinde bedeckten schon das weite Schlachtfeld. Da endlich traten die letzten Eidgenossen zusammen, drangen über den Mauerschutt hervor und stürzten, dem Tode sich weihend, zum letzten Streit in des Feindes dichte Reihen. Fechtend fielen alle; keiner verlangte, keiner behielt das Leben. Der Dauphin selbst war von der großen Tapferkeit der Schweizer, die man ihm wie feige Buben geschildert hatte, gerührter als durch den Tod der vielen tausend seien. Glaubt mir, ich erzähle Euch kein Märchen.«

»Also keiner dem Tode entronnen von den zwölfhundert frommen, tapferen Männern?« sagte Herr Rüdiger.

»Die Baseler fanden auf der Wahlstatt,« antwortete Isenhofer, »zweiunddreißig Verwundete noch atmend. Keiner war flüchtig geworden. Sie zeigten den Feinden an der Grenze, was ferner zu erwarten sein würde, und den Eidgenossen, was sie zu tun hätten, um ein freies Vaterland zu behaupten.«

Die Unterhaltung der Herren wurde jetzt lebhafter. Der große Gegenstand begeisterte sie, wie er heute, nach Jahrhunderten, noch die stolzen Enkel begeistert. Man sah den Krieg schon für so gut als beendigt an. Was vermochte der römische König, dem die Deutschen selbst den Beistand versagten, sobald der französische Hof sich von ihm trennte und Frieden mit den Eidgenossen schloss? Das abtrünnige Zürich musste nun, früh oder spät, dem Bunde mit Österreich entsagen und der verzweifelnde Adel konnte froh sein, wenn man ihm nicht die letzten Burgen niederbrannte.

Seit vielen Jahren zum ersten Male erschollen die alten Gewölbe der Veste vom ungewohnten Geräusch fröhlichen Gesanges, Scherzes und Gelächters.

35.
Freund und Feind.

Obwohl Gangolf mit seinen Gedanken zuweilen abwesend war, gewährte ihm der Anblick dieser traulichen Abendgesellschaft doch zuletzt den höchsten Genuss. Er, von allen der nüchternste, geriet in Versuchung, sich für den einzigen zu halten, dessen Einbildung durch ein Räuschchen gesteigert sei. Die wunderbare Weise, in welcher die Verhältnisse seines Vaters mit den Schicksalen des Lollhard verflochten gewesen, machte ihn schon zum Zweifler an der Richtigkeit seiner Sinneswerkzeuge oder seines Verstandes. Und doch bestätigte ihm jede Antwort auf seine wiederholten Fragen umständlich das schon erfahrene. Mehr aber als alles andere setzte ihn die unglaubliche Verwandlung seines Vaters in Erstaunen, den er von jeher als einen strengen, mürrischen Mann gekannt hatte, und der jetzt, sich heiter bewegend, das vormals traurige Leben mit dem Mute, ja Mutwillen eines Jünglings vertauscht hatte.

»Lustig, Junker!« rief Isenhofer und füllte Gangolfs Silberbecher bis zum Rande. »Was träumet und sinnet Ihr? Jetzt ist's Zeit, fröhlich und guter Dinge zu sein. Glühen nicht selbst dem wohlehrwürdigen Bruder Lollhard die Wangen vom heiligen Feuer, wie ein himmlisches Morgenrot?«

»Du bist ein glücklicher Mann, der sich den frohen Sinn becherweise aus dem Weinfasse zapft,« sagte Gangolf lächelnd. »Das ist eine neue Lehre.«

»Mitnichten, Freund! Die Lehre ist uralt, denn Noah lebte schon vor den Propheten,« erwiderte der begeisterte Sänger von Waldshut. »Sehet, ich war vor Zeiten auch ein Zweifler, und konnte nicht einmal begreifen, ob es wohlgetan sei, dass man den Wein erfunden habe, der doch den Weisesten zum Narren machen und die ganze Welt auf den Kopf stellen kann. Später erst ging mir ein Licht auf, als ich lernte, dass nur gute Leute froh und nur frohe Menschen gut sein können. Der Wein erhebt über alle Armseligkeit des Alltaglebens, versöhnt Feinde, gleicht in allgemeiner Verbrüderung das Fremde aus, gibt dem Feigen Mut, dem Toren

Witz, dem Greise Jugend, dem Heuchler Wahrheit, dem Müden Kraft, dem ...«

»Halt!« unterbrachen plötzlich die Stimmen aller den Lobredner des Weines. »Was ist das? – Hört!«

Ein anhaltendes, durchdringendes Wehgeschrei, wie aus einer weiblichen Kehle, ließ sich aus dem unteren Saale vernehmen. Die Dienerschaft, welche vorher gejubelt hatte, war mitten in ihren Gesängen verstummt. Man horchte, indem man sich gegenseitig fragende Blicke zusandte. In die weite Burg, die noch eben von ausgelassener Lust wiedergehallt hatte, schien die Ruhe des Todes eingekehrt zu sein. Man hörte nur das einförmige Rauschen der Aar, und das allmählich wachsende und schwindende Gerassel des Steingerölles unter dem Schlag ihrer Wellen.

»Unten ist ein Unglück geschehen,« rief Herr Rüdiger mit Zeichen ernsthafter Besorgnis.

»Ich werde zusehen,« sagte Gangolf und wollte aufstehen, Isenhofer zog ihn aber wieder auf seinen Sitz und bemerkte, warum man das Ding so ernst nähme? Vermutlich habe im wiederhergestellten Paradiese irgendeine Eva zu hohe Bocksprünge gemacht. Man horchte von neuem. Es war ein seltsames, dumpfes Getöse, das bald wieder verscholl, und welchem dann der langanhaltende Schmerzensschrei oder das erschütternde Gebrüll einer Mannesstimme folgte.

»Lassen wir uns nicht störe!« redete Isenhofer den Gästen zu. »Die Leute machen sich auf ihre eigene Weise lustig! Rohes Volk geht nicht zufrieden vom Wein, wenn es nicht eine blutige Stirn und Nase mitnehmen kann, um sich wenigstens vierzehn Tage lang der genossenen Ergötzlichkeit zu erinnern. Sie lieben ein buntes Angedenken; gönnen wir's den guten Leuten!«

»Ich glaube beinahe, sie haben eine Schlägerei,« stimmte Herr Rüdiger ein. »Also ein Sündenfall in Isenhofers Paradies! Mehr nicht. Still! Ich höre des Meisters Langenhardt Schritte auf der Stiege. Er wird uns Auskunft über die Ereignisse in der Unterwelt erstatten.«

Wirklich trat der Hofmeister des Burgherrn, ein kugelrunder kleiner Mann, mit so verstörtem Gesichte herein, dass er sich Mühe geben musste, die gehörige Amtsmiene wieder zu finden. Dreimal verbeugte er sich, so tief er konnte, ohne ein Wort zu sprechen.

»Was gibt's, Langenhardt?« redete ihn Herr Rüdiger an. »Macht Ihr unten Schädelproben? Sendet die Streitsüchtigen zu Bett, wiewohl es noch
früh ist, und haltet die andern zum Frieden an.«

»Meine gnädigen Herren wollen geruhen,« sagte der Hofmeister und
verstummte wieder, rieb sich die Stirn, als wenn ihm der rechte Ausdruck für sein Vorbringen entfallen wäre, und fuhr mit einer abermali-
gen Verbeugung fort: »Ich glaube . . . Gott sei meiner armen Seele gnädig! . . . der Teufel ist los. Behüte der Himmel! Keiner von Ihro Gnaden
Leuten hat etwas verfehlt. Ich saß, beständig aufmerksam, zuoberst am
Tische, und meine Gegenwart hielt das Hausgesinde in den Schranken
geziemender Ehrbarkeit. Da stürzte Knall und Fall allerlei fremdes Volk
durch den Hof in den Turm und hätte einander vor unsern Augen un-
fehlbar kläglich ermordet, wären wir nicht dazwischen gesprungen.«

»Was für Volk? Fremdes Gesindel wohl? Hat man's gefangen?« fragte
der alte Herr auffahrend.

»Ein Schwarzwälder, Ihro Gnaden zu dienen, liegt fest gebunden im
Zwinger. Das war ein schweres Stück Arbeit,« antwortete der Haushofmeister, »An des Teufels Großmutter aber wagte sich selbst der Jäger
nicht, und die beiden lustigen Töchter kann man unbesorgt stehen lassen.«

»Was Schwarzwälder, Teufels Großmutter und lustige Töchter?« schrie
Herr Rüdiger mit verdrießlichen Mienen. »Du bist, wie man deutlich
sieht, des Weines voll. Berichte über den Hergang in schicklicher Ordnung. Vielleicht treiben lustige Gesellen aus der Stadt, die Euer Jubilie-
ren anlockte, einen kleinen Scherz mit Euch.«

»Wenn Ihro Gestrengen und Gnaden mir gestatten,« versetzte Meister
Langenhardt, indem er tief Atem schöpfte, »so werde ich kurz berichten,
wie es kam. Wir andern saßen in bester Eintracht beisammen, trieben allerlei Kurzweil und stimmten, wie es Ihro Gnaden ausdrücklich erlaubt
haben, ein fröhliches Liedchen an. Da stand unversehens ein fremdes
Weibsbild unter uns; keiner hatte es zur Pforte hereinkommen sehen. Es
ist eine alte Person, scheußlich anzuschauen, wie die Sünde, hat Geier-
krallen an den Händen und im Kopfe feurige Augen, wie ein Kater. Alle
erschraken vor dem Unholde. Das Tier redete viel, was ich nicht verstand . . . Darauf traten zwei junge Bauermädchen herein und grüßten
sittsam und züchtig. Aber, Ihro Gnaden, als das jüngste mich nach Euer
Gnaden fragte, wurde mir fast bange, denn sie gleicht der Heiligen Jungfrau Maria am Altar der St. Ursulakapelle wie ein Ei dem andern, und ist

noch viel schöner. Es ist wahrscheinlich die Mutter Gottes in unserer Landestracht; ich lüge nicht.«

Bei dieser treuherzigen Versicherung konnten sich die Herren insgesamt des lauten Lachens nicht erwehren.

Der Hofmeister sah die Zuhörer verblüfft an, verbeugte sich mehrmals und fuhr fort:»Ich lüge nicht. Sage ich ein falsches Wort, möge es mir an Leib und Leben gehen. Auch wollte ich Ihro Gestrengen und Gnaden schon gleich Meldung von dem Vorfall machen. Da fuhr aber ein Schwarzwälder Bauer, den niemand von uns kennt, plötzlich herein, warf seine roten Koboldsaugen unter dem Strohhute nach links und rechts, sprang gegen besagte Jungfrau und hätte sie bei einem Haar erwischt, wäre nicht Heini Entfelder dazwischen gesprungen. Nun gab es einen Teufelslärmen. Ihro Gnaden haben zweifelsohne hier oben vernehmen mögen, wie die beiden Töchter kläglich das Freihofs-Recht anriefen, währenddessen das alte Höllenweib einen gellenden Schrei ausstieß, dann mit einem Satz auf den Tisch, zwischen die Speisen, sprang, gegen den Schwarzwälder Basiliskenaugen machte und ein langes Messer gegen ihn zückte. Der vierschrötige Bauernkerl seinerseits richtete seinen Dolch auf die Alte und wollte zum Tische vorgehen, doch Heini, Irni Fäsen, Hemman, wir alle fielen über den Schurken her, entrissen ihm das Messer, warfen ihn zu Boden, knieten auf ihn und hielten ihn, bis Frau Elsbeth das dicke Seil brachte. Der gelbe Schwarzkittel brüllte wie ein Stier, der einen Fehlschlag empfangen hat. Jetzt aber ist er festgeschnürt, knirscht mit den Zähnen, verdreht die Augen und schäumt als habe er die fallende Sucht.«

Die Herren sahen einander zweifelhaft an und schienen nicht zu wissen, ob sie ernst bleiben oder ihrer zurückgehaltenen Lachlust freien Lauf gestatten sollten.

»Meister Langenhardt,« sagte endlich Herr Rüdiger, »Deine Reden haben einen Stich vom guten, alten Rotwein und ich mag's Dir nicht verargen. Lass die Brücken aufziehen und die Pforten schließen. Den wütigen Bauerntölpel werft auf ein Bund Stroh in den festen Gewahrsam links von dem Keller, wo er den Rausch verschlafen mag. Morgen wird er wegen des frevelhaften Einbruchs in diesen gefreiten Hof Rede und Antwort geben können. Ebenso sperre des Teufels Großmutter ein; wir wollen uns mit ihrem Liebreiz den Appetit nicht verderben. Hingegen Deine heilige Jungfrau in Bauerntracht und ihre Begleiterin, welche Beide das Freihofrecht angerufen haben, führe zu uns. Ich hoffe, ihr Anblick wird den lieben Herren und Freunden hier den Wein nicht versäuern.«

»Vortrefflich!« rief Meister Isenhofer. »Ihr urteilet, Herr Ritter, wie dem Rittersmann zum Schutz zarter Mägdlein, und einem gastfreundlichen Hauswirt zur Versüßung unseres Mahles gebührt.«

Der Hofmeister verbeugte sich nach empfangenem Befehl seines Herrn und eilte, ihn gehorsam zu vollstrecken. Er erschien bald wieder, öffnete die Tür, durch welche zwei junge Bäuerinnen schüchtern hereintraten, die ihre Gesichter, beschattet von einem buntberänderten, kleinen teller-förmigen Strohhut, auf die Brust gesenkt hatten und sehr verlegen schie-nen. Sie waren sonntäglich gekleidet, in schneeweißen, bauschichten Hemdärmeln, mit silbergesticktem Mieder und Brustlatz, über welchen an breiten versilberten Haften eben solche Ketten hin- und hergeschnürt waren. Der kurze Rock, breit von den Hüften abstehend, mit tausend eingenähten kleinen Falten, die obere Hälfte zeisiggrün, die untere Hälf-te schwarz, ließ nicht nur die scharlachfarbene Einfassung des Unter-rocks, sondern auch den schwarzen Lederriemen sehen, welcher die ro-ten Strümpfe unter den Knien festhielt.

»Saget, Ihr Mädchen, warum ruft Ihr das Freihofs-Recht an? Was habt Ihr gesündigt, dass man Euch verfolgt?« sprach Herr Rüdiger Trüllerey mit der ihm angeborenen Würde und ohne seinen Wappenstuhl zu ver-lassen,

Die eine der Bäuerinnen verneigte sich mit einem seltenen Anstande, erhob das Antlitz zum Burgherrn und wollte reden. Doch als sie auf-blickte, versagte ihr plötzlich die Stimme und, wie von einem Wunder geblendet, saß auch die ganze Tischgesellschaft unbeweglich und stumm, die Augen zu der ländlichen Schönen gewendet. Meister Lan-genhardt hatte das rechte Wort gewählt. Es war eine Madonna in schlichter Bauerntracht, doch eine unverkennbare Himmelskönigin.

Der Zauber, welcher diese Totenstille hervorbrachte, währte jedoch nur einen flüchtigen Augenblick; denn Gangolf sprang vom Sessel auf und rief: »Veronika!« Die junge Bäuerin kniete im gleichen Augenblick am Stuhl des Lollhard, legte die weißen Arme um den Greis und sagte freu-dig weinend: »O lieber Vater!«

»Was gibt's denn?« rief Herr Rüdiger.

Von Allen jedoch, die ihn hörten, konnte Keiner antworten. Der Loll-hard hielt, bis zu Tränen erschüttert, sein Kind lautlos in den Armen, und Gangolf, seitwärts von den Knieenden, schien vom Erstaunen zur Bildsäule verwandelt zu sein. Herr Rüdiger wiederholte sein: »Was gibt's denn?« noch einige Male vergebens. Er musste sich gedulden, bis der erste Sturm einer bis zum Schmerz gesteigerten Freude vorübergegangen war. Dann führte der Lollhard selbst die Jungfrau zum Lehnsessel des Ritters und sprach: »Großes hat der Herr an mir getan, er, der des Wurmes im Staube gedenkt. Gelobt sei sein Name in Ewigkeit! Siehe, dies ist meine Tochter. Sie ist mir wiedergegeben, gegen welche der Höllendrache seine Anschläge gemacht hatte.«

Veronika neigte sich, des Ritters Hand zu küssen. Er aber drückte seine Lippen segnend auf ihre helle Stirn und pries den Vater glücklich, wie sich selbst, dass sie in seinem Hause dem Greise wiedergegeben worden sei. Der Lollhard aber stellte ihr nun den ehrwürdigen Rüdiger, als den geliebten Freund aus seinen Jugendtagen vor; dann auch den freundlichen Sänger aus Waldshut. Als sie sich nach diesem aber grüßend gegen Gangolf verneigen wollte, floss ein rötlicher Schein über ihr Antlitz, und die Augen, die sich zum Himmel erheben wollten, kehrten sich verschämt zur Erde, da sie auf ihrer zitternden Hand das Brennen seiner Lippen empfand.

Während des fröhlichen und anhaltenden Durcheinanders von gegenseitigen Erklärungen, Glückwünschen, Freudenbezeugungen und Fragen, stand der Haushofmeister in strenger Ehrerbietung, ohne eine Gebärde zu ändern, auf einer Seite der Thür, auf der andern die Begleiterin Veronikas, eine junge Bäuerin, aus Furcht oder Rührung bitterlich weinend. Man hatte des armen Mädchens ganz vergessen, bis Herr Rüdiger dasselbe wieder gewahr wurde.

»Wer ist denn Eure Begleiterin dort?« fragte er die Tochter seines beglückten Freundes.

»Gnädiger Herr,« nahm Veronika das Wort, »es ist das Kind meiner Retterin, meiner Pflegerin, der ich ewigen Dank schuldig bin. In der Nacht, in welcher wir auf der Hard von den Bösewichten überfallen wurden und ich meinen Vater verlor, irrte ich mit unserer Magd, die mich aus der Hütte gerissen hatte, lange im Walde umher. Sie schleppte mich in der Angst fort, ich wusste nicht, wohin? Sobald ich aber den ersten Schrecken in mir überwunden hatte, kehrte ich zur Hütte meines Vaters zurück, um sein Schicksal mit ihm zu teilen. Die treue Magd mahnte vergebens dagegen. Ich fand unser Haus verödet; ich suchte und rief Euch, lieber Vater, tausendmal und ohne Trost. Dann ging ich, die Magd im Walde aufzusuchen; sie war jedoch verschwunden. Nun blieb ich einige Zeit bewusstlos liegen; dann irrte ich bei finsterer Nacht durch Wald und Gebirge, bis nach einigen Stunden ein einzelnes Bauernhaus im Gebüsche vor mir sichtbar wurde. Meine Kraft war zur Neige gegangen und so legte ich mich auf die hölzerne Bank vor die Tür der Hütte.

Dort fanden mich die Leute am Morgen schlafend und nahmen mich in's Haus, wo ich ihnen mein Unglück erzählte. Die Eigentümerin des Hofes, eine Witwe, und Mutter von sieben Kindern, hatte Erbarmen mit mir; ich war ihr achtes Kind, und die gute Gritli meine liebe Schwester.«

»Heda!« rief Herr Rüdiger der weinenden Bäuerin zu. »Tritt herzu, mein Kind. Du bist keine Fremde in diesem Hause. Sei willkommen! Setze Dich zu uns und labe Dich an meinem Tische.«

Gritli, ihre Augen mit dem Zipfel der grünen Sonntagsschürze trocknend, blieb verschämt an der Tür stehen, bis Gangolf und dann auch Veronika schmeichelnd zu ihr traten und sie mit sanfter Gewalt zum Tische zogen. Isenhofer holte Stühle herbei und alle nahmen ihre Plätze ein; Veronika neben Gritli und ihrem Vater. Man füllte den Jungfrauen die herbeigebrachten Becher und legte ihnen vom besten vor. Aber sie berührten die Speisen nicht und nur nach vielem Bitten netzten sie ihre Lippen mit dem Weine

Nach einer ziemlich langen Unterbrechung der Erzählung Veronika's, wobei auch Gangolf bewies, dass er vom Entzücken über die Madonna in Bauerntracht keineswegs die Sprache ganz verloren habe, setzte die Begutte auf Verlangen ihres Vaters den Bericht ihrer einfachen Abenteuer fort.

»Gritli's erwachsene Brüder,« sagte sie, »durchzogen mehrmals die Hard und die umliegenden Dörfer, ohne Nachricht von Euch, lieber Vater, zurückzubringen. Auch kam niemand zu dem abgelegenen Berghofe, als dann und wann ein Bettler, umherstreichende Wahrsager oder Zigeuner, von denen wir aber nichts vernahmen. Mein Herz jedoch verzagte nicht und büßte nie den Glauben an das Welten der göttlichen Vorsehung ein.«

»Und Ihr vergaßet dabei mich, Euren und Eures Vaters treuen Freund,« sagte Gangolf, indem er der Erzählerin einen Blick des zärtlichsten Vorwurfs zusandte. »Ihr vergaßet mich, und hattet keinen Eurer Boten für den Freihof von Aarau?«

Veronika errötete und schwieg.

»Du hast die alte Wahrsagerin zu nennen vergessen,« flüsterte ihr Gritli leise in's Ohr, um nach ihrer Meinung dem Gedächtnis der Erzählerin zu helfen.

»Eben wollte ich ihrer erwähnen,« sagte Veronika, die noch eine kleine Verwirrung in sich zu besiegen hatte. »Gritli's Mutter nämlich erfuhr durch eine Wahrsagerin aus Ägypten, dass Euch, lieber Vater, der grau-

same Freiherr von Falkenstein im Schlosse Gösgen gefangen halte; dass
er auch mir nachstelle und geschworen habe, mich an sich zu bringen,
und müsste er alle Schluchten und Höhlen des Gebirges durchsuchen.
Deshalb hielten sie mich in der Berghütte verborgen, bis die Zigeunerin
am heutigen Morgen in der ersten Tagesdämmerung wieder erschien,
Sie erzählte zu unserm großen Schrecken, Falkenstein schleiche seit Tagen, als Viehhändler verkleidet, durch die Berge in der Nähe umher; ich
müsse von hier fort, und mit ihr zum Freihof von Aarau, wo Ihr, lieber
Vater, schon wochenlang bei Herrn Trüllerey lebtet. Alle warnten mich;
ich aber ging, Euch zu suchen, sobald es Abend wurde. Die Zigeunerin
wanderte als des Weges Kundige und der Sicherheit wegen voran. Gritli
begleitete mich in treuer Liebe; Gritli's Brüder folgten uns in einiger Entfernung bewaffnet, bis wir zum Dorfe Küttigen hinabgelangten. Auf der
finsteren Aarbrücke kam die Zigeunerin fröhlich herbei und meldete,
dass das Stadtthor noch offen und es nicht zu spät sei. In diesem Augenblicke trat aber ein Mann zu uns, den wir im Dunkeln nicht erkannten,
und sprach die Ägypterin an. Dieselbe antwortete ihm jedoch nicht, sondern zupfte uns erschrocken und heftig, als sollten wir eilig fliehen, sie
selbst lief schnell davon. Wir ahmten ihrem Beispiele nach und sahen sie,
uns noch einmal winkend, in der Stadt, innerhalb der Mauern des
Freihof's verschwinden. Atemlos erreichten auch wir dieses Haus, doch
der Fremde folgte uns auf den Fersen. Anfangs bedrohte seine Gewalt
mich allein, später aber schien er die Ägypterin zu erkennen und zu hassen. Ja, ohne den Beistand der Männer unten würde er das Weib umge-
bracht haben.«

Schärfer horchend, um keine Silbe zu überhören, und schneller atmend, hatte sich Gangolf, während der letzte Reden der schönen Begutte, mit funkelnden Augen am Tische aufgerichtet »Das ist einer von Falkensteins ausgesandten Spür- und Mordhunden,« schrie er. »Herauf mit
ihm! Er muss das blutige Schelmenstück bekennen, zu dem er gedungen
worden ist, oder wir lassen ihm das Geständnis in der Marterkammer
unterm Turmdach aus der Seele haspeln.«

»Gemach, gemach! Der Kerl, wer er auch sei, wird uns nicht entkommen,« sagte Gangolfs Vater.

»Es ist einer von Thomanns Bande. Wahrscheinlich der Raubmörder
einer, die das Heiligtum in der Hard zerstört haben,« rief der Junker mit
Heftigkeit und Ungeduld.

»Zuerst wollen wir die treue Zigeunerin vor uns rufen. Langenhardt,
führe das ägyptische Weib herbei,« sagte der greise Trüllerey mit Nach-

druck und Würde, und fuhr, sobald sich der Hofmeister hinwegbegeben hatte, fort zu reden: »Gangolf, dieses Weib hat meinem frommen Freunde die Tochter wiedergegeben und vermutlich noch mehreres getan, was meine ganze Erkenntlichkeit verdient. Ich denke, es sei die alte Ilsel. Gangolf, zwar sagt man, die Rache sei süß, aber süßer ists noch, dem Wohltäter danken zu können. Ich bin einer Zigeunerin Schuldner. Sie brachte mir meinen Ring, Bruder Jörg, von Dir zurück; durch sie wurdest Du entdeckt.«

Der Lollhard schüttelte das graue Haupt und sprach: »Den Ring hat die Heidin wohl eher entwendet als gefunden, und mich selbst hat sie eher dem Falkenstein als Dir entdeckt und überantwortet. Nicht ihr, sondern Gott gebührt unser Loblied, der unsern Fuß wunderbar leitete durch die Finsternis der Zeit. Lass die Heidin ziehen in Frieden und belohne sie nach Deinem besten Ermessen. Denn wer einem Sterblichen unverdienten Dank bringt, der danket nur Gott; so wie derjenige, welcher einen Menschen verflucht, dem heiligen und unerforschlichen Rat der Vorsehung flucht.«

Die Fortsetzung dieses Gespräches wurde nach einiger Zeit durch das Eintreten der herbeigebrachten Ilsel unterbrochen. Herr Rüdiger fand es, bei ihrem Erscheinen, angemessen, dem Hofmeister zu befehlen, sich aus dem Saale zu entfernen. Er wollte wahrscheinlich nicht zu viel von den Geheimnissen des Hauses laut werden lassen.

Die Alte ließ ihre Späheraugen schnell im Kreise der Anwesenden herumlaufen, und trat dann mit einer Freundlichkeit, in der sie fast noch hässlicher war als im Zorne, dem Tische näher.

»Schön gemacht, schön gemacht, Väterchen!« sagte sie mit geläufiger Zunge, indem sie das hagere Gesicht Herrn Rüdiger zuwendete. »Alle beisammen! Siehst Du? Der Herr von Ende bei Günther von der Weide. Denke an den Goldreif! Habe ich meine Sache gut gemacht, alter Schatz? Und die schmucke Braut habe ich Dir gebracht, Goldsöhnchen, weil Du mir lieb bist,« sagte sie zu Gangolf, der beinahe so sehr als Veronika errötete, während Isenhofer, um sein Lächeln zu verbergen, trinkend sein Gesicht in den Weinbecher versteckte.

»Schweige, Alte!« rief Herr Rüdiger. »Ich begehre nicht unzeitiges Geschwätz zu hören, sondern erwarte Antwort. Hast Du diesen ehrwürdigen Bruder hier (er zeigte auf den Lollhard) an Thomas von Falkenstein verraten und ausgeliefert?«

»Was ausgeliefert, alter Schatz? Nicht verraten; ich ließ ihn fahren, weil er nichts von Dir und mir wissen wollte, nichts von Günther von der

Weide. Mir gleich, dachte ich, und ließ ihn fahren. Dass ihn der Drache in sein Nest zog, ist seine Schuld! Aber Junkers schmucke Braut, nicht den Lollhard, begehrte der Falkenstein zu fangen. Die warnte ich und rettete sie; denn Jünkerchen ist mir lieb. Und als der Falkenstein Aarau niederbrennen wollte, da habe ich den Bluthund unterwegs, in der Gewitternacht, vor dem Freihof gewarnt, als er gegen die Stadt zog. Das habe ich getan, schmuckes Goldsöhnchen, denn lieb habe ich Dich. Suchte auch das verflogene Täubchen so lange, bis meine Leute sein Nestchen fanden. Der Falke war schon auf des Täubchens Spur.«

»Was?« schrie Gangolf. »Falkenstein hatte Anschläge auf Aarau gemacht, und Du konntest schweigen? Hättest wohl das Morden sehen mögen, wie zu Brugg?«

»Nun denn, Goldkind, hast Du mich bezahlt, Dir alles zu sagen, was ich weiß? Mir gleich, wäre das Städtchen in Feuer aufgegangen, ich hätte gelacht, denn es hat es wohl verdient an mir. Haben meine Jungen hier nicht oft hungern müssen, gefangen im Notstall? Und darf ich bei Tage hier auf der Straße wandern, dass mir die Voigte nicht auf den Hacken sitzen? Und doch wäre ich mit in die Stadt gezogen und hätte Deiner wahrgenommen, Goldsöhnchen! Kein Faden Deines Gewandes wäre gesengt worden, so lieb habe ich Dich. Und gestern verkündete mir mein Ghyr: Junker Gangolf zieht zum Freihof heim. Husch ich zum Nest auf dem Berge und Dir das Täubchen gebracht. Habe ich nicht einen guten Lohn verdient?«

Herr Rüdiger unterbrach das Weib mit lauter Stimme und sprach: »Schweige und gib andere Beweise für des Falkensteins Mordanschlag, als die sind, die aus Deinem Lügenmunde hervorgehen.«

Die Alte lachte laut auf und rief: »Andere? Alter Schatz, Du hast ja den Wolf in der Falle, schäle ihn selbst aus. Frage ihn.«

»Wen soll ich fragen?« erwiderte Herr Rüdiger verdrossen.

»Hast Du den Falkenstein nicht im Turme?« versetzte die Zigeunerin. »Frage ihn, folt're ihn, quäle ihn, tropfenweise zapfe ihm das Blut ab, faserweise reiße ihm das Herz aus. Du hast ihn ja in Deiner Hand.«

»Bist Du von Sinnen?« fuhr Rüdiger sie an.

»Hast ihn ja. Lass ihn Dir herbringen. Am Bilgerihof sah ich ihn gestern Abend im Zwielicht, Ich erkannte den Schwarzwälder schnell, mich sah er nicht. Hui, dachte ich, erst rette meinem Junker das Bräutchen; dann rufe ich meine Jungen und wir machen auf den wilden Eber Jagd, Es ist aber keine Stunde her, da stand er schon wieder vorm Aartore, setzte

mir nach und lief von selbst in die Falle, sobald er das Täubchen sah.«
Sie zeigte mit dem langen, dürren Finger auf Veronika.

»Wer, wer?« riefen alle Männer zugleich.

»Falkenstein!« schrie die Zigeunerin. »Blind war er, wie der Auerhahn
zur Balzzeit.«

»Ich glaube es nicht, Du Lügenweib,« sprach Rüdiger, »Mein Sohn, rufe den Langenhardt!«

Die Ägypterin wiederholte ihre Aussage unter vielen Beteuerungen,
während Gangolf und Langenhardt herbeikamen. Rüdiger befahl, das
Weib in Gewahrsam zu bringen, kein Wort mit demselben zu wechseln
oder wechseln zu lassen, es jedoch mit Speise und Trank aufs Beste zu
versehen. Zugleich gebot er, den gefangenen Schwarzwälder heraufzu-
führen. Keiner von allen jedoch maß den Worten der Zigeunerin Glauben bei. Das Erscheinen des Todfeindes in solch abenteuerlicher Ver-
mummung, nach so großen Freveln und innerhalb der Mauern einer
Stadt, welche zur schwersten Rache Recht und Lust haben musste, das
war selbst der Leichtgläubigkeit des Hasses zu viel zugemutet.

36.
Feierabend.

»Und wenn er's dennoch wäre!« sagte Isenhofer und warf einen ernst-
haften Blick auf die beiden Trüllerey.

»Es ist nicht möglich,« entgegnete Gangolf. »Die unsauberen Augen
der alten Hexe belogen sich selbst.«

»Aber wenn er's wäre, Ihr Herren! Was würdet Ihr tun?«

»Den ruchlosen Bösewicht niederstoßen ohne Gnade und Erbarmen. O,
dass er tausend Leben hätte, ich würde es ihm tausendmal aus den
Adern reißen! Ein einziger Tod sühnt bei weitem nicht alles, was er an
diesem Greise und jenem Engel gesündigt hat.«

Wie heftig auch der Junker sprach, wurde seine Donnerstimme doch
weicher, die Flamme seines Blickes milder, sobald er bei den letzten
Worten auf den Lollhard, und mehr noch als er auf die ländliche Madonna hinblickte, die ihn mit tiefer Bewegung des Gemütes und wach-
sendem Entsetzen anschaute.

»O Gangolf!« rief sie und hob, sich selbst vergessend, die zarten Arme
zu ihm empor, als wolle sie eine Bluttat verhindern. »Wie könnt Ihr der
Hölle Eure reine Hand bieten und Euch mit Menschenblut beflecken? Ihr
werdet das nicht tun!«

Der Lollhard schob die vor ihm stehenden Teller und Becher auf dem Tische zurück und ebenso den Sessel, als wollte er seinen Platz verlassen. »Ich mag weder Zeuge solchen Gräuels sein,« sagte er zu beiden Trüllereys mit strengem Ernste, »noch im Hause des Gräuels wohnen. Mein ist die Rache, spricht der Herr! Nicht an Euch Kindern des Staubes ist es, in die Rechte Gottes einzugreifen. Ich scheide in dieser Nacht von Euch, so Ihr Menschenblut vergießet!«

»Beruhige Dich, Freund!« rief Herr Rüdiger ihm zu, indem er seine Hand auf des Lollhards Arm legte, um ihn zurückzuhalten. »Lass Dich Gangolfs Ungestüm nicht schrecken; es ist an mir, zu richten, nicht an ihm. Der Thomas hat das Leben verwirkt; aber nicht uns steht es zu, ihm die verdiente Strafe zu geben. Gesetzt aber auch, er wäre in meine Gewalt gefallen, so hätte Bern zu entscheiden. Ich würde ihn, als Gefangenen, meinen gnädigen Herren von Bern überantworten, mit denen er in Fehde steht . . . . Meister Isenhofer, habe ich Recht?«

Isenhofer zog mit bedenklicher Miene die Achseln und sagte: »Obwohl ich vom Hause Falkenstein große Freundschaft genossen habe, so kann ich doch des Thomas Fürsprecher nicht sein, Soviel sehe ich jedoch ein, dass Ihr kein Recht habt, den Freiherrn, so er in Euren Händen ist, zu töten. Anders wäre es in offenem, ehrlichem Streit. Ihr würdet grausamer handeln, als die Eidgenossen vor Greifensee, wo doch die ganze Kriegsgemeinde über eine Besatzung richtete, die sich den Überwindern auf Gnade oder Ungnade ergeben hatte. Ihr würdet Berns Vorwürfe erfahren und durch einen Mord die volle und ewige Blutrache des mächtigen Hauses Falkenstein und des gesamten ihm befreundeten schweizerischen und des österreichischen Adels auf Euch und die unschuldige Stadt Aarau bringen. Das wären die unabsehbaren Folgen vom Tode des Freiherrn . . . . Andererseits aber, ich muss es bekennen, scheint mir eine Auslieferung des Falkenstein an die Stadt Bern nicht minder gefährlich. Die staatslustige Stadt lässt diesen kriegsgefangenen Feind auf keinen Fall hinrichten. Sie wird ihn gewiss, mit größerem Vorteil, als Unterpfand und Geisel bewahren, weil der Verlauf des Krieges auch ihr noch mancherlei Wechsel bringen kann. Beim Friedensschluss wird und muss sie ihn gegen gutes Lösegeld wieder in Freiheit setzen; ja, Bern wird durch kluge Behandlung einen Freund an ihm zu gewinnen trachten, während er der unversöhnlichste Feind Eures Hauses und der Stadt Aarau bleibt. Bedenkt wohl, was Ihr vorhabt! Ihr machet einen Gefangenen; Bern jedoch nimmt den Nutzen und Ihr traget den Schaden, sobald der Freiherr wieder auf freien Füßen steht. Indessen, glaube ich, reden wir vergebliche Worte, da der Falkenstein zu schlau ist, um Euch selber ins Garn zu laufen.«

Herr Rüdiger war durch diese Betrachtungen Isenhofers in größere Verlegenheit geraten, als er zeigen wollte. Es mochte sein, dass Isenhofer, aus alter Verbindung mit den Falkensteinen, den Wunsch hegte, den Freiherrn retten zu können; er hatte jedoch die Klugheit, nicht im Interesse des Freiherrn, sondern der Bewohner des Freihofes und der Stadt Aarau zu reden, und seine Gründe waren nicht ohne Gewicht. Herr Rüdiger fand sich durch ihre Stärke ebenso sehr erschüttert, wie sein Sohn durch den schmeichelnden, traulich-flehenden Blick, welchen Veronika auf den Jüngling heftete.

Man sprach noch in verschiedenem Sinne über die Sache, als der Hofmeister den Gefangenen hereinführte, dem Hände und Arme auf dem Rücken zusammengebunden waren, Er ließ den Kopf vor sich niederhängen, den Strohhut, dessen Krampe an allen Seiten vier breite und tiefe Einbiegungen, wie Dachrinnen, bildeten, tief in die Stirn gedrückt. Ein flacher, breiter Linnenkragen bedeckte den Hals und Rücken, die Brust und Schultern. Das offene Wams von schwarzem Zwillich, mit Schößen fast bis zum Knie, ließ darunter den Brustlatz von dunkelrotem Wollenzeuge sehen, der vorn, ohne Knöpfe und Bänder, als ein Ganzes tief über Unterleib und Hüften herabschlotterte und statt andern Schmuckes noch die gelbe und schwarze Tuchecke als Saum zeigte. Die weiten Pluderhosen waren, vorn und unter den Knien, mit schmalen Lederriemen zusammengebunden; die Strümpfe aus roher Leinwand genäht.

Wie sehr dieser Mensch auch einem gemeinen Bauersmanne glich, so erregte seine Gestalt sowohl, wie das Bemühen, das Gesicht zu verbergen, nicht geringe Bestürzung. Kaum hatte der Hofmeister, auf den Wink seines Gebieters, den Saal verlassen, so rief Gangolf mit einem Gesichte, in welchem Entsetzen und Grimm zu sehen waren: »Ist das nicht der Falkenstein, so ists der Teufel selbst, der mich äfft!« Damit sprang er vom Sessel hinweg und zum Gefangenen, welchem er den Strohhut vom Kopfe riss. Mit dem Ausruf des höchsten Erstaunens fuhren alle von ihren Stühlen auf. Sie sahen den Freiherrn Thomas von Falkenstein in Wirklichkeit vor sich.

»Landgraf Thomas,« redete ihn Gangolf an, »der Menschenräuber, Mordbrenner, oder welcher Name Euch gebühren mag, wie dürft Ihr Euch hierher wagen, in diese Stadt, in dieses Haus, wo Eurer himmelschreienden Verbrechen die wohlverdiente Strafe harrt?«

Der Freiherr wandte ihm stolz den Rücken und sandte seinen düsteren Blick auf die übrigen Anwesenden umher, Als er der Begutte gewahr wurde, stierten seine Augen brennend und unverwandt zu ihr hinüber. Veronika bemerkte es, reichte ihrer Begleiterin den Arm und begab sich mit derselben in den halbdunkeln Hintergrund des Zimmers. Herr Rüdiger trat ebenfalls, im leisen Gespräch mit Isenhofer, in die tiefe Mauerblende, die das Fenster bildete, zurück und beobachtete von hier aus den Gefangenen. Der Lollhard hingegen stand zwischen seinem Sitz und dem Tische unbeweglich in seiner gewöhnlichen majestätischen Haltung.

»Ihr lasset mich lange auf Antwort warten,« sagte Gangolf.

Der Freiherr drehte sich mit halbem Leibe gegen ihn, und verächtlich über die Achsel blickend, erwiderte er: »Wenn schon Ihr mich gefangen und gebunden habt, solltet Ihr doch dessen eingedenk bleiben, dass Ihr mich geziemender zu fragen habt.«

»Freiherr, sollte ich geziemender reden, würde die schöne deutsche Sprache erst noch neue Wörter für Eure unerhörte Bosheit erhalten müssen.«

»Ritter Gangolf Trüllerey, ich hielt Euch von jeher für einen trotzigen Knaben, aber nicht für so schlecht, dass Ihr einen Gefangenen misshandelt, der, hätte er freie Hand und freies Schwert, Euch bald anders reden machen würde.«

»Gemeiner Prahler! Ihr wisset am besten, ob ich Euch je gefürchtet habe, Ihr am besten, wie Ihr wehrlose Männer, die Euch gastfreundlich empfingen, wie Ihr Rat und Bürger der guten Stadt Brugg gemisshandelt habt. Oder tatet Ihr's nicht?«

»Euch habe ich nicht Rechenschaft darüber abzulegen, wie ich über eine durch Kriegslist überrumpelte Stadt verfüge. Was kommt Euch in den Sinn?«

»Ich hoffe zu Gott, Freiherr Thomas von Falkenstein, Ihr sollet bald, wenn nicht mir, einem höheren Richter Rechenschaft geben. Eure Mordbrennerei erregt Abscheu bis über die Wolken.«

»Der Brand von Brugg ist nicht meine Schuld und geschah wider mein Wissen und Wollen. Ihr aber, Ihr habt das Feuer in meine Burg Gösgen gelegt und zwei Freiherrinnen von Falkenstein wie gemeine Weiber in die Gefangenschaft fortgeschleppt.«

»Nach ehrlichem Kriegsrecht, hoffe ich.«

»Was Euch recht ist, soll mir unrecht sein?«

»Warum schlichet Ihr in dieser Verkleidung durchs Tor von Aarau?«

»Ihr seid nicht mein Richter, sondern mein Feind.«

»Ich kann Euch schon zum Geständnis bringen; unser Turm hat eine Folterkammer.«

Bei diesen Worten Gangolfs hörte man durch den ganzen Saal das Knirschen der Zähne des Freiherrn. Er warf dem Junker einen tödlichen Blick zu und zuckte mit den Armen, als wolle er die Bande sprengen.

»Warum wagtet Ihr Euch in diesen Turm, Freiherr, da Ihr doch wusstet, dass hier nur der Tod auf Euch wartet?« fragte Gangolf nochmals.

Der Freiherr sagte mit vor Wut halb ersticktem Ton: »Ich wollte einen Molch tot treten, einen Molch!«

»In der Tat, Falkenstein,« versetzte Gangolf, dessen Mienen bei des Freiherrn abscheulicher Gebärde ein Lächeln überzog, »in der Tat, Ihr wart der Welt bisher als ein Untier bekannt; jetzt aber fange ich an, Euch für wahnwitzig zu halten, und das wäre noch nicht das schlimmste für Euch. Was der verwirrte Kopf im Wahnwitz sündigt, hat das Herz nicht zu verantworten. Ihr seid zuletzt unschuldiger, als ich bisher glaubte. Bei gesunden Sinnen konntet ihr nicht den Bauernkittel anlegen und, um Kundschafter oder Meuchelmörder zu werden, Euch allein in die Stadt wagen. Zu solchem Geschäfte bedarf es keines Freiherrn; Ihr habt ja der Strolche genug in Lohn und Brot. Sagt mir ehrlich: was suchtet Ihr in Aarau, wenn nicht den gewissen Tod?«

»Niemanden, wenn Ihr's wissen wollt, als nur Euch,« antwortete der Freiherr, der sich wieder zu bezwingen suchte, oder den vielleicht der Schmerz bändigte, welchen die Seile seinen Armen verursachten.

»Ist nicht Eure Todfeindschaft gegen mich vielleicht auch ein Wahnsinn? Habe ich Euch je beleidigt? Redet frei!«

»Schweigt!« brüllte der Freiherr. »Schweigt, ich glaube, Ihr hofft mich zum Narren zu machen durch Spott und Hohn, auf dass ich die Erinnerung an Eure Frevel gegen mein Haus verliere. Und bin ich gleich durch Unvorsichtigkeit Euer Gefangener geworden, und mögt Ihr mich morden, es leben der Falkensteine genug, um die Schmach meines Hauses in Eurem Blute abzuwaschen. Ein Bettler, wie Ihr, soll nicht ungestraft es wagen, eine Tochter der Falkensteine schimpflich zu verstoßen.«

»Freiherr, mäßigt Euch. Nicht ich, wenn Ihr's wissen wollt, habe Eure Nichte, sie hat mich verstoßen. Das muss, das wird sie Euch und der Welt vor Gott bekennen.«

»Schweig, Bube!« schrie Herr Thomas, einem Rasenden ähnlich und mit dem Fuße stampfend. »Der Lohn soll Dir werden, Dir und Deiner . . . . von der Hard.«

»Verruchter Bösewicht!« fuhr Gangolf auf. »Wen wagst Du . . . . wen meinst Du?«

»Dich und Deine . . . .«

»Bei meinem Leben, das soll dein letztes Lästerwort sein,« donnerte Gangolf, lief ein paar Schritte seitwärts, riss einen Degen von der Wand und aus der Scheide mit solcher Heftigkeit, dass alle im Saale laut aufschrien.

Veronika flog außer sich herbei, warf sich an die Brust des empörten Jünglings und hinderte ihn, auf den Freiherrn loszugehen, indem sie in Angst und Zittern ihre Arme um seinen Nacken schlang. Das zähmte den Ergrimmten. Darauf trat der greise Rüdiger mit ruhiger Würde zu seinem Sohn: »Wirf das Schwert hin, Gangolf! Ich werde mit Meister Isenhofer hier bleiben, den Freiherrn allein sprechen und sein Los entscheiden. Verlass dies Gemach; führe die Jungfrauen in ein anderes. Ich will Dich rufen, wenn es nötig ist.«

»Mein Herr Vater, gestattet, dass ich Euch nicht verlasse,« sagte Gangolf, indem er den Degen fallen ließ. »Ich werde schweigen und Euch reden lassen.«

Veronika hatte sich schon weit von dem Jüngling zurückgezogen, und stand, eine im großen Schrecken geschehene Übereilung bereuend, mit niedergeschlagenen Augen vor ihm. Als er aber seinem Vater Gehorsam zu verweigern schien, sah sie wieder flehentlich zu ihm auf und sprach: »O edler Herr, Ihr dürft in diesem Saale nicht bleiben.«

Der Jüngling, dessen Zorn durch die überraschende Handlung der schönen Begutte bewältigt worden war, beugte sich jetzt um ein Weniges und sagte: »Ich gehorche.« Er nahm schweigend einen der Leuchter vom Tische und leuchtete den beiden Jungfrauen in das obere Gemach.

Der Lollhard blieb unten bei den Männern.

»Ich danke Euch,« sagte die Begutte, als sie ins Zimmer traten, zu Gangolf, ihn anlächelnd. »Ihr behütet mein Leben vor einem großen Unglück.«

»Wie?« erwiderte der junge Mann betroffen. »Wahrlich, der Falkenstein, glaubte ich, könnte nie auf Euer Mitleid, geschweige auf die Huld eines reinen Herzens, wie das Eurige, Anspruch machen. Und wenn ich aller seiner Verbrechen vergessen könnte, hat der Bösewicht nicht Euren beklagenswerten Vater gefangen fortgeschleppt? Hat der Niederträchtige nicht Eurer Freiheit, Eurer Ehre nachgestellt? Hat er nicht, der Vermessene, es gewagt, Euch auf die blutigste Weise in meiner Gegenwart zu beschimpfen?«

»Er ist ein Kind der Sünde; ja, er ist von allem, was göttlich in ihm und außer ihm ist, abgefallen,« antwortete Veronika. »Er ist im Schlamm der Welt untergegangen, er hasset das Reine. Aber wir, wir haben nicht gesündigt. Seine Bosheit ist nicht unsere Bosheit; wir bleiben frei und gottverwandt.«

»Und wenn ihm das Schreckliche gelungen wäre, Veronika! Wenn er Euch auf der Hard gefangen und entführt hätte; wenn Ihr in seiner Gewalt, in der fürchterlichen Gefahr . . .«

»Glaubt Ihr mich so kleinmütig? O edler Herr, vertrauet doch! Der Mensch kann wohl den Leib töten, die Seele nicht. In Gott dürfen wir sondern Furcht sein. Er reichet uns die Retterhand, oder wir fliehen an seine Vaterbrust.«

»Wie hättet Ihr fliegen können, wenn der Verruchteste aller Verruchten Euch in einer seiner Burgen festgehalten haben würde?«

Veronika zog ein kleines Messer aus der silbernen, mit Perlmutter eingelegten Scheide und sagte mildlächelnd: »Ich war, auf jeden Fall gefasst, mit diesem Schlüssel versehen, die Pforten des Lebens zu öffnen. Eine Nadel ist ja stark genug, die Bande des Leibes zu sprengen.« Sie legte bei diesen Worten die Hand auf ihre Herzgegend und drückte mit dem Zeigefinger bedeutsam gegen die Brust.

Gangolf schauderte und zog ihr den Arm von der gefährlichen Stelle.

»O Veronika! Und was wäre dann mein Loos gewesen?«

Die Begutte entzog ihm errötend die Hand, schenkte ihm dagegen einen Blick unendlichen Wohlwollens und Vertrauens, in welchem ihre ganze Seele zu ihm hinüberzugehen schien. »Ihr wäret das gute, selige Kind Gottes, wie Ihr es seid, geblieben,« lispelte sie halblaut. »Dürft Ihr noch daran zweifeln? Welch ein starkes Herz habt Ihr. Wie viel vermag es zu ertragen!«

»Nein, nein, teure Veronika!« sagte er mit Entschiedenheit. »Ich bin sehr, sehr schwach, in dem Sinne, in welchem Ihr von meiner Stärke redet.«

»Ich stände ja nicht mehr unter diesem Dache,« versetzte die Begutte, »ich würde an der Hand meines Vaters durch die nächtlichen Straßen der Stadt irren und ein fremdes Obdach suchen müssen, wenn Ihr den

Zorn in Eurer Brust, der Euch schon gegen den väterlichen Befehl taub machte, nicht überwunden; wenn Ihr das Blut des Falkensteiners vergossen hättet, welches Euch ...«

»O nicht doch!« unterbrach sie Gangolf. »Wollet Ihr denn das Stärke nennen, was nur Ohnmacht war, weil mich Euer Wort und Blick entwaffnet hatte? Ihr möget jedoch Recht haben. Die menschlichen Tugenden sind oft nicht geringere Schwächen als die menschlichen Leidenschaften, und wir besiegen eine Ohnmacht durch die andere; denn in der Tat nicht ich, sondern Ihr habt den gerechten Zorn in mir überwunden. Unter andern Umständen würde ich mich meiner Nachgiebigkeit geschämt haben.«

»Nennet ja die Tugend nicht eine menschliche Schwäche, edler Herr! Sie ist unser Geistesatem, unser Sein. Sie ist das Licht der Gottheit, das Durchdrungen werden von der himmlischen Liebesmacht. Der Gehorsam des Geschöpfs ist niemals Schwachheit, Ihr werdet in diesem Gehorsam allezeit stark genug bleiben, die Widerspenstigkeit der sündlichen Natur zu bezwingen.«

»Soll ich stärker und frömmer werden als ich bin, Veronika, so dürft Ihr nur niemals von mir scheiden; denn ich fühle es, durch Eure Gegenwart allein kann ich die Kraft empfangen, gottgefälliger zu denken und zu handeln.«

»Nichts soll mich von Euch scheiden, nichts kann es,« erwiderte sie mit zärtlicher Treuherzigkeit und reichte ihm die Hand, »nichts als die Sünde.«

Er drückte die Hand an sein Herz und sagte: »O Veronika, so weiche Du denn niemals von meiner Seite und die Sünde wird nie bei mir einkehren, so lange Du der Cherub bist, der das Paradies meines Herzens hütet. Mein Leben ist dem Deinigen verlobt, verlobe das Deinige auch mir.«

Sie antwortete nicht, sondern neigte, in anmutiger Verlegenheit, ihr Antlitz auf die Brust nieder. Er zog sie an sich und küsste, als sie sich sanft zurückbewegen wollte, zitternd ihre Stirn. Verwirrung, Bangigkeit und Liebe malten sich in ihrem Angesicht, als sie mit stummflehenden Augen zu ihm aufblickte. Seine Lippen berührten die unentweihten der Jungfrau.

»Meine Verlobte, meine Braut!« flüsterte er im reinsten Entzücken.

Sie erwiderte:

»Meine Seele in Gott, . . . ja denn, sie sei die Braut Deiner Seele. Fern sei jeder unheilige, irdische Gedanke von uns!«

»Und nie mehr verlässest Du nun diese Burg, Veronika!« sagte er.

»Nie weicht meine Seele von Deiner Seele, bis eine Sünde zwischen uns beide tritt,« erwiderte sie ruhiger und voller Hoheit. »Mein Geist wird auch in dem Deinigen leben, wenn ich schon nicht innerhalb dieser Mauern wohne, sondern fern von Dir mit töchterlicher Liebe die Schritte des Vaters leite. Vergiss es nie, nur die Verlobte und Braut Deiner Seele darf ich sein; andere Gedanken entferne ewig!«

Gangolf's Bestürzung infolge dieser Worte war unbeschreiblich. Er ließ die Hand Veronikas sinken und sagte: »Wie denn, meine Veronika? Deinem Vater in die Ferne folgen? Du willst Braut, nicht meine Gemahlin vor Gottes Altar sein?«

Sie schüttelte zärtlich lächelnd das Köpfchen und erwiderte: »Meine Seele bleibt in der Deinigen; nicht Entfernung, nicht Tod sollen sie von Dir scheiden. Aber des Irdischen entschlage Dich, Freund meines Lebens! Das Irdische haben wir beide Gott geopfert. Rede nicht von Altar, nicht von Vermählung! In göttlichen Verhältnissen gehen die weltlichen unter.«

Tausend anderen würde es an Gangolf's Stelle vielleicht ergangen sein, wie ihm. Er hörte mit traurigem Erstaunen die Worte der Begutte, die wie eine Heilige aus fremden Welten und alles Irdischen entkleidet vor ihm stand. Es war umsonst, dass er seine naturgemäßen Einwendungen mit der feurigsten Beredsamkeit ihr vortrug. Veronika, noch beredter, wusste ihn mit wenigen Worten zu widerlegen. Es war umsonst, dass er beteuerte, ihre Entfernung werde alle Freuden seines Daseins vernichten. Dieses gerade billigte und lobte sie, weil er nur so, den Reizen des Lebens entrückt, Leben und Tod als sich gleich betrachten und Gott ganz angehörig sein würde. Er rief zuletzt sogar die Begleiterin Veronikas zu Hilfe, die bisher als stumme, doch aufmerksame Zuhörerin durchs Fenster nach den Sternen über den schwarzen Gebirgen gesehen hatte. Er erzählte ihr, wie einer Vertrauten und Schwester, seinen ganzen Lebenslauf, seine Liebe und seine Leiden, und ermahnte sie, Recht zu sprechen in diesen Dingen. Gritli hörte dem Jüngling mit vieler Andacht zu; nahm dann schmeichelnd die Hand der Begutte in ihre beiden Hände und schmiegte sich mit einem Seufzer, ohne ein Wörtchen zu sagen, an die Freundin,

So blieb er sein eigener Sachwalter, und Veronika unwandelbar in ihrem gottgeheiligten Sinne.

Anderthalb Stunden waren in diesen Unterhaltungen so schnell wie anderthalb Minuten verflossen, und die Väter mit dem Freiherrn von Falkenstein ganz vergessen worden, als sich die Tür öffnete.

Isenhofer trat mit heiterer Miene herein und rief: »Kommt, jetzt ist's in Ordnung, alles abgetan und berichtigt!«

Mehr mit dem beschäftigt, was eben geschehen und geredet war, als mit dem, was kommen sollte, folgten die Drei schweigend dem Führer in den Speisesaal. Gangolf sah mit Erstaunen den Freiherrn entfesselt umhergehen. Auf dem Tische standen Feder und Tinte, neben einem von Isenhofer's Hand beschriebenen Pergamentblatt. Der Lollhard schlang eben gerade seine Arme um den tiefbewegten alten Rüdiger und sagte:

»Nun, Bruder! Du hast ein löblich Werk vollbracht und Deine Seele geheiligt.«

Gangolf's Blicke verfolgten befremdet den freigelassenen Landgrafen.

Herr Rüdiger aber wandte sich zu seinem Sohne, zeigte ihm des Herrn von Falkenstein Unterschrift auf dem beschriebenen Pergament und sagte: »Herr Thomas von Falkenstein, der jetzt frei ist, hat uns die Urfehde beschworen, unterschrieben und besiegelt, während des jetzigen Krieges und zu keiner Zeit das Gebiet unserer lieben Herren von Bern oder der freien Städte des Aargau's feindselig zu betreten, weder aus eigener Willkür noch auf fremden Befehl und unter andern Panieren. Dagegen wollen wir ihn ungeschädigt von uns entlassen, umso mehr, da er allein, ohne Helfershelfer, ohne Waffen, ohne feindselige Absicht, nicht einmal in ritterlicher Kleidung, in die Stadt gekommen, auch nicht auf ehrenhafte Kriegsart in unsere Gewalt gefallen ist.«

»Ist mit ihm und seinesgleichen auf ehrenhafte Weise zu unterhandeln?« rief Gangolf unwillig, indem sich über den düster funkelnden Augen seine Stirn runzelte.

»Schweig!« rief Herr Rüdiger.

»Wie könnt Ihr glauben, mein Herr Vater,« fuhr Gangolf fort, »dass er mit anderen als mit höllischen Absichten in die Stadt kam?«

Hier trat der Freiherr einen Schritt näher zu Gangolf hin und sagte:

»Ich könnte jeder Rechtfertigung oder Entschuldigung gegen Euch enthoben sein, doch bin ich jener von mir beleidigten Jungfrau Erklärung, Genugtuung und Abbitte schuldig. Ich wusste nicht, dass sie die Freiin Veronika von End ist, nicht, dass Freiherr Jörg in dem Lollhardskittel stecke. Mag sie ihrer Schönheit verzeihen, dass ich zum Narren geworden, dass ich . . . genug, wisset und hört es; ich jagte nur ihr nach, wollte nur aushorchen, ob sie im Freihof wohne. Ich würde mich auch nie in die Stadt gewagt haben, wäre ich nicht durch den Anblick einer verfluchten alten Hexe, der ich den Tod geschworen, und durch die Vermutung, dass eines der flüchtenden Mädchen die Begutte sei, betört worden. Vermittelst der Verkleidung traute ich mir zu, unerkannt Euch und allen zum Trotz die Zigeunerin mitten im Freihof zu züchtigen, und die schöne Begutte zu entführen. Habt Ihr daran nicht genug, so stehe ich Euch, auf anderem Boden, überall Rede.«

»Wenn mein Vater,« antwortete Gangolf, »unsere persönliche Sache von der öffentlichen trennen zu dürfen glaubt, muss ich seinen Willen ehren. Ihr bleibt mir darum nicht minder Genugtuung schuldig.«

»Junker, Ihr sollt dessen, der Euch Genugtuung gibt, nicht entbehren.«

»Ich werde sie fordern,« rief Gangolf, »und müsste ich Euch in den Tiefen der Hölle suchen.«

»Still, still, mein Freund!« sagte Veronika und legte ihre Hand auf Gangolfs Brust. »Gott möge fordern, nicht Du. – Gangolf, willst Du zwischen Deiner und meiner Seele so früh die Scheidewand aufrichten?«

Herr Rüdiger Trüllerey wandte sich an seinen Sohn und sagte:

»Bis jetzt ist Freiherr Thomas unerkannt im Freihof. Wir haben ihm gelobt, so lange er seinerseits nicht Eid und Urfehde bricht, zu verschweigen, dass er schimpflicherweise in unsere Hände gefallen sei.«

Gangolf schwieg; Veronika nahm seine Hand und lispelte schmeichelnd:

»Handle in Großmut! . . . Segne den Feind, der Dir flucht!«

»Ich gehorche,« sagte der Junker mit finsterer Stirn, und reichte dem Freiherrn von Falkenstein mit unwillkürlichem Schauder und weggewandtem Gesichte die Hand.

»Ist unsere Sache abgetan, Herr Rüdiger Trüllerey,« sagte der Freiherr, »so erfüllet Euer Wort und setzet mich nun in Freiheit.«

»Meister Isenhofer wird Euch führen,« antwortete Herr Rüdiger. »Gehet ohne Scheu und Verstellung durch den Haufen meiner Dienerschaft. Heimlichtun könnte nur verderbliches Aufsehen und Neugier erwecken. Bis jetzt hat niemand Euch erkannt.«

Der Freiherr nahm Abschied und Isenhofer begleitete ihn hinab.

Auf ähnliche Weise war auch kurz vorher schon die Zigeunerin, reich beschenkt, aus dem Freihof und zum Stadtthor hinausgebracht worden.

Durch die Vorgänge dieses Tages, besonders durch die letzten Auftritte, befanden sich alle in sehr erregter Gemütsstimmung, selbst der Lollhard machte keine Ausnahme, nur fehlte es der Stimmung an Einklang. Herr Rüdiger mahnte seine Gäste, die verlassenen Plätze an der Tafel einzunehmen. Er selbst gab das Beispiel, ließ sich auf dem Wappenstuhl nieder, und füllte die Silberbecher von neuem.

»Das ist mir ein recht heiliger Tag geworden, Kinder!« sagte er gerührt. »Er hat mich mit Himmel und Erde versöhnt. Selbst die stürmische Unterbrechung unseres Festes musste den Glanz desselben vermehren.«

»Gott ist groß!« rief der Lollhard und reichte dem alten Ritter die Hand. »Heil Dir, mein Bruder! Du hast auf das Haupt eines Todfeindes feurige Kohlen gesammelt, und einen Schritt zu Gott getan.«

»Preise mich nicht, Freund!« antwortete Herr Rüdiger. »Es war vielleicht mehr Klugheit, als Gottesfurcht. In meiner Macht stand es freilich, den Bösewicht Thomas zu verderben, oder an Bern auszuliefern; aber mir fehlte zum ersten das Recht, zum zweiten die Verpflichtung. Ich hatte ihn nicht auf ehrliche Weise mit den Waffen, wie Kriegsmännern geziemt, zu meinem Gefangenen gemacht. Jetzt habe ich ihn gegen Stadt und Land von Bern entwaffnet und die Blutrache der Falkensteine von Aarau und meinem Hause abgewendet.«

»Es mag eine gute Tat gewesen sein, mein Herr Vater,« sagte Gangolf missmutig, »auch wohl klug gehandelt, doch verzeihet, wenn sich mein Innerstes fort und fort dagegen empören will. Die Freilassung des Ungeheuers scheint mir ein ewiges Unrecht gegen Alles zu sein, was die Ehre, was der Vorteil der Eidgenossen, was Berns und Bruggs mörderische Verwüstung verlangen. Wenn ich einen Drachen in meine Gewalt bekomme, soll mich das Erbarmen mit einem Gottesgeschöpf nicht weich, die Klugheit nicht feige machen. Ich soll ihn töten, und müsste ich im Kampfe gegen ihn umkommen. Ritterehre verwehret mir die Flucht, und meine Schuldigkeit gegen eine bedrohte Welt untersagt mir das Erbarmen. Doch es ist geschehen. Ich bin von ihm blutig beleidigt worden, er hat wider diese Heilige blutig gesündigt; dafür soll er mir zu anderer Zeit blutig büßen.«

»Gott ist groß!« rief der Lollhard. »Ist der Sünder, ohne Hoffnung, an die Sünde verloren und zum Tode reif, wahrlich er wird dem Arm des göttlichen Zorngerichts nimmer entrinnen. Sprecht nicht von Ehre und Pflichten der Ehre, im Sinne der Welt, und täuscht Euch nicht in abergläubiger Furcht vor diesem selbstgeschaffenen Götzen der Barbaren.

Die Ehre dieser Welt ist des Teufels Strick, mit dem er die Menschheit festhält, dass sie sich zu den göttlichen Höhen nicht aufschwinge.«

»Vergiss, vergiss, edler Freund,« seufzte Veronika mit trauerndem Blick auf Gangolf, und glich, die Wehmut im Antlitz, einem Engel, welcher über den drohenden Fall seines Lieblings klagt, dessen Schutzgeist er ist. Vergiss und vergib! O wie wird es Dir so schwer, höher zu stehen, als das Leben mit seinen Torheiten. Willst Du mich entfernen und verstoßen, edler Gangolf? Oder was muss ich geben, um Dein Herz loszukaufen von der Rache?«

Gritli legte ihren Arm um die Begutte und ihr freundliches Gesicht an die Achsel derselben, indem sie schelmisch zu ihr hinflüsterte: »Ich wüsste den Preis wohl.« Veronika senkte lächelnd einen strafenden Blick auf die Gefährtin, wie eine Mutter auf ihr mutwilliges Kind.

Herr Rüdiger horchte zum andern Male hoch auf, als er das trauliche Du der Begutte gegen seinen Sohn vernahm. Er betrachtete beide.

Dann sah er den Lollhard bedeutsam an und sprach: »Will mich's doch schier bedünken, treues Bruderherz, dass unsere Kinder sich auf derselben Stätte schon begegnet sind, wo sich unsere Wünsche vor wenigen Tagen durchkreuzten.«

»Lass die Vorsehung walten,« erwiderte der Lollhard ernst und warf einen forschenden Seitenblick auf sein Kind.

»Fräulein,« sprach Herr Rüdiger zu Veronika, »pflanzet die letzten Blumen in den schönen Garten der Freude, zu welchem mich die großmütige Freundschaft Eures Vaters geführt hat.«

Veronika, indem sie beide Hände mit Innigkeit auf ihre Brust legte, blickte erst ihn an, dann mit stiller Inbrunst zum Himmel, als wollte sie sagen:

»O wie gern, o dass ich's könnte!«

»Wollet Ihr mir altem Manne erlauben,« fuhr Herr Rüdiger fort, »dass ich Euch das Du gebe, welches Ihr meinem Gangolf vergönnt? Wollt Ihr auch meine Tochter sein?«

Veronika erhob sich in liebreizender Demut von ihrem Sitze, ging zum Sessel des Greises, kniete vor ihm nieder, nahm seine Hand und küsste sie. Er beugte sich über sie herab, küsste ihre Stirn, blickte mit tränenvollem Auge erst den Lollhard, dann wieder seinen Sohn an, der ihm zur Rechten saß.

»Es will mir das Herz brechen. Komm, mein Bruder, und segne sie!«

Gangolf, als er Veronikas Hand in der seinen fühlte, sank neben der Begutte vor dem Vater auf die Knie, küsste erst die Hand desselben, dann schlug er beide Arme um Veronika und zog die Zitternde an sein Herz. Der Lollhard erhob sich ernst vom Sitze.

Die Tür öffnete sich; Isenhofer trat herein; die Überraschung des Anblicks hemmte seinen Schritt.

»Das ist der rechte Feierabend zu diesem feierlichen Abende rief er.

37.
Nachwort.

Hier bricht die Geschichte plötzlich ab. Ich weiß beinahe selbst nicht, ob am gehörigen oder ungehörigen Ort und könnte nicht einmal sagen, ob die Begutte das Tochterwerden so verstanden habe, wie es Vater Rüdiger gemeint zu haben schien. Ja, was das Schlimmste ist, ich könnte sogar nicht einmal sagen, ob Veronika ihrer reinen Seelenliebe je einen irdischen Beisatz gestattet habe.

Fast möchte ich daran zweifeln, wenn anders nicht die ganze Natur sich mit Gangolf gegen den Heldenmut der frommen Selbstüberwinderin verbündet hat. Nur so viel weiß ich, dass Gangolf keine unmittelbaren Erben hinterließ. Er erreichte ein hohes Alter: er war, laut der geschriebenen Chronik, noch im Jahre 1504 der Stadt Aarau Schultheiß und starb in demselben Jahre. Mit ihm erlosch das alte Adelsgeschlecht dieses Namens im Aargau. Seine Erben und Verwandten verkauften im Jahre 1515 die alte Veste Rore oder den Freihof mit dem ihm zugehörigen Zinsen, Zehnten und Gefällen an die Bürgerschaft von Aarau. Diese ließ den Burggraben, welcher um die Burg gegangen, ausfüllen, am Gebäude viele Änderungen machen und dasselbe zum Rathause einrichten.

Noch heute steht der Turm Rore, jedoch jetzt verkleidet von seinen Angebäuden, fast unsichtbar da, und seine starken Mauern und Zimmergewölbe sind der Stadt Urkundenkammern geworden. Die Freiheit aber, welche von alters her darin gewesen, wurde auf den Kirchhof verlegt, den man mit höherem Mauerwerk umgab.

Es scheint auch, dass Thomas von Falkenstein seine beschworene Urfehde treulich gehalten habe, von der, weil sie ein Geheimnis blieb, die Muse wohl mehr als jene Chronik weiß. Doch seine Tücke gegen das Haus Trüllerey und gegen die Stadt Aarau ließ er darum keineswegs fahren. Als Beweis dafür dient, dass er noch fünf Jahre später, freilich auf eigenem Grund und Boden, eine der abscheulichsten Handlungen beging. Die Chronik von Aarau erzählt sie folgendermaßen: »Anno 1449 den 6. Mai sahen die von Arauw jenseits dem Berg gegen dem Fricktal ein Feuer aufgehen, ließen derenthalben Bürger zu hülff lauffen, da sie aber gen Wölffliswyl kamen, warteten die Soldaten, welche in Thomas von Falkensteins Dienst waren, verborgener Weis, biss die von Arauw kamen: als sie vorhanden, wütschten sie herfür, Schlugen die Feuerläuffer zu tod. Seit dieser Zeit sind die hiesigen Feuerläuffer nicht mehr obligiert in das Fricktal feur zu lauffen.«

Das Geschlecht der Falkensteine verschwand schon mit Anfang des sechzehnten Jahrhunderts gänzlich aus diesen Gegenden. Ihre Schlösser und Güter kamen durch Kauf an Solothurn und Basel.